广西文化名家暨"四个一批"人才项目成果

文学风景线

黄晓娟　著

南开大学出版社

天　津

图书在版编目(CIP)数据

文学风景线 / 黄晓娟著. —天津 ：南开大学出版社，2018.9

ISBN 978-7-310-05673-6

Ⅰ.①文… Ⅱ.①黄… Ⅲ.①中国文学－现代文学－文学研究②中国文学－当代文学－文学研究 Ⅳ.①I206.6

中国版本图书馆 CIP 数据核字(2018)第 222941 号

南开大学出版社出版发行
出版人：刘运峰
地址：天津市南开区卫津路 94 号　　邮政编码：300071
营销部电话：(022)23508339　23500755
营销部传真：(022)23508542　　邮购部电话：(022)23502200
*
北京建宏印刷有限公司印刷
全国各地新华书店经销
*
2018 年 9 月第 1 版　　2018 年 9 月第 1 次印刷
170×230 毫米　16 开本　18.75 印张　301 千字
定价：68.00 元

如遇图书印装质量问题,请与本社营销部联系调换,电话:(022)23507125

目　录

第二辑　民族区域文学与民间传统

第三辑　诗歌散文研究与文化审视

序

乔以钢

　　黄晓娟教授是一位勤奋的学者，也是一位长期生活在少数民族地区、任职于高校的领导干部。2017 年秋到 2018 年春，她受组织委派，从广西来到远离家乡的南开大学挂职。这期间，繁忙的工作不曾冲淡她对文学的热爱，每当我们相互交流的时候，我都能真切地感受到这份情感。而今，她利用业余时间编就的论文集即将付梓，我由衷地为她高兴。

　　这部论文集所呈现的是 1997 年以来黄晓娟教授陆续发表的文字。对于作者来说，过去的 20 年无疑是人生中非常重要的阶段。其间，她在华东师范大学获得了文学博士学位，又先后进入武汉大学、复旦大学的博士后流动站，围绕中国现当代文学、民间文学与艺术人类学进行学习和研究；还曾前往美国哈佛大学比较文学系访学，到越南开展交流并受聘为河内国家大学所属外语大学的博士研究生导师。这些经历不仅丰富了她的生活体验和学术背景，而且有助于加深她对文学的理解，拓展研究的视角。与此同时，少数民族地区女性学者的身份也为她的研究赋予了一定的个性色彩。

　　论文集涉及多方面的话题。从总体上看，比较突出的关键词或可说是：地域、民族、性别。这些维度之所以进入研究，自是与晓娟教授的跨文化视野相关。所谓跨文化，无疑具有极大的包容性。就文学研究来说，它意味着思维方式和研究方法的开拓，意味着要探寻更为多元、深广的人文景观。晓娟教授为此做出了可贵的努力。

　　广西壮族自治区是多民族聚集的地区，少数民族总人数在全国居于首位。常年生活在这片土地上的晓娟教授对民族文化的多样性有着切身的体认。从一系列文章可以看到，她热情地关注这里的文学创作，从民间、校园到文坛，从少数民族的口传文学到作家的文学活动。对于民族传统和社会文化的变迁及其影响下的文学创作，她进行了认真而持续的观察和探索。这种观察和探索常具有沟通历史与现实之间深层联系的自觉。

作为一位女性学者，晓娟教授长期以来致力于有关女性文学的考察。这方面的成就，在她早年所著《雪中芭蕉——萧红创作论》（2003）以及近年出版的国家社科基金项目研究成果《中国当代少数民族女性文学研究》（合著，2014）中，得到比较充分的反映。这部论文集则不仅在前述成果之外做出了一定的补充，而且纳入了近年来的新收获。所涉及的研究对象，既有现代文学史上的著名女作家，也有活跃在当代文坛上的年轻作者，乃至延伸至东南亚的华文女作家。在进行阐述的时候，作者从不故作高深，她的行文平和而从容，理性的表达中蕴含情感。一些时候，作者还将思考扩展至特定历史时期的女作家群体及其创作，尝试从宏观上对女性文学的演进作出探讨。不少论文体现了地域文化、少数民族文化与性别视角的结合。

在特定的意义上，这部论文集可以视为晓娟教授对多年来所从事的文学研究工作的一次回望。虽然纳入其中的成果未必全面，但也足以看出20年来作者在这一领域的不懈坚持和潜心求索。这期间，她为所在的学院、学校的行政管理事务耗费了大量的时间、精力，如今身上的担子更是越发加重，但可以肯定的是，文学始终在她心中。与其说这位女学者倾心于自己的专业，或许不如说她已将对文学的关注和思考当作了生命中不可替代的一部分。

当今的时代，远不是每一位学人都能够在浮躁喧嚣的外部环境中持守一份内心的宁静，而晓娟教授一直在尽己所能地做出努力。这部以她的多年心血熔铸而成的论文集，某种意义上对此也是一个印证。这样的坚持难能可贵。相信读者会从本书所展开的阐发中获得启迪，祝愿作者在文学研究的路上走得更远，取得更大的成绩。

2018 年 2 月 4 日

第一辑　女性文学与性别叙事

散落的珍珠

——论林徽因和她的诗

　　曾在 20 世纪 30 年代被老一辈誉为"中国第一才女"①的林徽因，去世了五十年之后，期望已久的《林徽因诗集》终于问世了，这些作品虽然展示的是一个不甚完整的创作轮廓，却日渐引起了人们的浓厚兴趣。正如诗人自己所预见的"我们的作品会不会长存下去，也就看它们会不会活在那一些我们从不认识的人，我们作品的读者，散在各时、各处互相不认识的孤单的人的心里"。②

　　虽然在今天，在读书界，林徽因并不为人人所知，但在老一辈谈起，总会齐声赞叹那是一位多才多艺、美丽超群的女性。

　　林徽因是福州人，1904 年出生于杭州一个书香门第的大家庭，她的父亲林长民是民初立宪派名人。1921 年林长民已卸司法总长之任，遂以国际联盟中国协会成员的名义出国考察。于是，他带着心爱的长女林徽因一起出国，目的是为了让她多观览诸国事物增长见识，扩大眼光养成将来改良社会的见解与能力。林老先生的心机没有白费，少女时代的林徽因就因其才学、品貌而闻名了，此后的成就亦与其博学紧紧相连。

　　20 年代初，林徽因在英国伦敦曾与潇洒多情的江南才子徐志摩有过一段萍水之缘，但在爱情的最后归宿上，林徽因选择了梁任公之后梁思成。1924年，她与清华大学学生梁思成先后去美国留学，就读于宾州大学美术学院并选修宾州大学建筑系课程，1927 年获学士学位后转入耶鲁大学戏剧学院学习舞台美术设计。林徽因那时已开始写诗和散文，当时的林徽因是一个很有才

---

① 梁锡华.《徐志摩新传》结语. 邵华强. 徐志摩研究资料. 西安：陕西人民出版社，1988：487.
② 林徽因. 纪念志摩去世四周年. 陈静. 人生四关——生老病死. 长沙：湖南出版社，1995：511.

华的建筑师和非常有魅力的姑娘。1928 年，林徽因和梁思成到加拿大结婚，婚后回国，先后在东北大学建筑系、清华大学建筑系任教，为我国建筑教育事业做出了卓越的贡献。中华人民共和国成立后，林徽因以重病之身与梁思成一道参加并主持了中华人民共和国国徽及人民英雄纪念碑的设计工作，并且为挽救我国传统工艺美术制品景泰蓝付出了辛勤的劳动。

写诗是林徽因的副业，"灵感一至，妙手得之，然后便束之高阁，朋友们不向她索稿，她是轻易不发表的"。①这就使她的许多手稿成了"孤本"，一经劫乱，便欲觅无从了。剩下的这些文学加起来纵然显得清冷和寥寥，但在现代文学史上依然不可或缺，因为，能写出这些诗的只有她一个。

1955 年，林徽因终因久病医治无效在北京同仁医院去世，墓碑上铭刻着的"建筑师林徽因"是无法揽括她一生在诗歌、小说、散文、戏剧等文艺创作领域的不同凡响的才华和成就的。梁思成曾说过"林徽因是个很特别的人。不论是文学、艺术、建筑乃至哲学，她都有很深的修养"。②作为建筑学家，她因留下了经典的名著而流芳万古，同样，作为一个诗人，她出色的才华也是不应该被遗忘的。

熟悉林徽因的人都说她像一颗彗星，生命短促却光亮耀眼。林徽因从事文学创作的时间具体起于何时已无从考证了，《谁爱这不息的变幻》是她发表出来的第一首诗，刊发于 1931 年 4 月的《诗刊》第 2 期上。现存她的全部诗稿，不过六十余首。因为种种原因，她的许多诗稿、文稿再也没有和读者见面的可能了。纵然在数量上是少的，但在质量上是可以以少胜多的。30 年代中期是林徽因诗歌创作最为丰富的时期，这正好是现代主义诗潮猛烈冲击新月派诗美理论并使其流派内部渲化、分裂、瓦解的巅谷时期，林徽因以自己独特的艺术实践加入了这一时代的潮流，她以独特的艺术家气质，在文学这一领域留下了独特的痕迹。

她的诗始终保持着一种与众不同的韵味，那就是无论是思想内容还是艺术特色，都呈现出丰富性和多层次性，并且随处可见在生命哲学之光照耀下迸发出来的智慧的火花。

首先，从内容来看，这六十几首诗呈现的是一片缤纷斑驳的情感天空，

---

① 邵燕祥. 林徽因的诗. 陈钟英，陈宇. 林徽因. 北京：人民文学出版社，1992：340-341.
② 林洙. 碑树国土. 上　美留人心中——我所认识的林徽因. 人物杂志，1990（5）：79.

但这些被无数诗人写过的题材，却在林徽因的笔下，显示出一个智慧女性对生命多层次的感悟。其间的不少篇幅是描写爱情的。在《深夜里听到乐声》：这一定又是你的手指，轻弹着，在这深夜，稠密的悲思。它穿过"我"的心底"忒凄凉"，因为"我懂得，但我怎能应和？"于是只能祈祷：除非在梦里有这么一天，你和我，同来攀动那根希望的弦。此时流露的爱情是在忧伤的顾盼，焦灼的等待，隐隐传来的是《诗经》中古典少女咫尺天涯的幽怨气息。在《别丢掉》一诗中，她表现的爱又是如此热切和执着：别丢掉，这一把过往的热情，现在流水似的。轻轻，在幽冷的山泉底……情真意切，缠绵却又执着，不禁令人想起《西厢记》中那位敢于大胆追求爱情的勇敢的莺莺小姐。如果这首诗还算是隐曲达情的话，那么在《一串疯话》中，表现出来的爱则更为大胆和热烈。

单是爱情，在林徽因笔下形态各异，恋爱中少女的千姿百态被她刻画得淋漓尽致：哀怨的时候持有似水的宁静，热烈的时候又不失矜持。道出了她对生命美的方方面面的体验。由此可见林徽因审美价值观的多层次性和丰富性。

像所有多愁善感的女作家一样，在各个时期的诗作中，我们都能听到女诗人低低的哀吟和那淡淡的与生俱来的伤感，以及女性特有的源于生命本体的忧郁。但是，尽管在林徽因智慧的双眼看透了生命的终点是死和美的短暂性，她仍然不放弃自己的努力，仍要执着地追求自己的理想。这种昂然的智慧之光几乎渗透在她的每一首诗中。如《莲灯》：如果我的心是一朵莲花，正中擎出一枝点亮的蜡，荧荧虽则单是那一剪光，我也要它骄傲的捧出辉煌。不怕它只是我个人的莲灯，照不见前后崎岖的人生——浮沉它依附着人海的浪涛，明暗自成了它内心的秘奥……"莲灯"是林徽因为自己找到的一个美丽的象征，纵然它飘随命运的波涌，风会把她推向渺茫的远方，但它仍无悔地"认识这玲珑的生从容的死"。即使人生如梦，也要做个"美丽美丽的梦"。茫茫宇宙中，有些事情是非自己所能改变的，但她仍无悔朝着理想的方面去努力，这是何等通达的人生境界！30年代后期，现实的风雨飘摇，尘沙弥漫，或多或少地冲击着林徽因的生活。几年的颠沛生活，吞噬了她的青春和健康，但她仍执着的坚信：我不敢问生命现在人该当如何，喘气！经验已如旧鞋底的穿破，这分歧道路上，石子和泥土模糊，还是赤脚方便，去认取新的辛苦（《小诗（一）》）。其时，疾病正在无情地侵蚀着她的生命，诗中吟咏的调子纵然低沉阴郁，但在诗人的心中，依然没有虚幻，没有缥缈，这些质朴的语言传达出了一种坚决的现实精神。

林徽因的诗所表现的生命存在之理是清澈纯净的，这显示了她作为一个现代才女独到的悟性和灵性。在她之前的冰心，曾在"爱的哲学"的照耀下，写了很多哲理小诗。相比之下，林徽因的作品内涵有着更为丰富的哲学底蕴，展示的是一个睿智博学的知识女性更为丰富、更为广泛的情感世界。比较起同时代的萧红、白薇、丁玲、方令孺等女作家，林徽因身上表现出了一个在优越环境中顺利踏入社会并开始获得成功的青年人充满希望的兴奋心情和对自己生活意义的怀疑与探索之情。但是，她广博的修养和深邃的情愫，又使她超越了她们的浮躁之气，超越了她们随意宣泄感情的阶段，多出的是一份经过沉淀之后的宁静和节制。

再者，从艺术特色上看，同样显示着一个丰厚精神素质和多重修养的女诗人不同凡响的风范，同样有着缤纷斑驳的丰富性和独特性。在这六十几首诗中，我们难以寻找到诗人一贯的风格，因为在林徽因的身上汇集着多方面的知识和才能，并且所有这些在她那里都已自然地融会贯通，被她娴熟自如地运用在诗歌创作中。

浪漫主义、现代主义、古典主义这三者统一在林徽因的诗行中，又各自以不太纯粹的形态独立着。在她的诗中，既有古典主义的典雅、和谐、适度，又有浪漫主义的热情、明朗和某些现代主义的人生焦虑和忧伤。如《六点钟在下午》：用什么来点缀，六点钟在下午？六点钟在下午，点缀在你生命中，仅有仿佛的灯光，褪败的夕阳，窗外，一张落叶在旋转……"在这里以像唐人绝句或宋人小令那样寥寥几笔，捕捉并表现了诗人主体感受跟客体光影物象相交流、相契合的一瞬。"①这接近于古典主义的某些特色，与那轻烟似的微哀、神秘的象征的依恋感喟、追求的现代主义色彩交织得天衣无缝，从诗人在空虚的暮色里那份百无聊赖的渺茫感中，依稀闪现的是那跨越时空，"守着窗儿独自怎生得黑"的现代李清照。又如《别丢掉》：一样是月明，一样是隔山灯光，满天的星，只使人不见，梦似的挂起，你问黑夜要回，那一句话——你仍得相信，山谷中留着，有那回音！比喻巧妙、隐蓄，这缠绵执着的爱情呼唤，穿着古典主义的外衣，流露的却又是浪漫主义热情明朗的心绪，

---

① 邵燕祥. 林徽因的诗. 陈钟英，陈宇. 林徽因. 北京：人民文学出版社，1992：342.

能把这明朗率真的浪漫主义，完美地交融在矜持含蓄的古典主义之中，这正是博古通今的林徽因的独到之处。

另外，在语言风格上，由于受中国古典诗词的影响，林徽因的不少诗篇巧妙地运用了古诗词的句式和修辞方法：现在连秋云黄叶又已失落去，辽远里，剩下灰色的长空一片，透彻的寂寞，你忍听冷风独语？（《时间》）人去时，孔雀绿的园门，白丁香花，相伴着动人的细致，在此时，又一次湖水将解的季候，已全变了画。（《去春》）但另一方面，因为曾经是饮着英国浪漫主义诗歌的甘露生成她的诗歌气质的，又多添了一份想象的新奇和感觉的精妙：心此刻同沙漠一样平，思想像孤独的一个阿拉伯人。（《冥思》）我没有时间盘问我自己胸怀，黄昏却蹑着脚，好奇的偷着进来！（《一天》）

在诗歌的体式上，因为她的博采广蓄也显得多姿多彩。她的诗有六行、八行、十行、十二行、十四行等；有西洋短歌体的，也有中国歌谣体的。她的很多诗，如《静院》《秋天，这秋天》《中夜钟声》等已基本摆脱了音律的束缚，笔法自由，错落有致，显得随意洒脱，显示她正在努力挣脱新月诗形式的罗网，字里行间孕育着自由化、散文化的趋向。

林徽因的专业是建筑，建筑是人类生存的"形体环境"，是凝固的音乐。她对古建筑性灵的融会同样灌注在她的诗篇中，形成了一种独特的意境：是谁，笑成这百层塔高耸，让不知名鸟雀来盘旋？是谁，笑成这万千个风铃的转动，从每一层琉璃的檐边，摇上，云天。（《深笑》）诗人从自然美着笔烘托人间的美，用一群密集的、充满意象的语言"百层塔""琉璃的檐边""风铃的转动""摇上云天"，别具匠心地将笑声的甜美、圆转、深远高扬以另一种感知表达出来了。在这天真灿烂的笑声中，那风剥雨蚀的古建筑似乎也重新获得了生命。这样灵动、纤巧的诗句，唯有能与不会说话的对象保持有心灵交流的林徽因才能创作出来。那些玲珑剔透，具有独特审美价值的诗句在林徽因的笔下俯拾即是：张大爹临街的矮楼，半藏着，半挺着，立在街头，瓦覆着它，窗开一条缝，夕阳染红它如写下古远的梦。（《小楼》）在林徽因的慧眼里，古老的建筑不仅仅只是技术与美的结合，而且是历史和人情的凝聚。这临街的矮楼，在她的笔下饱含着深邃的哲理和美的启示，这尘封多年的诗句，今天重读，依然保持着原有的明净与新鲜。

诚然，在群星璀璨的现代文学的天空里，林徽因不是最耀眼的一颗明星，毕竟，在她的许多诗中都流露出了不纯熟的痕迹。虽然她不是一个杰出的诗人，但是她那具有独特审美价值的诗篇是无人可比拟的。写诗，并没有倾注林徽因全部的精力，"荧荧虽则单是那一剪光，我也要它骄傲的捧出辉煌"，这就是现代女性中林徽因所特有的自信。为什么在老一辈的回忆中都不约而同地说"林徽因是我平生见过的最令人神往的东方美人"？[①]因为她美在神韵，她不但天生丽质，并且才智超人。这种神韵渗透在她少而精的诗篇中，构成了其独具的绚丽色彩。

20世纪前期，在中西文明冲突和交汇中，在中国产生了一批不同领域中"学贯中西，博古通今"，多少称得上是"文艺复兴式"的人物，林徽因就是其中之一，无论在建筑上，还是在文学创作上，她不仅光大了中国的传统文明，也无愧于当时的世界水平。在今天这个文化大荟萃的时代里，重新翻阅林徽因那闪烁着生命的充满智慧诗意的诗篇，多多少少会给予我们一些新的启迪。

（刊于《广西民族学院学报（哲学社会科学版）》1997年第2期）

[①] 文洁若. 才貌是可以双全的——林徽因侧影. 梦之谷奇遇. 北京：中国友谊出版公司，1992：44.

心灵的妙悟

——论萧红与佛学的沟通

在文化的历史长河中，艺术与哲学的发展过程可说是同步的。"一个艺术家没有哲学思想，便只是个供玩乐的艺人"。①古往今来，有成就的文学家，大多自觉或不自觉地接受过哲学的影响；古今中外，伟大的艺术作品里，无不充溢着哲学思想之美。

"在中国现代作家中，也许萧红比之别人更逼近'哲学'"。②萧红不是哲人，她没有自己的生命哲学。萧红的作品具有超越时空的艺术魅力，一方面在于反映的生活仍然具有"现存性"，另一方面在于她的作品在反映生活的同时又贯注了作者对生活意义的思考。在萧红的作品中，不时闪现出对于生命的哲思和彻悟，哲学与对情节、人物的反映达到了一种"隐秘的融合"。这种哲学意味是她对生活的一种诗意的妙悟，内在的契合，是她经由自己特有的生命意识而进入到这个层面的，是对描写本身的超越。这里所说的悟性，是一种自由的、内动的、深层的思维活动，是一个知觉融于感觉的思维世界。

一、生与死的体验与参悟

萧红是一个怀着理想追求生命价值和尊严的人，她的一生几乎都是为苦难所缠绕，她的一生似乎总生活在与命运的抗争之中。她以柔弱多病的身躯，面对了离家、寻家、思家的种种苦难和坎坷，在民族灾难中，经历了反叛、

---

① [法]泰纳. 巴尔扎克论. 文艺理论译丛编委会. 文艺理论译丛. 北京：人民文学出版社，1957（2）：94-95.

② 赵园. 论萧红小说兼及中国现代小说的散文特征. 论小说十家. 杭州：浙江文艺出版社，1987：213.

觉醒、抗争的历程。历史的风雨和家庭的破裂迭织在一起，使她的情感和肉体备受摧残，饱受了人间的严酷与心酸。坎坷的人生经历，促使了萧红对人，对人生命运的思考，而人生体验在心灵深层沉积，使其创作中对宇宙人生的悟性愈加深刻。正因如此，萧红同常人相比，获得了多维眼光和多重性角度观看世界的方式。萧红的创作，就是在排遣自己内心孤独、寂寞以及忧郁、悲哀情绪的氛围中，渗透了人生的"生老病死，前尘后影"，并获得生命透悟般的启示。这份悟性，或许并非萧红有意为之的造作，而是她发自内心的艺术性灵。由此，她在这样的思想基础上与禅宗的世界观有了一定的相近性，这种发现，赋予了萧红作品一种宗教情绪的人生态度，如果没有这种超越，而仅止于通过艺术形象体现出一定的历史内容，那么，时过境迁，这类作品便会渐渐失去它们的价值，逐渐为人所淡忘。萧红作品永久的艺术魅力就来源于她对人生真谛的独特发现，这种发现超越了特定的现实和历史，提高了萧红作品的文化意识，对于人类具有普遍的意义和永久的价值。

苦质情绪是一种深潜的苦闷、忧郁等情感体验和心理氛围，它制约着人观察人生与世界的方式与角度。萧红善于在生存与死亡之间进行边缘性的思考，所以她体验到的悲剧已经远远超出了像阶级压迫、社会不公、封建礼教、红尘因缘等层次，而是作为存在本体的生命悲剧，是对人生与现实的苦痛、悲寂一面的把握。对于萧红来说，人生的迷惘与困惑，不是作为过程的种种，而几乎是作为人的终极生命的本质。因而，她专注于不可言喻的人生命运之苦，她笔下的生命，都是在命运的簸弄下完成的一个悲惨、阴暗的过程。这种悲剧是与生俱来的，任何生命一旦诞生，就无可逃脱地开始这种生生死死、生死轮回的悲剧过程。在《生死场》中，萧红细致而深刻地描写了东北农民对于生与死的盲目态度和原始的生活方式，传达出她对生命价值的思考。小说描写了东北土地上的儿女在平常岁月里，如野草野花一般任遗弃、任践踏的自然状态："在乡村，人和动物一起忙着生，忙着死。""农家无论菜棵，或是一株茅草也要超过人的价值。"萧红以忧郁的眼光谛视这片土地上平凡百姓的生与死，描绘出故乡农民如"死"般的"生"，比"死"更不如的生，为了"死"而降临的"生"。在这里，人们死于生产、死于殴斗、死于"蚊虫的繁忙"和传染病；更多的却是死于不该死去的人类对自身、对他人的冷漠、暴虐和毫无主张。浑噩的"死"，无聊寂寞的"生"，荒凉的"乱坟岗子"，就像魔鬼一样静悄悄地等候着每一个"蚊虫"似的人。萧红以女性细腻、真切的笔触写出了这种死亡的感觉和它对人的生命的威胁。她不仅写出了像动物一样被一种原始梦幻所支配着的人的生命活动及其文化特质，也写出了像动物一样盲目而又惊惧的面对死亡的麻木、沉寂而又无力支配自身的人生。他们处身于非生非死，虽生犹死的状态，犹如被蒙上眼罩的马，机械地、无休止地在岁月的年轮边划过一个又一个相同的圆圈，直到肉体死亡。

　　萧红在《呼兰河传》中所写的，也都是尘世中的阴界和地狱。萧红看到的是悠悠岁月里无涯无际的黑暗："生、老、病、死，都没有表示。生了就任其然的长大，长大就长大，长不大就算了。""假若有人问他们，人生是为了什么？他们并不会茫然无所对答的，他们会直截了当地不假思索地说了出来：'人活着是为吃饭穿衣。'再问他：'人死了呢？'他们会说：'人死了就完了。'"染缸房里，一个学徒把另一个学徒按进染缸里淹死了，这死人的事"不声不响"地就成了古事，不但染缸房仍然在原址，甚或连那淹死人的大缸也许至今还在那儿使用着。从那染缸房发卖出来的布匹，仍旧在远近的乡镇流通着。蓝色的布匹，男人们赶做棉裤棉袄，冬天穿它来抵御严寒；红色的布匹，则给十八九岁的姑娘做成大红袍子。在作者看来，生命的悲剧不仅是因为有了社会、人事等因素的介入才开始的，在这里，生命本身就是悲剧。

　　生与死是人的生命的起点和终点，对于生与死的态度是最能反映出人的生命价值观。从"生死场"上和"呼兰河畔"的人们对"死亡"的态度上，可以看出他们的生存状态和生命形式。正是基于人物对死亡缺乏充分自觉的承重，死亡形态尤其显得偶然和残酷。而这种生死观，是与孔子的"不知生，焉知死"是截然不同的。在萧红的笔下，人生运行就像一个轮子在转动，周而复始，永无休止，因而无意间与佛教的生死观相通了。因此，对生命价值的思考和改造民族生活方式的热望，是构成萧红小说有关生死的描写的主要心理背景。

　　萧红生与死的体验，不仅针对人类，也针对人类之外的一切生命。这种泛泛的生命意识，使得她的作品打通了生与死的界线和人与动物的界线，使她的悲剧精神表现出十分罕见的广度和深度，也正是这种泛泛的生命意识，使得她的精神意识与佛家学说沟通起来。

　　按照佛家思想，世间所有的生命都是平等的，万物有灵，应该互相悲悯、共求超度，而不应该互相戕害，而且所有的生命都具有无边的苦难、痛苦和悲哀。他们不但在"生"的意义上平等，也在"苦"的意义上平等，当然也在"死"的意义上平等。与此同时，他们还在七情六欲上相通，在"虚无"上相通。萧红对佛学无所了解，她几乎是凭着自己的精神本能，直接悟出了这样的生命奥秘。她对于生命痛苦的悲悯，不是出于伦理意义上的善良，也不是出于佛陀般的慈悲，而是源自人类最深沉的生命情感和最深刻的生命体验，她是从共通的生命现象中，体悟到了生命本体的虚无与痛苦。

在萧红的普泛生命意识中，人对动物常常表现出出自本能的怜悯，动物的生命等同于人的生命，人对动物的爱甚至超过了对于同类的爱，这份虔诚，来自她对生命本体的深切体验。一条小鱼生命的挣扎会敏感地牵动她的悲喜，并引起她对命运的感伤，如散文《同命运的小鱼》，文中记录了一条小鱼被她从刀俎下解救出来，养在水盆里，然而，它虽幸免于难，却失了自由，最后还是死掉了。作者将小鱼拟人化，借小鱼将死得生，生而复死的"命运"，慨叹生命自由的可贵。物的生命与人的生命原是没有差别的，世间原本就是心物同一的，也正是这种普泛的意识，使萧红的生命境界趋向丰满浓郁。

在《生死场》的第三章"老马走进屠场"中，萧红用细腻的笔触，描绘了农民对牲畜的爱。在秋风瑟瑟，枯叶飘零的深秋时节，王婆为了生计，含着眼泪将老马送进屠场。它以前是一匹年轻的马，为了主人耕种，受尽了伤害，但现在收割完了而且老了没有用处了，只好送进屠场，最后留给主人一张马皮，就这样它结束了整个一生。在去往屠场的路上，老马仿佛也懂得主人的情感，"它的眼睛哭着一般，湿润而模糊"。在萧红那双泛灵的眼光里，人和动物的感情似乎是息息相通的，他们在默默地交流着命运的凄凉。被送进了屠场的老马，挣脱了屠夫们的绳子，又依依不舍地想跟着王婆往回走。马对于人的依恋是出于本能，人对于动物的爱也是本能的，人已将其视为生命中的一部分了。萧红在这里把马在屠场被杀和人在刑场受难放在一条线上，在王婆与她心爱的牲畜的生离死别中，真切地写出了死亡的感觉，和它对人的生命的胁迫。既体现了老妇的心境，又隐含了作者自身的人生体验——对生命中的"生"与"病"的无可奈何。马的劳作和马的死是无可反抗的命运，这个命运即使去尽了社会因素仍是一种悲剧宿命。萧红由马推想到了人，一种难言的历史创痛感和现实焦虑感煎熬着她的心灵，她在无限的惆怅中诉说着生命冰骨浸心的无奈。这近于禅宗的自心开悟，使她的精神既超越了马，也超越了人，她超越了一切生命现象，而是直接看到了生命本身的痛苦。

二、生命悲剧的感悟

萧红小说生命意识的另一个思想内涵是通过对个体生命存在质量的观照，传达出对生命悲剧的感悟。如《王四的故事》和《山下》，充满了生命苦短和悲欢离合的苦味。此外，萧红还深深地感觉到了故乡人们永远无法逃脱命运的摆布，命运总是左右着他们，把他们牢牢地固定在一条苦难的人生小路上，在她弥留之际，她在无法把这种由生活体验所孵化出来的哲思化成文字的情况下，将这种体验口述给了骆宾基，让他完成她的遗构，这就是《红玻璃的故事》。在这个故事里，王大妈的丈夫去黑河挖金子多年杳无音讯，15年来，她一个人支撑着家，在忙忙碌碌的操劳中带大了孩子，过着还算温饱的生活。外孙女过生日那天，王大妈去看望因女婿去黑河淘金而寡居5年的女儿，当她看到外孙女玩着一只彩色玻璃花筒时，她突然想到自己小的时候，女儿小的时候，不都玩过这样一只万花筒吗？顿然，在她心中升起了陈陈相因的"命运感"：

> 但当王大妈闭一只眼向外观望时，突然她拿开它。这一瞬间，她的脸色如对命运有所悟……现在想起来，开始觉得她是这样孤独，她过的生活是这样可怕，她奇怪自己是终究怎么度过这许多年月的呢！①

她感到冥冥之中似乎有一个看不见的命运之神在驱使着她们祖孙三代人。无疑，这个万花筒曾给她们带来过美好的想象和憧憬，如今她们的命运又都一样凄苦，难道外孙女还要重复这样可怕的命运吗？王大妈感到了生命的无常和荒诞，看到了生命在无止境的轮回中重复着固定不变的人生轨迹和方式，她所期盼的丈夫与女婿采金归来的希望将永远是一个无法兑现的梦。在生命个体以及自然界一切事物的"成"的背后，她窥破了必然的无可挽回的"毁"。这一缘自成熟的体验触发了深潜在生命深处的悲剧感，她被生命顿悟似的洞穿与玄思震惊了，击倒了，从女儿家归来之后，王大妈便失去了支撑生命的信念，她的生命也由此渐渐萎缩、衰亡了。

---

① 萧红. 红玻璃的故事. 萧红小说全集. 长春：时代文艺出版社，1996：390.

最能体现出人生悲凉感和幻灭感的是《后花园》。《后花园》是萧红晚期的作品，小说中所讲述的冯二成子的故事，是乡土人生的寻常故事，是萧红对于人生悲剧自觉的理性的探讨。磨倌冯二成子三十多岁了，头发发白，牙齿脱落，"看起来像一个青年的老头"。母亲死了之后，他在这个世界上便没有了任何牵挂。除了拉磨之外，好像什么都忘了，小城沉滞的生活更使他自己忘记了生命的存在。是邻居赵姑娘的笑声唤醒了他生命的活力，把他从混沌中惊醒。他偷偷地爱上了赵姑娘，可是，对于穷人而言，爱情也是一种奢侈。他因为爱而快乐，但"他的眼睛充满了亮晶晶的眼泪，他的心中起了一阵莫名的悲哀"。不久，赵姑娘出嫁了；又过了一段时间，老太太也搬家了。在送别赵大妈的路上，冯二成子突然产生了一种异样的感觉：他的胸怀像飞鸟似地张开着，他面向着前方，放着大步，好像他一去就不回来了。

他看见了旷野，看见了无比广阔的天空，内心胀满了飞跃的欲望。因而，在回来的路上，他的脑海里出现了不曾有过的新的心理与思绪：

> 他越走他的脚越沉重，他的心越空虚，就在一个有树荫的地方坐下来。他往四方左右望一望，他望到的，都是在劳动着的，都是在活着的，赶车的赶车，拉马的拉马，割高粱的人满头流着大汗。还有的手被高粱秆扎破了，或是脚扎破了，还浸浸的沁着血，而仍是不停地在割。
>
> ……总之，他越往回走，他就越觉得空虚。路上他遇上一些推手车的，挑担的，他都用了奇怪的眼光看了他们一下：
>
> 你们是什么也不知道，你们只知道为你们的老婆孩子当一辈子牛马，你们都白活了，你们自己还不知道。你们要吃的吃不到嘴，要穿的穿不上身，你们为了什么活着，活得那么起劲！[1]

面对着这些固守在家园的辛苦劳动者，冯二成子仿佛一念点破似的从昏睡中片段地苏醒，他开始了痛苦的思索。然而，在冯二成子的面前，没有可供他选择的路，他也无力选择。由于缺乏自觉的生命意识和具体的人生目标，他只能几十年如一日地重复着单调枯寂的生活，磨坊磨道就是他的人生轨迹，他终于宿命地退回到磨坊。时间的磨盘转了一圈又一圈，最后，连同赵姑娘

---

① 萧红. 后花园. 萧红小说全集. 长春：时代文艺出版社，1996：321.

引起的内心的那些骚乱也一点点平息了，杳无痕迹了。生育和死亡，如同后花园的花草一样，不过是一种自然现象，磨倌的生活像拉磨的小驴一样，怎么也转不出这磨道。

从王大妈到冯二成子，萧红笔下人物思想的深处，是一种被拨弄的命运途中的自慰的人生哲学。对于生活没有一定的目标，依随命运的摆布而生活，在难耐的迫害和突袭的厄运面前，他们又表现了惊人的忍受力，无可奈何，逆来顺受。萧红不仅在人物身上传达出了她对于人生悲剧的理解，而且将她个人的宿命般的寂寞感渗透于其中，曲折而深切地与笔下人物的人生迷惘相融汇。

在萧红所有的作品中都有对生命痛苦的悲悯、感叹和抚慰。随便翻开她的文字，处处闪现出她沉重、凄凉的心声。这种心声弥漫于她的全部文章。在《呼兰河传》中，读者经常可以看到，在描写了一些呼兰河小城凄凉落后的人生视景和场面情境之后，紧接着萧红就会发出一些"人生为什么这样悲凉"的具有形而上的"天问"。这些有关人生的价值、生命的本源，幸福与不幸，美善与丑恶，此岸与彼岸的形而上"天问"，使所有的生命存在都笼罩在无边的迷雾之中。这些曾被无数人问遍了宇宙的问题，无一不是萧红心态情感的外射与凝聚，是在远离故乡的动乱岁月和异地他乡饱经沧桑，对已逝岁月的温情回忆和思乡心切的流露。同样，《后花园》中冯二成子向大地上的普通劳动者所提出的"你们为什么活着"的质问，实质上就是萧红在探索自身所感到的困惑。在这里，萧红流露出越来越强烈的主观思绪与心理。尽管没有结论，在默默的生死和那亘古的忧愁之中，表达了生命原始的悲哀。

人生命运的不可知，在萧红的散文《"九一八"致弟弟书》中，又做了一次诠释。到东京神田町与弟弟相会，原本是促成极欲摆脱心理烦恼的萧红只身赴日的契机，可是，当她怀着急迫的心情前往其弟寄居之处时，却扑了个空。尤其使她难以承受的是，虽然在月初弟弟就回国了，而他曾经住过的那间小屋仍旧挂着帘子，"帘子里头静悄悄的"，仿佛他正在里边睡午觉似的。物是人非，置身此境，世事无常、人去楼空的怅惘之情便油然而生。正是由于萧红胸中那份挥之不去的人生短促、命运无常之感的渗透，使其作品总有一份莫名的、悲从中来的忧伤，令读者为其深寓于字里行间的那一声声沉郁的、对生命悲剧性的咏叹而持久震撼。同样在极具喜剧色彩的《马伯乐》当中，也传达出了作者对生命价值的思考。马伯乐在书店倒闭后回到家中，备受冷视，他"思来想去，古人说得好，人生是苦多乐少……人活着就是这么一回事"，这是马伯乐经受了世态炎凉之后对生命的悲观和怀疑，也是萧红自己在战争中的生命体验。在这些作品中，我们可以感受到在萧红作品中潜藏最深的悲观，关于生命的悲观。它体现了萧红作为创作主体，既是对自身情感体验的认同和追求，又是对它的超越，在这普泛的悲剧意识里，涌动着她对于人的价值的渴求，对生命尊严和温暖的渴望，达到了哲学境界。

幻灭的程度是与一个人遭受痛苦的程度成正比的，佛教是人生斗争中的一个潜意识的信号。佛家的"苦谛"否定现实人生，而走向寂灭，把无声无灭的涅槃视为人生的归宿。文学中的哲学问题是诗人要表达一种对生活的态度，在意识到生命的虚无、悲观、绝望之后，在行文之间，仍活动着萧红对人的价值的渴求，对生命意义的呼唤。这是萧红通过负面的鞭挞所呈现出来的一种积极态度，对生命价值的一种形而上的思索。萧红对现实社会的否定，隐含了满腔的忧愤及一定程度的抗争。因而，与佛家的虚无观比较起来，萧红的虚无感中含有强烈的人间烟火味和强烈的反抗因素。从《生死场》《呼兰河传》对人类生存价值的探寻，再到《小城三月》《后花园》等对生命自由、生命质量的追求，萧红对人生的理解既有虚玄和悲观的一面，也有坚韧达观的一面。在对这些形象的刻画中，直接引向了"人应该如何活着"的哲理层次，表达了她对人类生存方式的哲理思考。

佛教意识在萧红作品中的体现，是一种覆盖了前生今世的多苦意识，所有的时空都弥漫着数不尽的苦难。萧红对于人生哲学的领悟，集中在对人生实存状态和生命价值的形而上的思考中，她尤其注重从日常生活的细微小事中探测人生与世界的深度。萧红在《商市街》中所描绘的那段日子，正是她身心状况非常痛苦的时候，她以女性作者特有的敏锐、细腻的心理，重新感受这种生活的细枝末节所带给她的苦痛，以一种十分动人的坦诚的态度，叙述了她对于饥饿、寒冷、贫穷的感受与忍耐，她在无计可施的情况下所感受到的孤独、愤恨和无聊，以及她可悲的处境在精神上刻下的伤痕和影响。《饿》《搬家》《最后的一块木柈》《黑"烈巴"和白盐》《白面孔》清晰地记录了他们曾经面临过怎样的艰辛：饥饿难耐的时候只能去朋友家以瓜子一类的点心充饥；冷的时候成天披着破棉絮御寒；穷的时候一根鞋带分成四截，两人来用；租不起五角钱一天的铺盖，买不起五分钱一个的"烈巴圈"。吃饭、穿衣、住房，这一个个具体的生活细节，无不围绕着生存的问题。然而，多少的风风雨雨，多少的悲欢离合，萧红不是悲天怆地，而是平淡地从容地面对人间的沧桑和不幸，坚韧地承受着自己所面临的厄运，或浓或淡地传递着个体生命备受压抑的忧患意识。在体悟到了人生的悲剧感和迷惘感之后，她流露出了对现实生存状态的深深忧郁，并由一些生活情景引导读者去思索生命的奥秘。这种深刻而又独特的体验，既渗透了佛教的"人生苦多乐少，变幻无常"的因素，又以自身的理性、悟性压倒了大悲大怒，从而趋向一种祸福得失任其自然的态度，达观地消释着世间的种种烦恼。正因如此，使得萧红从一开始就与同时代别的作家大异其趣：她不但因此取得了别具一格的艺术成就，而且独具哲学的深度。

三、结语

中国传统的儒家文化是一种乐感文化，追求的是个体与社会的和谐。道家文化主张与世无争，在忘情于自然山水时，忘却了现实的悲苦。佛教从人生问题出发创立了"苦"的理论，"人生皆苦"是佛教理论的出发点和基本命题。佛教对"苦"作了详尽的论述，最为人们所了解的是"生、老、病、死、爱离别、怨憎会、求不得、五取蕴"八苦。由于其植根于人生，因此很容易变成人们观察、思索人生与现实的一种态度、观点和方法。在萧红所有的文字当中，没有一处谈到佛教对她的影响，但在字里行间又分明能感受到这一份悲苦。缘其对生命终极的近乎一种思维冲动的追究，使她无意间与佛学沟通了。或许，任何一种令人痛苦、忧愁的现象，本身也许并没有什么特殊意义，谁都可能不期而遇。但萧红的悲苦是一种高度内化了的心理体验，是忧愤的一个注解。因而，萧红的悲剧感与许地山对佛教的价值评判大异其趣：许地山看到的是人生苦的境遇，欲在宗教中寻求答案，因而更富哲学的沉思与宗教的冥想；而萧红负载的悲剧情绪，更多地表现在对人生命运的深沉反思和对生活的执着思考。

凭借自身对苦难的体验和对人生悲剧的悟性，萧红在她的创作中一步步地向哲学靠近。她将对生命的深沉思考和对生活的执着追求，融入自然和一切有生命的存在中，从中寻求启悟，进而体现出超越时空的哲理性的思想，这启发着后来读者的思考。

（刊于《学术论坛》2002 年第 5 期）

女性生命的终极关怀

——论萧红与现代女性作家的精神差异性

在中国古代文学史上，以描写受迫害的妇女形象著称的文学作品虽然不少，但真正描写那些生活在社会最底层的农村劳动妇女形象的作品，却凤毛麟角。一些至今为我们传诵的古代妇女形象，从《诗经》、汉乐府、唐传奇、宋话本、元杂剧到明清小说中的女性，都不是真正的劳动女子。在中国古典文学中，在父权意识的支配下，女性的正面形象最多的是"贞妇"和"烈女"这两大类。在太平年代，父权文化向女子"俨然地教贞顺，说幽娴"；等到天下大乱之时，父权文化又教女子做烈妇、烈女。从赵五娘到花木兰，从穆桂英到孙二娘，她们都是父权文化通过各种方式夸张地描绘编织起来的道德楷模。在这些女性形象的躯体里，丧失了作为女性的生命感受和女性自然的本性。这种理想主义的浪漫描述，粉饰了女性真实艰难的生存处境，掩盖了分散在具体时空里一个个具体的女性的真实面貌。在中国两千年的封建历史中，女性自身被抹杀了。女性只是一个空洞的能指，一任男性填充任何内容。在文化层次上，她只是一个被命名者。

一、与"五四"女作家的区别

自"五四"运动起，一批接受了先进科学文化知识的中国知识女性走向了文坛。她们登上文坛之初，就不约而同地把笔端指向妇女解放这个时代主题。如庐隐的《海滨故人》、冯沅君的《隔绝》以爱情、婚姻悲剧为题材，极尽了青年知识女性敢于向命运挑战的精神；凌叔华的《花之寺》描写了高门巨族的旧家庭中婉顺的女性的苦闷与幽怨；苏雪林的《棘心》表现了封建意识和资产阶级意识交替时期女性恋爱生活与恋爱方式；丁玲的《梦珂》《莎菲女士的日记》画尽了觉醒的女性敢于向命运挑战，反对封建礼教，追求个性解放的抗争精神。她们在女性文学建树上，作出了开拓性的贡献。

与冰心、凌叔华等出身和教育程度都较好的作家相比，仅仅中学毕业的萧红，从小就在期待爱而又缺少爱的环境中长大。她亲身体验过死亡与饥饿的威胁、爱情与生育的创伤，也见过太多女性的苦难。因而，萧红不同于那些人生际遇优越的女作家，她写不出冰心笔下的月夜、星空、大海、春花，没有她的那份空幻、飘逸清丽的雅致，更写不出母爱与童心中的轻微的如丝叹息。从童年到青年时代，冰心都幸福地生活在丰厚的母爱的抚慰中，推己及人，她极力用爱来消除一切罪恶，解决一切社会矛盾，人生的忧郁在她的笔下，往往转化为慰安世人的微笑。萧红尽管并不是一个准备充分后跃上文坛的作家，但她在开始创作之前就深受"五四"以来的现实主义作家作品的熏陶。萧红是站在现实主义的起跑线上开始她的创作的。她以被压在生活最底层的女性为主要描写对象，忠实地反映她的所见所闻所感。萧红蘸着中国北方农村苦难女性的血泪，吟唱着生存与毁灭的悲歌，她从千百年相沿袭，在旧中国社会普遍而又常见的男尊女卑这一现实出发来描写妇女的不幸，从而走出了个人悲欢、身边琐事的狭小空间。

冰心的作品就像是花园里的秋菊，清新秀美；萧红的作品则是离离原上的一株小草，带着岁月的沧桑。同是描写妇女问题，冰心以其细腻沉静的笔调，摄下了劳动妇女的泪痕笑影；萧红则以其创作面的广泛、作品深厚的悲剧意蕴和她对笔下人物倾注的深切关怀，表现出了非女性的雄迈胸境。

萧红与"五四"时期的庐隐、石评梅一样，从反叛父权、逃离家庭开始了崭新而又苦难的人生之路。尽管和一般女作家一样，萧红也是凭自己的感觉、才气、悟性写作的，但她创作之路的起点却大大超越了她人生奋斗的起点。她没有将自己的经历作为创作的重点，她从创作伊始便严格地回避了令她吃尽苦头的爱情婚姻题材，没有将视觉滞留在这种不幸的诠释中，没有在作品中沉溺于个人情感和经历，更没有随意放纵和宣泄自我。萧红在创作中虽以个人的女性体验为起点，却扩展到广大中国人的群体体验，把女性的苦难置于民族的、人类的苦难之中来表现。萧红毕竟不像庐隐、石评梅等人是"五四"的女儿，她生活在30年代日本帝国主义统治下的伪满洲国。"五四"时期的人的解放在此刻已让位于民族的解放这一生死存亡的大事。严峻的现实把她的目光吸引和扩展到受难的民族和劳苦的大众身上，而作为女作家的她，自然更多地关注灾难最为深重的劳动妇女。因此，萧红的人物多是在低矮晦暗的生存空间里苦熬，没有能赖以生存的方舟，更没有可以作乐排愁的海滨、沙滩。她们连最基本的做人的权利都被践踏了，根本就无法企及追求个性自由、个性解放、婚姻美满的高度。她们尽管也曾怀有朦胧的爱的期待，但是，在承受生与死的苦难中，在使人活得不像人的伤痛中，随着容颜的晦暗，灵魂早已麻木了。那种爱的悲哀、理想与现实中的冲突、理智与情感的苦闷都与她们无缘。萧红始终在下层妇女生命价值和意义的角度中坚守着她对女性的关怀，其作品取得了巨大的社会概括性和典型意义。

与英年早逝的庐隐一样，萧红一生的命运也极为悲苦。从童年、少年直到中年夭亡，她一直处于极端的苦难与坎坷之中。从萧红的阅历和接触的社会生活范围来说，不能说有多宽广。但是，她的艺术视野在"五四"前后的女作家群中，却属最为广阔恢宏的。

"五四"时期的女作家们在看待妇女问题时，已经超越了传统的范畴。她们把妇女解放和整个社会的民主进程联系在一起，创作了大量反映女性个性解放的文本。她们对妇女主要是知识女性婚姻爱情层面的心理要求、精神饥渴，进行了大胆的描绘，提供了文化嬗变时期新女性们具有时代气息的生活画面。然而，她们并没有超越时代，她们都急于把妇女命运看作是整个中国人民命运的缩影，或是被拯救、被启蒙的对象，以此来唤起广义的人道主义的同情。但也正是这种使命的广泛性，使她们忽略了妇女本身所面临的许多问题，以及女性自身的心理欲望，对于妇女的真实处境和在社会上所存在的根本性的问题还缺少理性的认识。因此，她们未能从现实的具体的家庭关系和两性关系中写出现实的女性。

"五四"期间，冰心、庐隐、凌叔华创作了大量反映女性个性解放的文本，对女性婚姻爱情层面的心理与要求进行了大胆的描绘。然而，她们绝大部分文本局限在知识女性或上层贵妇的情爱生活圈子中，她们多是从人道主义的角度，站在人物之上俯视和悲悯着人物。萧红的创作以广大下层妇女的实际生活为内容，对"五四"女性文学的整体单薄作了一定的弥补，为中国现代女性文学注入了一份鲜活，同时也丰富了左翼文学与战时文艺的审美品性与艺术特质。

二、与丁玲的比较

与"五四"女性文学相比，丁玲和萧红的创作无论在生活世界还是情感世界，都具有优于早期女作家的广阔艺术境界。她们以敏锐的观察力和思想穿透力将创作主体的认识推向深刻，她们意识到妇女的处境只是妇女问题的一个方面。她们看到妇女不仅是阶级社会和两性社会中的受害者，而且还是自身弱点的受害者。所谓妇女的不幸，在丁玲和萧红的小说世界里，要比她们的前辈有更丰富的含义，它超越了"母爱"和"自然的颂赞"的"五四"女性文学母题，超越了一般的人道主义的笼统视野，进一步深入到女性的内心世界，从而达到对妇女自身地位、权力提出要求的女权主义层次。她们的作品都不刻意标示出性别的旗帜；她们的文学风貌不仅具有女性的柔细，同时兼备男性的刚健。然而，她们的区别又是相当明显的。

虽然与丁玲同为左翼作家，同是中国新文学离家出走的第二代"五四"精神之女，但在个人命运与文学命运上，萧红始终与走在时代尖端的丁玲形成鲜明的对比。丁玲在 30 年代缭乱的都市文化中选择了左翼大众文化作为理想信念的归宿，同时也把内向性的心灵隐合于群体的社会奋争之中。她体现出一个具备现代观念的作家与时代不断达到新的认同的可贵姿态，她真实地感受到生活在前进，主动地在历史的进程中调整自己的步伐：

> 时代在变，作家一定要跟着时代跑，把自己的生活、思想、感情统统跟上去，这样才能真正走在时代的前列，代表人们的要求。[①]

在涉足文坛伊始，萧红就在追求社会解放这一时代主题之下，极力使自己的作品成为投向黑沉沉的大地的火与剑。但萧红却不愿片面地为满足"时代需要"而紧追巨变的时势，在她以《跋涉》登上文坛之后，很快就选择了属于自己的艺术视角和社会生活，开始了自己独立的艺术探索。她在后期的创作中逐渐地走到了时代潮流之外，站在时代生活之外审视历史、清理民族灵魂中封建思想的污垢。

---

① 冬晓. 走访丁玲. 袁良骏. 丁玲研究资料. 天津：天津人民出版社，1982：189.

在 40 年代的那一页上，丁玲是明朗的晴空之下，在延河边跃马横枪，视生活为斗争的女战士。而萧红却为创作放弃了去延安的打算。从武汉到重庆再到香港，萧红一直处于颠沛流离之中。萧红于香港逝世后，丁玲于 1942 年 5 月 1 日参加完延安文艺界举行的萧红追悼会后，写了一篇追忆萧红的祭文。在文中丁玲不无遗憾地追述道：

> 那时候很希望她能来延安，平静的住一时期后而致全力于著作。抗战开始后，短时期的劳累奔波似乎使她感到不知在什么地方安排生活，她或许比较适合于幽美平静。延安虽不够作为一个写作的百年长计之处，然在抗战中，的确可以使一个人少顾虑于日常琐碎，而策划于较远大的。并且这里有一种朝气，或者会使她能更健康些。但萧红却南去了，至今我还后悔那时我对于她生活方式所参与的意见是太少了。这或许由于我们相交太浅，和我的生活方式离她太远的缘故，但徒劳的热情常常于事无补，然而个人仍可得到一种安心。①

从这一段话中可以看出萧红和丁玲在思想和生活方式上的差别。丁玲从小就立志要做一个社会活动家。她热爱文学，但是文学在她的眼里，从来不是一种单纯的、独立的、必须终生孜孜以求的事业。丁玲辗转到达陕北后，如鱼得水。她实现了要做社会活动家的夙愿，她活跃在边区文艺活动和抗日宣传战线上，成了一名组织领导者，在价值观念、审美情趣方面同她所隶属的群体大体上取得了认同。而萧红始终坚持"一个自由主义知识分子的身份"，她不肯进入任何一种主流的意识形态话语，她像热爱生命一样热爱创作。在那火热斗争的英雄乐章中，萧红不随波逐流而选择了在当时无人能理解的寂寞之行，她有着矜持的艺术信念和宽广的审美创造领域。可以想见，即便丁玲完成了对萧红的意见参与，这两位文学女性在与时代的认同态度上的差异应该还是很大的。

丁玲是带着"五四"以来时代的烙印登上文坛的，她早期作品所体现的女性自我体验、自我意识较之冰心、庐隐成熟得多。从《梦珂》到《莎菲女士的日记》，她笔下的女性"是心灵上负着时代苦闷的创伤的青年女性的叛逆

---

① 丁玲. 风雨中忆萧红. 王观泉. 怀念萧红. 哈尔滨：黑龙江人民出版社，1984：27.

的绝叫者"。①在随后而来轰轰烈烈的革命运动中，丁玲创作了《韦护》等一系列革命与恋爱冲突的小说，表明她已属于左翼文学探索者的前列。到了40年代，置身于解放区的丁玲，直接投身到了抗日战争这场伟大的民族战争的漩涡中。写于陕北的《我在霞村的时候》《夜》《在医院中》等小说，充分表现出她属于最广泛和最敏捷的接纳时代思潮的作家之列。她的性别眼光、性别意识只不过是她作为女性的一种具体的社会眼光、社会意识。正如她自己所说：

> 作家应该是一个时代的声音。他要把这个时代的要求、时代的光彩、时代的东西在他的作品里充分地表现出来。②

丁玲这种领时代风气之先的创作热情和能力，是新文学第一代女作家所望尘莫及的。在急剧发展的时代追求文学的当代性，也是丁玲与萧红的明显区别之处。

从梦珂、莎菲到陆萍再到贞贞，丁玲笔下的女性形象，她们都有各自的不幸，但也都是一出出爱情悲剧中的女主角，一些倔强孤傲的女子。她们以其偏执的女性优势心理和视女性为独尊的反叛倾向傲视一切卑怯的男人，以此作为中国几千年"男尊女卑"的合理反弹而抗衡了传统女性的失势。她们经历了孤独与虚无，在叛逆的绝叫中净化自己的灵魂，在生活与时代的风雨中寻找女性生命的价值。这种具有特定阶级性和时代性的女性意识，使丁玲与她之前的新文学女作家形成了—个广大的时代距离，成了和谐柔顺的中国妇女文学第一次惊世骇俗的例外。当生活前进了，妇女的觉悟在她笔下便成了一种革命潜力，坚强的女性超越了过去倔强的女性。此时她笔下的贞贞、陆萍、陈志太等都是一些民族战争中的英雄妇女，一些具有独立人格的大写的人。贞贞和陈志太对所遭到的性凌辱的超然的态度，击碎中国千百年来压在妇女头上的耻辱观，女性意识上升为一种"人"的尊严感和主人翁的责任感；而陆萍则不满足于自身的解放，还要求所有人都从旧的精神状态下解放出来，这无疑是妇女解放一个更高的境界。

---

① 茅盾. 女作家丁玲. 文艺月报，第 1 卷第 2 号，1933（7）：200.

② 冬晓. 走访丁玲. 袁良骏. 丁玲研究资料. 天津：天津人民出版社，1982：189.

萧红小说中也有大量的女性人物，但她们绝对没有梦珂、莎菲、毛姑娘那样鲜明的性格。萧红笔下的女性多是日常生活层次以下的，连起码的生存条件都没有，有时甚至没有名字，只是很简单的被叫作"王婆""李妈"，其人物常常是某种群体的生存方式，某种"类"或"群"的生活行为、思维话语影影绰绰的影子。女人非人，她们生命的意义和价值与动物没有两样。她们在生活权利随时都可能泯灭的环境中挣扎，毫无追求个性解放和感情独立的物质基础。男人固然是奴隶，女人更是奴隶之奴隶。在封建主义的长期禁锢下，妇女的翅膀已经麻木，她们忘却了飞翔，只能听任命运摆布，或是以死来寻求解脱。她们没有寻求解放的意识，有的只是自甘牺牲的惰性。

如果说丁玲是女性世界勇敢的批判者，那么，萧红更注重揭示妇女悲剧命运的深刻性。妇女的觉悟在丁玲的笔下是一种革命的潜力。萧红看到的是妇女身上沉重的枷锁，封建主义的精神不仅使女性成为自身的奴隶，而且不自觉地异化为自身的敌人，充当男权社会的工具，压迫自己的同性。萧红从妇女生命的价值和意义的角度来表现她们的悲剧命运，从平淡无奇的日常生活中揭示触目惊心的严酷事实，从而以女性的体验为起点扩展到广大的人生，表现出萧红对妇女生命的终极关怀和深切的忧愤之情。

以 30 年代最有成就的两个女作家相比较，我们感到，丁玲是一座突兀的山，萧红是一江明澈的水。山有"群峰共驰骛，百谷争往来"的气势，水有"缥碧千丈见底，泉水击石成韵"的魅力。高山流水，各具力度或风致，开拓了女作家创作的新格局。①

三、与张爱玲的比较

萧红与张爱玲出现在不同的历史背景，但她们都以自己的生命体验对女性的命运和生存状态进行了思考和探究。

在人生经历上，萧红与张爱玲有着某些相似之处。她们尽管一个出生在大富人家，一个出身于清朝达官显宦的名门，但是命运都十分坎坷：少年时代都过着寂寞、缺少家庭温暖的生活，经历过亲情的缺失，又都在少女时代逃离父亲的家门，在婚恋问题上都经历了波折，等等。这种生活经历和人生

---

① 杨义. 中国现代小说史. 第 2 卷. 北京：人民文学出版社，1993：267-268.

体验生成了萧红与张爱玲情感底层的无意识心理结构板层，对她们的创作无疑产生了巨大的影响。萧红和张爱玲都不是热衷于某种理论或思潮，并在作品中演绎这种思想的作家，她们的一生几乎都在抒写或改写着自己的生命体验。

对萧红来说，她短暂的一生交织着苦难与抗争，但她承受的诸多心酸与磨难直接来自男性。她感受最深、体会最切的，当是她作为女性的那份经验。这种深切体验一直保留在她的潜意识深处，影响她创作的始终，并融化在她笔下的各色各样的女性形象中。萧红笔下的妇女，都是生活在社会最底层的，被种种条件限制着和摧残着，毫无幸福可言。花季中的金枝在成业的诱惑下失身，这一闪即逝的爱情让她陷入了莫大的恐惧和绝望；温和多情的月英被折磨成形状可怕的怪物；充满了对生的渴望的小团圆媳妇在婆婆的调教下死于非命；向日葵花般的王大姐过早地凋谢了；年轻的媳妇们一个个难逃无休止的生育劫难。善被恶虐杀，美为丑毁灭。在这些普通女性普通生活要求与人性欲求被剥夺、压抑、摧残中，展示了美与善的流逝与消亡。

张爱玲作为她那个曾经辉煌一时的家族没落后的见证人，赶上了贵族的末世，同时又是家庭解体的受害者，过着有太阳的地方使人瞌睡、阴暗的地方有古墓的清凉的生活，她的感情是残缺的。弥漫在作品中的没落感和随处可见的冷酷、残缺、黯淡的人际关系以及畸形、变态、脆弱的婚姻，明显可以感觉到曾经有过的人生经历对她创作的影响，这种分裂与对峙构成了张爱玲作品的重要艺术张力。张爱玲关注的都是沪港社会里没落的官宦人家的小姐少奶奶们在沉默下去的时代里的故事。她写尽了生活在现代都市社会里的女性所具有的满布疮痍的感情生活，展示了在男权中心的社会里，披枷戴锁的都市女性匍匐生长的命运和挣扎在心狱煎熬中的女性形象。曹七巧、葛薇龙、白流苏、梁太太等一群败落家世的姨太太和大小姐们，都是唱歌唱走了板，跟不上生命胡琴和时代节拍的人物。她们只是男人和自己欲望的奴隶，她们的地位始终是不确定的。男人是她们"为要证实自己的存在"抓住的一点"真实的、最基本的东西"，是她们"在一切时代之中生活下来的记忆"。这些女性所处的环境，所受的压力，既有旧家族内的冷漠眼光、有命运的拨弄，又更有来自女性自身的弱点。

显然，在女性视角、女性立场和感悟上，萧红和张爱玲是一致的。她们较之前辈女作家最大的变化是原始化、世俗化。她们拒绝了超越现实的家庭神话和虚幻的女性本质，萧红以越轨的笔致写下了女性的种种身体体验和生存境况；张爱玲毫无顾忌地打开了一个个家庭尘封已久的大门，无遮无拦地写出了一群从未在新文学作品中唱过主角的女性，展示了中国女性破碎人格中最为惨烈的图景。在她们的笔下，女性不是神性化了的母爱，也不是不食人间烟火、一心追求爱情的痴情少女。她们笔下的妇女不仅经济上不能独立，而且人格、感情、心理上均有强烈依附感和压抑感。她们代表了实实在在的生老病死、油盐酱醋的世俗生活。不仅如此，在产生妇女悲剧命运的历史根源的揭示和对之进行的文化观照上，两位作家又不谋而合。她们两人的创作，不只是对妇女悲剧命运的描写和表现以及对女性生态心态的理解和同情，更在于对妇女何以有这样悲剧命运的终极关怀。

一个有独创性的作家，对于生活总有自己独特的认知和评价，这种认知与评价又来自作家独特的视角。萧红在看取和表现妇女生活时显示了属于她自己的独特视角，即从妇女生命的价值和意义的角度来表现女性的悲剧命运，从平淡无奇的日常生活中揭示触目惊心的严酷事实，表现出萧红对妇女生命的终极关怀和深切的忧愤之情。在《生死场》中萧红写的只是普通农妇的日常生活片断，人人都必须经历的生老病死，在这些日常的生活细节当中揭示出妇女的非人生涯和悲剧命运。在《呼兰河传》里，这一主题得到了进一步的拓展。萧红从文化的层面进一步探讨妇女的悲剧命运的深层因素，从而更为深刻地反映了鲁迅改造国民性文化思路的影响。

与萧红一样，张爱玲笔下的女性也是一批封建传统意识所造成的世世代代为男性附庸的女奴。她们除了物质上一无所有外，精神上同样一无所有。这些生活在现代都市社会里的女性，有知识的如白流苏，没知识的如曹七巧，为经济的如于敦凤，为爱情的如葛薇龙，在她们身上，总是散发着行将死亡的腐朽气息，血管里惊人一致地流淌着封建意识的血液。她们依然把自己看作一棵等待着男性雨露与阳光的小草，一样心甘情愿地匍匐在男性情欲的大网之下，屈从于女性生来就是男人的附庸的传统观念。这种意识和观念，几十年来主宰着女性的生活、命运、肉体和灵魂。张爱玲对女性世界的披露和揭示，明显带有对民族文化心理深层中普遍的国民意识的批判，这种经由感性而引发的对中国传统文化的批判是相当深刻的，这与鲁迅对国民劣根性的鞭挞，具有同等重要的意义。正如傅雷先生所说："毫无疑问，《金锁记》是张女士截至目前的最完满之作，颇有《狂人日记》中某些故事的风味。"①

萧红和张爱玲笔下的女性没有灵与肉的冲突，没有剑拔弩张的气势，也少有斩钉截铁的激昂。她们的作品都是"热闹"的时代里显出来的一种意味深长的历史沉寂，她们的女性意识没有浮华、虚妄，没有罗曼蒂克。她们以最直观、最敏感的方式体验着女性的生存状态，力求在千疮百孔的女性心狱中，在女性艰难曲折的心路历程中揭示：生存意识是人类也是女性最基本的意识之一。她们自觉或不自觉地继续着鲁迅解剖国民劣根性的传统，从女性视角开掘女性自身的弱点，并由国民性深入到人性的层面，对之进行了哲学意义上的思考和探究。萧红是寂寞的，张爱玲是苍凉的。

然而，萧红与张爱玲在个性心理、气质学养、文学观念上都有所不同，因而她们的作品也有着诸多明显的不同。萧红生逢民族危亡的时代，是在东北作家的扶持下走向文坛的。她是从浸透着血和泪的地平线上起步，向着光明和温暖的太阳，开始了艰难而顽强的跋涉。在她的一些早期作品中，她自觉地把自己的创作融入时代的主流。即便在她的创作后期中，她创作的重点转移到集中批判病态社会心理、批判封建传统意识对民众的精神毒害上，她还是为抗日创作了一些作品，表现出一定的正义感和使命感。

张爱玲出身名门，大起大落的人生际遇造成了她心灵上沉重的衰落感，她始终沉浸在中国都市人生中新旧交错的一面。中国的 20 世纪 40 年代是一个极不安稳的时代，阶级斗争、民族矛盾此起彼伏。张爱玲却不能追随巨变，她感到：

> 人是生活于一个时代里的，可是这时代却在影子似的沉没下去，人觉得自己是被抛弃了。②

这样的一种意识与现实的错位构成了她心理上的不平衡，使她产生了时代的疏离感和失落感。她笔下的人物总是与都市之子的飞扬生活相背，她与她笔下的人物共同生活在贵族社会的末世。一场震撼民族的战争只如"一个不近情的梦"，短暂得如同上海打了个盹，像封锁时的铃声一样，"一点一点

---

① 迅雨（傅雷）. 论张爱玲的小说. 万象，第 3 卷第 11 期，1944（5）：53.
② 张爱玲. 自己的文章. 辜正坤，赵宏. 张爱玲美文精粹. 北京：作家出版社，1992：214.

连成一条虚线，切断时间和空间"。在这不可理喻的世界上，张爱玲笔下的人物永远都是一些脆弱的受动者。

如果说萧红所写的是闭塞的农村地区那些善良无辜、浑浑噩噩，只知照着几千年流传下来的习惯去思索而生活的妇女，她们长期的卑贱处境和无助的状态，使她们在看不到尽头的无限轮回中"蚊子似的生活着，糊糊涂涂地生殖，乱七八糟的死亡"，那么，张爱玲笔下的女性完全不同，她们个个精明厉害、工于心计，清醒地意识到自己做女人的困境，她们明明白白地知道自己不过是为男人进行性服务和传宗接代的工具，却甘愿把自己的精神与躯体拍卖给他们，同时利用男人对她们的这种需要，施展一切手段谋取自己的利益。其利益所在，无非是妻妾名分和经济保障。她们也有短暂的挣扎，在涌动的人性与情欲中纠结，而长期的钩心斗角，使她们精疲力竭，正"一级一级，走进没有光的所在"。在那个朝不保夕、变幻无常的世界里，这只能是那些脆弱的女性无可奈何的退缩和自我保护的方式。她们的生存方式是以毁灭自己的生命为代价的。

从作品的表现形式来看，张爱玲有着杰出的艺术才华和出色的把握艺术技巧的能力。较之张爱玲中西合璧、古典的背景氛围与现代的心智感悟共存的手法，萧红的叙述简明而重复。张爱玲的写作既有传统的语汇和手法，也有意识的流动。她将笔下的人物的各种状态加以集中甚至将其置于放大镜下予以展现，把人性的暗角揭示得恐怖不堪，令人毛骨悚然。可以说，在对人性的深度挖掘方面，现代作家中极少有人能与其比肩。张爱玲作品中纷至沓来的丰富想象使其作品的叙事总具有某种厚度。萧红的作品则明显表现出了一个非学者化作家的缺少书卷气的一面。在她的创新与独特之中，也相应地显出了她文字的稚嫩与功底欠厚的一面。

（原题《萧红与现代史上女性作家的精神差异性》，刊于《东方丛刊》2002年第 4 辑）

一个孤独而永不屈服的灵魂

——论莎菲女士的形象

在英才辈出的中国现代文学史上，有成就的女作家寥若晨星，能数得出名字的大约也只有十几位，而丁玲就是她们中最杰出的一位。从其创作的时间和数量，或从其作品的思想和艺术以及所产生的影响来说，丁玲都不可置辩地属于她们中的佼佼者，在整个现代文学史上，也属于最璀璨的群星中的一颗。

丁玲是满蓄着 1927 年大革命失败后的痛苦和迷茫闯入文坛的，她一出现，就以其女性身份和不凡的才华而被人们所认识和关注。她后来曾在《一个真实人的一生》中谈到过她走上文学之路时的初衷：当时"精神上苦痛极了！除了写小说我找不到一个朋友，于是我写小说了"。因此，"我的小说就不得不充满了对社会的卑视和个人的孤独的灵魂的倔强"。她不像比她早出现于文坛的冰心那样执着于对母爱和自然美的赞颂，她的作品也没有冰心的那样清丽、幽雅的情调，她更多的是表现青年知识女性心灵的孤独、苦闷和忧郁，刻画她们在压抑、窒息的社会环境中的追求、奋争和倔强。她的成名作《莎菲女士的日记》，就是这样一部沉郁而凝重的早期代表性作品。

莎菲女士是现代文学人物画廊中最具光彩的艺术形象之一，也是最能反映丁玲早期内心世界和思想轨迹的人物形象之一，正如茅盾在《女作家丁玲》一文中所指出的："她的莎菲女士是心灵上负着时代苦闷的创伤的青年女性的叛逆的绝叫者。莎菲女士是一位个人主义，旧礼教的叛逆者；她要求一些热烈的痛快的生活，她热爱着而又蔑视她的怯弱的矛盾的灰色的求爱者，然而在游戏式的恋爱过程中，她终于从腼腆拘束的心理摆脱，从被动的地位到主动的，在一度吻了那青年学生的富有诱惑性的红唇以后，她就一脚踢开了这位不值得恋爱的卑琐的青年。这是大胆的描写，至少在中国那时的女作家是大胆的，莎菲女士是'五四'以后解放的青年女子在性爱上的矛盾心理的代表者！"

青春生命与灰暗环境的巨大隔膜

正当二十妙龄的莎菲女士，是受"五四"精神的感召和影响而勇敢地迈出封建家庭门槛的，继而又怀着热烈的憧憬从南方来到北京。她满以为在"五四"运动的发祥地能找到她人生的理想和心灵的归宿，但事与愿违，她很快就陷入了失望和彷徨之中。古老的京城并不如她想象的那样新鲜和美好，触目所及，到处都是平庸和无聊，到处都是没落和颓败，她呼吸的是陈腐而污浊的空气，感受到的是"风雨如磐"的黑暗。她的青春生命不仅没能焕发出新的活力和光彩，反而忧郁成疾，病魔缠身，以至于不得不休学静养，蜷缩在阴暗潮湿的公寓里自虐式地封闭着自己，一个人守着清冷的孤灯，苦熬着漫长而寂寞的时光，日复一日地堆积着忧郁与无奈。

在莎菲女士的周围，不乏一双双爱护的眼睛和一双双温暖的手。但所有这些都不能消融她心中坚硬的冰块，都无法驱散她心中沉重的郁闷，她像天使般固守着自己纯真的理想，抗拒着腐朽而黑暗的环境的侵蚀。没有一个人能真正走近她孤独的灵魂，没有一个人能理解她的愁绪和衷肠，包括她最要好的朋友。她看不惯毓云和云霖的平庸与浅薄，无法忍受剑如的虚伪与无情。她与他们接触得越多来往得越多，越感觉到横亘在她和他们之间的鸿沟越深；他们越是关心她，爱护她，她感到离他们越远。她不甘湮没无闻地消耗自己的生命，不愿戚戚于春花一般的年华，但她又无力去改变周围的环境和自身的处境。她傲视世俗社会，不愿在世俗社会中随波逐流，而世俗社会也容不下她的孤高和倔强，因此包围和吞噬她的只有无边的孤独和排遣不开的苦恼。莎菲与外界发生的这种隔膜与对立，使她变得越来越敏感，越来越孤独，越来越喜怒无常，甚至于近乎心灵的扭曲，而这正是莎菲女士鲜明的性格特征之一。

渴望理解与不被理解的人生悲哀

苇弟是在窒息的空气中，出现在莎菲面前的第一位男性密友。他对莎菲关怀备至，一往情深。莎菲凭借女性特有的细心和敏感，深深地感觉到苇弟那两颗跳动的眸子里收藏着的全部内涵，"这是有多么久了，你，苇弟，你在爱我！"苇弟的忠厚、朴实和真挚的品格，曾引起了莎菲对他的好感。在寂寞苦闷中，每听到苇弟到来的脚步声，她的心就"从一种窒息中透出一口气来，感到舒适"。在病中受到煎熬和苦苦挣扎的莎菲，因寂寞而感到怅惘，感到无比的孤独，极度需要有一个人守在身旁陪伴着她，为她解除内心的烦恼。但是，即使在莎菲如此渴求爱的境况下，近水楼台的苇弟却仍是无法走进她的心扉，因为苇弟根本就没有了解莎菲。他的笃实可靠，赢得莎菲的信赖，但思想的平庸苍白，却令莎菲难以忍受。他的一切行动和思想，均以莎菲的言笑为轴心，莎菲是他心目中的一切，爱莎菲也就成了他唯一的追求和人生目的。他每日诚惶诚恐地守护着莎菲，只要看见莎菲笑了，他便很满足了。他深爱着莎菲却不了解莎菲，不了解莎菲沉默的情怀。他最常用的表白爱情的方式是流泪。但莎菲并不为他的眼泪所动，她并不是那种"脆弱得禁不起一颗眼泪"的女人。"在我平日的一举一动中，我都很能表示出我的态度来，为什么他懂不了我的思想呢？"这正是莎菲内心的悲哀所在，也决定了苇弟的爱只能是无望的。本来，对于一个刚刚冲出封建家门而又处于苦闷中的少女来说，有一个异性朋友虔诚而狂热地关心着自己，爱恋着自己，是很容易受到感动而以爱心回报的。但对莎菲这只曾在蓝天中飞行过而不幸坠落于寒林中的孤雁来说，肤浅和苍白的爱并不是她所企望的。"我总愿意有那末一个人能了解得我清清楚楚，如若不懂得我，我要那些爱，那些体贴做什么？"而苇弟由于不了解莎菲而只能成为莎菲心门外的徘徊者，他愈是爱莎菲，莎菲愈是感到难过和苦恼。为了让比自己大四岁的苇弟了解自己，她不得已只好拿出从未示人的日记给苇弟看，尽管她极不情愿这样做。"希求人了解，而以个人想方设计用文字来反复说明的日记给人看，已够是多么可伤心的事"。令人悲哀的是，愚弱的苇弟竟看不懂这些日记，看不懂莎菲那颗孤傲而颤抖的心灵，莎菲悲愤不已，"我真想一赌气扯了这日记"。渴望理解而不被理解，莎菲内心的孤独和苦闷也就愈积愈深。如果说肺病给予她的主要是身体上的创痛，而不被人理解所造成的却是心灵上的创痛！

情感羁动与理想追求的剧烈碰撞

莎菲是在极度空虚和苦闷中，认识并爱上南洋公子哥儿凌吉士的。这位有着优雅的丰仪和与别的男子有着截然不同风格的、极富魅力的青年男子的出现，宛若一道耀眼的光芒，骤然照亮了莎菲黑暗而阴冷的心房。她像跋涉在沙漠中干渴难忍时突然遇到了清泉，不禁惊喜若狂。凌吉士温柔而大方、坦白而多情的态度，使莎菲欣赏得如吃醉一般。为了得到凌吉士的爱而又不失少女的清高与矜持，她可以说使尽了一个女人所有的小聪明和心计，她给凌吉士隐隐传递出她情感波动的信息，却从不用语言来表达；她渴望见到凌吉士，却从不主动约见他。为了有更多的机会接近凌吉士，她寻找种种借口和理由，并迫不及待地搬到低矮、狭窄而潮湿的公寓里去住。皇天不负有心人，她终于成功了，凌吉士那富于诱惑力的红唇终于落在了她娇嫩而羞红的脸颊上。但她很快发现，在凌吉士那风度翩翩、高贵而迷人的外表下，隐藏着的却是一颗庸俗、卑琐的灵魂。

他整天想的是如何"赚钱和花钱"，金钱和享乐是他人生的全部意义。他并不真正了解莎菲，也不真正懂得爱情，尽管他有足够的资本吸引女性，尽管他有了妻，并驾轻就熟周旋于众多的女性之间，甚至到妓院"韩家潭"销过魂，但他追求的只是肉欲的快乐，而不是爱情。他曾说过，莎菲是一个"奇怪"的女子。在这一点上，他似乎读懂了莎菲的某些情感，莎菲也因此而激动过，但实际上，他只是随口说说而已，也只能说说而已，绝非是真正了解莎菲之后而发自内心的赞叹。他对莎菲的了解，有如海边嬉戏的小孩，只是在浪涌之际偶尔寻到了几粒贝壳，他有限的目光，永远看不清大海的宽广与深邃。当莎菲渐渐看清了凌吉士的真实面之后，内心又一次掀起了狂风巨浪。

一方面，莎菲无法抗拒凌吉士与众不同的丰仪的诱惑，她天天盼望凌吉士的到来，幻想着与凌吉士在一起的快乐情景，即使凌吉士不在身边，她也"在爱情的微笑中度过了清晨"。她对凌吉士的迷恋已到了癫狂的程度，这是在与苇弟交往中，绝对掀不起的情感波澜。因而，尽管她逐渐看清了凌吉士卑琐浅薄的内心世界后，还是情不自禁地投入他的怀抱，享受着情感的快乐。

但另一方面，莎菲毕竟是一个有理想有追求有自己的价值尺度的新女性，她蔑视凌吉士的灵魂的鄙俗和卑琐，蔑视这个花花公子的人生态度和处世哲学，她一时难于从情感的迷恋中挣脱出来，但她又常常感到羞愧和痛苦。她一面接受着凌吉士的抚弄，一面又痛恨这个徒有其表的行尸走肉。经过一次又一次灵与肉、情与理的搏斗，她终于以坚强的意志和毅力挣脱了情感的羁绊，重新寻回了高贵的自尊和不变的信念，义无反顾地离开了曾令她倾心令她迷恋的凌吉士，她那颗倔强的永不屈服的灵魂，又引导着她昂然踏上了新的人生之旅。

在莎菲年轻的生命行程中，曾有两个男子在她微启的心里停留过，但在这两个男性截然不同的世界中，莎菲都无法寻找到能停泊自己心灵的空间，在短暂的驻足和徘徊之后，她又不得不背着沉重的苦闷和巨大的创痛继续前行，宛如一只失群的孤雁，扑打着受伤的翅膀继续在茫茫的天宇间寻找属于自己的那一片蔚蓝。这就是莎菲，一个追求自由的年轻女性，一个不屈不挠的孤独的跋涉者，一个猖傲倔强的永不屈服的时代之魂！

莎菲是丁玲年轻时代塑造的一个年轻女性，她的出现，曾引起文坛的普遍惊喜和广泛关注。尽管她的诞生至今已过去六十多年，但她的青春依然，风采依然，魅力依然。今天回过头来审视这个人物形象，不仅可以从一个侧面窥见当时社会的停滞、黑暗和颓废，还可以由此而获得许多感悟和启迪。作为一个成功的艺术典型，其审美价值更是丰盈而永恒的，是任何别的形象都无法代替的。莎菲的青春将永远不老，莎菲的生命力也将永远不老！

在丁玲绵亘半个世纪的创作生涯中，她为我们留下了一个个光彩照人的艺术形象，尤其是女性形象。如《我在霞村的时候》里的贞贞，《在医院中》里的陆萍，《太阳照在桑干河上》里的黑妮，《杜晚香》里的杜晚香……她们尽管出身不同，经历不同，思想性格不同，但无论是小资产阶级女性知识分子，还是农民巾帼英雄，她们身上都或多或少地重现着莎菲的影子，都贯穿和延续着"莎菲型"女性美和品格美的一条红线，即她们都有一颗倔强不羁的灵魂，都有一种坚定不移的信念，都有一股执着追求的精神。这正是一生历尽坎坷而理想不变的丁玲气质性格的艺术写照，在她所塑造的一系列"莎菲型"女性形象中，映照出作家别具一格的美学情愫和执着的审美理想。丁玲笔下的女性人物系列，也成为中国现代文学史人物画廊中光彩夺目的重要组成部分。

鲁迅曾说过："中国女性并不如厌世者所说的那样无法可施，在不远的将来，便要看见辉煌的曙色。"①丁玲自身的经历及其笔下女性人物的足印，都充分验证了鲁迅的预言！

（刊于《萍乡高等专科学校学报(社会科学版)》1994 年第 3 期）

---

① 鲁迅. 伤逝——涓生的手记. 复旦大学中文系，上海师范大学中文系. 鲁迅小说选. 上海：上海市中小学教材编写组出版，1972：190.

春风吹皱的池水

——凌叔华小说思想浅探

在中国新文学人物画廊中，子君、莎菲、孙舞阳、章秋柳、露沙等这一个个敢于反叛传统、蔑视礼教，不畏人言，特立独行的新女性形象占据着显赫的地位。她们高举着"个性解放"的旗帜，去过人类应过的生活，不仅仅做个女人，还要做人。一扫几千年来封建闺秀的羸弱性和依附性，具有强烈的自我意识和自我尊严。她们是时代的弄潮儿，是中国第一代新女性的楷模，曾经鼓舞着无数"五四"女儿们投身于反抗封建包办婚姻，争取爱情自由的洪流中。

但是，在现实中，身受几千年封建礼教浸染和毒害的中国女性，是不可能在一两次社会变革中就完全摆脱传统的积垢，即使在新女性的身上，也多多少少地散发出陈腐、落后的传统意识。她们也曾徘徊、踌躇、进进出出在"梦醒了无路可以走"的窘迫困境中，更何况还有那些闭锁在深闺、隐居在高门内的太太小姐们。她们被时代抛弃在冷僻的一角，困惑迷惘地张望着这骤然改变的生活。在当时的社会里，这样的女性并非只是少数。

从古老北京官宦人家兼书香门第的高门深院里出生、长大的凌叔华，以其独特的视角和敏锐的笔触抒写了这些遗落在封建家庭影壁、隐藏在新式家庭屏风后的故事。向人们讲述了"五四"运动之后的闺门幽怨，信手用笔尖捉住了时代变革投射到这一小块生活上的几个模糊的光斑，展示了现代文明之风吹进高门巨族没落的闺楼，那些温婉女子的心灵泛起的微波，以及人性复苏和性爱渴求的艰难；轻轻掀开了在错综复杂的历史演变中，被时代思潮流行的观念形态所掩盖了的，鲜为人知的女性生存的现实，表现了她们获得"解放"之后的生活方式、心理状态、人生际遇，展示出了妇女运动的另一面。使我们看见和冯沅君、黎锦明、川岛、汪静之所描写的绝不相同的人物，也就是世态的一角，高门巨族的精魂。凌叔华填补了"五四"文学革命笔墨罕至的"空白"，使新文学的女性形象群雕更富有历史的纵深感和现实的穿透性。自 1925 年 1 月的成名作《酒后》，到 1984 年发表的最后一篇小说《一个惊心动魄的早晨》，凌叔华一直执着地坚持着这一点。

一、庭院深深深几许——深闺中少女的梦

当"五四"强劲的东风吹过"深深庭院"时，除了那些毅然投身于革命洪流中的先锋女性之外，还有那些只被春风吹开了纱帘，从深闺中探出头来感受时代之风的小姐们。她们是在传统礼教中长大的，拥有一切传统少女的美德和修养。然而却又因为她们未及变化的生活方式与变换中的时代风气脱了节，虽然，时代之光的照拂，使旧式小姐们在行为举止以及观念表层上坦然接受了某些文明的馈赠，但这些"新"东西一旦与她们的深层传统意识相嫁接，就变得异常尴尬，以至结出的果也是畸形的。

《绣枕》细腻地刻画了一个未婚少女的情感世界。富家姑娘"大小姐"不仅美丽温柔，而且聪明灵巧，只是"养在深闺人未识"，然而，哪个少女不怀春？可是"大小姐"的身份和教养是不允许她像鲁迅笔下的子君或庐隐笔下的"海滨故人"们那样大胆地追求和寻觅。但时代的转变，又使她获得了一点点主动的权利：毕竟在听从父母之命之外，还能用自己的双手，以针线为中介来宣泄她的情感，通过绣枕，让异性间接地感受到她的魅力所在。于是，那一枚小小的绣针，那些五彩缤纷的丝线中，深藏着一个少女的梦，传递着她对生活的憧憬和对爱情的期待：她希望这对小小的靠枕能化作一架天梯，把她送进白家，成为白总长的儿媳妇。不幸的是这对耗费了"大小姐"半年心血的靠枕，送到白总长家的当天，就被喝酒打牌的人吐上秽物，踩上泥印，践踏玷污之后又转回到了"大小姐"的面前，她的心就像她的刺绣精品一样任人践踏了。梦想破灭了，而她只能默默承受，暗暗地掩盖着心灵的创痛，守在深闺里。凌叔华所给予"大小姐"的这点可怜的权利，反映了"五四"时代精神在这一类少女身上的极其微弱的回声，和她们最终无可抗拒的任凭摆布的命运。

与"大小姐"相比，《吃茶》里的芳影小姐又前进了一步。在"五四"妇女解放运动之风的吹拂下，已不甘"杨柳堆烟，帘幕无重数"的闺院生活

的寂寞，悄悄地撩开帷幕，走出闺阁，走向社会。她能够上电影院看电影、到茶会上吃茶、去公园里听音乐，与男子有了直接的来往。在这种时髦的社交活动中，她被留洋归来的淑贞的哥哥王斌撩拨得春心荡漾，对他产生了倾心爱慕之情。然而这不过是一场误会，在王斌这样现代青年看来，给女子让座、帮助女子提东西、搀扶女子上车，对她们说几句恭维话等，不过是"外国最平常的规矩"，而在芳影这样一个从闺房深院中长大的少女看来，却误认为是男子向女子传情的表示。新旧观念在男女两性交往中的心理逻辑，就这样出现了错位。芳影由此而"整天都觉得心口满满的，行也不安，坐也不宁""只倚着窗台发愣"。正当她的爱达到了如痴如醉的程度，王斌给她送来了与另一女子结婚的请帖，她才从幻梦中醒过来，"恰似一盆冷水，从她头上泼下来"。芳影这个被时代风尚推进了有限的交际圈中的深闺少女，在时髦的社会活动中并未能摆脱传统闺秀待嫁的焦灼，和深沉意识中依附男士的心态，因而错会了男友的殷勤，糊里糊涂地坠入了情网。在受到沉重的心灵打击时，她的精神仍无法从沉睡中苏醒过来，只是在嘴边微微显露一弧冷冷的笑容来强掩内心巨大的屈辱和悲痛。

《茶会以后》里的阿英和阿珠两姐妹，比起芳影，又要稍稍幸运些，她们闺房的门开得更大了一些，看见了更多的"外国规矩"，然而，她们那空虚缭乱没着没落的心，依然如芳影一般。她们在茶会上看见"文明男女"互相追逐，比肩而坐，既看不惯却又羡慕不已，嘴上说的是"最怕和男子说话"，而内心却骚动不已，倾心向往。她们明白了"原来现在时兴开茶会，就是为了这样的事情"，虽然她们也是因为爱的苦闷和追求参加了茶会，却没有足够的勇气和技巧去争取自己渴望的爱情，只能对着"一片黑沉沉的冷萧萧的庭院""起了种种不成形的顾虑和惧怕"，感受着被时代抛弃后的凄凉和恐惧。她们也许就是丢下了绣花针的"大小姐"，重返社交圈的芳影，一只脚迈出了闺房，另一只脚却无处安放。这些处在新旧文明夹缝中的人物，最终只是咀嚼着仅有的那点可怜的琐屑的悲欢，又回到寂寞、清冷的深院中，消耗着青春年华，她们的未来，也许就是《中秋晚》《送车》中的太太们。

透过这一个个受伤的心灵，我们可以看到，婚姻对中国传统妇女来说，既是她们赖以生存的必然形式，也是她们实现女人价值的唯一机会。正是这种观念所产生的巨大内驱力，使得这些呼吸着时代大潮激荡出的新鲜空气的闺门少女，试图利用时代的恩赐，自己去寻找一个可以依附终生的对象。她们身上深重的传统意识并未因时代的变化而变化，她们满腔的渴望，一生的美梦，都维系在男人这根轴上旋转，她们的烦恼和幽怨全部都来自深深的依附心理所产生的无所依附的烦恼和幽怨。

一场轰轰烈烈的新文化运动，并没有给深闺少女们的命运带来根本的变化。现代文明之风，吹进这高门深院，如同微风吹拂下的一池春水，泛起一层层涟漪，随即便复归于沉寂。

二、终点又回到起点——城堡中少妇的梦

如果说，凌叔华通过对渴望"解放"的少女们的扫描，揭示了即使像"五四"这样划时代的民主之光的照拂，也不可能从根本上完全摧毁传统女性意识对妇女的困锁和摧残，那么，她对那些经受过"五四"新思潮洗礼，以"解放"了的姿态傲然进入了新式婚姻城堡的女性的刻画，又深刻地揭示出了觉醒后的知识女性与并未发生根本变化的家庭结构之间不易觉察的矛盾，以及隐匿于解放意识下的传统积垢的复归。

"我是我自己的，他们谁也没有干涉我的权利"——这是"五四"一代女性觉醒的宣言。当这些在追逐爱情的普遍风尚中，把爱情看得至高无上，甚至把自由婚姻的追求作为"宇宙人生的中心"的"解放"女性，由少女成为少妇之后，安稳舒适的新式太太生活，又使她们陷入了另一种孤寂和空虚的尴尬处境，她们还是"自己的"吗？

《酒后》中的采苕，看到那醉卧于客厅中的朋友子仪，两颊胭红，眉眼、仪容出现了从未有过的"温润优美"，于是不可自制地萌发了要吻他一吻的念头。然而她的教养，她的婉顺性格，都使她不敢轻举妄动。最后费尽心机征得了丈夫的同意，勉强支撑着走到子仪的身边，终因缺乏勇气，又急步回到了丈夫身边，放弃了好不容易得来的一吻之求；《春天》里的霄音，无意中听到一段凄恻动人的琴声，便想起了从前的情人现今的潦倒和憔悴，不禁为之流泪，她在情感的驱使下，提笔给他写信，但只写了一句就写不了；《花之寺》中的妻子燕倩，偷偷地以丈夫的一个女读者和崇拜者的名义给他写信，并且约他在花之寺幽会，试图以此给她那热望已退的爱情创造出常新的活力，在春花寂寂争妍境地幽绝的花之寺重复他们爱情生活的浪漫气息；《他俩的一日》中的筱和，为了抗拒家庭间的熟昵对爱情的销蚀，

以及摆脱日常生活的琐碎和嘈杂，寄望于通过肉体的离居来达到同爱人最密切的精神的结合。

这一幕幕新鲜浪漫，却又毫无意义的表演，显现了婚姻生活的空虚苍白。这些婚姻都是在"恋爱至上，婚姻自主"的旗帜下缔结的，这些女性也曾是妇女解放的先锋，但是，她们只把走出家庭、婚姻自主当成全部问题的解决，此后便没有了更高品位的精神追求。当她们走进衣食无忧的家庭生活之后，便将时代的变革、社会的风云统统关在了门外，"两耳不闻窗外事，一心只种爱情花"，而这种爱已经完全失去了历史责任感、使命感，社会改革的热情等人生坚实丰满的基础，当爱失去了人生的依附，那种为爱而爱的爱情便日渐变得苍白无力，她们的婚姻生活也由此日渐变得乏味无聊，但是，她们不甘心闭锁在这无聊和寂寞之中，却又不知该往何处寻觅新的出路，为了填补空虚的灵魂，充实无聊的生活，源于内心深处"压抑的解除"这一生命冲动原型，她们只得寻找一些并不过分的新鲜来刺激生活。当她们听从这内在生命冲动去行动的片刻，她们就摆脱了妻子角色的束缚，重新享受到了少女时代作为追求者的无拘无束的快感。但事实上，她们的情感纵然有那么一些美妙的瞬间，将梦想升华到自由高尚的境地，却仍不得不承受来自她们下意识中的传统伦理观的严苛审查，以及自我的审视，终于重新坠入日常生活的真实里：采苕终于不敢吻子仪，便"三步并两步的走回到丈夫身前了"；霄音也在丈夫意外归家时将信搓揉了；燕倩和筱和最终仍不经意地流溢出了以男性为生活轴心的传统意识。这些获得了自由婚姻的新女性，又渐渐地演变成了家庭中的摆设，充当了花瓶的角色。她们勇敢地走出了旧式的闺房，却又不幸沦为了新式客厅中的玩物，走了一个可悲的圆圈，在婚姻城堡里迷失了自己，迷失了原有的方向，深层意识中的传统意识又在新的环境中逐渐复活。

《小刘》中的小刘，也许就是做了母亲的采苕、霄音、燕倩的延续。曾几何时，小刘这个取笑过"三从四德""贤妻良母"的活泼机灵的女孩子，十多年后却成了生孩子机器，神情痴呆，思想麻木。当年那个充满了生命活力的小刘，已变成了十足的旧式太太。在这里，新女性的人格尊严、个性意识完全让位于温良恭俭的封建女教。

由此可见，走进新式婚姻城堡的新女性，结局并非都如出走的娜拉那样：不是堕落就是回来，更多的女性在婚后以各种方式默默地履行着她们的角色任务：生儿育女、"孝"子"孝"孙，直到老终。文明之风吹起，曾把这些先锋女性向前推进，但深沉的历史积淀，又将她们缓缓地拖回原位，终点又回复到起点。

（刊于《河池师专学报（社会科学版）》1997 年第 1 期）

觉醒：在男子负心之后

——读池莉的《小姐你早》

婚姻同女人的生活、命运、前途息息相关，也同一个社会的法律制度、道德规范、思想意识联系在一起。因之，时代的变化和社会的更替，往往非常敏感地从她们身上反映出来。在中国当代的女性小说中，深深浅浅地继承了透过婚恋问题来反映妇女命运、反映时代风云变幻和社会发展动向的文化传统。

池莉的《小姐你早》，便是继《不谈爱情》和《绿水长流》之后，对世俗爱情和婚姻真理或学问的又一探讨。它讲述的是三个当代"弃妇"觉醒、抗争的故事。

"弃妇"的形象，长期以来在中国女性主义文学中占有特殊的地位。在《诗经·氓》中，就描述了女子被男子无情遗弃地悲惨命运："于嗟女兮，无与士耽！士之耽兮，犹可说也，女之耽兮，不可说也！"弃妇从自己的血泪教训中发出的已不仅仅是对负心丈夫的谴责，而是对整个男性特权的谴责和对同命运的妇女的忠告。在唐传奇中，依然可以找到软弱女子无法抗拒负心男子玩弄的故事。故事中女性的最终归宿，大都是凄惨悲凉地走向绝路，最为突出的就是蒋防的《霍小玉传》和元稹的《莺莺传》。由于中国数千年传统文化中父系观念的重压，女性被抛弃，实际上等于生命的完结；而男子"另结新欢"则基本不影响甚至促使其社会地位的升迁，这是封建社会赋予男子的特权。到了关汉卿的《救风尘》《金线池》《谢玉香》《作妮子》《望江亭》《拜月亭》，仍大量描写了妇女的不幸遭遇，但是，在其间他还刻画了一些有智有勇的女子形象。这些出身下层的女子敢于和豪门男子周旋抗争，并大都达到了自己的目的，这是封建时期女性主义文学罕见的突破。然而，这突破也仅仅是重重帘幕密遮下的一点微光，女性丝毫没有改变无法主宰自己的婚姻命运的事实。"弃妇"之痛,不仅反映出了男尊女卑社会制度下妇女的悲惨处境,更为重要地说明了,封建女性不仅在人身上对男子的依附,同时在精神上对男子的完全依赖。女子如此痴情,男子如此负心,男性是女性痛苦的直接制造者。在强大的封建势力面前,面对男子的背叛,女子基本上无权申辩,女子抗争的制高点也仅仅只能停留在怨恨控诉的阶段。

历史的车轮走到了今天,随着思想解放和改革大潮的合力推动,个体生命意识的日益觉醒,对于男子,妇女不再是仰视,而是平等观察。时代不同了,面对负心的男子,今天的女性又该如何!

《小姐你早》讲述的就是一个注入了新的时代内容的"痴心女子负心汉"的故事。主人公戚润物属于"转型期"的高级知识分子:"埋头读书十几年,废寝忘食地从事科研工作十几年。"①20 年如一日地行走在自己的人生轨道上,游离在世俗金钱的红尘之外。她和《人到中年》的陆文婷一样,有着典型知识分子式的清高和对精神理想化的追求。然而,历史似乎又翻过了"我愿意是激流,只要我的爱人,是一条小鱼,在我的浪花中,快乐地游来游去"②那样纯真的一页。愈有成就的女性愈少幸福完满的家庭,这几乎成了时下知识女性婚姻的定律。

在事业和生活上感觉都很好、很有意义、很充实的戚润物,突然有一天发现了一直认为是别人的故事,却正在自己的家中上演:丈夫王自力正在与连耳根都未曾洗干净的乡下小保姆偷欢。像中国所有依靠公款最先富起来的那一批大款,王自力头上戴的总经理的帽子,腰间挂着一排机器,开的是小汽车,泡的是歌舞厅,借助金钱升腾、享乐、糜烂。像所有心高气傲的知识女性一样,面对婚姻的骤然突变,戚润物首先的反应是:义无反顾地提出离婚,不要王自力一分钱,维护女性的尊严。这样的结局在现实生活中已相当普遍。

然而,就在此时,戚润物遇上了李开玲和艾月,两个在心灵上受过创伤的女人。这三个不同年龄不同层次却同时在男人那儿受到伤害的女人走到了一起,一切有了新的开始。"从心与心,身与身,物质与物质,世界与世界的交流中",她们重新认识了自己,三个人共同努力,为争夺女性尊严、创造独

---

① 池莉. 小姐你早. 收获, 1998(4):32.
② [匈]裴多菲. 裴多菲诗选. 北京:人民文学出版社,1959:52.

立自我，为自己的幸福和自由奋起抗争。最后，王自力的结局是财色皆空。

池莉在她的小说中为女性谋求了一条自由生存之路，既要争取拥有女性崇高的尊严，同时又要获取物质保障。在实利主事的理庸时代，金钱对于女人来说更为至关重要，因为现实生活始终是在金钱的算盘珠子上拨来拨去的。没有钱，离婚后戚润物的生活将不堪设想；没有钱，李开玲仍旧要受制于王自力，艾月依然过着被男人使唤的日子。女人不能再用理想主义的精神漫游来解脱实在生活的烦恼。鲁迅早就说过，提包里若没有钱便不要做未来的梦，"自由固不是钱所能买到的，但能够为钱而卖掉"。①因此，在"执子之手，与子偕老"的古典情怀化为乌有的都市社会里，争夺经济权是最要紧的。只有经济上完全自立，对于男子的负心，女人才不再是只有怨天尤人的份。用智力与男权社会对抗，沿用男人对付女人的办法来回敬男人，这是池莉设想的一种生存试验。正如沃尔波尔所说的"这个世界，凭理智来领会，是个喜剧；凭感情来领会，是个悲剧"②（《论喜剧》）。

同古代"弃妇"相比，在自我拯救的道路上，戚润物的确迈进了一大步。然而，在如何走上这条觉醒的路途上，戚润物似乎仍站在古代"弃妇"的起点上。池莉在刻画生存中女性生命个体的心灵轨迹中，在一定程度上更深一层触及了当代中年知识女性更为内在和深刻的困境。这是短篇小说揭示的更为深刻的另一命题。试想，假如戚润物始终没有发现丈夫与小保姆的丑事，那么，她的后半生或许仍在与社会现实隔绝的空间流逝，长时间过着连一种女人的爱好也没有的日子，迷失在琐碎的生活中，丢掉了女人的生活的最后的诗意光辉。为什么男人不把婚姻当成一种负担？而女人总要在男人负心之后才顿悟？才想起要改变自己，要返回社会现实？

尽管女人处境中的经济演变，在不断动摇着婚姻制度，它已经变成两个独立人的自愿的、自由的结合，而婚姻对于男人和女人，仍然是完全不同的两回事。对于男人来说，结婚是一种生活方式，而不是一种被注定的命运，他可以超出家庭利益而面向社会利益。尽管王自力干的是偷税漏税的违法勾当，但在社会上他仍是一个独立完整的人。而对于女人来说，保障日常生活的稳定节奏和家庭的连续性是天职。尽管戚润物在工作上依然出类拔萃，然

① 鲁迅. 娜拉走后怎样. 鲁迅全集. 第1卷. 北京：人民文学出版社，2005：168.
② 杨绛. 有什么好？——读奥斯丁的《傲慢与偏见》. 关于小说. 北京：生活·读书·新知三联书店，1986：64-65.

而，她未能超出自身范围，延伸到社会群体。她对于社会，是闻名遐迩的粮食储备专家；而社会对于她，却是未曾改变的过去。在家庭里，女人永远是妻子与母亲，而男人永远是完全属于社会和事业。当女人变成主妇和母亲时，她便主动放弃了自己在大自然、在人群中的自由。她不再讲究修饰自己，不再考虑穿着打扮，不再关心爱护自己，因而也就失去了表明自己对社会的态度，失去了女性应有的魅力。尽管戚润物藐视丈夫的能力和赚钱的本事，她与他斗争，坚持每天骑自行车上班，坚决不坐丈夫的小汽车当太太，以此维护自身的独立性；她又与世界其他人斗争，绝不参加公款的吃喝玩乐，以维持自己的理想人生信念。在另一方面，她又固执地将自己封闭在婚姻里，在家与社会现实中筑起了一道无形的高墙，婚姻使她产生了依附心理，使她失去了与社会维持一种动态的、充满活力的关系的能力。

丈夫似乎永远都比妻子更为主动地结合于社会，他在本质上就是独立的。女人的依附性是内在化的，虽然她的行动是自由独立的，虽然她是全身心投入了事业，但并不说明她完全摆脱了婚姻的奴役。这也就是为什么不是戚润物主动地感觉和发现她所共同生活的人已经腐烂、变质，主动地认清自己和自己的家庭。而只有在男人背叛之后，才意识到自己离社会现实已多么遥远，自己每天操持的家庭早已名存实亡，才想要解放自己。从某种意义上来说，女人的解放意识的觉醒，仍旧来自男人的提醒。在这一点上，当代的高级知识分子戚润物和古代的"弃妇"们又有什么区别？命运给予她们的机会，永远只是让她们在家庭崩塌前恍然大悟。

男人负心，女人觉醒；小姐说不，男人遭殃。池莉在《小姐你早》中所描述的三个当代"弃妇"抗争自救的故事，无疑是千百年来"棒打薄情郎"中最为痛快淋漓的一笔。拍手称快之余，还留给我们更深一层的启示：中国当代女性，尤其是中年知识女性，不应当把结婚看作是一种既定的命运，把夫妻看作一个封闭的细胞，从而走入迷失女性自我的困境。女人不仅要在社会上独立地发展壮大，在家庭生活中依然要做一个清醒的主宰者。

女人的自救，不应当仍停留在男人负心之后，女人的觉醒，应该在结婚之前。结婚，绝不是属于女人既定的牺牲命运；婚姻，不应当成为一种隐退、兼并、逃避和补偿，而应当永远是独立而完整的生存的联合。

（刊于《中华女子学院山东分院学报》1999 年第 4 期）

双重边缘的书写

——论马来西亚华文女性文学

东南亚地区是世界四大文化体系——中国文化、印度文化、伊斯兰文化和西方文化的交汇处，在东南亚文学发展的整个历史进程中，直接受到世界四大文化体系的影响。

在民族渊源上，东南亚许多民族的发源地是在亚洲大陆的东南部地区，与中国西南民族的渊源关系尤为密切。19世纪后，定居东南亚的华人已具规模，与原住民的文化交融日益密切。华人在东南亚开创了具有东南亚特色的华文文学，使中国文学在东南亚的传播以及与东南亚的文学交流多了一个渠道。东南亚华文文学经过数代华文作家的不懈写作，不仅在风云变幻的社会政经格局中经久弥坚，而且成为所在国文化构成的一个内在元素。

马来西亚是个多元种族国家，三个主要的种族：马来人、华人和印度人有着各自不同的文化传统。19世纪以来，为了满足社会对文化生活的需求，当地的华人开始积极翻译介绍中国的古典文学作品。19世纪下半叶，在马来群岛地区翻译改写中国古典文学作品蔚然成风。《三国演义》《西游记》《水浒传》和各种演义小说陆续被翻译改写成通俗马来语。中国古典文学作品的译介不但满足了社会的需求，同时也孕育出独具一格的华裔马来语文学。

马来西亚是以马来民族为主的国家，20世纪以来，虽然马来人越来越多，华人越来越少，但是马来西亚华人比东南亚其他地区的华人更热爱华文教育，维护华文教育。马来西亚的国家文化政策，主要在于提高马来文学的创作水平，因此，马来西亚华文文学未能纳入"国家文学"的主流，无法获得政府的资助和扶持，但是马华作家依靠自身的不懈努力，肩负着弘扬民族文学的使命。尽管马来西亚奉伊斯兰教，但在华文社会圈中，儒家思想仍然是华文世界的精神支柱与道德指南。

一、本土性与华族性

20 世纪 80 年代以来，随着中国国际地位的提高以及世界范围内华人经济的飞速发展，汉语文学也呈现全球化拓展的态势。海外华文文学是一种全球性的文学现象和特殊的汉语文学，"它是中国或华裔外籍人所写的汉语文学，又是所在国文学的一部分，早期有浓郁的移民色彩，后来虽有向所在国本土文学靠近或与之融合的趋势，但仍保留自身的民族性有自己独立发展的轨迹"。①

女作家在海外华文文学界的创作相当活跃，1987 年成立了"海外华文女作家联谊会"，1993 年改为"海外华文女作家协会"，先后在美国、马来西亚、中国台湾举办了四届海外华文女作家会议。随着海外华文女作家的作品在大陆陆续出版，不少女作家的作品已为人所熟知。但与海外华文女作家风起云涌的创作状况形成反差的是，对于她们的研究相对滞后，即便是在华文文学发源比较早的东南亚地区，女作家群体的出现在 20 世纪六七十年代以后，但学术界极少把她们作为一个群体来关注，在其本土的研究综述里更是很少专门论及，她们处于双重的边缘——主流文学批评的边缘和主流女性文学批评的边缘。

在东南亚女性华文写作中，马来西亚华人女性文学发展极为迅速，女性作家群体崛起于 20 世纪七八十年代，并大成气候，不仅作品数量多，而且质量也高。马来西亚华人著名女作家朵拉对这一时期的女性写作状况做过如下概述："早期的马华女作家，在马华文坛上扮演的不过是点缀的角色，然而，时代的演变、社会的进步以及学识的提高，使得马华文坛的妇女作家由二战前的数十位，激增到今日几近百位，这块本来由男性独霸的天下，已经被她们占据一部分的天空了。"②经过马来西亚华人女作家的共同努力，女性写作由边缘位置逐渐走向中心，取得一定的文学成就，在马来西亚文坛领尽风骚。

马来西亚华人女作家在其居住国属于双重边缘的文化群体，由于多重文化冲撞处境的复杂性、流动性、边缘性及与此相关的各种社会文化因素的作

---

① 张颐武. 风物长宜放眼量. 长春：时代文艺出版社，1993：184.
② 朵拉. 与时代共迈步的新一代女作家. 当代东南亚华文文学多面观. 厦门：厦门大学出版社，1995：124.

用，她们一方面受到自身的经历或华人社区及家庭的影响，华人的文化和价值观念已深深地植根于她们的意识之中；另一方面，她们定居或旅居异城，要在所在国立足，她们又必须接受或认同当地主流文化、价值观念。这种观念和行为上的认同与对民族文化的执着，使其不断思考着自己确切的身份。处于边缘位置的女作家正是通过洞视两种文化的差异与交叠，从而检视自己和他人的外在世界与内心世界。华人女性作家的双族性，多地域经历使她们成了双文化或多重文化人。作为写作的知识女性，这种双重身份的矛盾和撞击，使她们在艺术表现上产生特殊的感知方式，呈现与男性作家不同的诸多特点。

戴小华是马来西亚著名的华文作家，原籍河北，出生在台湾，马来西亚公民。她不仅是一位多产作家，作品多次在马来西亚和国际上获奖，还是马来西亚华人文化协会总会长、马来西亚华文作家协会副会长和第三届世界海外华文女作家协会会长，曾被授予"为国服务荣誉勋衔"。1995 年，第四届世界妇女大会在北京举行期间出版的《华夏女名人》，选入世界各地各个领域有一定社会影响的 140 位华夏女名人，戴小华是马来西亚唯一入选的华人女性。

移民者的身份在很大程度上是由自己的生活经历和文化认同所决定的。在戴小华的思想上，中国是祖先，台湾是父母，马来西亚是丈夫。对祖先，她有着深远的怀念；对父母，有着浓厚的亲情；对丈夫，有着坚定的忠贞。"马来西亚可爱，台湾可恋，大陆可亲，只要是落地生根的地方就是家园。"①这样的情感充分地表现在她的作品当中，也代表了绝大多数马来西亚华人女作家的愿望，经历了从"落叶归根"到"落地生根"的思想历程，马来西亚华人女作家表现了对所在国文化的兼容态度。

从国家认同、乡社认同、文化认同、种族认同到阶级身份的认同，虽然这几种身份认同的出现并不是互相代替和递嬗的关系，但无疑构成了马来西亚华人女作家文学书写的主体和肯定自我身份的重要方式，不同程度地反映在女性作家的作品中。

1990 年，马来西亚政府解除其国民前往中国的禁令前夕，戴小华成了第一位受邀到中国讲学和访问的马来西亚作家。在结束了这段生命中刻骨铭心的历程之后，她写了一些散文记述这次难忘的旅行，结集为《戴小华中国行》。

---

① 戴小华. 深情看世界. 石家庄：河北教育出版社，1996：16.

该书于 1992 年荣获中国首届台港澳及海外华人文学游记征文"徐霞客文学奖"。此后，她曾不止一次地回乡寻根问祖，对故乡充满了深情厚爱。

在写作上，戴小华的作品涉及戏剧、评论、散文、报告文学、小说、杂文等。1986 年，她以一篇《阿春嫂》荣获马来西亚《南洋商报》散文奖，并从此步入马来西亚文坛。在各种文体中，戴小华的游记写得极有特色，戴小华是一位受过西方文化熏陶的东方女性，在她的游记中体现了表现生活和世界的本土视角和本土情感立场，以及中国传统文化的影响和对西方现代艺术的借鉴等多种因素。

戴小华的足迹几乎踏遍半个地球，悠游在东西两种文化之间，开阔的视野使她的游记不仅仅是旅游观光的记录，在她的外国游记中，穿插了不少古老神秘的故事或情节，尽管作者写的是异国的景点，读者读到的仍是东方的文本特点。对于中国，她一方面保持着有距离的批判姿态，一方面又对这片古老的大地怀着割不断的感情，一种深藏在血液里对中国的感情，希望祖国繁荣富强。在《深情看世界》中，当置身于祖籍沧州线庄，在朴拙、善良、极易满足的亲人中间，她的善良的心灵受到深深的触动，面对兄弟小玉无所欲求地守着随时会倒塌的屋子，守着穷苦、寂寞的日子，她忍不住不停地发问：怎么可以就这样过日子呢？人，可以伤心，但不能死心……双重边缘化形成的是空间张力——不即不离的引力与斥力抗衡，使她不论对传统文化的回顾，还是对中国现状的思考都保持着必要的距离，而这种距离往往有助于客观的审视，使之与主观的体验相平衡，从而为她的文学创作注入了厚实的人文底蕴。

与以戴小华为代表的新移民作家曾经处于母国文化的中心位置不同，如今在马来西亚成长的华裔女作家多是移民的第二、第三代。她们出生于马来西亚本土，感受着居住国少数民族文学的政治、文化等边缘生存状态；她们与南洋本土文化有着血脉相连的天然情感，以"只要是落地生根的地方，便是自己的家园"的心态去寻求跟南洋文化的认同，逐步形成一种浓郁的南洋"乡土情结"。在她们这代人心中，祖辈们的故乡成了"原乡"，祖辈们视为"异乡"的地方，而今却成了她们的家乡或故乡，于是女作家们在"介于故乡与异乡之间"，力图"找到自己在这世界的位置"，也"更急于解构内心的道德乡愁"。①新生代女作家的创作具有浓郁的南洋乡土生活气息，她们扎根于南洋本土文化的深层土壤，将枝叶伸向世界的广袤的艺术天空。

在马来西亚怡保土生土长的黎紫书是在当地接受华文教育的，她从中国文学的丰富性中汲取了有益的营养，在蕉风椰雨中成长，进而建构了与众不同的创作特色。黎紫书本名林宝玲，是近几年来马来西亚文坛中长得最漂亮的凤凰木之一，她的短篇小说多次获得花踪文学奖马华小说奖首奖，也是两届台湾《联合报》文学奖首奖得主。

作为华裔女作家，黎紫书的创作心态多元而开放，既包含着对华族命运的现实关怀，对民族融合情境的历史开掘；又有对创造多元文化格局中独异华文文化的不懈追求。在黎紫书作品中所关注的双重边缘意识、主体历史关怀、南洋乡土情结等与男作家呈现出一种共性；同时，她又以女性独特的经验，细腻生动的感性体验和灵敏睿智切入生活的角度，致使她的创作从性别叙事的角度形成当代马来华裔不可替代的记忆与命运的书写。

从黎紫书在台湾出版的两本短篇小说集《天国之门》和《山瘟》来看，她在不断尝试新题材，试验小说语言。《天国之门》作为黎紫书的第一本短篇小说合集，七篇小说中几乎有一半是以男性作为第一人称叙述。她的短篇小说，如《山瘟》《州府纪略》反映了马来西亚华人近代历史。《推开阁楼之窗》呈现出被扼杀的女性绵绵不绝的生命感，阴森潮湿的意象像一头头在丛林中喘息的野兽，痛苦不堪的回忆和不安分的现实欲望捆绑着，像霸道的蔓藤，紧紧缠住半掩半开的寂寥阁楼。因为成长在马来西亚，黎紫书在处理马来西亚题材时，隐蔽着有如南洋雨林一样蓬勃旺盛又自然随意的生命力，给人的感觉极具本土气息，但呈现出来的图景又不完全形同于马来西亚文学。

马来西亚是一个多元种族的社会，种族的隔膜是无法冲破的。在黎紫书的近期小说中多了不少异族同胞，因为她始终认为生活在马来西亚的华裔不能把自己封锁在一个华人的圈子里，而要看清楚居住的社会是一个怎样的社会，而不是想象中的社会，因此，在黎紫书的《初走》中，印族小孩拉祖成了小说的主角之一。在这种观念的引领下，她准备写一部关于马来西亚华人社会历史变迁的长篇小说。

鞠药如作为马来西亚华人文坛极富才气的女作家，她的小说《猫恋》《泣

---

① 林幸谦. 狂欢与破碎——原乡神话·我及其他. 台北：三民书局，1995：205.

犬》《山查拉》都以一种"异数"的姿态出现在马来西亚华人小说世界，引起了广泛的影响。这些小说写法上完全抛弃了传统技法，采取某种支离破碎的形式使小说的意义、情节、人物、叙事视角等都像密码一样难以破解，但小说的字里行间所渗透出的琐细、古朴、亲切的南洋乡野气息却突破现代小说技法的遮蔽，从而把贫贱、闭塞的生活所造成的人对自身命运的无法把握清晰地呈现出来，性别、种族等因素将逐渐淡化，人类命运及人生意义的各种问题，正清晰地呈现在女作家的创作视野之中。可以说鞠药如正是从沙捞越的乡土积淀出发来挑战马来西亚华人小说的现实主义乡土传统。①

从戴小华到以黎紫书、鞠药如等为代表的新生代女作家，当代马来西亚华人女性小说具有的南洋乡土意识已不同于传统的大陆乡土和台湾乡土了，它在发展中逐渐变得广阔而丰厚，在世界多元文化语境中传达出新生代作家的现代生命意识和深层文化体验。

在马来西亚华人女作家的文本中，本土性与华族性的交融、话语的双声的构筑不仅表现在中国与外国的视角上，而且体现在语言的运用上。她们在多重文化背景下致力于民族话语的重建并对写作和释义进行孜孜不倦的探求，在异国语言的喧闹中以汉语从事创作，既是抵抗失语、失忆的努力，也是对母语、母体文化的依归。在马来西亚华人女作家的文章中，常常看到中国话语的习惯与外国话语的结构，两套话语水乳交融在一起，使读者获得不同的享受。

柏一是一位具有强烈社会责任感和高度社会良知的作家，对于华语一贯保持着字正音圆的高纯度，她的作品写的是华人社会生活，作品的文化之根系于华夏故土。

因为成长于马来西亚，黎紫书在语言和风格上可能缺少正统的训练，文学语言的运用比较随心所欲。虽然她写的是马来西亚华人题材，但是养分都是来自中国大陆或台湾，在语言运用上显示出小说家的用心和创意，在某一种意义上她是在努力让这种文学形态本土化了。现在的黎紫书大量地进行小说语言上的试验，她的文字特色十分鲜明，在她所营造的郁闷甚至于阴湿的氛围中，黏稠的意象和热带雨林的潮湿气候极其吻合。热带雨林般繁茂的生命气息弥漫在地道的南洋风情故事中，极具马来西亚的乡土色彩，她尝试着

---

① 张琴凤. 边缘处的历史记忆与本土认同——马华新生代作家创作初探. 当代文坛，2005（4）：108.

在格调、语言和题材上，建立新的马来西亚华文文学的特色。

以黎紫书为代表的新生代女作家，淡化了寓居海外的中国人的散聚心态，以个性化、多元化的创作姿态，走出了边缘人心态及文化转换中的角色困惑，尝试着以前瞻性眼光保存复杂多变的历史面影，重新审视南洋华人的本土文化心理。但是她们的创作才刚刚开始，如何在进一步与华族性的联系交融于审美价值层面的开掘中，如何在建构居住国本土的文学传承机制中，日益扩大同海外华文主流社会的交流与对话，已成为新生代女作家需要面对的课题。

东南亚华文女作家不管是由大陆或台湾到异国，或是自幼在异国成长；不管她们自身有着怎样的流动性，或是其身份的变动不定，"中国"的烙印仍是鲜明的，她们创作的选择总是与其独特的文化身份、社会处境，国家、民族等意识息息相关。正因为马来西亚华人女作家既具有以性别和种族为基础的共识与身份认同，又有因各自的差异性及流动性造成其身份变动不定等特点，从而无法将其纳入固有的类型之中，而这也正是马来西亚华人女性文学的活力之所在。

二、独特的女性意识

女性主体位置的确立和独立意识的觉醒，不仅是对传统父权压制和性别秩序的抗衡与解构，也蕴含着女性对自身生命感觉的呼唤，对自身性别艺术天赋的珍重，和诗性力量的自信发挥。在马来西亚华人女作家不断生长的创作中，对于"女性"问题的思考并未消解于"民族""国家"等不同的面向中，它仍然是女作家共同关注的一个焦点。写作对于马来西亚华人女作家而言，不再只是宣泄个人情感或自我的言说和分辨，在某种程度上，写作是女作家独特女性意识的确认和自身精神价值的表达方式。

戴小华是一位非常活跃的社会活动家和女权主义者，她对于女性的自立自强非常关注。1988 年，戴小华以 9 集电视文学剧本《沙城》一举成名，奠定了戴小华在马来西亚华人文坛的地位，体现了女性介入文学写作的历史性进步。1994 年，戴小华创作了第一部长篇小说《悔不过今生》，表现了她对妇女问题的极大关注。小说中的美娥因对丈夫一再失望而潜心向佛，通过宗教的力量来摆脱尘世的苦难，并使心灵获得超脱与宁静，特别是获得人性的升华——宽容。小说中的另一位女性叶佳，因经受不住物质的诱惑，从一个涉世未深的纯朴的农村姑娘，成了破坏别人家庭的第三者，最后在朋友孙宜的鼓励帮助下，她终于自强自立起来，并且成了国内时装界的名人，成了一个在思想上和生活上完全独立的现代女性。小说正是通过叶佳从沉沦到再生的惨痛人生历程，告诉在社会蜕变中的广大妇女：妇女唯有不依附男性，投身于社会中，走自强自立的道路，才能够找到自我和体现自身价值。此外，戴小华的社会评论集《毕竟有声胜无声》，是写给"蜕变中的妇女"的，她在书中探讨妇女的开始与再生，女性在家庭与社会中扮演的多重角色以及带来的矛盾与冲突，探讨女性与事业的关系，她鼓励女性积极进取，不断丰富知识，去开拓属于自己的新天地。与此同时，她也在生活中真正书写自己。大学期间，戴小华曾任电视节目主持人；而后又在中华航空公司做了一年空中小姐；婚后的 10 年间，她虽在舒适的家庭中过着"少奶奶"的优裕生活，生儿育女，相夫教子，却从未放弃学习，先后通过马来西亚大学校外课程进修英文、通过英国剑桥大学主办的密集课程学习莎士比亚及同时代的戏剧。"人生道路千回百折，妇女不忘吸收知识是有备无患"。丰富的人生阅历为她日后各方面的成功奠定了良好基础。

戴小华近乎完美地扮演着各种角色——生活中，她是一个合格的母亲、一个美丽的妻子、朋友们的知己；事业上，她是一个颇受读者和出版商拥戴的畅销书作家、马来西亚华人文坛的领导人。从 1986 年步入文坛至今，戴小华已有 19 本专著、28 本编著相继问世。有些文章还被译成英、法、俄等多国文字在世界各地发行。1993 年，戴小华当选为第三届海外华文女作家协会会长。1996 年她担任马来西亚华文作家协会副会长之后，又在吉隆坡成功地举办了第一届马来西亚华人文学国际研讨会。1998 年，她荣任马来西亚华人文化协会总会长，作为女性当选，被称为是一种"创举"。戴小华的经历清晰地折射出对自己生存形态、生命质量思考与认识的进程。因此，对于文学，她没有将创作囿于个人情感的宣泄，而是努力从更深入的角度把握文学创作的真实内涵，以敏锐的触觉关注广泛的社会生活，从而冷静客观地由纷乱的世相进入本质和沉思，尽情释放着一个女学人自省自强的情怀，正是想象力的张扬带来了非同寻常的审美效果。

尽管马来西亚奉行伊斯兰教，但中国传统的伦理道德准则、宗教仪式及风俗习惯仍相当程度上在马来西亚华人人圈中保存着。身为女性，"性别"也是一种共识与身份认同的基础，在男权传统力量仍然残存的文化境遇中，女性身份，仍有一个极为明确的群体认同存在。与此相应，马来西亚华人女作家的创作也包含较多的传统文化意蕴，在她们的作品中，无论是对"乡土中国"的抒写，还是对所在国世态人生的刻画，抑或是对女性在家庭、社会中角色地位的思考，都可见到世代相传的华族文化的基因。

20 世纪 80 年代以来，马来西亚华人女作家也开始在全球化的大背景下思考和追问"性别""民族""文化"等问题的复杂性，在不同民族文化的碰撞交融中，对传统文化进行自省，对女性在多重文化背景中的位置和形象进行更深入的思考。如孙爱玲《碧螺十里香》、戴小华《灰烬里的青春》和心宇《祝福》中对传统妇女观的反思和批判，都可见到传统文化的印记以及她们对民族文化的自省，对女性命运及地位的探索。在大多数马来西亚华人女作家的作品中，女性，并不仅仅表现为本土男性中心主义的传统存在，而是将两性关系的矛盾冲突放置在多元文化撞击与融合之中。柏一的小说《烟绕一颗心》和《蛹期漫漫》是描写陆萍和荻虹两位职业女性在各自的文化机构中遭遇非文化欺凌和在欺凌中成长起来的性格，她们是自尊、自爱、自强的女性形象。《荒唐不是梦》和《糖水酸柑汁》中的凌可盈和霞都是情海苦度的女子，它质问了在男女两性的爱情纠缠中，为什么受伤害受谴责的总是女性？但是由于作家过于关注事件及背景的描述，不同程度上丧失了对人生诗意的探索和把握。

在马来西亚华人女作家中，朵拉执着地通过作品不断强化"女性自主"的自我独立意识，关注于与现实同步的两性关系，对双重边缘的书写女性价值和人生意义的深度追问。朵拉对于女性命运的探讨是与爱情与婚姻紧密相连的，她的小说基本上是从日常家庭生活和爱情生活范围内取材，探寻现代女性的命运和价值观、爱情观。婚恋故事只是框架，由内而外地书写女性独特的经验、情绪和思考才是朵拉小说的实体。

追寻爱的本质一直在朵拉的意识深层潜伏着，她在爱情小说中渲染的认识和体验，随着岁月的流逝和经验的积累而有一个极为清晰的变化轨迹。《问情》中的《变》与《惑》，写了女性走向婚姻生活前后的浪漫情怀和世俗变化。婚后的瑜华和绣方在思维和言行上，全都以丈夫为中心，在婚姻中迷失了自我；同样，艾加也在失去了"自我"和独立的自主性中感到了深重的疑惑，这是现代女性真正的悲哀。这些女性形象是朵拉从身边的日常生活中对妇女的命运与地位产生的最初的觉醒意识。接下来创作了《单身女郎》和《十九场爱情演出》，作品中的女性逐渐走向自强，她们不再停留于对围城中自我的迷失感到担忧和困惑，多年的生活磨难使她们具有自己的独立思考和评判生活的标准，形成了一套自己的价值取向和生活方式。尤其是《十九场爱情演出》中的女性，具有了觉醒和走出困惑的实际行动。她用"旧梦不须记"来劝告和勉励自己，把多年不见的文凭从衣橱最上层找出来，拿熨斗仔细烫过，并开始注意报纸的招聘启事。这是一个有着自我独立意识和自强觉悟的新女性形象，在这个艺术形象中表明朵拉的创作在超越了《问情》后对妇女命运和爱情生活的新认识、新理解。对现代女性的自我独立意识的关注，一直弥漫、渗透在朵拉早期的和晚近的爱情小说里。

更为深刻的是，在追求并获得了独立人格后的现代女性身上，朵拉看到了她们所付出的极为沉重的人生代价：现代女性为了实现自身的理想和价值，她们在获得自我实现机会的同时，可能失去甜蜜的爱情，失去温馨的家庭，或被迫以调侃、嘲讽或报复的方式来争得与男性同等的生活地位。朵拉这一类爱情小说从一个侧面反映出许多令人深思的现实问题，这也是朵拉从更深的角度来探讨女性的命运，从更高的层次来追寻真正的符合现代人道德规范的爱情内涵。《时间的错误》《胜利者》就是这种社会文化语境下女性性别困惑和角色认同危机的生动写照：梁幸嘉为获取千载难逢的晋升总经理的机会而放弃怀孕，当她终于坐上总经理的位置，准备实行妻子的天职来为丈夫生儿育女的时候，却发现丈夫秦大可早已背叛了她，在外面与情人养下视为命根的儿子。生活的悖论便是这样产生了，尽管秦大可在事业上失败了，却是生活中的胜利者；梁幸嘉在获取事业上胜利的同时，面临的是生活中的失意，而生活的苦果却只能由她独自含泪吞咽。到了《杀风景事》和《两种结局》里，朵拉对获取了独立人格的现代女性忽然有了逸出常现思路的描写。在《杀风景事》的结尾，朵拉创造了另外一种值得读者深思的现代女性的类型：大胆对男性进行报复的女强人。"女强人的报复实际上是获取了独立人格的现代女性在生活挫折中的一种变态的自我保护。这同样是以另一种极端方式反衬出了现代女性追求自主独立时所付出的另一种人生代价"。①

消除性别偏见设想所引发的共生互补的视角，同样适用于在多元文化语

---

① 张伟. 论马华女作家朵拉的爱情小说. 湛江师范学院学报（哲学社会科学版），1995（3）：36.

境下将马来西亚华人文学置于汉语文学整体格局中加以思考。朵拉几乎在所有的篇章里，都率真大胆、毫不掩饰地写到女性与男性的矛盾，写到女性与社会的不协调。尤其是在一批描写家庭、爱情生活的微型小说里，常常通过精彩的生活细节深刻地刻画出现代家庭无法避免的男女矛盾，如《掉在地毯上的杯子》《茶杯》《凋花》《沟》等。朵拉写出现代女性追求独立人格之后所付出的沉重的人生代价，并且还意识到了隐藏在这种追求和代价背后的两性永恒对抗的生活规律，现实生活中的两性为什么处于永恒的对抗之中？在两性关系为什么只有要求与被要求的关系？在朵拉的爱情小说中真实地反映了这一点，这是朵拉的爱情小说的个性所在。

朵拉的生活面和感受面的确不宽，她的爱情小说题材也确确实实是取材于她的日常琐碎的家庭生活和她视野中的别人的生活，但是，对于爱情的思考，朵拉经历了从经验的积累、强烈情感的激发，到不断地挖掘及开拓，最后将个人情感升华为人类的普遍情感。因此，朵拉在爱情小说里发现和再现人类爱情生活的真相，传达出了两性对抗中包含的社会内容，这使得她的爱情小说蕴涵了一种概括人生、概括社会的厚重题旨。

朵拉的丰富在于她善于用多种模式来传达对生活的理解和感悟，在风云际会的无边岁月里，随着经验的积累和思想的成熟，朵拉逐渐隐褪了早年那种对生活的激情和伤感，开始以女性的宽容和体察，理解男性角色在现代生活中的重负和困境。于是，在朵拉的微型小说中出现了一批男性题材：在《明天坐电单车去上班》里，朵拉写了男青年李志坚爱情心理产生和破灭的过程；《石磨仔心》充分展示了男导游许仲强在妻子和母亲夹击中艰难而痛苦的生活境地；《酒》通过朋友的酒话，揭示了隐藏在酒话的背后男性对生活的失望与无奈。男性世界的描绘和男性情感的揭秘对朵拉的整体创作来说是一个十分难得的补充与丰富，为读者提供了更多的叙述信息和文本意蕴。朵拉的小说创作明显地经历了从人生理想化、抽象化到人生世俗化的过程。人生世俗化的微型小说能更真实地反映生活世态，更强烈地引发读者的阅读共鸣。

女性个人化写作强调个人内省经验，探索女性"自我"的世界，为我们揭示了女性在多重文化背景下矛盾复杂的情感空间，但是这种个人写作由于立足个人经验范围内的内心世界，因而也存在诸多局限和不足。

如果说朵拉习惯于从常人常事中品味女性，商晚筠侧重于从常人异事中观照女性。商晚筠，祖籍广东普宁，1952年出生于马来西亚吉打州华玲小镇。

1971 年开始发表散文、诗歌，1972 年开始小说创作。小说结集有《痴女阿莲》《七色花水》《跳蚤》等。商晚筠曾在华玲小镇生活，这样的背景培养了她的乡村思维与乡土情怀。尔后就读于台大外文系，不仅使她直接接触到大量外国文学文艺，在现代派大本营的熏染中，给她的创作涂抹了沉重的现代派色彩。她就翩跹在极致的乡土情调与极致的现代笔法之间，灵动于两种鲜艳的色彩之间，旋出她对土地、生命、人生的思索。

对于女性之间的思考，《蝴蝶结》便是此两种极致的完美沁染。作品中的主人公从从雨夜兼程是为了去和生母彻底地"一笔勾销"，不料在车祸中身亡，但是作为幽灵的从从，依然继续对成长中留下的伤痛进行着漫长的追问。尽管从童年时期开始，养母就时常给从从系上表征着女孩高贵、漂亮和代表着养母慈爱的蝴蝶结。但是有一天，从从突然知道了自己只不过是来自黑街的私生女，血液里流淌着不可更改的卑贱血液，幸福的生活像肥皂泡一样轻易地破灭了。从从扯烂了像谎言一样欺骗了她的蝴蝶结，由对养母的隐瞒和生母的遗弃而滋生出来的仇恨，开始像毒蛇一样在她心里爬行，不断吞噬着她对人间温情和母爱的感觉。母爱与虚伪，童真与羞辱，高贵与卑贱像蝴蝶与蛇的角斗，在每一次的争斗中往往以蛇的胜利告终。然而，蛇的攻击并没有给她快意，反而带来了女性生命的扭曲，最后她只有在死亡中才能回复蝴蝶结的高贵、纯洁："扑翅奔忙，穿梭其间，分不清哪边才是真实可居的人世，终于停在穿越的中线，定为一只不动的蝴蝶结。"从从的归宿，成为了历史帷幕下，处于文明实质中母女之间无法化解的矛盾间的隐约暗影。

黎紫书笔下的女性形象：小爱、江九嫂，泼辣、任性、充满东方情调的神秘色彩。与商晚筠相比，在黎紫书的小说中，女人与女人的紧张关系更加明显：《蛆魇》对抗的母女关系、《把她写进小说里》江九嫂和萍姊的公开对质、《天国之门》亲生母亲和养母的冷僵关系、《蛮荒真相》死者的母亲和"那女人"的对峙、《迷城》母亲和媳妇的冷淡关系，《微型黎紫书》中婆媳之间的恶劣关系就更多了，其中就有《阿爷的木瓜树》《惩罚》《两难》《买春》《这一生》，等等。平铺直叙并缺乏艺术的提炼，使作品没有更深入地把握时代及历史的内涵。

实际上，强调女性意识不仅仅是回到女性相对封闭的内心世界，深广的现实生活和整体的哲学思考不应该是写作女性和女性写作的盲域，"女性内心独白"也可以成为开放式的更有力度的对话，与历史对话，与变动不居的现实对话，在自身话语中与异文化对话，使作品有更充实，更有力度的前景。

三、结语

马来西亚华人女性文学作为东南亚华文文学的一部分，既具有汉语文学共同的文脉及共同的表意方式，又富于自身的独特性所包蕴的多向度的活力。马来西亚华人女性文学复杂兼容的创作意识，不仅丰富了东南亚华文文学的表意方式，也在极大层面上将被男性化书写遮蔽的、俗世人生的方方面面加以展示。马来西亚华人女性文学中女性意识与女性形象的演进，是马来西亚华人知识女性作为一个群体在时代的发展中由传统到现代身心体貌灵魂的变迁。

（刊于《广西民族学院学报（哲学社会科学版）》2006 年第 2 期）

从边缘到中心

——论中国女性小说中的性别叙事

　　对女性的历史剥夺首先是话语权的剥夺。在文学中，最先表现女性的是男性作家，女性被讲述、被阐释的被动命运是历史的，是男性中心社会主导文学中的女性的意义。在男性本位创造的神话中，女性的形象是虚幻的、美化的或扭曲的，是一种被动的、缺乏主体意识的客体。即便在 18 世纪，英国的理查逊以女性为叙述人创作了《帕米拉》（又名《美德受到了奖赏》），表现的依然是男性社会对于贞洁、贤淑的美好淑女的观念，掩盖了现实女性在生活中的不幸与欲望。在这些女性形象身上，渗透了男性的主观意识，女性只是文化的消极接受者。在中国现代文学中，最先关心妇女命运、提倡妇女解放、探讨妇女问题的也是男作家，如鲁迅、茅盾等。他们的作品塑造了一系列的女性形象，表现了他们对于女性的理解。然而，从祥林嫂、子君到孙舞阳、章秋柳，这些女性形象依然是审美观照中的对象与客体，是男性精神和审美理想的介质。

　　在大批女作家登上文坛之时，小说是她们的首选类型，这种选择与女性在现实中和艺术中所处的地位紧密相关。小说在产生之初被认为是无须技巧训练、无须接受古典教育就能掌握的次等文类，无法作为主流文学成为经典。小说只是作为一种描写日常生活的低下的文学形式存在，因而在文化修养方面要求相对要低。经验的稀少与正规教育的缺乏，使女性更容易走进小说。

　　直到 19 世纪中期，小说才成为占据主导地位的文学形式，获得了诗歌曾经拥有的神圣地位。以巴尔扎克和托尔斯泰等为代表的一批男性小说大师的成功，因其经历的丰富性和在文本中表现的宏大叙事，代表着传统的小说理念。作为女性小说家的写作，她们创作的注意力倾注在人的社会生活，注重从人的外部世界向人的内在世界透视，但又由于常常囿于家庭生活和个人情感，所占据的仅仅是数量上的优势，在男性文化精英们的审视和品评之下，大部分最终被历史所遗忘。

中国历来被称作"诗的国度"，在中国传统文学中，小说与女性文学都被视为低级文类，处于社会的边缘地位。班固作《汉书·艺文志》，所录凡十家，而谓"可观者九家"，"小说"则不与，即没有文化意义。直至清乾隆中，敕撰《四库全书提要》，以纪昀总其事，仍然以"姑妄存之"的态度对待"小说"，宣称"博采旁搜，是亦古制，固不必以冗杂废矣"。"小说"文本在文类级别中的低级地位，是确保上层意识形态话语权的内在需要。尽管如此，中国小说在世界上最先走向成熟。《水浒传》《三国演义》的出现，显示出了中国叙事文学深厚的传统，这种叙事传统也是男权文化的表征之一。因为在中国古代文学史上，很少有女性创作的小说作品。据目前所掌握的资料，古代小说中的女性作品只有清代汪端的通俗小说《元明轶史》。在近代女性文学史上，20世纪之前也只有顾太清和陈义臣曾分别创作小说《红楼梦影》和《谪仙楼》。

"五四"运动给中国女性叙事文学的展开创造了历史性的契机，女性文学创作突破"诗词"拘囿主要应归功于舆论引导。在除旧布新的中国现代文学史上，小说作为一种新型的体裁，受到整个文学界的推崇，小说创作一时成风，现代女性也在这种主导风尚的影响下，选择了以小说为主的创作，由此，女作家群和女性文学作品大量涌现。就像中国妇女的命运始终无法分离地与中国的历史命运、社会变迁交织在一起一样，现代女性小说的写作相当频繁地与主流意识呈现出彼此相融又暗中冲突的格局。

国力的衰竭和时局的混乱，促使20世纪初中国大部分作家以鞭挞社会的病态和民族的劣根性为己任。现代女作家作为社会主体与男性作家经历了同样的历史遭遇，显现出对于革命运动有着具体明确的认识。在"五四"时期的女性解放运动中，争取女性的教育权和婚姻自主权是第一目标，因而，女性作家对于整个社会病态的认识更多的是与爱情、婚姻及两性关系联系在一起。冰心的《秋风秋雨愁煞人》、冯沅君的《隔绝》《隔绝之后》等小说批判了封建婚姻制度的罪恶，塑造了"为争恋爱自由而牺牲"的女青年形象；庐隐、丁玲笔下的女主人公的苦闷既是时代的悲哀也是女性自身的苦闷。在"人"的解放的旗帜下，"五四"女作家往往以自己的亲身经历来说明女性的处境、表达女性的心声，这种带有自传色彩的小说构成了"五四"女性小说的主要特征。作为一个以性别划分的创作群体，第一批现代女作家表现出了较为深广的社会责任感，显示出属于时代的新的精神素质和人生姿态。然而，她们对于个人命运、妇女解放的认识，基本上还停留在从外部世界寻找原因和出路，女性问题只是被看成人的整体解放的一部分，而没有凸现出女性的独特经验，以及女性自身实现自我完善所必需的批判性内省。女性解放运动为女性提供了认识自己的极好机会，但是轰轰烈烈的社会革命浪潮又将她们淹没，使她们无法真正地观察自己、认识自己，她们无法清楚地知道自己在社会坐标体系中应该占有的位置，没有认识到自身精神存在的特殊性，因而，此时的女性写作只是"五四"启蒙话语宏大叙事的一部分。

20 年代末到三四十年代，中国文坛笼罩在浓重的政治斗争气氛之下，阶级、民族所遭受的灾难浩劫，涵盖了女子个人由于性别而遭受的压迫和奴役，女性写作在呼应、调适、整合着自己。于是，相当一部分女作家主体意识的内部构成发生了重要变化，女性文学价值观向着社会革命的需要急速靠拢，向着救国救亡倾斜，社会意识、政治意识成为她们主体意识中的新的支点。如丁玲、冯铿、葛琴、关露、草明、白薇、白朗、谢冰莹等女作家，自觉地强化并发展了由"五四"觉醒而萌生的社会责任感和历史使命感，将对女性命运的思考融入对国家、民族命运的思考之中，叙说的是被宏大叙事所同化了的"集体记忆"。此时的女性文本大多带有鲜明的革命与政治激情，充满着焦躁的沉重感，女性形象成为对女性某种主义的凸现而对多重女性生命经验与体验的遮蔽。社会、时代的主流文化取向，使女性对自身生命与经验的书写和探寻成为一份匿名的、或曰不可见的存在。女性的表达是一个以弱者姿态对主流的归顺，显示出一种明确的顺应时代的姿态，这也是当时的知识分子群体所共同采取的文化象征姿态。这种文化的姿态与女性性别身份的结合，更成为一种有力的文化表达与文化构造过程。

在强大的民族国家语境中，萧红与张爱玲以其独特的叙述方式，在"热闹"的时代里显现出一种意味深长的历史沉寂。她们从女性最基本的生存活动中切入到女性的生命深处，以最直观的方式演示了几千年历史所造成的世世代代为男性附庸的残缺女性，以最敏感的方式体验着女性的生存状态，从女性视角开掘女性自身的弱点，并由国民性深入到人性的层面，对此进行了哲学意义上的思考和探究。她们的写作方式出离了占据新文学史主流地位的"宏大叙事"，萧红是寂寞的，张爱玲是苍凉的。

20 世纪五六十年代的文学中，史诗般地、全景式地再现社会历史风貌成为文学品评"大家"的固定标准，也是作家呕心沥血所追求的终极目标。一旦达到这种"宏大叙事"的境界，便获得了对历史阐释的权威。在这种境界的追求中，男作家们的洪亮高歌远远盖过了女作家们的窃窃低语。因而，此时文学长廊中的女性角色主要是男作家们提供的，而在当时大多数女性作家笔下，女性角色的性别自我不仅朦胧暧昧，而且覆之以革命、政治、灵魂等超越性的光环。显然，男性性别主体身份的获得，成了革命与历史文化的有机而有效的组成部分。在革命/男权话语重合的时代里，由于革命理念中"男女平等"思想的支持，女性意识只有与革命话语、暴力叙事相结合才能够取得其叙事的合法性。以《青春之歌》为代表的一类小说反映了这一趋向，女作家有意无意地采取了男性化的叙述，女性的身体始终是作为承载政治和意识形态争夺的客体而在文本中出现，爱情被革命叙事彻底神圣化了。文学从本质上说是作家个人化的精神劳动，但在时代主流的影响下，女作家们不但自觉认同了时代主题，而且往往把它作为批判社会见解的一种参照系，自觉地完成了意识形态的话语时间，发展为以争取民族解放和阶级解放为旗帜的具有强烈政治色彩的革命文学，作者独立的精神立场由此丧失。在主流文学的框架中难得听到女性特有的声音，即使有她们的名字，她们独有的经验和体验却已被男性的观念和标准所过滤，个人的生命权利交付给了历史叙事，于是我们从中更多地看到的是"男女都一样"的无性别写作。

随着社会转型所带来的文化转型，人与生命重又以更单纯的形式成为社会时代的中心，也成为文学的中心。蓬蓬勃勃的女性写作以个人化叙事规避大众经验的渗透，将个体生命价值的发现作为自己写作的中心，将个体生命、日常生活、情感欲望的表现书写得强烈而突出，从而促使文学对人关注的中心点发生了一次根本性位移。女性因为人性的解放而进入了社会中心，女性作家的作品由此进入了思想文化史的前沿之上。

从 80 年代开始，从《爱，是不能忘记的》到《拾麦穗》再到《冬天的童话》《在同一地平线上》，在这一个又一个委婉美丽的故事中，展示的纯属个人生活中的一件件小事，表达的是属于个人的情感，没有集体意识也没有与社会方面产生的冲突。新时期的女性小说在对女性生命存在的追问与诠释中，突破了由集体无意识所形成的精神失语，为促使文学回归做出了实质性的贡献。女作家既与男作家一起书写了人生的主题，推进了主流文学的发展，又在女性自主意识不断增强的同时，愈益显示出女性写作自身的特质。在张洁、张抗抗、张辛欣等女作家的作品中已经开始挣脱"无性别写作"的桎梏，以发自心底的声音打破了女性长久的"沉默"。正是这种小说诗学促使女性形象从日常性的女性表现层面走向女性本真的存在，并将文学的个人性一步步推向深入。

进入 80 年代中后期，相当数量的女作家已经不再受主流文学的左右，王安忆、铁凝、残雪、迟子建、蒋子丹等人的代表作已经难于归入新时期主流文学的线性时间中。随着现代主义与后现代主义文化思潮加快了对传统、现实存在及精神、意义的消解，文学普遍降低甚至放弃了发掘"宏伟的意义"的兴趣，从社会的中心退到社会的边缘，从宏伟的叙事走向平面的书写，从建构走向解构。多元文化历史现实的到来，促使更多的一直在文化的边缘上行走着的女作家，更注重挖掘遮蔽在人的解放旗帜下的女性的自我表现，从而使女性真实的生命体验突破了意识形态板块的围剿，向着中心地带行进。现代生命感觉的表达与叙述使女性写作呈现出了新的意义，女作家们以自我解剖、自我撕裂的勇气，将女性独特的生命经验凸现、放大，从极端个人化的角度切入叙事，更为直接地探究到女性生命经验的底部，以自身鲜活生动的女性之躯展示着生命欲望，女性的精神主体在感性的肉体生命中成长，期待并且呼唤着生命躯体之间的直接交流与碰撞，重构了女性小说中自觉生命的自由的诗性表达。

90 年代是女性文学辉煌的时代，这一时期的女性小说以个人化话语风格展现了崭新的美学品格，表现了对人性世界的观照。在对父权制文化的反抗和对男性话语的逃离中，女性写作以重新阐释和重构想象的方式，彻底从主流文学中脱离出来，开辟出女性话语的新空间。残雪的小说以性别特色所赋予的另一种声音，展示自身的感觉与思维方式；刘索拉以女性音乐家的直感性语言传达出生命的渺小与焦灼；王安忆以叙事和反叙事的手段进行着"灵与肉"的解构；徐坤用颠覆性的话语撕裂着启蒙者的神话；陈染、林白的"个人化写作"以坦率的暴露式叙述，激活了女性从来存在于心底但却从来未说过的话语。90 年代的女性小说以坚强自立的女性立场，提供了一种新的"个人与历史对话的姿态"。

此外，90 年代女性写作的渐趋活跃也是以女性自传体小说的纷至沓来为重要标志的，以小说的名义来实现精神的自慰与自救。在这当中，有具备明显的自传体特色的《一个人的战争》《我的情人们》《私人生活》等作品，也有以自传为基础经过大量虚构加工的准自传体小说，如林白的《青苔》《守望空心岁月》《说吧，房间》，陈染的《与往事干杯》《无处告别》《秃头女走不出的九月》《另一只耳朵的敲击声》，海男的《女人传》等。除了上述被称为"新女性"小说家的创作，其他女作家也发表了许多自传体或准自传体小说，如王安忆的《纪实与虚构》、张洁的《无字》、卫慧的《上海宝贝》、棉棉的《糖》等。这几代女作家以不同的声音和方式表达着"真实的自我"，以自我言说的方式显示出被男权文化排斥与遮蔽的东西，努力通过个人的记忆与回想提供独特的人生意会与感悟，通过自我的生命体验深入到当代女性的生命世界。

伴随着女性主义的日渐成熟，女性意识由对女性命运的关注到女性灵魂的拷问，最后到女性之躯的放逐，女性小说一方面通过对自我的精神放逐完成了生命程式的痛苦解构，同时又在自慰、自足的回归之中完成了对诗性自我的超越与封闭，它标志着中国女性写作从以男性为中心的文化范式的阴影中突围出来，从边缘走向了中心。

然而，尽管"私人化""欲望化"写作对女性性别意识的觉醒和女性作家文学创作题材的开拓具有一定的意义，它使作为边缘群体的女性写作在自我表现中一再被关注，使女性和男性一样获得了书写自己的生命隐私的审美主体的权力，但如果将它们奉为女性创作的唯一准则，将女性的隐私、身体、欲望作为商业目的出卖的话，女性小说生命的召唤意义将无从说起。于是，基于对性别及其在文学中意义的不同看法，女性文学呈现了多元形态：有专注于女性视角的，着力于对女性自我做各个向度的探索，进而探索各种人类性的命题；有坚持超性别视角的，它愿在宏大叙述中抒发作者对历史、时代、社会、人生、人性的感受与思考；有将性别视角和超性别视角整合在一起的，既感应时代、反映社会和人类命运，艺术地表达对它们的思考，又特别地向男权中心社会、男性中心文化提出挑战，期盼解构、颠覆这种倾斜了的社会和文化。女作家的多元视角，促进了女性文学的多元化。

女性写作的多元化将从边缘走向中心的女性写作向前推进了一步：小说应该超越个人的、政治的关系，去探讨有关人类命运和人生意义的更为广泛的问题。人应当有着生命的鲜活与自由，但社会的束缚与抑制又是历史行进中的必然。在以呼唤新的文化多样性为主导的当代世界文化中，女性写作理应在感同身受的方式中对人的生命感觉做全方位的提取，从而在人的生存现实方面努力创造新的群际关系、生命感受和生命意识。

女性小说成熟的关键在于女性在小说创作中表现出女性作为一个自由性别的运思特点。

两性对话与性别文学研究的中心是人，是个人。因而，朝向未来的女性文学，不会仅仅是趋向于女性个体存在的叙述和叙事，也不会仅仅是趋于整个社会的宏大叙述，多元共存是女性文学走向升华的重要途径。追随生命，铭记生命，是使女性写作的内涵变得更加深厚而丰富的永恒追求。

（刊于《江汉论坛》2004 年第 12 期）

从精神到身体

——论"五四"时期与 20 世纪 90 年代

女性小说的话语变迁

语言是人类精神最原初的冲动，海德格尔曾认为语言是存在的家园，人类的文明和文化有赖于语言而得以可能。语言代表一种权力，存在于历史的、特定的叙述中。解构主义者福柯的话语理论也表达了类似的观点：话语不仅仅是思考和产生意义的方式，而且决定它所力求控制的主体身份的本质、意识与无意识思想及情感生活，身体和思想感情都不能外在于它们的话语的描述而拥有意义。

一、精神书写与宗教话语

周作人在《圣书与中国文学》一文中说："我记得从前有人反对新文学，说这些文章不能算新，因为都是从《马太福音》出来的，当时觉得他的话很是可笑，现在想起来反要佩服他的先觉，《马太福音》的确是中国最早的欧化的文学的国语，我又预计它与中国新文学的前途有极深的关系。"①

基督教在唐代就已进入中国，却没有进入文学世界。直到 20 世纪，中国社会、中国文学与基督教才有了真正全面的交流与互动，属于中国思想边缘话语的基督教成了新文学表现和关注的思想资源。"在 20 世纪中国作家那里，基督教文化被分成了两个有不同价值取向的意义阵营，基督教会、基督教徒和基督教神学属于一个意义群，它们是社会化、权力化和逻辑化的基督

---

① 周作人. 圣书与中国文学. 小说月报，第 12 卷第 1 号，1921 年 1 月.

教，它们常遭到中国作家的质疑，或被忽视其存在；《圣经》、耶稣、神圣和神秘的宗教情感是另一个意义部落，它们是文学化、形象化和情感化的基督教，也是被中国作家和文学所喜爱、表现和拥有的基督教意义。"①

　　《圣经》的汉译始于唐代的"景教"时期。《圣经》除了有绚丽的语言、生动的故事、非凡的想象以外，还有深刻的典故、多样的艺术手法。《圣经》的精神与形式，对中国新文学的创作有很深的影响。"20世纪中国文学的语言形式还处在幼稚与成熟、博杂与精深之间，在因袭里有创造，在规范里有突破与整合。它拥有多种形式资源，《圣经》是其中的一个重要资源，参与了20世纪中国文学语言形式的创造与演变"②。

　　"五四"时期的第一代女作家们是在反封建、追求民主、呼吁个性解放、主张男女平等的精神启迪下开始写作的。她们着重抒写女性走出封闭的家庭，初步进入社会公共生活领域时的心路历程，表现觉醒女性渴望把握自身命运的自觉意识和追寻人生理想过程中的种种精神困惑。现代女性在写作中对于话语的找寻，经历了一个艰辛的历程。当时女性写作的情形正如伍尔夫所描述的：现有的语句是男人编造的，它们太松散，太沉重，太庄重其事，不适合女性使用。因此女作家必须自己创造，将现有的语句修改变形，使之适合她的思想的自然形态，使之既不压垮，也不歪曲她的思想。

　　"五四"时期，活跃于文坛的陈衡哲、冰心、庐隐、冯沅君、凌叔华、苏雪林、石评梅等女作家大都在教会学校受过教育。"教会学校的学生，正在容易受影响的年龄，容易把赞美诗与教堂和庄严、纪律、青春的理想联系在一起，这态度可以一直保持到成年以后，即使他们始终没有洗礼"。③教会学校留下的思想、情感和思维经验的积淀，在这些女性作家身上转化为文学话语，上帝、耶稣、圣母、基督、天国、炼狱、忏悔、祈祷、天使、福音、十字架、伊甸园、羔羊等极具宗教色彩的词语，构成了女作家笔下的精神追求的意象。因为有了基督教的指涉，女性文学创作有了文学意义和语言形式的变化。《圣经》给现代语言变革和文学创作提供了很多启示，"五四"女性文学大量移植《圣经》语言和意象，丰富了文学的表现能力和意义空间，也形成了女性创作独特的语言风格和审美意识。

---

① 王本朝. 20世纪中国文学与基督教文化. 合肥：安徽教育出版社，2000：30.
② 王本朝. 20世纪中国文学与基督教文化. 合肥：安徽教育出版社，2000：269.
③ 张爱玲. 中国人的宗教. 张爱玲文集. 第4卷. 合肥：安徽文艺出版社，1992：123.

"五四"女作家的创作与男性相比较，明显带有同构异质的话语特征，女性叙事多源于女性自身在历史与现实的重负中觉醒后的生命苦痛。在追求中寻找精神的皈依、企盼温暖和爱，是女性作家在作品中表现的一个重要内容。"五四"时代所要求的独立与自由的新女性精神，并没有完全转化为女作家催人奋进的创作话语。与男性作家笔下的女性形象相比，"五四"女作家看似与时代精神矛盾的话语方式，却真切地反映出那个时代女性的现实困境与精神困境。作为历史的过渡者，当"五四"女作家作为女性主体进入以男性为主导的文学史时，此时女作家的话语资源几近空缺。在女性意识的觉醒过程中，其主体身份不断受到男性话语和父系主体意识的干扰，女性最初的书写背后隐藏着女作家在书写中所表现的性别与身份上的焦虑与转换。因而，"五四"女作家的女性话语追寻有着非同一般的革命意义。

基督教为这一时期女作家的语言表达提供了一种特殊的资源，在对于基督教话语的择选中，"五四"女作家的言说方式更多来源于个性的对于基督教的直觉与感悟，并没有向着更深一层的理性思考迈进。语言的选择，也是价值与情感的选择，基督教思想与创作的传播、启迪与移植，显示出来自觉醒的女性的渴望，同时也是一种弱者身份的精神盼望。"五四"女作家们在引用《圣经》语言的同时，也在创造性地吸收、转化它的话语方式，在这一转化过程中，她们较少地使用"五四"时期所认同的话语范式，如民主、科学、启蒙、救亡等，而注重追求内在超越的爱心释放、童真感化，因此在"五四"女性文本中，少有启蒙主义的激越和革命激进主义的极端。

宗教可以为信仰者提供精神的避难所，基督教思想成了安放觉醒女性躁动不安的灵魂的最佳选择。庐隐是"五四"女作家当中最具有现代意识的浪漫抒情小说家，她的小说真实地记录了"五四"时代女性觉醒者的人生悲剧和心灵深处的旧痂新痕，反映了"五四"女性性爱意识的现代觉醒。庐隐在童年的时候，因为空虚和孤寂而皈依了基督教，获得了情感的救助与精神的抚慰。尽管成年以后的庐隐声称自己是无神论者，但在无望与无助的时候，她依然借助基督信仰寻找皈依。事实上，在中国现代文学史上，较多的现代作家在接近基督教时，表现出的情感皈依与庐隐是大致相同的。庐隐的小说《一封信》《地上的乐园》的构思明显受到了《圣经》的影响。

不同的作家有着不同的价值取向，也表现出不同的语言方式。《圣经》的象征手法、隐喻结构，"说教"和"布道"的语言气势给中国女性文学提供了一套非写实的话语方式。在"五四"女作家群中，冰心有着虔诚的宗教情感和信念，她因有信仰而移植《圣经》的语言，她在创作中大量运用宗教词语、典故，甚至直接引用书中的原话。她从"耶稣讲天国，也是把天国比作具体的事物"的语言技巧里，领会到了以具体的事物形容抽象的道理更能打动人心。冰心的诗歌和散文，大量使用比喻和象征，语言具有隽永而澄明的美。冰心写于20世纪40年代的小说《关于女人》，显现在小说中14位身份各异的女性身上的是无条件的爱与牺牲："上帝创造她，就是叫她来爱，来维持这个世界。她是上帝的化生工厂里，一架'爱'的机器。不必说人，就是任何生物，只要带上个'女'字，她就这样'无我'的，无条件的爱着，鞠躬尽瘁，死而后已！"①其间明显隐含着基督教的精神。

　　法国结构主义学者、心理分析学家拉康提出过一个引人注目的观点，他认为个体通过语言结构，找到了把自我的意识乃至无意识社会化和文化的途径。"五四"女作家们正是运用从《圣经》文学中接受的文化话语，来检视和体验她们作为女性的内心经历和对人类理想境界的深切构思，在文学创作中塑造自我。她们接受了《圣经》的言说方式，但又是在非神学的目标上言说上帝，追求言说的审美化和个性化。

　　在基督教的教义里，欲望与理性、肉体与精神相对立，人类承载着原罪意识的肉体罪恶感。在冯沅君的《旅行》《隔绝》《隔绝之后》三个短篇中，表现出大胆的情感追求和更为激烈的情感与欲望的冲突：

　　　　他代我解衣服上的扣子，解到只剩下最里面的一层了，他低低的叫着我的名字，说："这一层我可不能解了。"他好像受了神圣尊严的监督似的，同个教徒祷告上帝降福给他一样，极虔敬的离开我，远远的站着。我不用说，也是受着同样的感动——我相信我们这种感动是最高的灵魂的表现，同时也是纯洁的爱情的表现，这是有心房的颤动和滴在襟上的热泪可以作证据的。②

　　这里写出了人的灵魂对于性欲本能的制约和对于恋爱双方的尊重，这种

---

　　① 冰心. 关于女人. 后记. 卢今，李华龙，钟越. 冰心散文. 上. 北京：中国广播电视出版社，1996：291.

　　② 冯沅君. 旅行. 袁世硕，严蓉仙. 冯沅君创作译文集. 济南：山东人民出版社，1983：20.

追求"灵的交融"的恋爱，具有宗教一样的圣洁色彩，神性感悟的表达，是女作家借助宗教话语来抒写女性情感的冲动和掩饰内心欲望需求的最好面纱，从观念的解放到身体的解放，还有一段遥远的精神距离。

基督教的进入，带来了 20 世纪中国文学的变化，这种变化之中也包含着 20 世纪中国女性文学的精神情感与语言形式的转换。"五四"女性文学与基督教的耦合，为女作家的创作带来了精神和语言的资源，以文化特殊性思维实现了基督教的本土化。《圣经》所提供的具有象征、隐喻的语言符号，丰富的抒情和简练的叙事方式，为"五四"女性文学提供了浓厚的抒情氛围和格调，形成了幽深和神圣的美。同时，也隐含着女性意识的觉醒和不同层次的反抗父权话语，这些于无声处迸发出的微弱的文化回音，为现代文学增添了最初的女性声音。

女性介入历史性书写，建构自身话语有着重要的历史意义。然而，由于国力衰竭和时局混乱，20 世纪初中国大部分作家以鞭挞社会的病态和民族的劣根性为己任。现代女作家与男性作家经历了同样的历史遭遇，作为一个以性别划分的创作群体，第一批现代女作家除了承载着自身话语的建构，同时也表现出了较为深广的社会责任感，显示出属于时代的新的精神素质和人生姿态，由于这一种姿态主要依赖于民族论述的强势话语，因而，在对于妇女命运、性别差异等问题的认识上，"五四"女作家基本上还停留在从外部世界寻找原因和出路，女性问题只是被看成人的整体解放的一部分，她们没有清楚地认识到自身精神存在的特殊性，在女性自身实现自我完善所必需的自我认识与批判性内省这一层面上，显示出了一定的局限性。正是由于独立性与自主性的缺乏，此时的女性写作更多的只是"五四"启蒙话语宏大叙事的一部分。

随着人类社会形态的历史性建构的重新调整，性别原则也必然会发生历史性的变化。女性作为意识形态的存在物，必然会让自身的差异性形态充分显现出来。20 世纪的女性文学从边缘走向中心视点，成为文化、话语构造相当有力的参与者，以新的叙事策略对历史重新语义化，显示了人类社会所经历的深刻的文化转型。

二、沉重的身躯与轻飘的灵魂

20 世纪 90 年代，社会转型带来文化转型，中国文学界、读书界、出版界和批评界出现的"女性文学"热几乎成为一种共识。此时的"女性写作"承续着西方女权意识和女性批评话语内涵，"女性写作""身体写作"这两个概念被批评界广泛采用，并在 90 年代的中国女性文学创作和批评中占据了显要的位置，"私人化写作""个人化写作"等概念应运而生。由于这些概念的使用与其理论来源之间有一些误读，因而也引起了诸多的质疑。

"女性写作"的概念是法国女性主义批评家埃莱娜·西苏在 20 世纪 70 年代中叶提出的。她在《美杜莎的笑声》里大声呼吁："妇女必须参加写作，必须写自己，必须写妇女。就如同被驱离传统男性霸权文化，建构男女两性真正意义上的双性和谐的社会文化模式。""只有通过写作，通过出自妇女并且面向妇女的写作，通过接受一直由男性崇拜统治的言论的挑战，妇女才能确立自己的地位。"对于女性写作，她强调女性话语意味着尝试一种从文学媒介——语言自身，去发现并颠覆男权文化的可能与途径："女性快感的生理节奏使她们运用了不同于男性的语言特点和节奏。"①

根据"女性写作"的理论，写作不仅仅是思想活动，女性身体的节奏是与意识的流动或写作的节奏息息相关的，女性话语是和女性真实的生理和心理体验紧紧联系在一起的，因而，以身体语言来打破叙述中的不平等模式成了西方女性主义运动中一个著名的口号。安妮·莱克勒克形象地阐述了女性身体快乐和女性话语之间的关系：我身体的快乐，既不是灵魂和德行的快乐，也不是我作为一个女性感觉的快乐。因为只有说到它，新的话语才能诞生，那就是女性的话语。

在西苏的理论中，她直接强调女性以"身体写作"："是生活用我的身体造就文本。我即文本。历史、爱情、暴力、时间、工作、欲望，把文本记入了我的身体。女性写作就是要消解语言中的男性成分，让女性的身体发言。"②妇女没有自己的语言，她只有自己的身体可资依凭。出于这种原因，西苏力

---

① 张京媛. 当代女性主义文学批评. 北京：北京大学出版社，1992：188.
② 吉庆莲. 法国当代女性小说创作扫描. 当代外国文学，1999（1）：156.

图寻觅一种表现女性躯体的"自然语言"。"写自己，你的身体必须被听见"。她深情地赞美女性身体经验所蕴藏的丰富创作资源，"通过写她自己，妇女将返回到自己的身体，这身体曾经被从她身上收缴去，而且更糟糕的是，这身体曾经……成了她被压制的原因和场所"。因而，这种写作是"用自己的血肉之躯"形成的异于男性的特殊"逻辑"的"飞翔的姿态"发言，妇女"通过身体将自己的想法物质化了；她用自己的肉体表达自己的思想"[①]。西苏的言论，几乎成了 90 年代女性身体写作的纲领。

在美国，"身体写作"的呼声很快得到了积极回应。苏姗·格巴的《"空白之页"与女性创造力问题》探讨了女性的自主创造问题，"因为女性艺术家体验死（自我、身体）而后生（艺术品）的时刻也正是她们以血作墨的时刻"，她认为女性身体隐喻的"'空白之处'，女性的内部世界，代表了对灵感和创造的准备状态，自我对潜在于自我之中的神的奉献和接受"[②]。

与西方女性主义者对"身体写作"进行充分的理论探讨不同，对于"个人化写作"与"身体写作"，中国学界和女性作家并没有太多的理论阐述，其中比较正面的表述主要有陈染和林白在网上的发言，"只有我的身体是我的语言""最个人的才是最为人类的""我只愿意一个人站在角落里，在一个很小的位置上去体会和把握只属于人类个体化的世界"。

通过女性自己的眼光认识自己的身体，鉴赏自己的身体，重新发现和寻找被历史湮灭的自我，这是 20 世纪 90 年代中国女性文学身体写作的叙事动机和写作意图。用女性身体表达，20 世纪 90 年代以来的女性书写为此付出了艰辛的努力，它显示着长期处于失语状态的女性话语欲求集体与自发的觉醒，以及渴望争得话语权的焦灼与躁动。女性写作不断在生成着、重构着女性所需要的新话语，努力让自己的身体由被动的欲望对象转化为主动的书写主体。因此，女性话语的创造与自身的生命方式融为一体，书写自我独特的身体经验和秘密感受成了一种新锐的女性叙事。

肉身是人类最基本的生存形式，从某种意义上来说，对身体的关注，也是对人的生存状态和精神状态的一种关注。身体的自由和解放是 20 世纪现代性运动的一个重大目标，也是包括美学在内的全部现代性理论和叙事话语中

---

① 张京媛. 当代女性主义文学批评. 北京：北京大学出版社，1992：188.
② 张京媛. 当代女性主义文学批评. 北京：北京大学出版社，1992：161.

的核心范畴。从尼采、狄尔泰到萨特、梅洛-庞蒂、福科、巴赫金,再到吉尔·德勒兹、利奥塔、弗·詹姆逊、鲍德里亚和伊格尔顿,他们的一系列理论话语清晰地说明了书写身体的意义:我们的经验……靠我们的肉体存在于这个世界上,靠我们的整个自我存在于真理之中。特里·伊格尔顿甚至说:"对肉体的重要性的重新发现已经成为新进的激进思想所取得的最可宝贵的成就之一。"①

　　然而,当身体进入到公共视域,身体的社会形象便依赖于语言符码来建构和指认。由于男权文化的统治地位,长久以来,女性身体文化的思想观念是由男性设计的,女性身体形象也是由男性的历史之手制造的。在女性的身体被设计的同时,她的声音和言说也被压制了,属于女性自己的身体经验和感受一直处于"代言"的历史状态。当代女性对女性躯体的描写超越了以往文本的局限,袒露女性真实的生命体验,从女性之躯提取语言源泉成了女作家最为得心应手的话语重建方式。她们往往通过诗化的语言,从女性对身体的认知中创造出新话语,如林白笔下的"多米"和陈染笔下的"肖蒙"就是通过认识自己的身体,开始了女性对世界的认识和描述,并且用身体语言诉说着灵魂。女性本质的自觉使身体突破了被书写而指向了创造,女性之躯构建的话语场拆除了语言上的屏蔽,从而展现了更为生动的、丰富的创造力和生命意蕴。

　　然而,在 90 年代女性的个人化写作中,一个令人担忧的危险在于,女性不同于男性的大胆的自传写作,同时被强有力的商业运作所包装、改写,这种商业包装中隐含着某些男性为满足自己的性心理、文化心理所做出的对女性写作的规范与界定。如果女作家在不自觉中将这种需求内在化,女性个人化写作的繁荣,又可能成为女性重新失陷于男权文化的陷阱。②

　　90 年代后期,比陈染、林白更加年轻的新一代女作家,参与到女性文学身体叙事的实践中来,由于这些作家成长于中国社会政治、经济、文化的大转型时期,她们挣脱了社会的重负和历史的阴影,在全球化的浪潮中日渐缩小了与西方的差距,因而,她们对欧美生活方式有着天然的亲和感。她们的创作大多以自己及周边人的生活为原型,大胆而越轨地叙述在全球化语境下,

---

　　① [英]特里·伊格尔顿. 美学意识形态. 导言. 王杰, 等译. 桂林:广西师范大学出版社,1997: 7-8.

　　② 骆晓戈. 沉默的含义. 长沙:湖南师范大学出版社,2000:25.

处于都市灯红酒绿背景下的少数边缘人的情感历险和精神放浪。在这些散乱的、时尚的、叛逆的叙述中，活跃着欲望的尖叫和原始躁动。她们捕捉到了情欲在快速现代化的都市迅速膨胀的生动景象，却没有认真地对这一份情欲进行相应的文化转换和语言过滤。在她们的写作中，身体是生命表现的唯一方式，她们充分地利用和享受着自己的身体资源，通过身体的快感或者疼痛、欢乐或者悲苦来演绎人生故事。

正是在这种意义上，棉棉被认为是一个唯身体主义者，棉棉笔下的主人公总是不厌其烦地通过身体极限的体验与感觉去检阅生命本质：我最相信自己的身体，无限真理隐藏在我的身体里……我们的善良是身体的善良，我们的速度是身体的速度。这就是那种叫作"命运"的东西。也许，在棉棉对身体资源的开拓中，力求为寻欢作乐的身体在现实世界中寻求一种哲学上的合理性，在无形中建构着一种身体伦理学。

中国文化中一直有重视思想、蔑视身体的传统。欲望化时代的现实背景和西方女性主义理论的启示，影响了中国当下的审美文化取向，在以大众传媒为载体，以现代都市为大众主要对象的文化形态中，由于身体的被重视，身体叙事的探索向着文学全面开放，身体似乎成了新的文学动力，再加上传媒和商业的精心谋划，女性文学写作中的身体叙事逐渐衍生出一种商业化的"身体写作"。尤其在部分"70 年代生"的女性写作者那里，描摹极端自我的感受、展示对身体欲望的追求和放纵，似乎成了共同的审美趣味与审美表达。身体叙事被简单地改写成身体欲望的放纵与暴露，身体写作在有意无意中变成了关于女性下半身的隐私故事。身体似乎是唯一可资的财富，只有不断地挥霍身体，才能使孤独的精神得到安息。然而，当身体脱离了主体意志的控制而自由地寻找快乐时，它便不可避免地会在吸毒的迷津和滥交的深渊中发出腐臭的气味。尽管身体是感觉最丰厚的土壤，但身体带来的感觉是需要灵魂的智慧来看护的。在女性主义理论中，有关身体的见解繁杂，但主要不外旨在建构女性主体性，以及颠覆父权对于女性的定义。

女性主义理论强调身体的多元性，以身体作为认同的对象，在多元的差异中瓦解父权二元对立思想和"菲勒斯中心论"。身体作为一种感性的生命存在，它一方面体现着反理性主义的快感、力比多、欲望和无意识的客观存在，另一方面无法割裂地与阶级、种族、性别以及权力政治和意识形态有着深刻复杂的历史关联。女性主义所强调的身体写作真实的内涵绝非是一种纯粹生理上的躯体感受，而是强调女性写作在历史中的无可替代性以及被男权文化遮蔽的那些丰富的历史和文化内涵。"'身体'的发展与其所处的社会地位有不可分的关系，对身体的运用和塑型，恰好显示了这种身体背后的权力压迫和文化资本的隐蔽性存在。身体是一种资本，而且是一种作为价值承载者的资本，积聚着社会权利和社会不平等的差异性"。[①]开始于身体的写作并不是囿于身体之内的写作，身体的解放如果中止于欲望的解放，那些滞留在细枝末节上的纯粹感官刺激的传达，就无法满足追求文学超越价值与灵性光辉的向往。一个消解了灵魂而只有欲望的身体是一个没有意义的身体，无论在哪个时代里，身体依然是人的灵魂最好的图画，是一种文化意识的载体。只有充满了象征和历史意义的身体，才能给文学中的身体写作注入生机与活力，使文学对于我们身体的想象充满诗意的启示。

三、结语

女性意识由对女性命运的关注到对女性灵魂的拷问，再到女性之躯的重构，女性小说通过对自我的精神放逐完成了生命程式的解构和对诗性自我的超越，它标志着中国女性写作从以男性为中心的文化范式的阴影中突围出来，从边缘走向中心。"私人化""欲望化"的写作，构成了对男权文化解构和颠覆的力量，使女性和男性一样获得了书写自我生命隐私的审美主体的权利，但是，如果一味地将它们奉为女性创作的唯一准则，将女性的隐私、身体、欲望作为商业目的出卖的话，女性小说在生命召唤的意义上便会黯淡无光。写作是一个生命与拯救的问题，因而，女性写作在以经验语言颠覆了父系权威和男权话语之后，仍要义无反顾地承担起人类的救赎使命：倾听着生命，铭记着生命。写作是一个终人之一生也不放弃对生命的观照的问题，是一项无边无际的工作……[②]小说应该超越个人的、政治的关系，去探讨有关人类命运和人生意义的更为广泛的问题，走向未来的中国女性小说在感同身受的写作方式中，理应加强对人的生命感觉的全方位提取，从而在人的生存现实方面努力创造出新的群际关系，提升出澄明

---

① 王岳川. 全球化消费主义中的传媒话语. 张晶. 论审美文化. 北京：北京广播学院出版社，2003：251.

② 张京媛. 当代女性主义文学批评. 北京：北京大学出版社，1992：161.

自由的生命感受和生命意识。

（原题《从精神到身体：论"五四"时期与 20 世纪 90 年代女性小说的话语变迁》，刊于《江海学刊》2005 年第 3 期）

论 20 世纪中国女性文学中的人文关怀

　　20 世纪中国女性文学的发生与发展是"五四"现代思想启蒙的巨大精神成果。从"人"的发现到"女性"的发现，从女性的"群体化"到"个体性"的发现，是现代人本观念在生命视阈内最为深切的表现。20 世纪以来的中国女性文学创作，实质上是女作家们不断追问生命价值的精神历程。表现在女性文学中的人文关怀，是一种在文学中观照人生，在书写过程中不断演化的人生观和价值观。

一、人的发现与女性意识的萌发

　　1840 年，西方列强打开了封建中国的大门，伴随着洋枪洋炮大举进入中国的，还有洋教、西学以及其他包括民主、科学、观念、制度等异质文化。随着西方传教士的到来，西方的民权学说及男女平等的观念也渐入东土。19世纪末 20 世纪初，启蒙思潮的影响在女性意识中注入了人的质感。1902 年，少年新中国社出版了由马君武翻译的斯宾塞的《女权篇》，着重介绍了西方资产阶级的妇女理论，为中国的妇女解放运动提供了思想武器。1915 年 9 月 15日《青年杂志》创刊号发表了陈独秀的《妇人观》，以后陆续发表的还有胡适的《贞操问题》、鲁迅的《我之节烈观》等一系列文章。此外，《新潮》《每周评论》《少年中国》《曙光》等刊物也相继发表了大量有关妇女解放的文章。先进思想者们以欧美各国的妇女运动为参照，对妇女的人格自立、自由恋爱等问题进行了分析与讨论，显示出了当时社会对于妇女人身权利的热切关注。郁达夫曾指出："'五四'运动的最大的成功，第一要算'个人'的发现。从前的人，是为君而存在，为道而存在，为父母而存在的，现在的人，才晓得为自我而存在了。"①

　　人道主义精神在现代中国的思想文化史上占据着极其重要的地位。周作人引申到中国文学中的"人的文学"，就是基于西方的、代表了一种广泛的人文思想潮流，"人的文学"是作为中国新文学发展的一种基本精神延续下来的。以"人的发现"为起点的"五四"新文化运动，不仅唤起了作为人的自觉，也唤起了作为人的自我意识的觉醒。"人"的发现，带来了女性的发现。女性意识的复苏与人的解放、人的自由与尊严等一系列人文主义的时代使命紧密联系在一起。"五四"女性主义文学思潮的形成是"五四"期间女权思潮和妇女解放运动的必然产物。中国女性文学的缘起在很大程度上依赖于中国的社会、文化变革以及西方女权运动的影响。普泛的社会哲学思潮的传播，促使知识分子群体中的新女性萌发了初觉的生命意识。"人生究竟是什么？"这样关于生命价值的追问在"五四"时期第一个现代女作家群的创作中表现得极其突出。"五四"女作家对于人生意义的思考、对于生命价值的探索厘定了20世纪中国女性文学的发展方向。

　　当人的生命从天神人君中解脱出来，高扬的是人的理性的时代精神。"五四"女作家第一次在人的意义上自我发现，并将富于主体精神的女性意识渗透在创作中。"五四"女作家当中有不少曾留学海外，如陈衡哲、冰心，她们直接从西方人道主义、个性解放新思潮中汲取了精神营养。在基督教义和人道主义的潜隐中，冰心"爱的哲学"应时而生，她把母爱视为人类走向自由平等的光明通道，女性真善美的价值被重新发现。"爱的哲学"既是人本立场的泛爱论，也体现了人的良知与生命的关怀；陈衡哲、冰心的"问题小说"都是从人道主义精神出发，执着于社会和人生的探索，萌发出调整人与人、人与社会之间关系的美好设想；庐隐、石评梅披着恋爱的外衣探讨人生，在个性解放、恋爱自由的理想中探索生活，在变幻无常的人生中感悟生命存在的意义。她们所宣扬的爱既是一种力图为自己，也是为社会寻找出路的对人间苦难的反叛。爱情是女性寻找自我、肯定自我、实现自我的一种方式，是完成女性生命价值实现的一部分；丁玲的创作展示了"五四"以来不断觉醒的新女性在时代风云变化中的困惑、矛盾与追求，从灵与肉两方面探索女性真正的生存价值与独立人格。在这些女性对生命价值的精神追寻中，向社会

---

① 郁达夫. 中国新文学大系. 散文二集. 导言. 上海：上海文艺出版社，2003：5.

打开了女性精神生活的窗口，表现了觉醒女性为女子冲破人身依附，改变性别奴隶地位的奋斗。女性的独立人格在"五四"女作家的创作中占据了重要的地位。

正因为"五四"女作家的女性意识是在人的价值的发现中苏醒的，因此女作家们在抒写个人命运的同时，也自觉地对社会发出质问、指责和批判。她们的作品常常不由自主地流溢出对于世间不幸人群的同情，尤其是对于妇女不幸人生的热切关怀，表现了女性追求平等、维护女性作为人的尊严的要求。妇女问题和人的问题、社会问题总是相互交织地体现在"五四"时期女作家的创作中。尽管这些小说同时也反映了女作家们对社会了解的肤浅和对解决社会问题认识上的天真，但她们对自身以外社会人生的热切关注，明显映出新世纪女性的心影。

西方的女性文学是在社会和思想革命之外的女性革命运动中萌生的，西方女性的每项权利都是经历了艰辛的奋斗和顽强的抗争后才争取到的。而中国的女性文学则是诞生于社会和思想革命之中。中国先有革命运动，后有"女权"的呼声鹊起。在中国社会发展进程中，妇女解放始终没有单独地从"五四"时期人的解放以及其后的社会解放和阶级解放的大题目中提出来加以考虑，中国女性权利的获取是男权社会赋予大于女性主动争取，女性意识的觉醒是由外在的激发大于内在的自觉意识。因此，20 世纪的中国女性文学一直在人的自觉和女性的自觉相碰撞、相交融中起伏演变。

二、人的追寻与女性的追寻

进入 20 世纪三四十年代，中国女性小说中的人文关怀在时代形势的急遽变化中，产生了相应的变化，不少女作家的创作由内心世界对外在世界的感受和反应转向对外在世界的描绘。这一时期的许多女作家们以高涨的热情附应着时代，她们通过投身社会斗争，找寻着更为广阔的人生价值空间。女性写作在呼应、调适、整合着自己，女性文学价值观向着社会革命的需要急速靠拢，向着救国救亡倾斜。因此，此时的女性文本大多带有鲜明的革命与政治的激情，充满着焦躁的沉重感，如丁玲的《一九三零年春上海》、冯铿的《最后的出路》、白薇的《打出幽灵塔》等。显然，特殊的时势促使女作家建立了以革命事业为中心的文学价值观，她们非常看重对时代生活、社会革命的参与，她们对外在世界的关注远远超过了对女性自我世界的关注，她们迫不及待地想把个人变成革命整体中的一部分，为此不惜摒弃性别特征来作为对危亡国势的回应。正如谢冰莹所说："在这个伟大的时代，我忘记了自己是女人，从不想到个人的事情，我只希望把生命献给革命。"①

目睹了战争的残酷，以萧红、张爱玲为代表的部分女作家意识到造成人的生命威胁的不仅仅在生命之外，也在人的自身，于是她们的创作融入了对生命的深刻体悟和哲理化沉思，展示出现代女性对人生、生命的体悟与思考。她们边缘化的书写，对人生孤独的体验是对女性生命的深刻审视和对人生真谛的深入思考。与"五四"女作家相比，她们从尊重个人价值和独立的时代精神中，转向对人的生存状态，尤其是女性的生存状态的关注。她们不仅要求社会承认女性人格的重要与尊严，更在于要求社会对于女性生命合理欲望的承认。她们对妇女解放问题进行了更为深刻的思考，在不断地对人的本质、女性的生命价值的思考中体现出对人生的终极目的的探索，对人类生存状态的人文关怀。萧红对于生与死的领悟，就是对人生本质的探寻。她把对生命的理解与人类生命的延续相连，不仅关心社会、关心女性自身，而且从哲学层面上审视生命，表现出对人的终极关怀。这种人文关怀在林徽因、郑敏、陈敬容的诗歌中也有非常明显的表现，在对人类自身的觉醒和存在意识中，体现出了个人命运与环境的抗争，以及对人生价值、生命意义的思考和关怀，表现出一种普遍的人类精神和情怀。这种关怀，超越了"尊重人""把人当作人"的层次，从对人的终极关怀出发，要求每个现实的人都来自觉地建设自己，从而将"五四"时期人的解放的文学主题推向了更高层次上的发展。然而，在"十七年"的女性文学创作中，对觉醒于"五四"女性文学中的人文关怀有所忽略，由于对政治话语权的确定，女性创作不再以追求人格独立、精神自由为基本内核，就连女性对爱情的追求，也要与革命的价值观紧密相连，因此，宗璞的《红豆》就被指责为写了"资产阶级人性"。然而，尽管如此，在宣扬女性向男性看齐，女性在革命中实现人生价值的表现中，所包蕴的女性自强自立的思想内核还是在某种层面上延续了"五四"时期对于人的精神的觉醒与解放。

经历了人性及人的存在在现实生活中一系列变异之后，"五四"的思想

---

① 阎纯德. 20 世纪中国著名女作家传·谢冰莹. 北京：中国文联出版公司，1995：269.

启蒙在 20 世纪 80 年代的文化讨论、意识形态的争论中始终是全民关注的重点。关注精神与价值，继承忧国忧民的情怀在 80 年代前期的知识分子的头脑中占据着主导地位，因而，在特定的社会历史条件下，作为女性的自觉又在人的价值的探寻中复苏。舒婷的朦胧诗为"人"的生命和女性价值高歌，表现出对于平等自由的渴望和对主体意识的肯定。因而在她的诗作透过爱情的表现、理想的追寻显现出深刻的人的主题，即对人性尊严的呼唤，对理想的两性关系的探求，它是一种对人类自身状态完美和完善理想境界的追求和对建立在人格独立基础上的人际关系的向往。

随着人道主义思潮的不断渗透与推进，中国当代女性文学在继承"五四"女性文学的传统和借鉴西方女权文学的创作中，女性意识有了新的追问和发展，在更高层次上展示出了作为"人"的女性灵魂的属性，显示出人性的幽深与丰富的日渐深入。她们渴望实现自身的人生价值，确立自己的人格尊严，不仅要在经济上、政治上实现男女平等，更要在精神上、人格上同男性平等。在与世界文学接轨以后的新时期女性文学，不仅使长期失落了的女性性别得以重现，也使"女性自觉"与"人的自觉"整合一体。

张洁的《方舟》通过对女性艰辛的生活境况和心路历程的描写，提出了实现女性自身存在价值的新内涵。铁凝的《麦秸垛》《玫瑰门》以自审的方式展示了一种女性的状态、女性的生存方式和一种生命过程。它表现女性的弱点，呼唤女性人格的完善，标志着女性文学更加完整、真实地认识了女性，从一个新的视角展示新的人文精神；它表现了女性自身的觉醒，呼唤在异化状态下失落的人性的精神理念；它昭示着女性文学的终极目标是超越性别局限、性别对立，全面实现人的价值，闪烁着对人类理想境界的企盼。王安忆的《长恨歌》《忧伤太平洋》《香港的情与爱》等多篇小说，都以极大的热情反映都市的生存状态、人生理想和价值观念等文化深层东西，把小说的"物质部分"向理想状态推进，引向精神性的意义向度。池莉的《烦恼人生》《太阳出世》形象地反映了普通男人和女人同甘共苦、挣扎奋斗的可贵精神，从中可以明显地感到作家以入乎其内而又能设身处地的方式观照着普通人的生活和睿智。刘西鸿的《月亮，摇晃着前进》体现出了当代新女性开拓进取、乐观创建自我的人格力量。

三、"个人化"写作与人的文学

从 20 世纪 80 年代中期开始，随着人文学者由中心日渐向边缘移动，知识分子在反身自省的同时也开始谋求独立的社会姿态及文化品格。90 年代，在借鉴了西方女性主义的同时，中国的女性主义文学在本土化的过程当中呈现出了自尊自强的品性。不论是对女性外部世界的观察和剖析，还是对女性自身心理的审视，都在更高层次上展示了女性作为人的价值的全面实现。

从"五四"时期人的发现，到庐隐、冯沅君、白薇的女性精神困境与流浪，再到陈染、林白灵与肉的个体挣扎，女性的内心世界打开了封闭的门窗，坦白地将一个女性内心最隐秘和真实的愿望以文学形式表现出来。这些活生生的充满欲望的女性形象，彻底地从女性性爱心理、性追求表现的禁区中突围出来了，从人性的外在钳制走向人性的内在超越。它与女性的人生体验、女性的灵魂与欲望紧密相连，从而让人们更为真实地体验到一个个具体的生活着、欲望着、追求着的女性内心的呼叫。人的发现与觉醒有了清醒的个人意识，才是真正的具体的现代性的人的意识的觉醒，也是人的主体性建构的思想基础。一种鲜明的思想风貌出现在 90 年代的女性文学中。女性作家在意识到了人的孤独、必须自己面对自己承担生存的现实之后，丢掉了一切依附于他人的幻想，从而发出了"我是谁"和"我要成为什么样的人"的价值追问。这种精神气质，展现了女性极为鲜活真实的生存状态及生命本能与现存文化之间的交融与矛盾，是人性完善和人的价值全面实现的理想追求。

受西方女性主义的影响，女性作为特殊存在引起了广泛的注意，"性别的差异"逐渐成了中国女性主义批评的焦点，这为从性别立场和性别概念上考察、探究妇女获得深层次的个性解放和女性写作的内涵提供了新的研究视角。徐坤的《厨房》、张欣的《都市爱情》描写了在社会转型时期女性面对物质冲击所产生的心灵冲击，反映了这些富于独立意识和自强精神的知识女性在重新确立生活理想、价值观念时的内心矛盾与困惑。

由于人类生存状态的改变和改善，女性作家所关注的重心放在了对女性自身的精神和心理状态的探究上。人性发展中的心灵困境成了 20 世纪 90 年代女性文学探索的主题，女性作家把目光转向了更内在的追求，她们极力自持一份女性的自救尊严，独立于男性做自己精神的主人，生命在自我的回归中使自我获得了张扬。在这些独特的私人经验中所展示的生命意义，拓展了另一种精神意识，凸现出了女性独立的文化空间。因而，在这些个人化的写作当中，不少作品通过女性话语的言说，从个体的存在努力升华到一种人类精神状态的层面，反映出人类面临的某种困境，从而表现出了具有审美的"内在尺度"的价值意识。

然而，由于直面自我的"身体写作"只停留在少数女性的灵魂的自审与自省，身体自恋与自慰，因而忽视了对大多数女性尤其是下层女性的生存现状和真实需求的关注，并且，在再现生命内觉的女性写作中，出现了部分以感官刺激来掩盖精神伤痛和灵魂虚空的形式表达，从而不可避免地使创作流入了女性私人经验商品化的结局。女性自我认识和理解，以及自我发展的内在需求，对人性本质的追问，都应追寻一种完整的和完美的人的理想。相形之下，过于留恋个人的心灵隐私、生理体验和躯体的自我欣赏的文字，对人性缺乏德性的熏陶与润泽，便在灵性和冲动中不断重复自己。这样的写作是无法在现实的矛盾中体悟人生、表现人生，从而使自己的作品达至更高、更广泛的审美层次的。无论是对外在世界的描绘，还是对人的内心世界的表现，中国女性作家都需要以极其严肃认真的态度关注人的生存本质，探索现实人生的价值，在发现和体认自身的同时，创造人类的理想世界。

世界发展的趋向显示，人类最大的敌人不在于饥荒、地震、病菌或癌症，而是在于人类本身；因为，就目前而言，我们仍然没有任何适当的方法，来防止比自然灾难更危险的人类心灵疾病的蔓延。[①]

文学也许是一种促进人对自我生存状态的自觉的有效方式。在今天，面对永恒的矛盾，人类更加重视自我主体精神的建设，人文关怀所探求的仍是一种完整和完善的人的理想，它必将贯穿于人类历史的整个过程。20 世纪以来中国女作家对于女性存在的探索是全方位的，从"人"的发现到"女性"的发现，从关注女性群体命运到对女性个体差异的尊重，人的平等、自由、幸福始终是 20 世纪中国女性文学关注的焦点，对女性的命运和生存境遇的探讨，是与对整个人类的命运和生存境遇的探讨相连的。21 世纪女性文学的价值目标是实现共同人性的发展和人类生存的日趋美好，女性文学中的人文关怀同样是落实在对人本身存在状态和意义的关注上，以及探索和追求人类的

---

① [瑞士]C. 荣格. 现代灵魂的自我拯救. 黄奇铭译. 北京：工人出版社，1987：12.

终极关怀上。女性文学将以个人独立的思考探索和对人类的深情挚爱站在 21 世纪现代性的地平线上。

（刊于《学术论坛》2003 年第 6 期）

女性的飞翔与自我意识

　　母系社会是女性在人类历史上曾有过的辉煌和强盛的时代，但随着母权制被父权制所替代，女性的社会地位发生了翻天覆地的变化。世界开始成了男性统治区域，包括女性。"母权制的被推翻，乃是女性的具有世界历史意义的失败。"（恩格斯《家庭、私有制和国家的起源》）在男权统治的压迫制度下，女性经历了逐渐丧失自我意识的漫长过程，在这个性别压迫漫长的社会化的过程中，女性的精神和心理被潜移默化地改变，男性的标准于不知不觉中提升到成为衡量一切行为准则的高度上来，女性被压迫的属性慢慢地变成无意识地自愿屈从的属性。随着人类的进步和社会的发展，女性越来越要求作为社会的一个主体而不是男性的附庸而存在。而解决女性社会问题的实践基础是女性意识的社会共识，即"女性"作为"人"的实现和"女性"作为一个社会性别的解放，它代表着女性主义在历史发展上的一种觉醒。女性在思想文化领域中存在的性别歧视，它比民族歧视、种族歧视的影响更深，涉及的面更广。因而，女性意识的觉醒和女性自我意识的社会共识在这里就显得尤为重要。

一、自虐与被虐

　　被中国人尊为圣人的孔子曾说过："唯女子小人为难养也。"因而，中国历史上的女性总是处在退让的位置，她们是从属者，是附属品。而在汉代，却有两位女文学家被捧为圣人，一是班婕妤，一是班昭。女性被捧为圣人，首先必须获得男性的赞同，因为历史上的圣女和圣母都是经由男性之手捧出来的，女性只有得到了男性的赞同，才会在历史上留下一席之地。班婕妤因为时刻牢记男尊女卑的教导而备受成帝宠爱。班昭因为作了《女诫》而备受男性推崇。尽管在封建社会里，男尊女卑的观念，夫为妻纲的道理，很早就有了，但大都很散漫、很浮泛。而班昭所作的《女诫》系统地把压抑女性的思想编纂起来，旨在说明三从之道和四德之义，她以为女性为天生卑弱，所以处处要处于卑弱的地位。《女诫》问世之后，便成为铁一般的绳索，牢牢地套在了女性的脖子上，千百年来，培养出了一代又一代永生永世的微笑与忍耐。

几千年来男性撰史者，以男权中心文化覆手遮掩了女性在历史上的创造价值。在以男权文化为主导历史的社会里，从男性眼里流露出第一道衡量女性行为的准则起，那里面就已经包含着男性的意图与愿望。当这枷锁被粉碎以后，女性仍旧习惯于用男性眼光为标准来看待自身与他人。尽管几千年来男性撰史者，以男权中心文化覆手遮掩了女性在历史上的创造价值，而围绕女性自身的诸多情感、欲望而产生的内心困惑，是女性走不出自我的心狱的困惑。在某种意义上，自我才是自我最大的敌人。对女性而言，也同样如此。

安徒生童话中有个寓言故事，叫作《一面镜子和它的碎片》。故事讲述了一个魔鬼制造了一面魔镜，魔鬼带着这面镜子照遍了世界上所有的国家或民族，于是所有的民族和国家都看到了自己被魔镜歪曲了的形象。有一天，魔鬼摔碎了这面镜子，镜子的碎片像沙子一样分散在广袤的世界上，一旦接触到人的眼睛，它便粘在那里不动了。被碎片蒙住了眼睛的人们习惯于用片面的、扭曲的眼光来打量这个世界……最后，安徒生还警告说：现在，在我们的天空中还有这样的碎片在飞舞呢！

妇女绵延数千年的悲惨处境，就在于女人没有独立生存意义和价值，女性在父权制下形成了一个受压群体，广大的妇女牺牲于代表着男权的传统习俗和历史惰力之下。一个性别压迫的漫长的社会化过程，致使女性渐渐丧失了思考和表达的能力，当这种压迫经过若干代演化，最终成为心灵上的桎梏之后，女性精神与心理的畸形，也就无可避免了。她们在男性身上寻找自身的贞洁与价值，以男性的评判为自身价值的标准。更为可怕的是，女性自己又将这种奴役的状态历史的内在化了，使之成了她们共有的集体无意识。

其实，封建伦理制度对女性的压迫，并不是以十分尖锐对立的方式呈现的，它往往浸透在长期以来所形成的包括女性自身在内的整个社会所认同的习俗与道德规范中，变成恢恢天网，严密地笼罩着妇女的生存空间，造就她们难以逃脱的宿命。在一千多年前的《孔雀东南飞》所讲述的那样一个强盛的男权时代，代表着强大男权观念对女性进行压迫的，不是焦仲卿而是他足不出户的母亲。除了男权文化的压制，还有那些被历史重负的压力挤压得扭曲变形的女性灵魂，致使像祥林嫂这样的妇女，天生地丧失了思考和表达能力。在祥林嫂的血液中与生俱来地被注入了男权化的封建化的道德准则，致使她时时都把这种道德准则来奉为宗教来衡量自身。事实上，处于封建男性中心主义氛围的祥林嫂，不但没有了表达自我情感和要求的欲望，还在所谓的道德准则束缚中逐渐形成了精神与心灵的病态以及自虐以求解脱的行为方式，也就是说，祥林嫂最大的悲哀并不是她经历的坎坷不幸，而是她对这种不幸的屈从和认同，她先是成为封建伦理秩序下的牺牲品，然后又不自觉地成了这种伦理道德的屈从和捍卫者，最后又被这套秩序所放逐，饥寒中带着追问离世。这种精神上折磨的残酷性还在于祥林嫂仿佛是心甘情愿的，福柯在记述权力文化时谈到，最不可思议的事实不仅是人人互相监视，而是自己监视自己，而与她同属于一个阶级的柳妈，却充当了祥林嫂走向死亡的引路人。

妇女的命运在被虐和自虐的两重迫害中沉浮。在现代女作家当中，萧红敏锐地感觉到了这一点，在她的《生死场》中，女性木然地看着自己的同性在痛苦中死去，她们没有反抗，甚至连一点反抗的想法都没有；在《呼兰河传》中展示了两位女性由鲜活到死亡的命运，女性除了要忍受家庭中的痛苦以外，还遭受同性之间的舆论和谣言的迫害。女性就这样无知无觉地相伴相生在比男性更严酷的"性同类"的迫害中。丁玲在《我在霞村的时候》对于贞贞的塑造，也显示了她极为成熟的女性意识。她不仅看到了封建意识对女性的巨大残害，也注意到了女性存在的阴森的氛围，首先是男人压迫女人，然后是女人比男人更严酷地对"性同类"进行迫害及自我迫害。女性不仅仅承受着男性的压力，也承受着来自同类的压力。灾难不仅来自表层，还来自传统意识与文化惰性所结成的女性本身的病态心理和精神状态。

这样的女性形象的塑造，表达了萧红、丁玲坚持不懈地向传统道德价值观念挑战的勇气，也充分地体现了她们对女性深层精神心理结构的理解与探测深度。她们告诉我们，寻求女性精神解放的艰辛历程仍是百年、千年，甚至是永远在路上的困惑。这一点正是萧红与丁玲的深刻之处，它超越了阶级，超越了政治，直接指向了人性当中的阴暗面、软弱面。

从祥林嫂到卫慧笔下自甘堕落的"上海宝贝"，历史的进步造就了女性生存环境质的飞跃，然而，女性地位在由"女奴"到"女性"再到"人"的抗争中还没有走到终点。在一种可能被改变、正在改变却难以彻底改变的历史状态中，仍有不少女性还生活在弥漫着男性镜子碎片的空间里。纵然，今天的女性没有了祥林嫂所遭遇的生离死别、饥寒交迫以及封建伦理的桎梏，但是，在她们身上仍然存留着悲剧的意味。因为在她们的骨子里，已烙下了几千年来对男权文化的认同，依然以男性权威的要求来规范自身行为与命运，最终使她们完全失去自己作为女性人的性别意识，成为传统文化重压下的牺牲品，这些都与其生命力与斗志的顽强无关。在外界环境的压迫下，她们或以封建伦理道德，或以封建残余的男性中心主义来作为衡量自身的标准，缺乏一种女性自我意识，最后致使她们面临自己精神上的困惑或迷茫。由于自我意识的缺失，她们追求的最终实现，也正是她们悲剧的真正上演。

尽管中国妇女在总体上的解放相当迅速，而女性意识的真正觉醒却极其漫长。在这漫长的女性意识的解放过程中，女性不仅要与不公正命运抗争，更重要的是要对长期处于这种境地中自身性格积淀进行反思，从而形成一种完整的人的意识觉醒。

二、被救与自救

中国女性文学在表现女性命运，寻找被压迫而失去了的女性自我时，首先是从男性那儿开始的，男性的先觉者们最早站出来作为女性的代言人，以启蒙者的姿态来唤醒女性反叛封建女教并拯救女性出水深火热之中。中国近现代前期著名的男性进步学者几乎都是妇女解放的提倡者，而他们提倡妇女解放的一个重要的原因就是借女性问题的讨论，呈现中国社会其他问题。因而，他们在倡导女权的同时，考虑得更多的是女性在社会、文化变革中的实用价值，他们倡导革命时总忘不了发掘女性革命潜力的权利。"在'五四'那一代人的心目中，妇女的解放是与人性健全发展密切联系在一起的，在他们关于妇女问题的思考里，实际上是包含了整个人性发展的思考在内的"。[①]

因而中国女子的自我解放从未忽视对于女性之外的第二世界的关注，女性的解放是与整个社会的解放和民族的解放紧密相连的。正因为有着这份被拯救的传统，从 1919 年到 1949 年，中国妇女常常是被放置于家族、民族、

① 钱理群. 试论"五四"时期"人的觉醒". 文学评论，1989（3）：13.

国家之间，中国的妇女解放运动总是与中国革命实践相随、相伴和相生，中国妇女的解放始终是反帝反封建斗争的中心之一，是人的解放的总目标和突破口，它从一开始就同国家的前途、民族的希望有着不可分割的联系，女子是作为革命主体的自我解放。因而，中国女性的解放意识难以超然物外地坚持纯人学的立场，而是不断自觉地接受为男性政治所决定的国家意识的干扰和统驭。与之相应的中国女性文学作品突出的不是女性自身的个体意识，而往往是那些能够代表同时期女性命运的群体意识。

秋瑾作为"我中国女性"的先觉者，她的文学作品显示的就是女性必须投身于民族解放中，在民族解放的进程中获得自身的解放。显然，秋瑾的女权思想是以男性为标准和参照系的。

其实，这种被拯救的传统古已有之，书生拯救女子的故事在古代的文学作品中层出不穷，到了"五四"文学作品中，在许多男性作家的笔下便演化成了"书生"启蒙新女性。鲁迅的《伤逝》、叶圣陶的《倪焕之》、茅盾的《创造》、曹禺的《日出》、巴金的《家》中的女子都是热血男儿所要拯救的对象，他们以自上而下俯视的优势来看待他们所爱恋的女子，在他们的眼里，女性不仅仅是他们爱的对象，更多的是被启蒙、教育、塑造的对象，男性解放女性思想的立足点和出发点是同情。这种被动的地位决定了女性无主体、无自我，以及话语表达的艰难，她们失却了内心的欲望和要求，只是沿着男性为他们指出的方向前行。"女性作为文化符号，只是由男性命名创造，按男性经验去规范，且既能满足男性欲望，又有消其恐惧的'空洞能指'"。①

中国妇女一向是被解放、被塑造的传统，这种传统因此成为女性走向独立自主的主要障碍。中国女性文学的真正觉醒体现在"五四"时期的女作家的作品中。萧红、丁玲、苏青、张爱玲等女作家的涌现，更是打破了千百年来男性中心话语格局，也打破了女性等待着被启蒙被拯救的模式，使女性作为黯然无语、备受压迫的人类一翼得以表达。然而，"五四"时期所产生的觉醒的女性意识很快就被随后而至的现实危机所冲淡，追求女性解放，对女性角色的探索也就被追求平民大众的解放、大众角色的探索所取代。新中国建立以后，女性意识又被"阶级意识"和"革命意识"所取代。那被八路军救出苦海之后的白毛女，除了性别标记之外，她更多的是一个"受压迫阶级"

① 张慧敏. 寻求自我的艰难跋涉. 东方，1995（4）：27.

的代表，因而，要在"新"中国在红旗下健康成长是需要一个极为漫长的过程。然而，随着民主革命的胜利和中华人民共和国的成立，妇女的解放问题似乎受到了冷落，妇女获得空前解放了，获得了政治、经济、法律意义上的平等，然而，这场自上而下的社会变革所带来的变化，并未在精神、文化领域中对妇女敞开空间。因而，在社会的政治、经济、法律的层面上，妇女解放一经确认并宣布胜利完成了，这一社会地位的提高并不意味着女性意识的提高，滞后的思想意识形态影响了男女性别差异的认识，缺乏启蒙思想的革命运动并不能把根深蒂固的封建传统观念从人们的思想意识中赶尽杀绝，没有经过思想意识充分觉醒而获得的政治、经济上的解放，不可能和男性一样的充分。

尽管妇女获得了空前解放，但滞后的封建传统观念仍然存在。在妇女解放的表象之下，中国妇女陷进了一个对性别问题既十分敏感又认识模糊、既言不由衷又无法演说的境地。直到改革开放的新时期，借世界性文化交流之气候及西方女权主义思潮的引介，中国妇女问题如同其他社会问题再次受到重视。中国文化女性在较为宽松的人文环境中，开始尝试直面男性谈论男权状态下存在的性别歧视与性别压迫问题，至此，对妇女问题的探讨便真正具有女权主义的色彩。

女性生存境况的表达必须由女性开始，并终将由女性完成。直到 80 年代，女性借思想解放与个性解放的东风，终于能够实事求是地回到女性自身，女性意识的复苏，在此时是作为群体的自觉意识强化的产物，女性作为一个差异性的群体浮现出地表，避讳已久的女性意识或多或少，夹杂在朦胧的人性苏醒中苏醒，从而促使她们不可避免地继续这一世纪初的女英们对女性角色内涵的探索，并从文化、历史的层面书写女性，探索女性本体。张洁的《方舟》公布了已经与男性站在同一地平线上的中国当代女性深深的幽怨和不幸。张欣辛的《同一地平线上》和《我在哪儿错过了你》中女主人公的女性意识仍然是被动的，不自觉的，"为了要找寻她自己，拯救她自己，结果在他身上反而迷失了自己"。[①]她们在新的两性关系中依然找不到自己的位置，处于一种不断挣扎，却只能是辗转其间的状态。

正因为"这个世界用的是男人的话语。男人就是这个世界的话语"。后

---

① [法]西蒙·波娃. 第二性——女人. 桑竹影，等译. 长沙：湖南文艺出版社，1986：442.

现代女权主义的抱负之一就是要发明女性的话语。"男人以男人的名义讲话，女人以女人的名义讲话"。①20 世纪 90 年代中国女作家们所运用的决绝的颠覆和解构男权中心文化的语言策略，就是为了争得一份说话的权利。90 年代女性小说的盛势，标示着中国当代女性意识的觉醒已转化为女性写作的主动行为，在男权中心社会里，女性的社会文化身份得到一步步的体认。

90 年代最具代表性的女作家林白与陈染，她们敢于以女性角色体验认识世界，将自身从被逐出的历史当中恢复地位，突出自己的形象。她们把私人经验带入了公共文化空间，通过女性经验的自我解读，女性在对自身的描写中，更深一层地把握了自己。在陈染笔下，独立而任性的自我本身是一个血肉丰满的世界，男性虽然可以帮助女性成为女人，但最终只是女性洞悉自我生命的一个窗口，女性自我在本质上孤立于男性世界之外并出于某种自足状态。

女性自由自在地抒写她所体验、感悟到的一切，表述自己生命中最为隐秘、痛切的体验，从而颠覆了男性中心社会建构的政治、历史、道德等方面的理念，具有向男权文化挑战和向自身"被造就的自我"挑战的双重特点。在男性的话语禁区中开辟了自己的空间，建构起了女性自己的主体性和认识性。个人意识的觉醒是 90 年代女性文学呈现出真正多元的、丰富的发展姿态，女性主体位置的探寻和建构正以个人的多种方式展开。

三、结语

观念作为一种认识的积淀，它的深层结构具有相对的稳定性、储蓄性。它一旦形成，便以潜在的、稳定的、习惯的力量或多或少地左右人们的思维意向及行为趋向。在封建宗法社会，女性的家庭地位除了受到国家法律的规定外，还要受到封建伦理道德、社会习俗及社会环境的综合制约。女性始终生活在社会的最底层，以男性的标准来衡量自己作为女人的价值，即便是同性，也会或明或暗地站在男性的立场上，木然、冷漠地看着自己的同类。女性在男权的统治之下完全被驯化，是无思想的尤物。她们甘愿作为男性及家庭的奴隶，甘于忍辱负重默默地无欲无为地度过自己的一生。由于女性的自

---

① Kourany，J. A. et al. (ed). Feminist Philosophies. Prentice Hall, NewJersey, 1992, pp. 362-363.

我反思意识薄弱，使她们产生了一种依赖性、自卑感和怯懦心理。

女性解放不仅要从经济上获得自主权，在社会上确立地位，但更重要的是要从思想意识领域中彻底地让女性觉醒，从精神上解放，如果精神上得不到解放，虽有强大的躯干也只能是带着枷锁的奴隶罢了。唯有女性自身的解放，也就是实现精神和人格的完善，才能为妇女的真正解放画上句号。女性首先要作为"人"的存在最后才是"女人"。

（刊于《广西教育学院学报》2002 年第 4 期）

女性神话与性别意识

　　西方的《圣经》告诉世人，是上帝创造了亚当和夏娃，夏娃因听信谗言偷食禁果繁衍出了万代子子孙孙。在中国，最为人熟识的是女娲抟黄土造人的神话故事，传言中的女娲人头蛇身，一日七十七化。《说文解字》中说："娲，古之神圣女，化万物者。"可见，在中国人的心目中，女娲是一个创造世界的大神，一个勇敢与自然搏斗的女英雄。她不仅补天整地、降妖除魔，而且独自一人完成了创造人类的伟业。在这个掩盖了生命孕育真相的古老神话中，女娲不仅是人类的母亲之神也是父亲之神。

　　女娲的神话，是初民的一种诗意的想象，它熔铸着童年时代的人类对女性的审美理想。女娲，是作为中国女性最完美最圣洁的典范出现在人类史上的，她是大地，她是江河，是一切生命的根源；她是安慰和快乐的源泉，是痛苦和诗意的避难所；她既有女性的温柔慈善、无私奉献，又像男性一样刚强有力、无所不能；她是女性崇拜的偶像，也是男性心目中女性的形象。然而，这个闪着圣光的形象，同西方的夏娃相比，明显的少了一份真实亲切的血肉气脉。在夏娃的身上流淌着女性生命的本真、真情实感和欲望渴求，她是芸芸众生中每一个具有真实肉体的自然常态女性的化身。而女娲，她是一种崇高完美的精神力量的化身，是一个被理想模糊了性别、超越了人性人情的神仙，永远在遥远而高的天空中神圣而不可及。

一、神话与性别的失落

　　随着以女子为中心的母系氏族社会转化为以男子为中心的氏族社会，自有文明史以来，男性优势一直在左右历史的发展。男性意识是显在的，而女性意识是被压抑的。社会观念和价值体系赋予了男性支配的权利，这种权利的核心在于它有权为所有的事物命名。在中国古典文学中，在父权意识的支配下，女性的正面形象最多的是贞妇和烈女这两大类。焦仲卿妻（《孔雀东南飞》）、赵五娘（《琵琶记》）是贤妻型形象的代表；从女扮男装替父从军的花木兰（《木兰诗》）到穆桂英（《杨家将》）、刘备夫人、糜夫人（《三国演义》）以及孙二娘、顾大嫂（《水浒》），这些女性都是可敬可畏的女英雄形象。前者是父系文化限定的女德形象，后者是男性寄予女性以奇特希望的理想化女性。然而，她们都不是现实中一个个具体真实的女性的生活写照，而是父权文化通过各种夸张的描写编织起来的道德楷模、女性神话。她们是在中国几千年社会文化传统中积累而成的，在某种意义上，也是远古时代英雄化理想化的女娲神话的延续。

在这些"女丈夫""女中豪杰""巾帼英雄"的女性形象身上，最典型的特征是消弭了女性特质，而男性化倾向十分明显。在她们弱小的身躯里，丧失了作为一个女性的生命感受，跳动着的是一颗男子之心。这种理想主义者的浪漫描述，似乎是对传统弱女子的反叛，然而，在真正意义上，并没有把女性当作与男性相当的人来看，相反，它暗示了女性若要出人头地，就得像男性一样，必须以女性性别的失落为代价。这些以男性中心的审美理想塑造出来的女英雄形象，实质上是贬低、压抑、歪曲、弱化女性，是以牺牲女性的个性、自由、思想权、审美为前提的，它将女性作为男性欲望要求的载体，而忽视其独特的心理、思想与欲望，以虚妄的幻想把女性放置在神话化、概念化、超自然的观念世界里，从而粉饰她们真实艰难的生存处境，掩盖分散在具体时空里的一个个具体的女性真实面貌。"于是，神话思想使唯一的、不变的永恒女性，同现实女人分散的、偶然的、多样化的存在相对立。"①无论是温柔美丽的"淑女"、无私神圣的"母亲"、文武双全的"巾帼英雄""贞节烈女"或是"妖婆荡妇"，都是空洞的存在，都不能真实反映出任何一个具体的女性行走在自己生命道路上的真实状况。神话的路对一个个具体的女性来说只是一道美丽的彩虹，每个女性归根到底还得独自面对严酷的现实和自己的生存，即使是显赫于世的吕后与武则天，王权并没有从根本上改变她们作为女性的悲凉，何况芸芸众生之中，为人母、为人妻的女性。正如尼采所说，男性为自己创造了女性形象，而女性则模仿了这个形象创造了自己。中国封建时代的女性在漫长的以男性本位文化为中心的历史中，就这样被改变了自

---

① ［法］西蒙娜·德·波伏娃. 第二性. 陶铁柱译. 北京：中国书籍出版社，1998：291.

己的自然本相，而成为神化了的女性的牺牲品。神话的幻影吞没了女性作为独立"人"的本质。

二、人的觉醒与女性的觉醒

伴随着"五四""人的觉醒"的时代总主题，中国女性才开始觉醒，女性在社会的视野中逐渐成了醒目的景观。"五四"以来，文学的一个最大的转变就是女性文学开始以丢失神话、力求做人的新姿，以对生命真实细致地言说，使女性形象一步步地走出了女性神话的幻影。石评梅"什么时候才认识了女人是人呢"（《董二嫂》）的质疑，庐隐的"决心要做一个社会的人"（《自传》）的自我激励，象征着一代女性的觉醒。"五四"女作家大胆写自我、写女人，她们往往从自己的亲身经历出发，描写新女性感情与理智的冲突，事业与家务的冲突，自由恋爱与旧式家规的冲突，她们将敏锐的目光投向女性自身生活的领域，来实现对女性自身世界的观照，提供了新旧文化嬗变期新女性们具有时代气息的生活画面。然而，由于她们对于妇女的真实处境和在社会上所存在的根本问题还缺少理性的认识，因此，未能从现实的具体的家庭关系和两性关系中写出现实的父亲和母亲、现实的男性和女性，仍带有犹抱琵琶半遮面的姿态。

"意识在任何时候都是只能被意识到了的存在，而人们的存在就是他们的实际生活过程"。[①]真正表现出女性强烈的自我意识的女作家是丁玲，她第一次表现了"五四"时期那些具有大家闺秀风范的女作家们不同层次的女性现代意识。从梦珂到陆萍，这一系列"莎菲型"的女性形象，脱离了传统的女性定型，发出了灵肉一致的爱情的呼叫，展现出中国现代女性在风云变幻的历史岁月中，艰难跋涉的身影。20世纪30年代的萧红，更是以女性的视角，对东北穷乡僻壤的妇女予以深切的关注，她从切身的感受出发，表示出对妇女命运的关注和对妇女作为独立存在的思考："……女性的天空是低的，羽翼是稀薄的，而身边的累赘又是笨重的！而且多么讨厌呵，女性有着过多的自我牺牲精神。这不是勇敢，倒是怯懦，是在长期无助的牺牲状态中

---

① 马克思，恩格斯. 马克思恩格斯选集. 第1卷. 北京：人民出版社，1977：40.

养成的自甘牺牲的惰性。"①她对女性所谓的"自我牺牲"的妇德提出了有悖传统的异见，并强调假如女性一味把自己消融在男性的世界里，这种牺牲只会导致女性"自我"与独立的丧失。20 世纪 40 年代的张爱玲较之前辈女作家最大的变化是世俗化。她拒绝了超越现实的家庭神话和虚幻的女性本质，毫无顾忌地打开了一个个家庭尘封已久的大门，无遮无拦地写出了一群从来没有在新文学作品中唱过主角的女性。她以女性的思维和表达方式，展示了十里洋场上没落的半商半宦人家的小姐和少奶奶们的凡胎俗骨、七情六欲，尤其对女性的原始性揭示得相当透彻，促进了性别批判主体的初步生成。

从丁玲到萧红再到张爱玲，在她们的笔下，已经表现出做"真女人"的艰辛追求，呈露出摈拒男性话语的倾向，她们的写作无论主题或者言语都在同古典时代告别，同依附于男性眼光、男性心理、男性趣味的描写告别。"她们的小说语汇已然脱离了文学史上带有男性视点的观念的影响，以崭新的情节、崭新视点、崭新的叙事和表意方式注入了女性信息，从而生成了一种较为地道的女性话语"。②

三、女性与被构建的社会性别

然而，女性意识和女性主义文学没来得及更进一步成长，20 世纪 50 年代至 70 年代末期，女性作家的性别意识又变得模糊起来，在那个讲英雄、唱英雄的年代里，作家们常常忽视生命的物质限度去迎合张狂的理想目标，其结果是在文学中复制出了与男性无异的女性。这些集"解放妇女"与"党的女儿"于一身的女英雄，如孟祥英、金桂、李双双、吴淑兰等，都具有与男英雄一样的崇高理想、坚韧不屈的精神和不怕吃苦、热爱工作的品格。作为女性的革命者，在中国革命史上并没有什么特别，革命的女人也应该是各式各样的女性，而在这群女英雄身上，"像男性"是她们最明显的特征。于是，文学作品中各种象征和符号表达着这样的观念信息：无论在服饰外貌、言行举止、感情方式和工作表现上，女性都贴近男性、模仿男性，以男性为标准，向男性看齐。在家庭以外的世界里，女英雄几乎就是与男性一样叱咤风云的

---

① 聂绀弩. 在西安. 新华日报，1946-1-28.
② 孟悦，戴锦华. 浮出历史地表——现代妇女文学研究. 郑州：河南人民出版社，1989：225.

英雄符号。女性站到了男性的位置上，似乎就是女性解放的归宿。这种被过分强化和扭曲的无性别意识，曾经使投入文学创作的女作家不约而同地握住清一色的中性之笔或无性之笔，把自己消融在男性为本位的国家政治中，以排斥和摈弃女性自身的性别特点争取"平等"，以压抑整个社会的女性意识来服从主流意识形态，从而又回复到了用女性神话替代女性真实生活的幻影中，将女性形象从世俗的土地上又带回到了缥缈的天空中。

　　"学会阅读神话是一种独特的冒险：这种艺术需要缓慢而独特的转变，需要致力于'实在'这一概念之另一种内涵的……决心"。[①]20 世纪 80 年代以来的女性文学，经历了一次重新"发现"女性性别的文化心理的变异，其最为显著的特点就是用女性自己的眼睛，站在女性自己的立场，从女性自身的角度发现自我、认识自我、审视自我，揭示其生存的境遇，把自己的创作真正向女性的生命本体回归，女性形象由此又开始由想象朝向真实坠落。20 世纪 80 年代初期，张洁和张辛欣的一些作品率先表现出这样的倾向，张洁的《方舟》已经被公认为是女性主义写作的典型文本。张辛欣的《我在哪儿错过了你》将多年来女性被改造成男性并被视为当然的问题提出来了。从表面上看，社会已将女性提高到与男性平等的位置上。而这种平等似乎仅仅体现在女性已能与男性一样参加繁重的体力劳动方面。当女主人公因为职业的迫使，从外形到举止几乎被类似于男性的强悍精神所淹没，丧失了女性的柔质时，男导演却是望而生畏。"上帝把我造成女人，而社会生活要求我像男人一样，我常常宁愿有意隐去女性的特点，为了生存，为了往前闯，不知不觉变成这样"。事实上，男子并不能接受男性化的女人，他们仍要求女性兼有温柔、体贴、善解人意、无私奉献等传统美德。在这种相悖的要求下，女性处于两难地位，既不可能继续扮演传统的贤妻良母的角色，而争取自己事业的发展依然困难重重。谌容的《人到中年》同样揭示了现代职业女性生命中不能承受的角色疏离之累了，它更为深刻地触及了妇女解放运动把女性推向社会，与男性一样担任社会角色的同时，女性因为根本无法放弃文化派定给她的那一份家庭内务角色，而成为一个承担双重角色的人。这一认识，体现了女性作为人的主体意识的复归，更体现出她们作为人类一半的女性的觉醒，标示出

---

　　① [德]E. M. 温德尔. 女性主义神学景观：那片流淌着奶和蜜的土地. 刁承俊译. 北京：生活·读书·新知三联书店，1995：40.

两性关系由女性角色的变动，正在经历着一个新的两性秩序的全面调节与整合。这种意识的转变进一步带动了女性审美理想的转型与更新，于是，在当代女性文本中涌现出了一大批非传统的新女性形象，如：王安忆的"三恋"、《岗上的世纪》和铁凝的《麦秸垛》《玫瑰门》。她们不再是根据神话对女性的规定，不再重复异性文化谋略下的女性角色，而是从女性的真实本性出发，从"女性解放"的变化模式中反出，以真实的女性身份进入社会角色。"在现实中的关系愈具体，就愈少会被神化"，"丢弃神话，只是要将行为感情、激情建立在真实的基础上"。[①]这些真实、生动、有血有肉的女性形象缺乏传统男性文本中理想化或接近理想化的正面形象。相反，在她们笔下，准正面女性形象往往带有遗憾、瑕疵，而准反面女性形象又常常寄托着作者深深的同情与理解，表现出对女性在两性关系中角色位置的历史与现状的重新审视与思考。作为清醒的现实主义者，女性作家再也难用理想化的眼光看待自身了，她们明白了女性不仅不再是外在的道义保护的客体，更应体现出女性内在的实力。清醒而强烈的自审意识，促使她们必须客观地认识自己的长短，深刻地挖掘造成女性弱点的社会、历史、文化等的成因。

四、女性的群体意识与个体意识

自 20 世纪 80 年代后期至 90 年代以来，随着中国改革开放程度的进一步加大及西方女权主义理论在中国的深入推介，特别是 1995 年联合国第四次世界妇女大会在中国的召开，中国女性对自己的性别有了更深一层的自觉。女作家对自己的"女性"不再采取回避的姿态，对自己性别的关注也不再停留在经验的层面上而进入理论的自觉，她们在一种更为开放的生活结构中重新书写那一部分被压抑的个性。无论在写作观念上，还是更深一层的艺术处理上，20 世纪 90 年代的女作家们较以前都有了显著变化。她们以女性视角直面人生的书写更有力度，对女性个人的生存体验和生命体验，以及个体欲望的书写更加直面大胆。女性个人与历史对话的姿态更加孤独也更为执着。女性意识的变异使得女作家不再遮蔽或忽略自身独特的体验而竭力达到一种"不分性别"的认识高度，相反，她们意识到"女性身份"的差异性和独特性，

---

① [法]西蒙娜·德·波伏娃. 第二性. 陶铁柱译. 北京：中国书籍出版社，1998：291.

和与此相应所构成的表现个人成长、历史记忆和现实处境的独特之处以及无法更改的事实。因而，在她们的创作中那些因性别差异而有的个体与社会、历史与民族的独特性获得了充分的表现，体现出对男性逻各斯中心主义的强烈冲击。

20 世纪 90 年代的女性写作建立在普遍的性别自觉的基础上，但在不同的作家身上，性别意识的具体内涵和表现形式又不尽相同，女作家形态各异的写作中蕴含着两种基本的性别观念：一种将"女性"更多地理解为一种独特的经验性存在，这类作品往往以一个女性叙述人为中心，讲述女性或女性家族的成长历程与历史经验，建立真正属于女性自己的书写视点。如王安忆的《纪实与虚构》、林白的《一个人的战争》、陈染的《私人生活》、徐小斌的《羽蛇》等。性别差异在这里体现为主人公的独特的人生经验和成长经历，同时也体现为女性叙述者对这一经验的认同性叙述方式。主人公的人生经历往往围绕着与身体相关的私密性生活，诸如对性的体验，对身体的感性描写，对属于个人性生活经验的披露，用自己的身体讲述生活中曾隐于光明与华美之下的灰色的真实。如陈染在关于女性个体生存景观的书写中，她执拗地让自己笔下的人物从性别角色所赋予的独到感受出发，去与外部世界对话，从《与往事干杯》中的肖蒙、《无处告别》的黛二小姐、《潜性逸事》中的雨子到《时光与牢笼》中的水水，在这些优雅聪慧、敏感多情且忧郁孤独的年轻女性身上，鲜明地展示出自己的性别立场并使女性的个体生命体验和价值意识得以纵情地舒展，在消解式的口吻中将从来神话般神圣与伟大的理想事物轻轻淡化，重重嘲弄。"从一个都市少女的个人体验中伸展出对无语性别群体的生存体验的触摸"。① 此外，还有林白的《同心爱者不能分手》《瓶中之水》和《一个人的战争》中所刻画的一个个与经典文学中的女性形象截然不同的、包含了种种"越轨"性描写的女性人物形象。这些美丽同时具有一种破坏性的智慧的女主人公成为 20 世纪 90 年代女性文学中的重要的人物体系，是对我们原有阅读经验的补充和开拓。她们重新构造出了女性的精神和血肉，女性的情欲和心灵，同时也以女性自身的敏感性和价值标准重写着这个时代人类的生存处境和精神处境，标明了一种新的精神气质和新思维状态的女性形象

---

① 戴锦华．陈染：个人和女性的书写．陈染．陈染文集 2．沉默的左乳．南京：江苏文艺出版社，1996：403．

的诞生。另一种性别观念更多地从文化方面揭示男性中心文化以及一种被女性内化了的男性观点给女性带来的不公正的文化处境。这类作品强调的不是女性个体性的经验，而是在一种文化自觉的思维的思想观照下的社会、历史、文化情景。如蒋子丹的《桑烟为谁升起》中通过一个叫萧芝的女性的婚姻经历，表现了女性无论是作为"贞女"或是"浪妇"都无法获得她们所理解的"爱情"。作品以讽刺性的笔法对社会文化中女性经典性的情景进行戏谑性再写，目的是为了暴露其中女性在文化上的困境。相似的还有徐坤的许多作品。这些作品以一种戏谑性的叙述风格强调女性已开始变被动为主动，"女性意识"被作为一种明确的意识形态从历史的空白中现出。她们的写作开掘出了被男性遮蔽的女性文化部分，力图建构属于女性自己的话语系统和文学谱系，表达了当代女性对历史文化自我实质的透彻认知和当代女性对自我认识所涉入的深度与广度。

五、结语

20 世纪中国的女性文学从寻找女性自我到认识并回归女性自我，其视线是从外部世界回归到女性本体。中国女作家的女性意识从失落、回归到强化，从无意识到有意识，体现出在父权文化历史中的女性在为寻找她自己真实的身份而奋斗的历程。在重新认识女性生命的动态和重建女性文化的过程中，女性文学的文本在审美意识和审美方式上也浸润了越来越强的女性独有的特点，从而逐渐完成了对女性独立的文化人格的塑造。

文化从来都是具有继承性与发展性的。女性神话，是女性无法凭借自身的天赋去获得荣誉的标志，也是对女性的差异性和独特性的压抑。女性在社会与身体经验、文化构成和主体想象上都不同于男性，作为女性的生命原色，就是要让生命的意识回归到她的肉体和心灵。"女性只有在她感觉并确认因为自己是女性，为造物主赋予她这个特殊的性别而无限欣喜甚或极度自豪时，她才是真正发掘并体味到作为女性的生命欢乐的，这应该说是最具实践意义也最内在的妇女解放运动的标志之一"。①丢弃神话，确立女性独特的文化意识和文化心态，是为了获得女性自身在世界中的文化定位。远离男性文化的

---

① 郭小东. 逐出伊甸园的夏娃. 广州：暨南大学出版社，1993：49.

功利性，创造属于女性自己也属于整个人类的女性文化，终将会存在于一代又一代的女性对人类永恒精神价值的不懈追求与传承之中，进而在运动的时空中走向女性自由而全面发展的未来。

（刊于《广西师范学院学报（哲学社会科学版）》2004 年第 1 期）

第二辑　民族区域文学与民间传统

用美构筑传统文化的圣殿

——论孟晖的《盂兰变》

在当代女作家中，孟晖的创作有着独特的审美意义。作为达斡尔族女作家，孟晖兼有学者的身份，著有文化史研究著作及研究性随笔《中原女子服饰史稿》《维纳斯的明镜》《潘金莲的发型》《花间十六声》《画堂香事》《贵妃的红汗》《金色的皮肤》《唇间的美色》《古画里的中国生活》《花露的中国情缘》等作品。孟晖 1987 年发表了第一篇短篇小说《夏桃》，随后发表短篇小说《苍华》《蝶影》《春纱》《有树的风景》《千里行》及中篇小说《十九郎》。2001 年出版了第一部长篇小说《盂兰变》，2002 年获得第七届少数民族文学创作"骏马奖"，2007 年、2014 年列入南京大学出版社经典文库分别再版。

优秀的作家爱好是多方面的。孟晖曾受过中古文物史专业训练，对于名物考证尤其热爱，她将这一爱好和追求投入到写作当中，对其创作产生着素质性渗透。孟晖的作品善于用想象来丰富历史的血肉，以写意的飘逸风格专注日常生活叙事，着意于对传统文化精神内核的挖掘，在坚守属于自己艺术风格的同时探索出独特的审美情态，从而在异于常规的书写中赋予传统文化无与伦比的生命力。

《盂兰变》讲述的是公元 7 世纪唐朝武则天当政时期的宫廷故事。宫廷的权谋与奇幻的情缘，在华丽的轻罗翠钿中，铺陈出一段真切的历史图景。对于历史，美国著名的历史学家贝克尔定义为："历史就是关于所说的话和所做的事的记忆。"①诚然，文学创作中的艺术眼光不仅仅是历史眼光，历史在孟晖的文学表达中是通往过去的时光隧道，蕴含着独特的文化价值。

---

① [美]卡尔·贝克尔. 人人都是他自己的历史学家：论历史与政治. 马万利译. 北京：北京大学出版社，2013：236.

在历史的长河中，人类活动的场景表现为不同形式的物质文化。"一种文化就是一种过程中的文化或一种过程中的生活方式"。[①]在《盂兰变》中，孟晖用想象细致地描绘出唐朝社会生活的许多细节，从女性的妆容、服饰、发髻，到宫廷贵族的起居饮食、行为举止，小说以女性经验建构日常叙事，复活了唐朝洛阳的物质生活和精神生活状态，呈现出由精神价值和生活方式交织的文化共同体。小说华丽丰盈，立意高古，真实可感，弥漫着古色古香的气韵，呈现出极大的艺术张力。

一、在传统技艺中再现文化美韵

让历史文化在当代小说中复活，或许是孟晖创作的动机之一。因此，《盂兰变》在叙述惊心动魄的宫闱故事中，孟晖注重对传统文化的继承，尽情抒发对传统文化的认同和依恋。工艺器物是她观照历史的切入点，通过对工艺器物的描写，再现了中国历史发展进程中物质文明的高度发达。小说在政治的风云变幻中，执着于传统工艺器物、服饰装扮精工细致的描绘，展现唐朝灿烂的物质文明所包含的中华文化美韵。例如，在对于古人服饰、发髻、生活器物等日常生活细节的描摹以及对于民间节庆风俗的再现中，蕴藏着斑斓多姿、活色生香的曼妙世界。孟晖还注重通过对传统工艺、节日、仪式的书写表现古代文化观念，呈现出唐朝人的伦理观、道德观和宗教信仰。儒道释的传统文化思想和古典的画堂影深渗透在她的小说中，她习惯于用讲故事的方式来传达历史感受和思考人生的真谛。

孟晖在小说《盂兰变》中用娴熟的笔致描写了唐朝高超的织造工艺和锦绣华美的服饰，将精美的东方文明艺术呈现在读者面前。织造工艺是中华文化中物质文明的重要成果，最早可追溯到距今六七千年前的母系氏族社会。织造工艺从最早的葛麻织物到丝织品的出现，中国成为最早发明蚕丝加工技艺的国家，创造了精美绝伦、巧夺天工的丝织佳品。以中国洛阳、长安为起点，形成贯通欧亚大陆的"丝绸之路"，成为欧洲人获取中国丝绸，学习织造工艺，制造美服的重要通道。

---

① [美]杰伊·麦克丹尼尔. 生态学和文化——一种过程的研究方法. 曲跃厚译. 求是学刊, 2004（4）: 9.

织锦是众多丝织品家族中重要的一员，因织造精巧、质地华贵深受人们喜爱。据汉刘熙《释名·释彩帛》载："锦，金也，作之用功重，其价如金。"古人把锦与金的价值同等看待，视锦为珍宝。唐以前的织锦技艺以经线起花，唐代发明纬线提花技术，使织锦工艺向前推进了一步。纬锦是以两组或两组以上的纬线同一组经线交织而成，纬锦织机较经线起花机复杂，织出的花纹繁复，颜色亮丽。"颜色则由比较单纯趋于复杂，经纬错综所形成的艺术效果，实兼有华丽和秀雅两种长处。"①锦纹配色和图案设计上更加灵活多样，唐也开始发展"金锦"，在丝线中加入金线或铂金线，从而织成高贵华丽的上等面料。金锦技术的出现反映了当时人们的聪明才智。

小说中的男主人公宜王李玮是武则天的孙子，女主人公才人柳贞凤是太子的旧人。太子故去后，柳才人奉旨移居九成宫。"柳才人坐在巨大的织锦花机前……手持织梭，足踏地杆，一梭一梭地精心织作一幅花树对禽间瑞花纹的彩锦"。②织锦成为柳才人寻求精神的寄托，相对于充满权力之争的现实世界，具有拯救意义。宜王与柳才人的故事发展也主要因织锦工艺而展开。宜王化成的蛇以金线相赠，柳才人以此发明了金锦的织法和"通经断纬"的纺织技术，即采用各种彩丝制成纬线，与经线交织，使图案盘织出来。在织造时，使用"通经断纬"的方法而制成的手工花纹织物，是"织中之圣"，唐代以后被称为"缂丝"。孟晖在讲述故事的同时，还在书中插入《天工开物》记载的"织作锦绫等复杂织物的花机"、不同时期的服饰图案等历史图片，真实地再现了古代织造文明的痕迹。

织锦"与其他织物相较，具有内容变化丰富，图案更加深沉、含蓄的特点，它从某种意义上能体现华夏民族传统的服饰文化心理"。③孟晖在小说中用看似轻描淡写，实则颇为考究的语言，写出了织锦纹样的变化多姿："织锦的纹样，无非是由十几或几十色彩丝织就的变化规矩的团窠花、折枝花，中间间以样式、姿态相同的人、禽鸟鱼虫或文字的彩纹，如同兵卒列阵一般整齐有序地在锦面上排列开来。"④孟晖对传统技艺的描写已超出一般小说的虚构状态，利用考古发现和科学研究成果弥补了文学想象的空白。传统文化的

① 沈从文．织金锦．花花朵朵 坛坛罐罐：沈从文谈艺术与文物．重庆：重庆大学出版社，2014：243.
② 孟晖．盂兰变．南京：南京大学出版社，2014：36.
③ 赵联赏．服饰智道．北京：中国社会出版社，2012：203.
④ 孟晖．盂兰变．南京：南京大学出版社，2014：36.

气质与传统工艺的魅力在孟晖的小说中合二为一，丰赡博厚的传统修养丝丝渗透在作品中。她擅长于从遗留下来丰富的历史遗迹和记载中，用灵感与想象构思一段真实，通过文字的记忆、想象，再现和重构传统。"任何一个人在文学上的价值都不是由他自己决定的，而只是同整体的比较当中决定的"。①

古代人们为美化衣饰，用针线绣出各种美丽的图案，产生了独具东方美韵的刺绣。刺绣的高超技艺，是织造工艺的重要组成部分，古代劳动人民用聪明和智慧创造出刺绣工艺，对古代礼服的发展演变和服饰文化的繁荣起到了重要的促进作用。刺绣的技艺和图案也成为君臣、官品、民官的界定物。小说中赵婕妤的绣作能令善织锦的柳才人称赞。赵婕妤在薄如蝉翼的白单丝罗上绣满了海涛、山峦、瑞兽、祥云和彩禽，并间以缤纷杂花。针法极其精到，深浅、远近、阴阳层层换色，极尽生机变化。唐代的刺绣技艺体现出在当时的时空条件下，人的自然性、社会性与历史性交织出的特殊历史情态。

小说通过对刺绣织锦这些知觉形式细致入微的描绘，展示出唐朝人的生命形态，捕捉到了中华文化再生的核心元素，对于重构中华文化认同具有向心力。在对人物心理现象的复杂描摹，尤其关注人物的精神潜影，"小说中对于各项工艺技术的狂热，都只是为了再现中国历史的种种'真实'"②，对于传统技艺展开专业的描绘，将传统工艺技法进行了巧妙的文本转化，烦琐细致而又巧夺天工的织锦工序在小说中得以真实呈现，以及传自古波斯的圆金线制作工艺，在孟晖的叙述中重新焕发出炫丽的光彩。

在大浪淘沙的历史长河中，是非成败转头空，唯有艺事巧思在源远流长的文化中留下不可磨灭的印记。"无论是一批织锦或是一团金线，一只新曲或是一个香薰球，只要精益求精，就能成就自在的价值。而对朝廷的残暴，艺术不是逃避，反而代表了颉颃、救赎的姿态"。③传统工艺这一传统艺术典范渗透在小说的各个层面，是孟晖文化情怀的寄托，是对失去美好的救赎。通过对传统技艺的再现，展示中华文化的博大精深；通过对精美器物的描写，寄托了对物质文明的赞美。至此，孟晖在宫闱绮丽的锦绣中铺陈出大唐的万千气象，"孟晖的索隐探微不是在发思古之幽情，而是充满了一种厉扬韬奋、

---

① 恩格斯. 评亚历山大·荣克《德国现代文学史讲义》. 马克思恩格斯全集. 第1卷. 北京：人民出版社，1956：523-524.

② 孟晖. 盂兰变. 南京：南京大学出版社，2014：447.

③ 王德威. 熏香的艺术. 序. 孟晖. 盂兰变. 南京：南京大学出版社，2014：2.

天工开物的气概和精神。"①

此外，小说善于用人物妆容和服饰变化展示人物的性格，详细铺排了人物精致的妆容和唯美的服饰，融注了传统舞台剧演出特点。通过对黛眉、高髻、翠钿等细致的描绘，使情感与外物相应合，将单纯的语言描写变化为流变的动作，潜意识场景与历史场景描摹的结合，从而达到与历史人物的神会。

历史的意义通过对历史资料的回忆和阐释得以显现出来。"如何使那远去的时代在中国文化今后的发展脉络中再次开花结果，从而获得真正的复活；如何让我们对戴逵等伟大艺术家的苏醒的记忆，不仅仅停留在恢复他们原有的历史地位，而是成为启动新的创造激情和生存激情的动力，才是摆在今天美术史学者面前的不可推卸的责任"。②孟晖的成就在于将近乎活化石的壁画、出土实物还原出真实可感，呈现在公众的美学视野中，再现出传统文化的生动活力和意义图景，重新唤起传承群体的文化自觉。

二、在文本互现中重构文化精神

对宗教信仰的审视，将佛教对于生命与死亡的参悟引入文本，是孟晖创作的又一用心所在。佛教的要旨包含在"诸行无常，是生灭法。生灭灭已，寂灭为乐"。小说在虚实相生中淬炼着安之若命的生活态度，以一种随缘任运的达观对待无常的人生，流露出作者对无常人生的恒常关怀，对生命本质的体验，对生命与灵魂的追问。禅宗佛教的悠长，预示着一种玄远的哲理。小说《盂兰变》表达出历史沧桑、命运无常的多重主题。对传统文化精神的探究是隐藏在小说文本之下的另一个潜在文本。在佛经讲唱和人物故事的文本互现中，小说获得超越时代的象征含义。

讲唱佛经故事的变文在唐朝极为风行，小说中有高僧法藏讲《华严经》、大量的《目连救母》变文的演述。目连救母的故事是广泛流传于民间的佛教故事，讲述的是佛陀的大弟子目连解救亡母出地狱的故事。据西晋竺法护译的《佛说盂兰盆经》载：目连见亡母生饿鬼道中，以钵盛饭给母亲送去，母亲无法食之，去求教佛陀。佛陀告之，"七月十五日，僧自恣时……具饭百味

① 芳菲. 万缕横陈银色界——孟晖《盂兰变》及其他. 书城，2008（9）：51.
② 孟晖. 潘金莲的发型. 南京：江苏人民出版社，2005：297.

五果、汲灌盆器，香油锭烛、床敷卧具，尽世甘美，以著盆中，供养十方大德众僧……现世父母、六亲眷属，得出三途之苦，应时解脱，衣食自然"。[1]于是佛教中每年七月十五定为盂兰盆节。"盂兰"是梵语"倒悬"的意思，即人被倒挂，盆是指供品的盛器。七月十五这天供此器具可解救已逝去父母、亡亲的倒悬之苦。现在民间仍然流传着七月十五中元佳节盂兰盛会的习俗，以此追忆亡亲，供奉斋僧，形成了中华传统的追悼逝者、布施众生的文化精神。

　　小说《盂兰变》亦可看作是《目连救母》故事的变文：宜王从出生起便"不知有父母"，对生母的思念及对其死因的追寻成为宜王终生难解的心结。《目连救母》在小说中多次出现，成为宜王短暂一生艰辛寻母故事的潜文本。《目连救母》影响了宜王的人生转变。宜王听讲经后，顿悟人生，在盂兰盆节这一天，散尽家财，哀悼生母，完成精神的超脱和救赎，重构中国传统文化精神和人格魅力。

　　"艺术眼光敏感于具体的生命状态"。[2]小说在对宜王、柳才人等人物的塑造中，着重于对具体的生命状态的刻画，以独特的生命体验获得对人性深度的探析。在血雨腥风的政治夹缝中生存的宜王与柳才人，他们用自己的方式成就了不一样的人生。宜王在熏香球的香烟氤氲中只求做一个好金匠；柳才人幽居深宫，忘我投入到织锦工艺中。二人不曾谋面，却心有灵犀，出自于对文化艺术的追求。孟晖写出了传统中国人对于文化艺术的深邃体验与忘我追求。小说还塑造了性格鲜明，形象迥异的人物。有重视情义的底层人物，小说对这些小人物虽然着墨不多，却体现了中国传统的人性之美与善的存在，工匠施利虽来自胡地、身世孤苦，他精湛的技艺令人佩服，对弱者的关照令人感动；工匠张成与绣女的兄妹情深，也令人动容。与之对比的，有游戏人生、无视真情的王公贵族，为权谋铲除异己的女皇，无法无天的永宁。这种人性的善与恶的悖论存在，是孟晖对历史，对人性的深层扣问。

　　那种让现代人依然能憬悟的哲理性困惑，是贯穿整篇小说的一种整体意向，由物质生活升华到宗教生活，在对传统文化的回望中，孟晖凭借对传统文化的内涵充盈澄怀，充分发挥了想象的力量。传统的文化基因以艺术的形式呈现，历史用女性的感觉与方式，跨越时空的演绎与虚构，梦境与现实的

---

① 顾净缘，吴信如. 地藏经法研究. 北京：中医古籍出版社，1998：210.
② 余秋雨. 伟大作品的隐秘结构. 北京：中国出版集团现代出版社，2012：43.

双重困境。古典意境传递着现代的迷惘，包含着对人性本质探究的力量。

三、在神秘梦境中寄托哲思深蕴

在现代科学看来，"梦"是人大脑的脑干部分在睡眠状态下发出的信号，这些信号使人感知到影像和声音。而在中国传统文化中，"梦"充满了浪漫的情怀，或是神明的某种安排，或是祖先传达的讯息，抑或是灵魂在神游过程中体验到的景象（即梦魂观念）。梦魂观念在历代文学作品中影响很大，屈原的《楚辞》中"昔余梦登天兮，魂中道而无杭"，把梦视作魂游，上天入地无所不能；司马相如的《长门赋》中"忽寝寐而梦想兮，魂若君之在旁"，梦中远去的爱人又来到君王的身旁；李白的《长相思》中"天长路远魂飞苦，梦魂不到关山难"，灵魂可以自由自在地行走于天地山河。"梦"在古代典籍中还承载着哲学的使命。战国时期的《列子》记载了蕴含哲理的古梦。《庄子·齐物论》记载的"庄周梦蝶"以梦境与现实若即若离的状态，表现对人生、现实主体存在性的怀疑，透视人生的虚无，召唤精神的永恒，体现了道家学派的哲学思想。

"梦"作为一种独特的文化现象，绵延至今，是中华民族特定审美理想的寄托，并发展成"梦文化""梦文学"，成为中国文化、文学的重要组成部分。在文学创作中，作家往往通过"梦"来表达人生的哲理。曹雪芹的《红楼梦》通过宝玉梦游太虚幻境来说明人生的无常。孟晖继承了中国古代的"梦文化"传统，在小说《盂兰变》中创造了富含个性的"梦"意象。

"梦"是小说《盂兰变》的关键，梦境与现实以一种自由的方式在小说的叙述中交替呈现。宜王居于洛阳的别业，如履薄冰地长于深宫；柳才人居于长安的九成宫，日夜与机杼为伴。柳才人在梦中与化为小金蛇的宜王在小说的一开端就相见了，此后，宜王一次又一次地在熏香的梦中与柳才人相会，但是，在真实的世界里，两人直至小说的结尾才首次见面。梦是连接过去与现在的一个固定符号，梦将人物内在的心灵世界与外在的客观现实缝合，梦里梦外的交替叙述，孟晖通过神秘感显现宿命感，挖掘悲剧命运背后的历史原因。

作为至高无上的女王，武则天权威的阴影遍布现实生活的每个角落。仪容丰美的宜王命途叵测，只有在梦中才能摆脱现实的血腥与阴谋，获得安稳的感觉。心灵手巧的柳才人常年在幽僻冷宫中穿梭引线，织就了一个绚丽的梦境。小说通过武则天的孙子宜王李玮和九成宫才人柳贞凤灵异交往的梦境，书写荣华与权势的虚幻，人事兴亡尽含于"变"中。小说中的悲剧既是偶然又是别无选择的必然，由梦编织而成的小说，既有历史盛衰的无可奈何，又是集体的传统在个人的想象中重构、传承。

从时间的维度来看，宜王追随一次又一次随缘而起的梦境，远离了宫廷的阴谋与杀戮，消弭了现实的异变权谋；从空间维度来看，梦游九成宫超越了地理的局限，将素未谋面，又在东宫事件中关系最为密切的宜王与柳才人联系到一起，体现出禅意的时空观，表达人物内心深刻的孤独感。梦是对自我命运无法把控的异化形态，体现了人与人、人与自我的灵魂在重重冲突中艰难地超越。小说在叙事上横跨过去与现在的时空，既有男性视角也有女性视角。小说妙用中国传统的美的表现方法，带有《红楼梦》的通灵之说和感伤情调，尤其是对"象"与"意"水乳交融的理解，传递感知经验，像生命的隐喻，塑造出有生命质感的人物，触及活态的人生，表达出文化深度的情感哲思。

随着现实与梦境的来回穿梭，小说中的人物经历着两种不同的时间维度，虚实相生，时间与空间界限的模糊与融合，是对传统文化的追溯和引申。小说在文化背景中关注生命本体和生存方式，在心入、情入的书写中，历史不再是不会言说的文物，而是穿越时空意味深长的独特风景，有温度，触手可感；有情怀，发挥出现世的作用。梦境与现实交织，其社会功能与象征意义呈现多元的层次感，呈现出多层面、多角度的空间对生命意义的探寻。

以追忆的方式再现往事，宇文所安认为"场景和典籍是回忆得以藏身和施展身手的地方，它们是有一定疆界的空间，人的历史充匈其间，人性在其中错综交织，构成一个复杂的混合体"。①梦境与人生真相的交错，梦的结束也是现实生命的结束。孟晖借梦境抒发对于时间和空间无限追问的情怀，将读者引入宗教的维度去思索，在历史本身的有机生命中感慨历史，感慨人生。

小说借小金蛇一次次为柳才人带来礼物，编织出人与人在伦理、政治、情欲、友情等方面的关系，刻画了一段辉煌与残酷历史中的爱恨情仇。小说

---

① [美]宇文所安. 追忆：中国古典文学中的往事再现. 郑学勤译. 北京：生活·读书·新知三联书店，2004：32.

在魔幻写实中传递着人生的一种整体况味：千古以来，无论王孙贵族，或是黎民百姓，谁都无法逃脱的人生无常，这就是人生的本位。

四、结语

孟兰节是中国传统的鬼节，是跨越生死界限，通过祭祀使阴阳相遇的特殊日子。作为以历史为题材的小说，《盂兰变》淡化了对历史问题的思考和探讨，从琐碎的日常生活提炼出哲性的思考，在日常叙事中蕴藏着传统文化的元素：儒家的伦理道德、佛家的超脱禅意、道家的玄虚神鬼。小说在想象，阐释，在创造中丰富和传承传统，古老的思索成为传统文化精神的脉传，努力寻求历史真实与历史感性、理性的统一。

孟晖用现代小说的形式传达古典文学的传统，注重中国传统文化氛围的营造，注重意合、气韵和具相，同时又善用现代视角重新审视传统，在流动的文字中感知先人的生命、情感和文化，身为现代人亦能感受到远古人生的温度。孟晖关注普遍性的生存命题，以世俗生活为参照，在传统文化的回溯中，赋予对现代生存的启示，成为探求民族文化精神的路径。《盂兰变》在对历史与文化的展现中，包含思考人类生存更为哲学化的深层问题和精神追问。

在艺术追求上，《盂兰变》血脉相承着古典与现代之间的美学联系，多种艺术元素的综合性创作与完美结合，用细密的笔墨精心编织一幅贯穿历史、呈现传统文化的写意画卷，文字婉美多姿。孟晖用精熟的写作技巧与浪漫情怀，展现传统文化多样、多重性，表现了内心的极度平静和对审美高度纯粹的追求。小说悠远深长的抒情诗意，细碎的生活场景旁枝逸出，随意展开，时而荡起几许浪花。孟晖在富有弹性的叙述上，深化了原有故事的神秘性，对传统文化进行跨时代的借鉴和交融。

传统为新的文化的再生提供资源。《盂兰变》于传统古道，又在传递过程中创新，构筑过去、现在、未来相连的审美观照，敬传统又不守成，构成中华文化传统的"流"。孟晖通过讲好中国故事，展现中国风貌，阐发中国精神，用美构筑传统文化的圣殿，演绎出宽阔的空间和厚重的历史感。

（刊于《南方文坛》2017年第1期）

民族文化记忆的女性书写

——论藏族女作家梅卓的小说

作为女作家的梅卓，她的文化身份角色是多重的藏族贵族身份、女性身份、知识分子身份。藏族贵族身份是祖先的馈赠，女性身份是自然的厚爱，知识分子身份凝聚着个体的智慧与努力。多重文化身份的交织带来梅卓文学创作中文化价值取向的多元性，不同文化身份气质在其创作中交融与彰显，不仅带给她于平凡事物中富有诗意的审美发现、形成具有独特审美意蕴的作品，更促成她突破对本民族文化经验的固定想象，多层面反思那些习以为常的现象背后本土观念中存在的问题，通过个性化的寻根溯源在文学层面复苏民族文化记忆在当代语境中的活力。

每一个人的文化身份不是固定不变的，每种特定的身份都会对应着相应的行为模式，在个人与社会的相互作用下，身份角色会相应地改变并不断产生新的内涵。这些身份角色的作用与影响并不是均衡对等的，有的色彩要浓一些，有的要淡一些。文化身份的多重性使梅卓在创作中获得了多重视角，形成了跨时空、跨视域延伸的艺术触点，从而能多方位地观察社会人生和探索民族文化的生命源泉。

作为藏族贵族的后裔，梅卓身上积淀的藏文化的经验性，是由其家庭环境、社会文化环境和自然环境等培育、熏陶、体认形成的内在感性或精神性的潜意识。这一文化身份，为其创作发挥想象力和创造力提供了丰富的营养资源。对自身"母文化"的传承和文化自觉，是生存的惯常模式和自身各种感受、情感体会的交集。这些感受经验汇集在她的作品中，时而在人物形象与环境之间表现出一定的审美距离，时而又因感情的深度投入而模糊了作品与作者之间的界线。梅卓小说通过对藏文化各种元素的拆解与重组，有意无意间强化着藏文化的色彩与魅力，形成特征明显、结构稳定的民族文化记忆，折射出作为藏族后裔民族文化记忆的女性书写的梅卓内心与情感上的亲近，呈现了青海藏区文化在规范之外的多样性和丰富性。

作为女性，梅卓有着丰沛的女性个人经验，她的小说创作充盈着丰富鲜活的女性感性元素，体现出鲜明、自觉的女性主体意识；作为藏族女性，她在书写中又扮演着藏族女性命运的审视者和代言人，从女性生命的感悟来书写藏族女性多样化的生存体验。女性感性经验的书写体现在对于艺术个性拥有的自觉意识，既动乎于情又意味深远。她塑造的一个个女性承载着个人生命的内在感受，同时也是自己的审美对象化。梅卓的小说在用文字触摸人物心理的过程中展开哲思的羽翼，在丰富的审美个性中展示出多向度的文化属性。女性的视角使她自觉地将多重文化身份内化在写作之中，相对统一地形成多元化和凝聚性的特征。女性书写在多元文化属性中一次次突破，更为丰富地展示出当代女作家拒绝提供一种单一的、理性的意义。

在艺术表现上，梅卓的小说创作一直不断尝试各种新的诠释方式，从多角度阐释自己的文化身份和社会角色。作为藏族女作家的梅卓，个人身份就潜藏在她所塑造的角色之中，其成长与创作过程，就是一个对不同文化的选择、取舍和融合的过程。

一、藏族贵族后裔的寻根记忆是身份更是情怀

藏族贵族后裔身份，于梅卓而言，是一种割舍不断的文化根源，是其创作中的生命力和精神能量，是来自血液中的"根脉"。《太阳部落》在对两个部落之间复杂关系、恩恩怨怨的描写中，呈现出悠长的历史感。小说中有大量的关于部落历史的描述，曾经辉煌的点点滴滴，是梅卓用情感构筑的一种比现实更为幽深的精神世界。在尊贵而富有的千户、头人或贵族身上，梅卓既看到了他们英勇强悍、工于心计，自然、真诚的品性，也深刻地揭示了他们性格中的刚愎自用，自私、多疑，多情又负心的人性缺陷，如《太阳部落》中的伊扎千户索白、尕金和《月亮营地》中的头人阿·格旺等。

多重文化身份带来多种感悟，多重角色身份使梅卓在塑造人物时，不仅仅停留在家族史的建构上，而是注重发掘人物性格的复杂性、行为的不确定性，以及民族心理长期发生影响的思想观念。梅卓以寻找民族文化记忆的根来切入藏族历史，表现民族的心理素质及其形成过程，审视在历史进程和文

化嬗变中藏民族性格心理积极的一面和落后的一面。人物所产生的文化身份的矛盾与冲突，体现出作为作家的梅卓在文化上的探源和深层思考，并且，人物的多解性带给具有不同文化身份的读者不同的审美知觉，人物的复合身份和复杂性让作品更具艺术魅力、更具立体性。

在反思藏族文化的精神世界里，梅卓更用心塑造藏民族在往昔岁月中富有民族责任感的人物。《月亮营地》中，出生于贵府的阿·吉貌美善良，在她的身上不仅具有女性的坚韧和大气，还有对家庭和部落的巨大责任感，她在危难关头对于民族大义的宣扬最终被三个相互争斗的藏族部落所接受。在阿·吉身上流淌着梅卓作为藏族贵族后裔的情深意浓，阿·吉的精神是梅卓渴望重构的坚韧、团结的民族精神，是部落的灵魂家园，其间体现的是梅卓在藏族文化寻根记忆中获得的对民族、历史、人类的审美认知。

民族文化精神的存在方式包括民族的图腾、生活方式、宗教信仰、文化习俗等。《出家人》中，梅卓把藏民族鲜明的神话思维和宗教观念编织进小说的结构中，曾经辉煌的神话在虚构中复活，富于神秘魔幻色彩的藏族文化，蕴涵着深厚的民间文化，是民间智慧的凝结。民族文化记忆就潜藏在民族成员生存的惯常模式中，是思维方式和生存态度的总和。《果密传奇》中回顾了"雄狮吉加""猛虎甘丹""啸鹏一西"等藏族古老的图腾象征。图腾本身就是一种凝聚力，是维系氏族内部整体力量的社会结构，传达的是寻根记忆，是对英雄精神的追怀。在这些丰富多彩的文化追忆中透露出严峻幽邃的历史感，是民族认同、文化认同和对自身文化的尊重。

作为用创作承载民间文化的传承者，梅卓身上有着渗到骨子里对藏族文化命运和文化未来的责任感与使命感。这些是隐藏在梅卓内心里面很长时间的东西，是铭刻在其潜意识中的民族文化记忆，是历史积淀的心理模式，影响着她的创作态度。她以女性的视点重构民族历史，对民族文化积淀积极主动的呈现，也是一种情感的寻根。作为藏族贵族的后裔，梅卓在新的语境下，从对藏族文化的深层把握中建立自己的写作立场，反映藏族文化当代性的深层问题，她用作品中的人物弘扬本民族文化的"神"，呼唤自尊、深明大义、不可征服的民族精神，在冥想的感性经验中关注绵延持续的时间和延展想象，从历史的沧桑中寻找延续的精神力量，在这个意义上，她是本民族文化坚定的守望者，是从民族精神面对当今人类生存处境的文化冲撞中寻找精神支点，显示出在开阔的领域内对本民族文化传统的审视。

在对草原神话、部落历史、民族记忆、英雄传奇等的一次次的追述中，梅卓的叙述气韵盎然，内在而又超验，在心灵现象的渲染中平添一份思古幽情。梅卓在经历创作进程和社会转折的同时，也完成自己的人生转折。面对趋同性的文化变迁，藏族农耕文化与都市商业文化的撞击不可避免带来对情感的冲击，民族文化与外来文化的融合与冲撞不可避免。梅卓的小说集《麝香之爱》辑录了自1992年到2004年12月间创作的16个短篇小说，在历史与现实的双重反思中，反映了藏文化和藏族人民生活面临多种文明融汇与撞击的变与不变。其中，《麝香》对于吉美与甘多动人心魄的爱情故事的描写，既反映了藏族男女在世俗风尚的影响下纯美爱情无可奈何地被解构，也是现代都市生活中的某种散碎的、迷失的、多元的心理状态的写照，传达了时代的某种情绪，体现了梅卓对现代文明体认的文化隐忧，也是对人类命运的关怀。

宗教信仰对于藏族的身份认同具有十分重要的作用，宗教的精髓渗透在藏族人民日常生活的方方面面，梅卓一再在宗教的层面体悟着新旧世代交替夹缝里生存的藏族文化。"慈悲是一种力量，是能量。当拿起笔，当读者感受到你的感觉，那种能量就铺排开来，终会在它的力量所及之处，生发出奇迹的光芒"。①她在文学中描绘历史轨迹，用自己的内心去体验和感知本民族的心理，从而进一步反观和透视藏族在身份认同与宗教传承上的多重关联。浓厚的寻根情怀，在大量的日常化生活细节的描述中探究历史，历史由此散发出鲜活热气，藏民族的文化记忆就在这里保存。

在历史的齿轮掠过后，面对开放环境下的藏民族文化，梅卓对本民族的文化保有深深民族文化记忆的女性书写的情感和永恒不变的尊重，她认真地、充满感情地在本民族文化中获取营养，她在小说中对本民族历史的想象和叙述，也成为自身寻求归属与认同的过程。在对民族文化记忆的构筑中挽回本应永恒的存在，渴望恢复本民族文化自信，对自己民族的关心和对人类命运的关注在梅卓的小说中合二为一，表现出鲜明的民族集体主体性和对狭隘民族主义的超越。这一份艺术的悟性与她多重的文化身份密不可分，从不同侧面反观藏族文化的精神内涵，从而在文化反观中形成对文化交流的积极思考，在跨文化时空中重新审视本民族文化，对藏族传统文化中封闭保守、固执愚

---

① 梅卓. 文学是慈悲的事业. 文艺报，2001-6-15.

昧的民族劣根性进行反思，呼唤民族的复兴，加深对本民族社会的理解、省察和认识，从而避免对藏族原本复杂的身份属性产生简单化的理解，她已经不自觉地在藏汉交融的文化范畴里拓展了创作的空间，超越了民族的界限。

二、女性的生命记忆为爱感应的女人心

梅卓擅长从女性的角度触摸情感、叩问生死、感知社会、感悟人生。梅卓的小说用细腻的笔触塑造了一批藏族女性形象，在这些蕴含着奥邃灵妙的生命神采的藏族女性身上，跃动着作为女性的梅卓所具有的知性、风韵、情愫、追求。性别视角对于这些形象的塑造有着特殊的意义，梅卓在文学创作中鲜明的性别立场，尤为突出地表现在她执着于情感的真诚抒写，特别是对爱情的反复书写。

梅卓笔下塑造的那些目光向内，关注个人的情感世界，生活得情趣盎然又简单朴素的女性，像是远离尘世的水晶，空灵与灵动中闪烁着一份自然天成的美好。她们曾是被历史忽略的女性，在梅卓的笔下，她们不再是高亢的英雄呼啸中微弱的回声，而是拥有自身食色本性的真实女性，是爱的源泉。

《太阳部落》中作为英雄嘉措的妻子——桑丹卓玛，她美丽善良，真挚坚强，在坎坷多难的命途中，从未放弃对真爱的憧憬和追求；身处磨难，依然不放弃对于爱情的美好追求的还有《月亮营地》中的尼罗，她是藏族老一辈女性的一个缩影，她美丽、坚忍，忍辱负重，即使一再被爱所伤也没有停止对真挚纯美爱情至死不渝的追求。女性的自然本性在梅卓的构想中恣意张扬，一点点由藏族女性日常生活细节铺垫而出的女性现实，就是女性生死爱欲的生命本能图景。梅卓用她塑造的女性形象，在生死爱欲中反思历史，在精神层面构筑藏文化，女性的存在与藏民族文化的存在得以同时呈现。

这些具体的女性形象，是富有弹性的想象，她们神秘、飘逸，是一个女人，也是一类女人，她们是欲望的载体与主体，是按照自己生活逻辑演绎变化的世俗女性，尤其是在面对爱情的不可捉摸，无数的藏族女性似乎重复着相似的命运。无论是传统文化中的女性还是现代文明中的藏族知识女性，从桑丹卓玛、尼罗到吉美、曲桑和洛洛、达娃卓玛、花果、卓玛，这些不同年代的藏族女性共有着如野花般处处开放的生命活力，情趣盎然。作为女性，梅卓的本性中亦坚守着对爱情的向往，由此，在感情的格局中书写女性情感

与身体的欲望，在对于女性的叙述中流淌着女性自身的经验、欲望，在情节的起落交错中雕镂人物，无不流淌着一种知根知底、贴骨贴肉的情怀。梅卓用自己的心去感受她们的情感，她们的疼痛与欢愉。女性的历史又折射出藏民族社会文化的历史，女性生命的记忆也是藏族人的集体记忆，由此，在藏族女性身上所承载的文化内涵，不再是虚空的定义。

梅卓关注不同时期藏族女性的命运，正面逼视女性具体的现实生存问题，从历史文化、民族习俗、女性生理与心理多重角度确认女性的特征，对于藏族女性的生存状况做总体形而上的冥思，女性的书写作为文化的话语主体，投射在日常生活的微观感知和感性体验层。"人们的日常行为既是每个人活动的起点，也是每个人活动的终点"。[1]当代藏族知识女性更是她一直关注的对象。生活在都市文化中的新一代藏族女性，有着新的价值参照体系和新的自我定位，绵延着新旧生活夹缝中为爱欲所困扰的迂回曲折的心绪，面临着女性的追求与现实生活的尴尬关系，依然不变的是对于纯粹爱情的坚守，历经坎坷与波折更注重情感体验和精神思考，在她们的身上展示了当代藏族女性更为宽敞的精神空间与生存空间。梅卓对藏族知识女性在都市文化中于迷惘中执着的坚守给予的深厚的文化关怀，建构在藏文化发展逻辑基础上，与现代性的语境相遇，具有当代性意义。

女性的欲望，是女性旺盛生命力的一种表征，梅卓的小说正视和尊重这种欲望，表现出对女性内心世界隐秘欲望的尊重，她在小说中将爱情与藏文化宗教思想结合，追踪形成如此这般境遇与历史的根源。"她把女性的爱情梦想和理性认识，安置在六道轮回的宗教背景中加以审视，从而令人心痛地映现出爱的决绝，爱的无奈，爱的残酷，爱的盲目，爱的纯粹，以及——爱的宽容。在轮回的命运中，爱情的永恒悲剧性得以充分显现，具有一种撼动人心的美感冲击力，这无疑是对落入窠臼、日趋疲软的现代都市爱情的宗教拯救"。[2]

梅卓对于爱情的理解带有浓郁的宗教轮回式的想象，是纯粹站在女性情感经验角度来探寻、挖掘女性意识，也是于政治历史场域中女性欲望的直接言说。既是多情总被无情伤，对于爱情的执着信念，使梅卓对于男性形象的

---

① ［匈］卢卡契. 审美特性. 第1卷. 徐恒醉译. 北京：中国社会科学出版社，1986：2.

② 张懿红. 生死爱欲：梅卓小说的民族想象. 南方文坛，2007（3）：88.

塑造保有客观的态度，在爱情的表述中，表现女性自我的情感和价值态度，既有充满世俗的同情心，又有对现实生活的升华与超越，从而有效地避免了在其同一时期创作的女性文本中，出现的对于男性形象塑造失重的、倾斜的心理情绪。作为女性作家，梅卓对于女性情感的体悟是从人性的广度和深度来探索多元文化世界中生活的人类，体现出人文精神与人文关怀。

　　与大多数女作家一样，梅卓在整体性的叙事中也热衷于细节的铺写，她既着重于叙事的传统，也突出视觉景观。场面、画面、身体和色彩等视觉因素在梅卓的小说中被细致关注，她对尘世人生的感性认知就演绎在这些精雕细琢的细节里，如对女性服饰、形态等的细细描摹，还有对藏袍、铜钹、念珠、玛尼经筒、唐卡画、哈达、文殊五字真言等富有浓郁的藏文化特质物象的反复描述，构成藏民族特有的文化与精神依存的方式，生活的纹路和肌理在这里便有一种可以触摸的质感。

三、结语

　　文学创作主体身份、背景及社会经验的差异性，带来观察分析社会与文化现象的角度、立场、眼界和思考点的各不相同。在梅卓的小说中，民族文化记忆是一种想象的重构，她一遍又一遍地在熟悉的故土上加深对本民族文化的体验和认同。"文化记忆其实也是既往文化想象的历史积淀，是'大浪淘沙'所遗之金；文化想象也会经历史陶塑成为未来的文化记忆，成为'灵蚌含异'所育之珠"。①由此，民族文化记忆在梅卓的书写中获得了内在的精神自由。

　　《太阳部落》《月亮营地》《藏地秘史》《麝香之爱》《在那东山顶上》《佛子》《青稞地》《庄园》《极地》《月亮下的铜扣腰刀》，由这一个个故事和一点点细节构筑而成的民族文化记忆，体现着梅卓将自觉意识上的文化传承作为自身的艺术追求。她的小说全部取材于藏族生活，同时吸纳了风物、掌故、传说等诸多的人文因素，借助文本和话语的魔力去想象性地重新建构个体的社会与文化身份，以藏民族文化视角和女性视角审视历史叙述。作为藏族作家，梅卓巧妙地借助于绚烂神秘的藏文化进入文学创作的想象空间，她的文

---

① 于平. 文化记忆与文化想象. 光明日报，2012-4-21.

化身份主要诉诸文学中的带有民族印记的文化本质特征。

藏族贵族后裔的情愫，滋养着梅卓的民族文化寻根意识，她在文学创作中不断磨合并进一步确认自己的文化身份，那源自血缘皈依的亲情需要和浸透着理智的认同渴求，促使个人与女性在历史的缝隙中有意地被凸显。其间，既有对于贵族曾经的辉煌的追怀，也有强烈的平民情怀，对于下层民众，她依然用仰视的视角去发现他们性格中的美质，生命力的光彩。女性的生命史与生命观，在她对民族历史的想象中，对历史边缘的体验更为深刻。"梅卓对藏文化的再现立足于一个藏族贵族后裔、一个中产阶级女性独特的想象和立场。她清醒地认识到作为一个少数民族作家、一个女性作家，首先需要自我定义、自我确证，然后才能在公共论坛获得一个不被别人代替或遮蔽的主体位置，才有可能形成不同的经典。她自我确证的民族身份与大一统的国家意识形态是相对疏离的，因此她的民族想象带有更多个人印记"。①梅卓用女性的视野书写着自己所寻找的心灵的家，部落的强盛与衰败是远处的背景，一个个女性的生命过程是鲜活、具体、可感的。

民族的文化传统都会在它融汇外来东西的过程中打上本民族的烙印。多重文化身份使梅卓能够站在时代的高度去认识和表现藏族人生活与思想在社会发展进程中的变化。在梅卓的历史叙事中，以女性为主角，注重关注女性的内心与生存境遇，用与众不同的眼光与视角书写心中的历史，她笔下的西藏人既有性格的共性也有鲜明的个性。从女性的视角重构民族文化记忆，用文学填补民族历史断裂式的空旷和空白，自觉深入地探究所在文化的本原，在人类文化交流对话的平台上确认自我、展现自我，精神价值和文化价值上有所超越。在这个意义上，梅卓的小说在传承民族传统文化的基础上重新构建民族文化发展体系，在广泛的领域审视和反思民族的精神与文化，用文学为民族文化记忆提供具有普遍价值的东西。

（刊于《民族文学研究》2016年第6期）

---

① 张懿红. 生死爱欲：梅卓小说的民族想象. 南方文坛，2007（3）：87.

新世纪少数民族女性文学的中华文化认同与传承研究

——以获"骏马奖"的女作家作品为例

中华文化是汉族文化传统与 55 个少数民族的特质文化传统的总和。具有多层次多侧面的丰富性，各少数民族文化与汉族文化形成互补互渗、你中有我、我中有你的内在机制。新时期以来，少数民族女作家的民族文化身份中文化因素在创作中经历了从单一向多重的综合，尽管在审美追求上体现出不同的追求，但又在文化上兼收并蓄，在情感上相互亲近，在中华文化的认同中呈现丰富、复杂、包容的内质，形成互动共生的良好文化生态环境，对中华文化的传承有着至关重要的作用。

全国少数民族文学创作"骏马奖"，为每三年举办一次的国家级文学奖，旨在鼓励少数民族文学创作、繁荣中国多民族文学。它与鲁迅文学奖、茅盾文学奖及宋庆龄儿童文学奖并列为国家级四大文学奖项，体现着中华各民族的大团结、各民族文学交流互补和共同繁荣的盛世气象。

本文以 21 世纪以来，获得全国少数民族文学创作"骏马奖"的女作家及其作品为研究对象，从视角、内容、形态、特质等方面加强对作家作品的审美个性、形式创新、情感想象的研究，注重对作品中民族精神的张扬和重塑、深层的民族共同体意识和文化意义等关键性和共性题的深度研究，在多元文化语境下以辩证的方式透视女性、民族、种族与信仰在文学中的体现。

一、文化传统与女性书写

各民族共同创造的中华文化是中华民族的精神，表征了中华民族悠久文明的历史脉络，陶冶着中华民族的高尚情操。中国的传统文化，自古以来强调的是和谐，是德行；在现代中国文学创作中，贯穿着弘扬民族魂、积极阐发民族文化精神的传统。爱国主义是中华民族最深厚的精神传统。从卓文君、李清照、秋瑾这些杰出的女性身上，体现的是中国传统中的女杰文化，成为中国女性文学发展的内生动力。

21世纪以来中国女性文学进入一个新的起点，从私人空间走向开阔的社会现实空间，更为关注女性精神本质的存在，在对历史与现实的叙事中，思考人类的生存状态与生命形态。

21世纪少数民族女性文学同样呈现出开阔的写作视野，不同民族的女作家以历史的自觉向本民族历史文化传统掘进，在日常化的书写中深刻触及精神生态，抒发对生活经验的反思，坚定更高的精神境界，成为自觉的创作诉求，充满着知识分子视野和人文情怀，构筑更具社会性别意识的女性写作范式。

在第七届获奖的长篇小说中，朝鲜族女性作家李惠善的《红蝴蝶》吸吮着传统文化的营养，立足于个体生命，着眼于对内心与精神的寻找。小说通过对主人公敏秀儿童时期的创伤经验来审视她一生的悲剧经历。在敏秀梦里不断出现的那只"红蝴蝶"，是其精神创伤的表征，也是其努力超越却始终无法摆脱的命运。"红蝴蝶"的意象通过精神分析学的"恋母情结"及潜意识欲望，经由经验与记忆和固定的疆域与文化系统幻化出来。李惠善是朝鲜族知名女作家，她的创作具有独特的视角，与本民族的传统文化有着天然的内在联系，形成了特有的创作姿态。

第八届中短篇小说集获奖作品，土家族作家叶梅的《五月飞蛾》，体现出叶梅始终坚持的对地域文化和民族文化的探求。小说刻画的是三峡地区农民进城后的种种生活状态，在农村文化和城市文化的差异、碰撞与交融中，着力描写了土家族文化和土家人的优良传统，展示出土家儿女独特的民族精神与性格特质。①小说在对新时代新生活的描写中，较深刻地写出了在剧烈的社会变革时期农村人群的生存状态，通过对其父辈们生活的描写，揭示黄河文化和长江三峡文化的撞击与融合。小说尤其对于社会弱势群体的女性生存处境和命运际遇给予了特别的关注。作为一位心怀梦想的作家，叶梅离故

---

① 毛正天，陈祥波. 叶梅《五月飞蛾》浅析. 当代文坛，2004（2）：66-67.

乡越远，反而对故乡的文化历史产生更加亲密的感情。她的创作思想和文化价值取向体现出对土家族文化传统所蕴含的美德的发掘与书写，充满了女性经验的丰富性，善于捕捉时代的新意，折射一代人的命运和情感经历，传递出对本民族人性美、人情美的赞颂。

对传统文化中两性关系的反思，是叶梅建构女性自身的历史主体性的探索，凸显出作为女作家的女性文化经验和性别体验。"她以对鄂西土家族风土人情的描绘引起文学界及读者的关注。她的作品尤其是对女性及妇女解放问题进行了深入探究"。[①]

少数民族女作家在传统与现代之间的选择和历史整合，蕴含着典型的文化精神。在文化传统与女性书写的历史变迁中，体现出不同民族的女作家如何从传统文化中汲取思想资源和文学激情，带着女性的温情透视民族文化精神深层内涵，书写中呈现出质朴的风格。

第九届获奖的散文集，满族作家格致的《从容起舞》，从女性"视角"和个人经验出发，立足于生命感悟，着重挖掘个人的经历与生命的"痛感"，关注女性生活敏感点，书写关于"女性成长""女性疼痛"的女性经验和情感等话题，展示自我内在的对女性命运的质询与探索，在对传统文化的遥望中触及当代女性内心深处的最难以言表的困惑。作者从自我对生活的看法理解历史，从女性的文化立场感悟"民族荣辱感"，在对满族文化的追寻中，流露出对民族衰弱隐约的、淡淡的感伤。格致在对女性日常生活的书写中认识与思考世界本质、生活本质，在民族传统文化的长河中寻找女性精神的力量，力图通过挖掘个人经验探索人类公共经验，她的审美价值取向充满道德关怀，引发对民族文化与人类文明之间关系的深层思考。

古典题材是朝鲜族女作家金仁顺擅长的一个创作领域，这跟她的民族性和情感深处的心灵追寻息息相关。《春香传》是朝鲜族民众中口耳相传，流传甚广的有关"才子佳人、有情人终成眷属"的一个民间故事。朝鲜族金仁顺的长篇小说《春香》，以本民族传统文化为创作的支撑点，以民族精神为创作的文化价值取向，从这两方面阐述了《春香》对《春香传》的传承。作者在重新书写民族经典中探寻本民族的文化、历史、心理，充分展示出对朝鲜族历史的熟稔与掌握，对朝鲜民族的独特情结，以及对朝鲜族古典文化独特的

---

① 见联合国教科文组织《世界小说选》翻译、转载叶梅作品的"译注"。

审美视角。小说以女性独有的灵性吸收传统文化的营养，经由自身的感悟和经历，将女性的现代理念融入民间传说中，"又以别样的民族化的形式，将现代的人物情感在朝鲜民族的历史背景里演绎，从而表达一种反历史意识的态度"。①

正因远离故乡，乡愁的体验在回望中愈加强烈。对于长期生活在汉语环境中的金仁顺而言，《春香》是她的特殊的回乡之路。"金仁顺用小说《春香》来隐喻自我的真实情感，那里拥有着她的日常喜怒哀乐和普世的价值观念，她的文字传递出了深刻的精神思考与道德温暖"。②小说绘制出独特而鲜明的朝鲜族审美特征，如朝鲜族的说唱文化、等级文化，这些传统的民间文化形态充满着浓郁的民族气息，强调传统精神信仰与现代世俗社会的对话，在对历史文化的关照中展现本民族理性与忍耐精神，触摸民族文化的灵魂，在对民族传统文化的女性书写中继承着一种民族精神，既回望传统又超越传统。

不同风格、不同民族女作家的创作，从女性本体出发，在悠久的文化传统记忆中找寻回归精神家园的路径，从传统文化中发掘对人性的美好和精神圣洁的向往与书写，在文化传统与女性书写的历史变迁中，探寻当代女性生命本源，探究本民族文化群落的生态与底蕴，收获仁爱心性，坚守价值，追求精神的高度，体现出中华民族兼容并包的传统和时空融会、古今贯穿的整体意识；体现在她们作品中的文化自觉与文学自信，是对现代文化时空与世界格局的一种体认。

21 世纪少数民族女作家的写作在传统与现代之间的选择和历史整合中蕴含的典型的文化精神，在历史和时代的整体流变中，充分揭示女性经验的人类共同性与审美价值。对中华文化优秀精神的弘扬，透露自然的光芒和心灵烛照的光泽，形成作品的气象，传递给读者生生不息的力量，体现着"文化中国"繁华的自在性和历史源流。

二、文化认同与传承

中华一体的历史意识与文化传统体现在民族、国家与文化认同意识中，

---

① 夏振影．论金仁顺的古典题材小说创作．东北师范大学硕士论文，2009．
② 董喜阳．金仁顺和小说《春香》里的隐秘世界．http://blog.sina.com.cn/s/blog_506c6d580102e8db.html 2015-06-05．

对增强中华民族的整体性具有重要贡献。对中华文化与本民族文化的认同，派生出少数民族作家们的责任感与自信心，通过创作促使民族文化向心力的形成，少数民族女性文学在开掘本民族的优秀文化传统、剖析本民族文化心理、追寻民族文化之根，既有赞美性的描绘，也有审视式的反思和质疑。

在历届"骏马奖"获奖的不同民族女作家的创作中，如益希卓玛（藏族）、敖德斯尔·斯琴高娃（蒙古）、景宜（白族）、霍达（回族）、董秀英（佤族）、哈里达·斯拉因（维吾尔族）、庞天舒（满族）、梅卓（藏族）、阿蕾（彝族）、叶梅（土家族）、李甜芬（壮族）、金仁顺（朝鲜族）等，她们从不同角度关注传统文化中的人文关怀、仁义品质、和谐精神、包容气度等精神气质，在各民族女性文学中，文化记忆的诗性与审美趋向，文化价值取向的民族本位意识、道德本位意识交织在创作的主题意向之中。

第八届中短篇小说集获奖的达斡尔族作家萨娜的《你脸上有把刀》，于2003年1月出版。该书具有浓郁的地域特色，尤其是关于萨满教的一些传说与纪实，展示了北方游牧民族特有的文化和风俗，作家在书写中体现出了对萨满教精神和仪式的痴迷。这些文化符号所象征的民族基质，是本民族文化生生不息的气息。在对本民族文化的深切感受中，一切的想象与倾诉在萨娜脑海变成文字流淌而出，用汉字传递出萨满文化强调人与自然的和谐关系、平等关系，人与自然如何和谐发展，体现出文化认同与文化自在性，和对中华文化中所表达的文化属性、文化精神的认同，以及由此来确认自己文化的继承。

达斡尔族作家萨娜在对本民族风俗人情的叙述中，流露出对民族文化传统的强烈认同感。"事实上，萨娜的小说一方面表现了传统文化与现代文明相融合的部分，在着力挖掘达斡尔族民族文化优势的同时，也描写了都市小人物庸常、琐屑的日常生活，表现出对现代化、商业化的一种接受与认同"。[①]

第九届获奖诗集德昂族艾傈木诺的《以我命名》，是德昂族出版的第一本用汉文创作的文学作品集，宛若一束山樱花，舞动着德昂山寨的第一抹春色。诗集由"以我命名""蝴蝶翩跹""苇花茫茫"三卷组成。艾傈木诺是中国人口较少少数民族之一的德昂族中走出的第一个女诗人，她的阿爸阿妈是

---

① 田泥. 冷静的绽放：新世纪多样化的女性生态写作. 王红旗. 21世纪中国女性文化本土化建构研究报告集成（2001—2012）. 北京：中国出版集团现代出版社，2013：292.

傈僳人和德昂人，诗人出生和成长地是格兰巴迪小村庄，童年是复习"阿爸的童年"；阿妈是从木库飘到格兰巴迪的"蒲公英"。她的诗集具有浓郁的自传意味，围绕自己的周遭际遇，自身所思所感，写自己熟悉的村庄、族人，写自己的爱情、亲人……她的诗歌似乎只在意抒写与自己有关的内容，自然地将自己的生命体验和人生感悟融入德昂山寨的山山水水，具有浓郁的德宏边疆德昂乡土气息。民族文化认同是一个历史现象，通过艾傈木诺的诗歌可以清楚地看到在她的成长经历中随着时代变迁产生变化的文化认同：因为"不会跳阿爸爱跳的锅庄／不会像阿妈在黑布衣裳上／描红绣朵。也不会用彩色丝线／为情郎织烟筒帕"。这种成长中关于民族文化认同与现代性的思考，带来的困惑、忧虑与伤感，对自身的剖析和解读，也是对自身文化经历的梳理。民族深厚的历史根源成为诗人内心滋生诗歌萌芽的最初土壤和构筑对文化自我的理解，也会形成她的文学取向和审美取向，并使其具有一种更为广阔的视野成为可能。诗人在诗歌美学上对多种艺术手法的运用，也是对本民族文化认同与继承的表现："她既有对德昂族民歌的自觉吸纳和运用，也有对现代诗歌不同流派手法的借鉴。同时，中国古典诗词注重意象和提炼语言的长处，对艾傈木诺的创作也有较大的影响"。[1]艾傈木诺的诗歌体现出作为少数民族女作家多元的文学接受空间的差异与会通。

少数民族女作家丰富的生活使她们的创作既能保留精神上的独特性，又能在文化中国的意义上整合为完整的版图，在对民族文化的文化传承过程中，注重自我写作资源与时代要求的结合。

生活在云南红土地上的各民族有不同的信仰。第十届散文奖获奖的回族作家叶多多的《我的心在高原》，她一直默默注视着生活在红土高原上的妇女和儿童。在文化认同过程中，叶多多坦言自己曾经对于宗教信仰的困惑：叶多多的父亲信仰基督教，母亲是虔诚的穆斯林，爱人是哈尼族，信仰原始宗教，相信万物有灵。"我小时候接受的是无神论教育，而我的父母恰恰都是有信仰的人。那时候，看见他们每天都在分别祈祷，我很迷茫"。[2]这种深藏于内心的矛盾，伴随着她一天天长大。在云南这片土地上，叶多多的家庭不是个案。"各民族同生共存，多元文化彼此尊重，这就是我离不开的红土高

---

① 张永权. 德昂山寨的一束山樱花——评德昂族艾傈木诺诗集《以我命名》. 中国作家网：http://www.chinawriter.com.cn/bk/2008-04-17/31659.html 2008-04-17.

② 牛锐. 回族作家叶多多："我的心在高原". 中国民族报，2013-12-20.

原"。①作家对民族宗教信仰认同的态度变化，象征传统精神的代代传承，文化认同在新的历史条件下，以一种新的形式来体现。

叶多多文化背景的深刻变迁，直接影响到她的文学创作的文化内涵和精神实质的嬗变。在深刻了解不同民族文化之后，叶多多通过创作在文化反思中完成文化的传承。叶多多深重地感受着红土高原上深埋在土地、深山、溪流里的失望、衰老、痛苦、悲伤、死亡，以及希望。

她在诗歌中对消逝的时间的描述，也是对在这块土地上的文化的追忆，同时以一颗敬畏之心结实地、公允地面对这片土地所传达出来的尊严、尊重、敬重和信息，用自己的创作传递着一种文化自信与主体自觉，在融会传统与现代的创作过程中，在进行自我民族文化的再认识中，表现出文化自信与主体自觉。她努力将个人写作融入时代思潮，通过审美主体精神和时代审美文化的表现，把思想立足点、文化价值取向深入地指向本民族传统文化所蕴含的美德，极力维护本民族文化属于美好的东西。

"我一直生活在汉文化的土壤里，身边很多人都是汉族。在我的成长过程中，无形地受到他们的影响。如果没有这样的土壤，即便我内心再有民族的血脉，也表达不了。我认识到，民族的东西应该是更广义的，而不应狭隘地理解为对某一个民族的认同。我应该融入更广阔的文化海洋，吸取其他民族优秀的文明成果，充实自己，丰富自己。"②叶多多说。

文化认同的本质是民族文化的价值认同。第八届报告文学奖获奖的是蒙古族萨仁图娅的《尹湛纳希》，尹湛纳希是伟大的蒙古族文学家、思想家，他是第一个从事蒙文长篇小说创作的蒙古族作家，开创了蒙古族语言创作长篇小说的先河，在蒙古文学史上占有重要地位。③在萨仁图娅的诗歌中，直观地呈现出蒙古草原民族独有的风俗风情，诗人用女性细腻、抒情的笔触挖掘出蒙古民族的心理痕迹，饱含深情地刻画蒙古民族血统中特有的豪放乐观、坦率洒脱的民族品格。蒙古草原给予她滋养、激情和成长，再加上生活外延的扩展，传统文化在内心深处投射的光和影的景象更加清晰，使她更靠近本民族文化灵魂的本质，在对本民族文化的回归中，具有的文化传承性又构建

---

① 牛锐. 回族作家叶多多："我的心在高原". 中国民族报，2013-12-20.

② 牛锐. 回族作家叶多多："我的心在高原". 中国民族报，2013-12-20.

③ 朱虹. 云霞洒满纸 神笔发浩歌——读萨仁图娅的长篇传记《尹湛纳希》. 满族研究，2010（2）：101.

出故乡的历史空间。

第九届中短篇小说获奖的藏族作家次仁央吉的《山峰云朵》（藏文），是她小说集中的一个中篇，讲述的是一位女知青把自己的一生奉献给山区教育事业的故事。藏文化元素是藏族作家作品的强大元素。"作为一名女性职业教师，次仁央吉坦言，她的文学作品更多关注的是妇女、儿童的题材"。[1]经由次仁央吉个人经验孵化出来的女性书写中，传达着对社会、人生的认识和思考。她朴实和幽微的文风，拓展了少数民族文学对人性的真切表现，接通了时代的风貌，同时也赋予人物与故事以更深厚的文化内涵，诚与美的精神力量，让思想起飞，形成作品的气韵，充分展示出女性经验的人类共同性与审美价值。

"在现代语境中，少数民族的文化身份至少包括了个体种族文化身份、社群文化身份、民族国家身份和全球文化身份四种"。[2]各少数民族记忆是中华民族记忆的一部分，不同民族女性作家的创作传递着文化的共同记忆与审美表达，在文学发展史的脉络中构成少数民族女性文学自觉的女性意识和精神关怀。少数民族女性作家的创作既保留精神上的独特性、差异性，又在文化中国的意义上会通为完整的版图。中华文化的传承经由文学创作代代相传，也是作家体悟文化的内在过程。

少数民族女性文学复杂多样的价值取向和反思精神，呈现少数民族女性作家既承担着本民族历史命运和文化精神的书写任务，又自觉扮演着传承中华文化的角色。在融会传统与现代的语境中，少数民族女性作家进行民族文化再认识、再创造过程中表现出的主体自信与文化创新，及其对本民族文化和中华文化的保存、维护和创造，少数民族女作家从理性或哲理层建构人生与时代终极关怀的整体特征，使其文学创作实现了价值提升。

三、守护传统文心，开创文学新气象

文学肩负着传播民族文化，凝聚民族力量的重要作用。21世纪以来，30位不同民族女作家的作品获奖，构成的少数民族女性文学绚丽的创作图景，勾连出历史与现实相交错的多民族文学与文化图景，呈现出各少数民族女性

---

[1] 晓勇. 荆棘中收获华彩人生——访第九届少数民族文学创作"骏马奖"得主次仁央吉. 西藏日报, 2009-3-1.

[2] 刘大先. 现代中国与少数民族文学. 北京：中国社会科学出版社，2013：201.

文学丰富纹理和美学特质。在中华文化的总体格局中，从中国现当代文学和中国女性文学的整体高度来审视个体女性作家及其作品，可以看出二十一世纪以来少数民族女作家的创作，立足于多元共生、互补互融的中华文化传统，关注传统文化中的人文关怀、仁义品质、和谐精神、包容气度等精神气质，自觉书写社会问题，在重新寻找和继承优良传统中探索新的精神向度，彰显中华文化作为文学创作的审美价值和独特作用。

少数民族的文学创作体现的是整个中华民族的文化传统，它们是构成大传统不可或缺的小传统。因此，各民族的文化认同、个人写作之于社会的公共特质和公共责任，被时代赋予新的意义和内涵。基于中华民族文化的情感联结，少数民族女作家承担着本民族历史命运和文化精神的"转写者"或"迻译者"的文化角色。她们的作品阐述地域性群体生命价值形态，探究个体的精神和命运状态，形成富有个体生命体验的文化景象。她们作品的生活气质和精神气质，在传统脉搏的基础上，切入对个人与时代的思索，关注民族文化生机与时代精神力量，又不断丰满着她们对于中华文化传承的眼光，无论归属于哪个民族，在民间与大地上，蕴藏着一脉相承的中华文化的思路。

少数民族女作家在时代的高度关注不同种族、民族之间的女性多元存在模式，她们用文化认同感把日常生活中理想性的东西撑起来，凸显思想价值和文学形式的感知。她们注重对多元文化交往与创造经验的内省和反思，从而带来精神气质的沉潜衍变与升华。她们的作品从理性或诗性层面建构人生与时代终极关怀的整体特征，在社会精神生活中起到的结构性作用，建构出与中华文化深厚底蕴相适应的审美气象。

在传统文化赠予中生长的当代少数民族女性文学，同样具有复杂多样的价值取向和文化精神构成，多样化的创作基因，使她们的创作在认同、传承和创新中华整体文化方面具有的独特表现和价值。差异与会通是文化认同的表征，是对文化时空与世界格局的一种体认，传递着时空融会、古今贯穿的整体意识。少数民族女作家文学创作过程中文化的"异质同构"蕴含着重要的意义，有助于产生多种民族文化的相互交叉检验和借鉴的机制。加强对多样性少数民族女性文学之间的"差异性"的关注，有助于为中华文化增添更具飞扬的、有想象力的精神高度。

（刊于《广西民族大学学报（哲学社会科学版）》2015 年第 5 期）

女性的天空

——现当代壮族女性文学研究

壮族是除汉族以外人口最多的一个少数民族，在壮族千百年的历史发展进程中，形成了具有民族个性的文化——女性文化，壮文中，妇女一词叫作mehmbwr，翻译成汉语的意思是"伟大的母亲"或"伟大的女性"。

在壮族的民间神话传说中，远古时代壮族女性的位置高高在上。从女神创世到女英雄救世，女性在壮族社会中的文化地位一直是十分显赫。从叙述人类的起源开始，被神化了的壮族女性形象一直不断出现：人类的始祖姆六甲，从花中来到人间，她是造人的女神；传说《月亮妹》中的月妹，用自己的青春追求大地的光明，终于为人类的黑夜带来了光明。在壮族的民间故事中，英勇顽强、果敢机智的巾帼英雄也很多：《妈勒访天边》中年轻的孕妇，勇敢的女性如蓝萨英等，表现了远古时代壮族妇女勇于探索、百折不挠、舍己为人的良好美德。壮族历史上叱咤风云的女英雄也很多：瓦氏夫人、冼氏夫人、班夫人、岑玉音，太平天国的女将朱达娇等，她们具有卓越的军事才能，曾立下赫赫战功，她们在反抗统治者、侵略者的斗争中起到了举足轻重的作用，备受壮族人民的歌颂和爱戴。

在中国几千年的封建社会里，女性一直处于被奴役的状态。然而，在壮族地区，男尊女卑的观念较为淡薄，壮族女子绝少缠足，这与壮族妇女是生产中的主要劳动者有关。在日常生活中，壮族的女性多挑起家庭大梁，支撑着家庭的经济和文化生活。妇女与男子一样上山砍柴下田种地，担负繁重的生产劳动任务。加上壮族地区特有的民族文化和社会习俗如"歌圩""不落夫家""男子入赘"等，与古代汉族女性相比，壮族妇女能够自由而广泛地参与社交活动。因此，尽管在壮族民间文学中，妇女大多出身贫寒，但依然光彩照人。她们具有强健的体魄，吃苦耐劳的精神，耳目聪明智慧。如：刘三姐传说中的刘三姐,巧女固沙的女主人公,《宝葫芦》中的达英,《聪明的媳妇》中的三媳妇,《万事不求人》中打柴人的老婆等,她们是壮族妇女优秀品德和聪明才智的代表,充分展示了壮族农村妇女聪明能干、敢作敢为的精神风貌。

壮族的民间文学丰富多彩,而壮族作家的文学与其他少数民族相比,似乎显得并不十分繁荣。"壮族文学中的文人文学,严格地说,是从明代才开始逐渐形成"。[①]壮家女子很少有机会接受正规的教育,她们大都受口头传唱的民族民间文学的影响,能读书知吟的女子实为少见。直至清代,广西才出现了女性诗歌创作的高潮。清代广西有诗作传世的女诗人有 40 余名,有诗集行世的女性也达 30 余人。[②]但是,在壮族古代文学创作的队伍中,女性的身影是那样的稀疏。陆小姑和张苗泉是壮族古代文学当中两位较有影响的女性诗人。

从性别视角观照和审视壮族文化与文学,可以通过去除历史文化中的遮蔽与厚饰,更为全面、深入地认识壮族女性文化传统和现当代壮族女性文学发展演变的方方面面,进一步开掘壮族文学的丰厚内涵。

一、壮族现代女性作家孤单的身影

在中国现代文学史上,少数民族文学一直处于主流文学的边缘,少数民族女性文学更是处于双重边缘的位置。

壮族有自己的民族语言,壮语属汉藏语系,壮侗语族,壮傣语支。壮语是仅次于汉语的一个大语种。一千多年前,壮族曾借用汉字,创造了一种形、声、义结构并称的"土俗字",因字数不多,也未通用。在古壮字未产生之前,壮族文人首先接受的是汉文化,壮族文人多是在汉族文化的直接熏陶下培养出来的,一方面他们显示出深厚的汉文学功底,另一方面他们又是沟通壮族文学与汉文学的中间纽带。

与其他少数民族的女作家相比,壮族女作家的身影显得单薄。在壮族女作家当中,壮汉互融共荣的现象十分明显。1955 年,党和人民政府曾为壮族

---

① 陆里,胡仲实. 广西少数民族文学概况. 壮族文学概况. 南宁:广西壮族自治区民间文学研究会编印,1980:8.

② 曾冉波,吕立忠. 清代广西的闺秀诗人群体及其诗作. 桂林师范高等专科学校学报,2005(1):46.

人民创造了一种用拉丁文字母拼写的壮文，但是，用壮文写作的女作家几乎没有，对于母语的淡忘，与壮民族具有开放、容异的民族心理相关。这与自古及今，壮族人民一直以学会汉字汉语为荣，壮族读书人从小到大读的都是汉文书，长期受到汉文化的熏陶，习惯于汉语的思维方式有密切的关系。

在壮族现代文学史当中，女性参与的声音非常微弱，只见壮族女诗人曾平澜孤单的身影。自古以来，壮族社会就是一个开放性的社会，具有很强的容异心理。在壮族人民的性格中，善于接受外来新生事物的特点比较明显。在中国多民族大家庭中，壮族是一个勤劳勇敢，富有革命传统和爱国主义精神的民族。这些特点在壮族女诗人曾平澜身上也有鲜明的表现。

曾平澜作为壮族现代文学史上第一位不寻常的女诗人，同时也创作了不少小说、戏剧和散文。她的《平澜诗集》收入 1929 年至 1935 年创作的诗歌 33 首，1925 年投身民主革命，在广东政府跟随何香凝从事妇女运动，后来又东渡日本留学，1934 年回乡从事教育。在中国社会剧烈变动的 20 世纪 30 年代，她漂泊奔波，经历坎坷，具有强烈的反抗精神，用诗歌表达自己坚强不屈的人生信念和对现实社会的反抗，具有强烈的时代精神。

革命战争的洗礼使曾平澜的视野极为开阔。她不仅是一位有才华的壮族女诗人，也是 20 世纪 30 年代初期广西妇女运动的先驱者之一。她以高昂的主体意识开始了对于女性命运和社会问题的探索与思考，追求女性的社会价值，追求妇女解放的思想很大程度反映在她的诗歌当中。例如她的代表作《女人》：

> 怎么女人只是做男子温情的绿酒，
> 只会把芳琴细奏？
> 女人，虽不要做社会的中心，
> 也要把整个的人生想透！

尽管诗歌的境界不是特别宏大，但诗人用文字真实地表达了自己对世界的看法和态度，出于自觉的女性意识，实实在在地传达出追求女性独立的思想，讲述着女人在战争中成长的经历。

在《重遇何香凝》中，诗人并没有刻意地去渲染政治以展现何香凝的形象，而是在战争的场景中刻画女性的成长："忆昔日在革命怒潮中见她，她曾赶逐着怒潮前去，为着沉迷不悟的妇女，为着不平社会的组织。"诗人以女人的命运来对女性在战争中的命运予以真实的写照，从而将特定历史时段女性的生存状态凸现出来，是战争改写了女性的生活，也是战争成就了女性的生命，女性在动荡流转的战争年代，自觉、不自觉地参与了对历史的塑造，充分地领受社会和人生的风雨的冲洗，在追求平民大众的解放中实现着女性自我独特的生命价值。

曾平澜是在革命中成长起来的一代民族新人，她的写作活动和她的革命经历之间有着不可分割的联系。她以高涨的热情响应着时代的要求，在革命斗争中寻找着更为广阔的人生价值。她的诗歌中有很多内容是对黑暗现实的批判：《在黑夜里》《到上海去》《失业的人们》真实地反映了 20 世纪 30 年代中国人民悲惨的命运和黑暗的社会现实，带有鲜明的革命与政治的激情。女性细腻的心理描写与战争的惊心动魄的背景形成鲜明的对比，显现了战争中女性生命的柔情与坚韧。这些诗作由内心世界对外在世界的感受转向对外在世界的描绘，传达出诗人强烈的社会责任感和风格的多样性。

曾平澜生活在中国历史大变革的时代，时代性在她作品中有鲜明的反映。作为与历史的一种必然合谋，这一时期，曾平澜的写作一般性地立足于反封建的话语主题，抒发冲决封建礼教的强烈情绪，如《逃》："逃逃，一逃，再逃，踏断这礼教的镣铐，向着自由之路奔跑，不管去路是荆棘或远遥。"这种类似于"莎菲"式女性的觉醒，表达了冲出家庭桎梏的决绝。曾平澜的诗歌创作，承续着"五四"女性诗歌当中对自由和自我解放的呼唤，表露了革命时代中女性风云激荡的情怀。女性的命运在战争的烟火中开始了漂流，也在战争中走向了成熟。

作为一个革命斗争的亲历者，曾平澜的文学实践有着丰富扎实的政治内涵。对阶级革命和民族解放运动的投入，使她能够将女性视野漫出家庭、性别与族群，能够将女性解放策略安置在社会、民族、阶级层面上，她的诗歌充满了鲜明的政治色彩和实践意义。如《在黑夜里》《村人》《到上海去》《失业的人们》《船夫》等，文本构成具有鲜明的感时愤世、忧国忧民的特征，显示出"铁肩担道义，妙手著文章"的豪情。

"人之子醒了；他知道人类间应该有爱情；知道了从前一般少的老的所

犯的罪恶；于是起了苦闷，张口发出这叫声。"①作为刚刚觉醒的知识女性，曾平澜对于爱情的书写是偏于精神之恋，爱情因为牺牲和克制而变得神圣而崇高。如《暗淡的色》《不能忘的一日》《在共同路上》等，女性对战争与爱情的承担与回避并没有直接进入，而是在以柔情的女性书写切入。女性的善良与爱心，在残酷的战争中辗转。这份在革命斗争生活背景中成长的爱，纯真而神圣，同时又充满了悲剧意味。

在曾平澜的诗作中，没有刻意的民族的自我认同感，体现出 20 世纪 30 年代普遍的政治关怀和政治价值取向。但人物的民族性格、文化心理和壮族人热情、坚强的品质，民风民情在曾平澜的诗歌中有自然的流露，如《村人》，就具有较为浓郁的壮族民歌风味，并有着朴素的人生哲理。曾平澜的诗歌创作历程，展示了一位壮族女性觉醒而成长为革命者的过程。她的革命经历使她对社会人生的认识有了自觉的高度，她的民族身份和性别意识，融会在她的诗歌中。

然而，女性精神体验与主流意识形态同化形成的社会价值取向，带来人性的情感相当程度地混同于时代政治革命的潮流中，形成了以革命事业为中心的文学价值观。人的情感是基于生命本身的，女性在特定时代的主体性认同趋向，将基于生命本质反映真实的情感轨迹，毫无保留地寄托在社会革命实现的价值目标中。在曾平澜早期的诗作中，特定历史环境中，女性个体命运的特殊价值被遮蔽了。

20 世纪 40 年代回乡的曾平澜，在故乡的山水之间过着宁静的生活，诗风由此有了很大的转变：抛却繁华归故乡，绿荫溪畔送斜阳，山风拂袖情无限，海错何如野菜香。②（《偕冼居如溪边采艾》）诗歌显现出平和、委婉、恬淡。从战火纷飞的政治革命和集体潮流中回归田园的曾平澜，表现出生命深处的个性觉醒。尽管曾平澜没能走出灾难深重的时代，显露在她后期诗歌中的思考，预示了女性诗歌由寄托于外在的社会价值，转向生命的内在自由的寻找。

---

① 鲁迅．随感录四十．鲁迅全集．第 1 卷．北京：人民文学出版社，2005：338．
② 吴立德．壮族女作家曾平澜和她的诗歌创作．广西民族学院学报，1986（2）：28．

二、当代文学中壮族女作家活跃的身影

20 世纪 80 年代以后，在壮族女性写作的行列中陆续看到一些年轻的身影。这些虔诚的小说、诗歌、理论的女性写作者，都先后获得过各种全国性的奖项。

岑献青既有民族文化的成长背景，又受到规范的汉文化的高等教育，在年龄、文化修养、个人经历等方面，都有新时代的特色和个人优势。她的小说在展示壮族乡间生活的同时，对女性的生存和命运有独到的关注。她没有刻意地突出自己的性别，而是出于一种天然的本能去关注自己身边最熟悉的群体，自然地融进了对母族文化的感受和热爱。

小说集《裂纹》记录了广西南部左江边，红土地上允丰寨中一群女性的生活和命运。岑献青以女性细腻敏感的心灵捕捉到了壮族文化传统中落后的因素，以及带给女性生命沉重感和压抑感的因素，并对这些问题进行了文学的思考和表现。

女性形象在岑献青的小说中占有非常重要的位置，对于女性的关注更多的是思考女性自身的命运与前途。她以自己的心态去揣摩、体验、表现女性的感情世界，以女性作家特有的委婉亲切，以及对女性生活的敏感性，从不同角度、不同侧面描绘了壮族女性的生活轨迹与情感世界的悲欢离合:《蝗祭》中吟香奶奶和吟香两代女性的故事;《逝月》中妲与三的恋情故事;《天孕》中香云母亲的命运，这些女性无论敏慧还是忍让，都无法抵挡宿命的磨难。作品在落后的婚姻制度和习俗，浓郁的民族生活氛围中，揭示了传统观念、习惯势力对妇女有形或无形的压迫与伤害，这是一种无声无息却又可怕可憎的历史惰力，它若隐若现又无处不在，沉重地压迫着妇女的精神和心灵。

在岑献青的小说中，充盈于字里行间的是对壮族女性的绵长关爱，从一个个鲜活的女性人物形象的生命跋涉中，反映出她对壮族女性世界及其命运的深层思考，对民族发展问题的艺术思考。壮族的悲怆的审美意识与下层妇女的命运丝丝相连，在对这片土地的深深眷爱中，隐含着作者对民族文化存在痼疾的忧虑与反省，隐喻着作家对整个壮族历史文化的深层思索。

神秘的自然景观描写，使岑献青的作品呈现出鲜明的地域审美特征。在岑献青小说中，重复与持续出现的连绵不尽的山、河流等审美意象，蕴含着

壮族人民特有的审美情趣和心理定势:"允丰寨像一支独木舟,四周的山峦像大海的波峰浪谷。英常常这么回忆那个遥远的山寨。在那里,外来人会被一种孤独无援的绝望感觉所包围,每日开门便见山,走的是山路,种的是山地。茫茫苍穹,太阳日复一日横空运行,允丰寨一定像落在巨人掌中,谁也不知道什么时候巨人醒过来,就会一把将允丰寨捏碎。"(《逝月》)

山是壮族人民成长、生活的地方,岑献青描绘的山,不仅揭示了人物活动的客观环境,更是人们思想感情的一个重要载体。类似这样的山岭、河流意象在岑献青的小说中经常出现,山的朦胧与丰富的壮民族文化载体密切相关,在感情上表明了壮族人民对超越大山障碍的强烈欲望,凝注了壮族人民渴望前行和走向幸福的古老梦想。作者把山与人物的生存状态相互交融,把自己强烈的审美意识诉诸笔端。

在散文《永远的魂灵》中,岑献青从花山壁画中领悟到壮民族的先人,亦是用生命,带了一个民族的历史凝聚在这悬崖上了,带了一个民族的魂裸印在这悬崖上了。与壮人的图腾崇拜(山神崇拜)相联系,与壮人的赶山神话密不可分,而且还牵涉着壮人对自身恶劣环境的理解,先民对生活的无限热爱,对生命的高度珍视。[1]壮族是一个像山一样刚强、像水一样柔韧的民族。对于山与水的感悟,展示了岑献青对民族、生命、性别的独特理解。山水联结着的是深层的民族文化和民族审美意识,暗示着民族的过去,也预示着民族的未来情感走向。岑献青由于对壮族传统文化的认知、理解,一种天然的对本民族在情感深处的心理上的依赖,使她在创作中所涉及的审美领域、题材及审美对象等都有着浓郁的民族性。在汉文化和壮族文化的互动中融合,经历了中华文化和现代都市的洗礼,在阅读了丰富的生活之后,岑献青的创作具有多元文化视角,远在北京的她依然关注着壮族的历史、现在及未来的发展,注重现代意识对壮族生活的冲击,深入观察和体验本民族在改革开放时代生产方式、生活方式的急剧变化和人们观念的变革。

在小说创作方面产生一定影响的壮族女作家还有陈多。陈多在 20 世纪70 年代末、80 年代创作的小说《庄稼理》《大婶》都被译成了日文,小说中刻画的壮族老队长和壮族大婶的形象,深受日本读者的喜爱。80 年代中后期陈多的小说创作逐渐走向成熟,《落红巷》《"非洲村"皇后》等是这一时期的

---

① 丘振声. 壮族图腾考. 南宁:广西教育出版社,1996:322.

代表作。"民族特色不但表现在外在的形式上,更表现在内在的心理素质之中。陈多的作品确实没有对歌、抛绣球、不落夫家之类的壮族风俗描写。但只要你认真阅读她的作品,你就会发现她的作品中始终贯穿着壮族人民纯朴、正直、善良、宽厚、坚忍不拔的优美品格。"①

20 世纪 80 年代的广西文学是一个诗歌的时代。壮族女诗人黄琼柳的歌声,为中国女性诗歌的发展增添了一个新的音符。1980 年以前,黄琼柳受父亲的影响,主要创作民歌体诗:"明月跃山梁,晚风拂面庞,大队会一散,踏月把路上……"(《踏月行》)1985 年她出版了以朦胧诗为主体的诗集《望月》,引起了诗坛的关注。

黄琼柳的诗歌游走在"动荡"与"忧郁"中,注重对人的内心、生命实相的关注,注重对生命内宇宙的探索,寻求精神个性的发展。在基于本民族的书写中,同时兼容了多种审美文化精神的诉求:"广阔的荒野里,沿一条小路,走向希望的远乡。"(《夹上一只红发卡》)

黄琼柳以自己独有的文学想象、密集的情绪意象探索生命的奥秘,充满向上的精神力度,具有深刻的人生义理和理性精神:"夜,忽略了金光的黎明/云,遗漏了会飞的歌声/海,忘记了征服者的姓名/人,看准了虹的角度,就会摘回一朵七彩、艳丽的笑容。"这是诗人用诗歌对自我的生命痕迹进行感悟。

在黄琼柳多维诗歌的创作中,更多的是用清冷、孤寂、傲然的意象来抒发内心对现实的感受,表现出来自一种艺术本体演变的觉醒,强化了诗歌的所指和能指,体现了诗歌的直指和要指。她在对西方现代派借鉴的同时,也注重在民族文化的海洋中吸取养分,并以女性细腻敏感的心灵感受古老文化的魅力:"那宽阔的背/挡住,山峰·日落""古铜色/胸腔,发声/人与兽,不朽的歌""父亲/坐着,是石块/站立,是歌者。""山,赋予我/灵魂,倔强的·求索/山,给了我/骨骼,坚韧的·开拓。"(《人·山》)

在女性独特的生命体验中,显示出南方具有野性的自然力和硬朗、强悍的生命诗性,南方边地民族的精神特质在生命本体的寻找中,传达着广阔和深刻的生命意识。

这一时期引人注目的壮族女诗人还有韦银芳、李甜芬等,她们以民间素

---

① 朱慧珍. 她在努力超越自己——壮族青年女作家陈多的十年创作述评. 广西民族学院学报,1987(4):80.

朴的话语方式逼近女性生存的历史与现实，对民族传统文化有自觉的认同感，选材方面多取材于和民族历史、文化有关的内容。此外，岑献青、黄夏斯榕、李甜芬等在散文创作方面也产生了一定的影响，她们的散文创作透过历史传统的表象，以鲜明的现代意识观照人生，表达出女性对于生命、自然、社会、文化的重新思考和独到领悟，她们的创作为广西文坛注入了一股新鲜的血液。在这些为数不多的壮族女诗人、女性散文家纷繁错落的写作中，她们没有刻意表明自己的性别和民族身份，但这些因素无所不在地影响着她们的写作。她们不囿于任何一种诗歌理论或散文理论的指导，用自己独特的柔情，吸收着汉语言，丰富着自己本民族的内涵。对爱情、对生命、对民族、对人类，更有着一份坚守。既有对壮族文化特性的展示，也有作家超越民族界限的哲理思考。她们在描述和抒发自己民族觉醒的感情和意志，讴歌民族灵魂的同时，透发出"改造民族的灵魂"的脉搏跳动乃至呼声，在精神流变频繁的时代潮流中，执着地寻找融入时代潮流的契合点。以充满理想主义的情怀和深刻的人文关怀，植根于民族文化的沃土，回首民族的过去，感悟时代的巨变，关注民族的未来。反思并重构新的民族文化精神，对民族灵魂活动深处予以把握与体验。

在当代壮族女作家身上，很清晰地呈现出对待文学创作虔诚的态度和神圣而美好的觉悟，她们对文学创作的题材、语言、形式、内蕴、技巧的处理也是追求多变的，具有不断自我否定、调节、逾越的勇气，在艺术追求上呈现出活泼新颖、灵动多元的探求。

三、结语

壮族既有光辉灿烂的女神时代，更有壮族女性忍辱负重的现实历史。生命勃发的女神，沉重命运压榨的女奴，英姿勃发的女英雄，积劳成怨的女诗人，死心塌地地为日子而奔忙的劳动妇女，她们都映射着壮族女性的影子。揭开女性身上缥缈的面纱，她们既是人间女子悲剧人生的变形，也是壮族女性的真实写照。

现当代壮族女性文学在对生命本体的书写中，承续着、改写着壮族古老的女性文化。文中所选取的这些壮族女作家，她们的创作较有代表性地从不同层面上体现了壮族女性文学的某些共性。在壮族女性的文本中，民族的底层尽管没有在语言中留有深刻的痕迹，但在民俗学、民族学、物质文化、族群生理面貌、心理等方面留下了或深或浅的痕迹。壮族女性文学执着于发露被历史掩盖的自我记忆，在运用汉语的写作中，生存特性与心灵世界，历史沉淀的特定心态与现代情感理智的交融，掩饰不住浓郁的民族气息。

　　尽管当代壮族文学曾呈现出某种群体性活跃，遗憾的是，至今，壮族女性写作的队伍还是未能形成较为完整的状态，汇成潮流。要冲破封闭的双重板壁，对于壮族女性文学来说无疑是需要好几代人艰辛奋斗。当代壮族女性文学对民族记忆的表现与理解，在回忆与民族精神升华中循环和轮回。与其他民族的女性文学相比，壮族女性文学在寻觅民族文化的精神内核，触摸民族灵魂的脉搏跳动，建构立足于本民族特质的族别文学上还有很长的路要走。如何进一步加强对壮族文化传统特有的灵性和精神的深刻领会，发掘和展现埋藏在民族文化深处的精神情韵，当代壮族女性文学的思想与艺术的空间期待拓展。

（刊于《民族文学研究》2007 年第 2 期）

心灵的风景线

——论当代广西女性散文创作

  自 20 世纪 80 年代中后期以来，随着女性主体意识的觉醒与高扬、女性参与生活的广泛与深入，中国女性散文获得了长足发展，其生活涵盖面之广泛、文本实验形式之丰富，超越了以往的散文传统。经过 90 年代"散文热"的培育和催化，女性散文家的队伍空前扩大起来，散文创作成绩斐然，散文风格鲜明独特，深受广大读者喜爱。这一系列的变化显示了中国女性散文的思想观念、文化水准、审美境界和文学艺术品位等都达到了一个新高度。

  20 世纪八九十年代，在广西文坛上也活跃着一批女性散文家，她们的作品从女性生活的各个层面、女性独特的审美视角出发，用直觉诉说和理性剖析的方式，展示当代女性对社会、人生独到的心灵感悟，大胆的情爱追求和对人生的不懈探索，以及对女性自身命运的深切关注，形成了广西文坛一道独具魅力的心灵风景线。她们的创作以独有的对当代生活的情感体认与诗性展示、独特的创作风格及审美倾向，显示了当代女性思想艺术的风采，从而在广西当代散文史上独树一帜，为新时代的文学注入了一股强劲新鲜的血液。

  在这一大批颇具影响的女性散文家当中，冯志奇、岑献青、张燕玲、林宝、林白、黄夏斯榕、李甜芬、莎金、董晓宇等是这一时代众多女性散文家中颇具特色的。她们的作品既充溢着青春的激情、感伤的浪漫，又以人生历练、生命积淀为精神内核，建构了一个各自独立的、独特的精神世界。在她们富有社会和人性内涵的书写中，直接、充分地体现出各自自我的艺术探索追求，并与时代撞击、渗透，作为一种精神资源丰富着这个时代的变革。她们的创作以自己独特的人格魅力、独特的审美视角，为世人提供了巨大思考空间和众多启示，徜徉其中，让人激动、惊叹。

一

　　散文是一种负载人生体验感悟的文体，女性自我的觉醒与生长，女性内宇宙的发掘与拓展，为女性散文创作提供了丰沃的土壤和充盈的空间。当代广西女性散文的创作有如下的特点：

　　1. 记叙独特的人生体验，抒发对社会生活的理性思考，在天地自然的情怀中充分感悟。

　　新时期的散文创作在女作家笔下有了很大的改观，她们逐渐摆脱了凡事都要从"社会"着眼，都从"人"入手的固定模式，而将整个天地自然纳入自己的视野。她们的散文谈都市生活的种种，如谈服装、谈生活起居、谈饮食男女等，皆深入浅出，言之有据，从日常生活中提炼和发现哲理；她们尤其喜爱选取大自然的事物来表现思想感情及其体悟。有的写自然现象，有的写动物、植物，也有的写无痛感生命的器物，这是一种以天地自然之心来体悟自然之物的心怀，从中传递出她们的审美情趣和独特思考。女性散文的题材空间的拓展，带来了文化观念和思维方式的改变，表达女性对社会人生、对人类文化的重新思考。

　　冯志奇的散文以故乡风情、童年旧事、人生沉思、文化名人为主要题材，抒写自己对人生世态、艺苑文丛的感知体验。冯志奇的爱好广泛，书、画、戏、文，无所不及，因其多才多艺，被称为"才女"。冯志奇的散文多是从平凡生活中采撷一些鲜活的人生故事，从人生长河中掬取几簇感情的浪花，抒写自己的生活感悟和生命体验，注重个人精神的表达。如《家住八角塘》《爱得痴迷》等，文中所写的就是每个人都拥有过的经历，保存着的故事，它是一份抹不掉的心中的情感。再如《独坐书斋》，既是对心爱书房的描写，更是在这描写过程中袒露作为知识女性的她，在清贫自在的神圣天地中，"获得一种永无穷尽的快乐"，她真诚地展示了自己丰富的内心生活图景，那就是对真、善、美的渴求。

　　优秀的散文应当体现作者的思想情绪、呈现独立思考的品格、表达真实的情怀、追求厚重的质感，林宝的散文负载着这样的追求。审思品格在林宝散文中得到了明显的强化，从而决定了她在认识事物中呈现出独特而鲜明的气质。强化审思色彩所带来的直接结果，是把对人性的审查、对生命意义的发掘、对人类和生存的思考作为散文创作的核心。她善于通过自然景物隐喻人生，揭示哲理，使知识积累和人生积累适时得以释放。如她的《古人不见今时月》《落叶不只在秋天》《一个人·一颗星·一朵花》采撷的是日常生活中的琐事，从平常中见闪光点，充满了哲理性，这一份哲思使得林宝散文的个性强烈而独立。她正视自己，并以审己的冷峻来审世，打量人与人的关系，打量荒芜的现实与异化的人心，从而使她的散文里具有了一些确定的东西、一种坚定的理性。因此，林宝的审思目光还牢牢扣紧社会和人心的变化，表达对社会、人生、情感的理解，表现女性对生活的希望与独到的追求。在林宝的散文中，触目所及的社会现象和社会问题只是作为触媒点，引发的则是具有现代生存意识的思考。这种思考渗透在她写作的各个角落，如《一件毛衣》，文中点出了理解对于人类交往的重要性，体现了作者对人性中美好情感的呼唤。

岑献青的散文弥漫着思乡的情感，她怀着对乡土的眷念，描绘了一幅幅绚丽多彩的壮民族风情画。如《永远的灵魂》，在浓浓的思乡中，追问着壮民族的先民们用生命烙在花山崖壁上的灵魂，深入民族思想灵魂的深层，具有强烈的历史纵深感。岑献青对于故乡生活的描写，更多是从人生长河中选取最深刻的记忆，抒写自己的生活感悟。有对纯真人情的赞叹《梦中小河》；有对亲情的颂歌《悠悠情摇》《远水的小舟》等，其间都贯串着人情、人性、人生这一条红线。《秋萤》《星星的故事》《种草偶记》写的都是自然界的景物，作者从自然中的一草一木，花鸟虫鱼中品味着生活的美好，同时也读出了生命的意义。她追忆往事，在逝去的光阴中抒写对于现实生活的种种感触，思索生存的意义、生命的价值；她描摹人物，善于从一些平凡而普通的人物身上挖掘人格印痕，以反思历史、领悟人生；她抒写亲情，礼赞童心，缅怀亲人，充满温柔的情愫且情感真挚。她写进散文的大多是些轻淡的、微末的东西，是一个女性对往昔生活的顾盼回眸，是生命绿叶的斑驳投影，但才华就在于她能从平常琐事中发掘出美好的情致，写出人本质深处那种令人动情的纯真或悲哀。在反映社会生活，构思文章时，她特别注重撷取生活中美的情感与经历，传达出女性特有的对美的追求与理解，在她的散文中，她总是以一种"沧桑看云"的平和的心境去触摸、去感悟生命中真实饱满而记忆深切的丝丝缕缕。因而，她笔下的自然、社会、人生显得美丽而纯洁，充满着温馨与关怀。

张燕玲的散文对于生命的感悟含蓄地存在于对外在世界的叙述中，她在自然和一切有生命的存在中寻求启悟，在生命的思考中为生命感动。她的散文《耶鲁独秀》既是关于生命起源的追问，也是自身心态情感的外射与凝聚。在字里行间透着作家对"女性是什么"的拷问，对灵魂的追根究底，对生命之链、时间和空间的遥想。无法摆脱的人类生存的大惑，力图通过历史、文化、民俗等对人类的生存作出哲学的思考。现代文化特征中的审思活动在散文中所表现的不仅是对外部世界的观察和凝视，更是作家的"内宇宙"——一个广袤的心灵世界和情感世界运作的体现。此外，张燕玲的《水萝卜》《夏季远去》就像一篇篇含蓄隽永的寓言，在对自然万物的解读中，抒发自身对于生活的哲思，一种坚韧的生命状态，展示了女性作家柔婉的心绪。作者通过自然景物隐喻人生，揭示哲理，昭示独到的生命感悟。

2. 袒露女性情怀，抒写女性意识，注重探讨女性幽微的内心世界。

白居易曾说："感人心者，莫先乎情。"散文创作最重视情感，特别适合表现生活中零散片段的感想，也特别适合表达女性丰富细腻的感情世界。女性散文擅长于表现女性生命的诞生、成长的心路历程。

散文之于张燕玲是一种灵魂挣扎的文体，心的智慧书写。张燕玲的散文是典型的女性散文。她散文大多是在寂寞独处时，在没有对视眼光的时候写下的。于是她沉入自我的世界，独自与灵魂交流。她为生活中的每一点温馨感动，为每一道风景流连。分别与乡风、期待与失落、孤独与重逢以及人生种种的际遇与忧伤都会带来心灵的感动。她会为朋友送的鲜花迷醉，如《冬夜随笔》；在生命进程中最软弱的时候，她会在抱朴守拙的树林中获得欢愉，如《幸福在你心中》。阅读这样一颗丰富的心，不会产生"欲将心事付瑶琴，知音少，弦断有谁听"的无奈感，反而会在她与寂寞的对视中发现生命中有一份长久的思念，有一份深情的期待，于是美中不足的生活便有了最完美的寄托。张燕玲的精神永远都处在这样一种丰盈饱满的状态，时常有来自内心的美丽与慰藉不期而遇的喜悦。细读她的心灵文字，不会觉得累，不会觉得平淡乏味，在她的精神境界与艺术世界中会获得一种取暖的享受。

正因为张燕玲的内心对自然、对人生、对生命充满着一种生动不息的渴意，因而她能体味微妙，坦然面对人生赋予她的酸甜苦辣。对来自生活中的伤害与噩梦，她不夸饰，不矫情，反倒滋生出了用沉静去充实生活的勇气，真情真性。尤其是那些写给孩子的作品，在烟火之气中给人以温暖和亲切。

如：《望尽天涯》《在秋天里游走》流露在其中的这份母爱魂牵梦绕，这种不曾为成长岁月迁移的纯净童趣，在天真烂漫舒卷自然之中以至情至性感人不已。

在散文这种诉诸心灵的形式中，张燕玲以特有的知识女性的才情和儒雅气质赢得了读者的倾心。那种曲折幽远和惊喜交加的情绪，让人无法拒绝她的感动。她在深夜里反复读解自己的心灵，追省自身，每一句话都是穿心而过，是作者性灵的自然流露。因而，她那些吟咏性情的散文不流连于琐碎的具体生活表面，她的散文在含蓄中体现出智慧的光芒，是具有现代意识的女性的孤独和寂寞。这种孤独与寂寞不仅源于气质的因素，更包括其思考的迷惘。很多的痛苦不仅仅是女性的痛苦，而是作为人的痛苦。她以书写的方式展露着心路历程，既是自我静默生命体验的提升，也是与读者双目凝视的交流。张燕玲有着自己不被外界异化的内心生活，她以散文接载着自己对于现实的思考和升华了的情绪。她的散文就是她心迹的真实记录，从中可见蕙质兰心。

走过迷茫、怀疑到思考的一系列蜕变，张燕玲在她的散文中展示了所经历的重塑人生观的心路历程，便是其精神信念形成的基础。以开阔的视野与深刻的生活感知表现现实的真情实感，人生体验在心里深沉的沉积，使其创作对宇宙人生的悟性愈加深刻、灵妙。她尤其注意从大自然的陶冶欣赏中获得顿悟，从而得到宁静玄远的心的喜悦。对生命价值的孜孜咏叹，来自她多维眼光和多重角度观看人生的思索，这种思索使得张燕玲的散文不时闪现出对于生命的哲思和透悟。尤其是在对女性生命体验的广泛书写中，向着女性的生命本体和精神取向作深层的透视，将女性的感情和知性朝着女性历史和文化方向集成。铁凝曾说过散文对于她永远是一种心灵的磨砺，我想同为知识女性的张燕玲，在她与心灵的对视中，散文也是心灵的磨砺。她将内心的自省、人生的探求融汇起来了。

女性散文在关注自身，走向世俗，走向时尚，走向感性和体验的过程中，始终执着地发出对自身终极价值的追问。林白的散文如同她的小说一样，大多是内心写照之作，是来自心灵深处的独白。"独白是一种呼吸，一种结构，一种呻吟和呐喊。"于是林白在这种独白中沉醉，喃喃自语，回顾生命，书写生命走过的场景，展示生命的内在景色。于是，她在自己的记忆中一遍又一遍地游走，在对个人生活的汇展中，突出的是作者个人的遭遇和生命体验。

完成了一个女性追问自我的过程，一个女性的话语由自身向生命深处的指涉。随女性意识从失落到回归，女性意识成为洞见世俗人生的一种独立的审美意识，女性写作也浸润了女性独有的特点。林白的散文基本取材于女性的成长历程、生活体验，应该说这些内容作为生命过程本身就负载着深刻的人生内涵。在《沙街》《流水林白》中，她从女性自然生命历程切入，以极其细腻敏感的女性直觉、含蓄诗化的笔致，将女性不曾言说的隐秘优美地写出来，那最原初的生命脉动，那女性"自我"在"生理→心理"成长、完善的全过程。

董晓宇的散文从爱情、婚姻、事业等方面来品味人生，深入精神、人性内里去发掘引证，使作品拥有了人文厚度。在她的散文集《黄房子》中，汇集了一个个纯粹的心情故事，它们是从狭窄的历史缝隙中涌溢而出的女性个人化的经验。她以女性特有的直觉和思考，关照现实生活中的女性命运，全面地反映和解剖女性作为人的自然属性和社会历史属性。表达出对婚姻与爱情的深刻洞察与超越，对女性人格尊严的关怀。

3. 描述自然景物，透析历史文化，突破以往散文情、景、理、趣的格局模式，形成了以历史文化为表现对象的大文化散文。

在社会生活中人们都有自己的经历和经验，体验则是一种价值性的认识和领悟。女性作家更善于以自身的经历体验和女性心理特征去观察社会与人生。这也许与女性跟自然万物更易沟通与融合的特点有着密切关系。

托物言志类散文是中国古代散文的一个重要组成部分。它们不着意于景物的描写，更重于表达主体的内心情志，从而达到"圣人立象以尽意"之妙。在张燕玲的游记散文中，既写出了山川风物的自然本色，更在于以自己的情感体验感应生命宇宙，写出了许多常人无法获得的洞见。在《维也纳森林的故事》中，她用精神在与自然对话，从而获得了精神的启悟。此外，像《0点废墟》以及《地狱之门》等，张燕玲都是在用自己的心灵与历史文化对话。她在对历史、现实的双重穿透与沉重叩问中，使作品具有多位的思想意蕴。她的思绪在绵长的历史回眸中，感受着现代生命尤其是女性生命，显示出历史的美学的高度和启悟后人的精神向度。

黄夏斯榕散文中所流露出来的对于人生的态度，既不是浪漫的，也不是悲切的，而是一种坦然面对人生赋予她的喜乐哀愁。她的抒情旅游散文，以同样的心态关照山水，关照风土民情，写下了不少令人回味与沉思的作品。徜徉在自然之中，她不是尽其能事地描摹山水胜景，而是将自己的人生情怀寄托其间。她对大自然的深情，使她常常能从中获得灵感与顿悟。如《灵渠情思三章》《感谢杜甫》。作者能够在景物中聆听到天地人神交感的和谐，能够从人的超本性出发，感受到景物对身心的召唤和洗礼，从而将人在日常沉沦中失落的本真重新显现，露出了诗意栖居的精神家园。

李甜芬在广西凭祥这个历史上发生过无数次残酷战争的边疆小城里生活了很长一段时间，对于边城的方方面面——人性、世故、社会、历史、风俗有极其珍贵的体验，对边城文化和历史的关注，使她的散文集——《边城情结》在珠子般连缀成篇中，整体呈现出一种文化精神。边城文化在中华文化中有着十分特殊的地位，李甜芬擅长以历史文化与日常生活交织的眼光将这份特殊性传达出来。因此，她的散文一方面是从日常生活中去感受生命的温馨，聆听生活层层浪花中感人心弦的乐音，从微中见深厚；另一方面是以对历史文化的敏感性，捕捉历史的启示，体会时代的嬗变。收录在其间的《背影》《旧州拾遗》《友谊关》以充盈的情感，细腻的文笔描绘出了中国边疆的山水风貌、历史背影、民情风俗和建设历程。

在林宝的散文中有很多是以她生活的城市——防城港作为主要描写对象的。这座城市已经成了她生命中的一部分了。小城的风风雨雨和改革开放的历程在她的散文中有生动的表现，其间蕴含着她的真爱与深刻的体验。《港区春早》《新珠璀璨》以充满欣喜和赞美的笔调，记录了防城港的历史变迁和为城市建设付出辛勤劳动的工作者，在她的文字中透着南方海边城市特有的生活气息，和作者来自心底的对这座城市的真情，这些珍贵的经历，使她拥有了和这座海边城市一样丰富的精神财富。林宝的《港行》《灯塔上》在对防城港风风雨雨历程的关注中，展示了这座城市的诞生与崛起，开拓与建设，透着南国海港特有的生活气息和作者的真爱与真情。李甜芬和林宝的创作和人生探索，反映了时代的种种面貌，为文坛注入了一股新鲜的血液。从这些文字中我们可以看出作为当代的女性散文作家，能够透过历史传统的现象，以鲜明的现代意识观照人生，体现出博大的胸襟和女性精神的张扬。尽管她们的散文形态各异，色彩、风格多样，各有自己的倾向角度和领域，但其内在精神还是有一脉相承的地方。

二

在艺术上，女性散文冲破了陈旧的抒情模式，在叙述技巧、散文结构、情感运作诸方面呈现出活泼、新鲜、多样的特点。由于女性敏感、顿悟、直觉、联想等心理功能的尤为突出，因而女性散文在艺术上呈现出活泼新颖、灵动多元的特点。这些自觉的散文创新意识，体现了女作家们意欲探求建构散文审美空间的多重可能性。

女性散文中创作精神的变化，影响到了文本主题、形式范畴，以及艺术的触角与视点的变化。女性散文在形态上明显地具有精神的自叙特征，即突出了对现实的思考和升华了的情绪、精神化倾向，自身现实的生活场景与内心感受更接近作品所营造的艺术世界的氛围，感知视角、感受方式于自然中透情韵。

在艺术审美的情趣上冯志奇追求的是"真"，即用真性情，用灵魂与生命书写散文，在情感的语境中，鲜活自然而毫无矫饰地关注着人们的精神世界，表现着人性之美。如《音乐的魅力》，作者以诗化的语词记录了一次令人难以忘怀的音乐会，她对生命存在形态的感知和对人类情感方式的体认，具有男性作家无法比拟的对人性敏锐的观察力和细腻的表现力。冯志奇的创作心态平和，语言朴实无华，笔法舒展自如。如《寻访李香君故里》既写出了李香君清高典雅的仪态，睿智的才气，更写出了她作为一个青楼女子难能可贵的高洁之心，这种精神穿越漫长的时代，作者以知识女性的沉稳大度将过去演绎成一种希望，给人以强烈的精神触动。文中的语言既有诗意的灵动，又具有深沉的韵味，透过她的这些作品显示出中年女性所特有的凝重深沉与平实的创作风格。林宝的心理细微而敏感，她的散文描摹出了心灵的每一个颤动，对思绪情感的表达，往往比男性散文家更坦然、更大胆。她是在写散文，但更重要的是她在写自己、写心灵、写情感体验、写个性追求、写精神寄托、写人格力量。正如王英琦所说：读者本以为是要看到一个作家，而惊喜地发现了一个人。的确，通过散文而能看到一个真正的、真实的林宝，这比散文本身更重要。

为走出单一的倾诉和直抒方式，突破平铺直叙地进行背景介绍或过程交代，一些新锐女作家吸收了西方现代主义表现手法。最为普遍的是意识的跳跃滚动，对时空的自由切割，瞬间幻象的捕捉与再现等方面的探索。

　　张燕玲的散文多采用诗的语言，表达女性特有的变化无端的心绪和潜意识，沉淀情感、情理相济，以表现更丰满、曲折的女性心理，使叙述成为散文中富有生命力的组成部分，具有更多的随意与灵气；林白的散文善于突破线性思维模式，跳跃性极大。她有意采用意识流动、内心独白、理性和非理性等手法，以图有效表达焦虑、孤独、无法言语的绝望等剧烈的感情，以利于心灵的舒张和个性的弘扬。自觉地使用叙述技巧、意象设置、章法结构，力图使叙述在散文中活起来，成为女性散文作家审美欲望追求的体现。

　　林白的散文和她的小说一样，习惯采用"回忆"的视点。她笔下的故事和生活场景，既是最真切的个人记忆，又是飘忽不定的人生幻想。因而，在那些用回忆片断连接的散文中，散发着特殊的文化意味，如《逝去的电影》《德尔沃的月光》《在黑暗中走进戏剧》。

　　随女性意识从失落到回归，女性意识成为洞见世俗人生的一种独立的审美意识，女性写作也浸润了女性独有的特点。林白的散文在个人的记忆中放任自流，情感跌宕起伏。她毫不遮掩地把自己袒露给读者，让人真正看到一个真实的女性，她敢于揭开遮掩自己内心的帘幕，并且把自己隐秘的内心世界用散文化的语言公之于世。她回忆幼时常被现实的情感毫无节制地穿插，思想融化在其巨大的情感潜能之中，感受又总是处在激变之中，多而零乱，因而在记忆与现实之间，她常常采取片断性的表述，打破散文完整的情感线索，而用一种情绪贯穿，从而在整体上保留了散文的情感性——这种情感是受着情绪牵引的，显示出强烈的个性。林白的散文叙事带有明显的自传特征，体现了个人化的叙事法则。

　　林白善于以自我回忆式的情绪流动，以内心感受的变化组织文字，散文呈现出自由、散漫、跳跃、零乱的特征。《沙街》自由无拘的行文风格会让人联想到萧红的《呼兰河传》。故园之恋，在中国现当代文学中有着悠久的传统。故土 B 镇、沙街是林白情之所系的乡土世界。故乡虽然贫穷、闭塞，却是一个漂泊天涯的游子灵魂最后的栖息地。在林白的笔下，记忆中的沙街、记忆中的童年，一切显得都很美丽，充满了诗情、善意和美感。文中作者深情地描述船上的女生、码头上的木垛、挑水的人群、上市的青菜、卖猪红的人家、挖蚯蚓的郑婆、孤老头王二、宋家的酸菜、茶水摊、糖粥摊、油盐铺、木器社……在怀旧中虽然有感伤、有惆怅，但更多的是留恋。林白的沙街是她对遥远记忆的复制，更是对精神家园的渴望。因而，在灰色枯燥的都市回忆梦幻的家乡，洋溢着一种真挚的情愫，一种迷人的韵致。

林白的散文色彩飞扬，文辞俊俏生风，既锋芒锐峻，又幽默，灵慧轻盈，在文风上自成一家。从她的散文中感受到一种体验生活的全新印象，得到一个可以比照参考的自由联想空间。私语式地对文化与生活的体察、洞见与评鉴，使她的散文中带有独特的文化内涵，她能够以文化为参照，以生活为依托，在散文中自由地发言评说，散文作品中还带有思辨的内在脉络，显示出一种机智与灵变，一种经由文化心理浸润的光亮，行文清简、明鉴。然而，在女性散文拒绝了以往文学虚假的宏大叙事、以真切地展现心灵的世界为己任并取得了令人瞩目的成就时，也显示了女性创作主体意识的相对柔弱，审美视野的相对局狭。

在语言上，女性散文极富诗化与情化的特点，语言的张力与弹性极大，极富幻想。女性写作以特有的女性心理方式和语言方式进行表达，她们常常采用比喻、象征、复沓、排比等修辞手段来表情达意，因而使语言凝练贴切，字约意丰，温文婉转，情味深浓。

张燕玲的散文自然流畅，细腻灵动，在现代散文的诗意营构方面独具特色。明代李贽说："言出至情，自然刺心，自然动人。"张燕玲是以真性情为文的。她的散文载录了她清幽的心音，不粉饰、不掩盖，即使弥散着悲哀也绝对真诚。在散文中，她道出了自己创作的心态，在她的内心世界里，由于那种无名的悲哀荫翳的潜质，使她习惯于通过书写的方式去体验悲哀。这种富于女性诗化的悲哀情绪，是一种多情、敏感与忧虑、感伤共同作用的弥散。然而，在情感的表现上，她又长于将炽热的情感掩藏起来，用节制来表现丰富，将强烈化作委婉、深沉，由此传达出更为炽热的情感之流。于是，心底的波澜在化为笔下文字的时候，我们看到的不是灵魂的躁动与挣扎，而是将苦痛幻化成为一种精神的静默，生命态度和精神方式的率真冲和、沉静如水。张燕玲有着矜持的文学审美尺度，她以自己对现实的特殊敏感和深刻体验认构出了诗意静默的文本风格。

语言是文体与作家思想、人格、气质之间转化完成的一个中间环节。张燕玲是一个在深刻文化背景中成长起来的作家，长期与文字为伴的生活，形成了她率真洁白的书卷气。她的散文除了那股扑面而来的淡雅书香，还有严谨的思辨才识。张燕玲注重叙述与描写语言的洗练、干净，追求一种典雅而纯净的风格。如《秋天的过程》,抒情、感伤而忧郁的诗情流淌在字里行间,富有韵律的行文幻化出了古典诗词中的失落与怅惘,浓郁的诗意中又增添许多唐宋风韵。张燕玲的散文文字句式灵活,长短句交叉,整散句配合,语气跌宕起伏,疾缓有度,每一句话看似自然道来却是非常讲究。整齐中见参差,紧迫中蕴舒缓,行文中回荡着参差的节奏感与音乐的韵律美。

　　中国现代散文名家柯灵在谈到散文时说:"寸楮片纸,却是以熔冶感性的浓度,知性的密度,思想的深度,哲学的亮度。一卷在手,随兴浏览,如清风扑面,明月当头,良朋在座,灯火照人"。[①]当代广西女性散文创作显示出了这样的追求。

　　　　　　　　　(刊于《广西大学学报(哲学社会科学版)》2004 年第 3 期)

---

① 柯灵. 人生和艺术. 总序. 新民晚报,1993-4-8.

灿烂的民族之花

——当代少数民族女性文学发展概论

一

1949 年中华人民共和国的成立，各民族同胞共同步入了社会主义的大家庭。各民族文学的繁荣发展，形成了多元化、多民族性、绚丽多彩的中国当代文学。

中国当代文学史包含着 56 个民族的文学，在这个多民族的文学花园里，少数民族女作家的创作，是一道亮丽的风景线。她们用执着的创作构建着本民族文化，肩负着对本民族文化的传承与重塑，成为当代少数民族文学的重要精神守护者。

本文对于少数民族文学的界定依据来源于两个方面，一方面是"所谓'民族文学'，我们的理解是：第一，作者是这个民族的；第二，作品具有这个民族的民族特点，或是反映的是这个民族的生活"。[1]另一方面是"民族文学的划分，不能以作品是否使用了本民族语言或是否选择了本民族题材为标准，正确的标准只能是作者的民族成分"。[2]因而，本文所论及的少数民族女性文学，均以作者的民族身份为标准来划分。[3]

当代少数民族女作家绝大多数是在多元文化的背景中成长的，她们既受

---

① 毛星. 中国少数民族文学. 前言. 长沙：湖南人民出版社，1983：1.

② 李鸿然. 中国当代少数民族文学史论. 上. 昆明：云南教育出版社，2004：13.

③ 还有的学者曾提出以作品的题材为标准来划分民族文学，单超在他的文章《试论民族文学及其归属问题》中提出："既然少数民族文学和一切文学一样，都是社会生活的反映，就可以说，凡反映了某一民族生活的作品，不管是出身于什么民族，使用何种文字，采用什么体裁，都应该是某一民族的文学。"文学作品中的题材多种多样，一部作品也可以涉及好几个民族，以题材为依据很难具有操作性。

到本民族文化的浸染，又接受了汉文化的熏陶，同时也受到了西方文化的影响。对本民族文化的继承，对外来文化的吸收和借鉴是当代少数民族女性文学得以繁荣发展的重要基础。在她们的创作中，有一些女作家是使用本民族语言写作的，绝大多数女作家是用汉语进行创作的。因此，作者的民族身份是本文确定为研究与论述对象的主要依据。

当代少数民族女性文学指的是中华人民共和国成立以来，各少数民族女作家所创作的文学，这里面包含着历史的范畴和民族的范畴。

在中国 55 个少数民族当中，有 30 多个是跨境民族，文化和文学的交流是多元化的。同样，当代少数民族女性文学在与各民族文学的交流与对话中，体现出日渐丰富的世界性因素和世界性意义。正如满族女作家叶广芩说："文化传承、建构、发展，与文化保守主义是两码事……我们心应该向世界敞开，应该不断地汲取多种文化的精华，为自己的文字注入活力。"①

在当代少数民族女作家的创作历程中，即使有些作家离开了故土，游移于本民族聚居区外，然而他们作为民族作家的民族文化根性不但没有丢失，反而在地域上的渐行渐远过程中逐渐加深。从创作的角度来看，游移或许更有益于反观，更能使人从一个超然的角度重新看待人与事，换一种新的认知和方式思考，从而对于故乡的想象也由此变得更加丰富和繁盛。

"永远以真诚的态度为自己的民族写作，是当代少数民族作家普遍的创作心态和共同的文学追求。当代少数民族作家的内心世界相当丰富，其创作心态和艺术追求作为精神流动体，也是复杂多变的，然而为自己的民族而写作这一点，具有稳定性和恒久性"。②

在当代少数民族女性文学发展的轨迹上，从关注民族发展到关注女性自身的发展，在对自身的观照中，基于独特的女性生命体验，进行深度的人性探析，使当代少数民族女性文学在其发展历程中，突破了单一性的束缚，进入了丰富、深邃的审美空间。当代少数民族女作家的创作展示了本民族的文化传统、文化生态与文化心理，展示了女性生命的欲望与诉求，她们既是本民族文化审视者又是参与者，她们用创作书写着本民族文化历史生生不息的生命力与创造力。

---

① 叶广芩. 我对文学文化的理解. 文艺报，1994-4-3.
② 李鸿然. 中国当代少数民族文学史论. 上. 昆明：云南教育出版社，2004：133.

二

当代少数民族女性文学的发展历程，大体上可以分为三个时期：

1. 第一个时期：20 世纪 50 至 60 年代中期

从中华人民共和国成立后到"文革"前的十七年，即 20 世纪五六十年代中期，是少数民族文学迅速发展的第一个时期。20 世纪五六十年代，出现了一批优秀的少数民族作家，与此同时，各种文学活动也蓬勃发展起来。1955年，中国作家协会召开了第一次少数民族文学座谈会；1956 年的作家协会理事（扩大）会上，时任作家协会副主席的满族作家老舍作了《关于兄弟民族文学》的报告。1960 年的第三次全国文代会上，老舍又作了《关于少数民族文学》的报告。由于各方面的重视，这一时期少数民族文学得以繁荣发展。

但是，这一时期各少数民族的女作家依然寥若晨星。为数不多的少数民族女作家在以男性为主的作家队伍中默默前行，在这些民族的第一代女作家的创作中，在主题思想、艺术风格方面，清晰可见对于民间文学的自觉传承，和逐渐由民间文学向作家文学创作转化的演变轨迹。浓郁的民族特色、强烈的时代气息，以及日渐成熟的文学审美品质，是这一时期少数民族女作家鲜明的创作个性。

马丽华对于这十七年文学时期藏族作家创作的总结，也鲜明地反映出这一时期各少数民族文学创作的总体风貌："那一时代的文学基调是高光的、高调的和高蹈的，是激越的和昂扬的。响应了新中国、新西藏的欢欣鼓舞，写照着这片土地上前所未有的社会变革、人民翻身做主的焕然一新的思想风貌……这一时期文学所表现的内容，就是这一时代的社会内容：即向着北京的礼赞，对刚刚逝去的旧社会旧制度的控诉和批判，军民团结，民族团结，新人新事新思想新感情，总之这是一个歌唱太阳、歌唱新生的时代。"[1]

然而，在女性意识觉醒与发展方面，这一时期的少数民族女性文学呈现出与当代女性文学的共同特征。20 世纪五六十年代，是一个讲英雄、唱英雄的年代，女性自觉地向男性看齐，以男性的价值与标准为标准，女作家的创作也大都自觉或不自觉地倾向于融合在主流意识当中。在她们的笔下，对于

---

[1] 马丽华. 雪域文化与西藏文学. 长沙：湖南教育出版社，1998：72-73.

国家革命和建设的大事给予极大的关注，女性的意识一再消融在政治化、男性化与集体化当中。这一时期文学作品中的女性形象，多是集"解放妇女"与"党的女儿"于一身的女英雄模式，如孟祥英、金桂、李双双、吴淑兰等，她们都具有与男性英雄一样的崇高理想、坚韧不屈的精神和不怕吃苦、热爱工作的品格，但却遗漏了女性自身的特征和情感。作为女性的革命者，也应该是各式各样的女性，而在这群女性特征单一的女英雄身上，着力突出的是女性的英雄气质。显然，这类女性最迫切的愿望就是成为与男性一样叱咤风云的英雄，女性能和男性一样骄傲地顶起半边天，就是实现了女性解放的目标。这种被过分强化"像男性"的平等意识，曾经使投入文学创作的女作家不约而同地把自己消融在男性为本位之中，她们主动以排斥和摈弃女性自身的性别特点为女性争取"平等"，女性意识消融在主流意识形态当中，从而导致文学作品中的女性形象疏离了现实生活中一个个真实、鲜活的个体，而成为一类群体符号。

在民族特色方面，这一时期少数民族女作家的作品绝大多数都烙下了鲜明的本民族文化的印记，在对民族风情的描写与对民间文学的采用中渲染出浓郁的民族特色。她们的创作在历史的进程和历史的主潮中描写民族的发展与变迁，怀着极大的热情展开对生活变化的描述和对幸福的歌颂。对民族历史的颂歌，对民族精神的颂扬是这一时期作家创作的内驱力。这时少数民族女作家的创作同样体现的是主流意识形态影响下的集体思维、集体意识，在创作中具体体现为集中紧凑地体现在对重大事件的关注，对群体的描写。

这一时期，具有代表性的女作家有彝族女作家李纳(1920年出生)，曾就读于昆明女子师范学校，1940年奔赴延安参加革命，先后在中国女子大学和鲁迅艺术学院学习。1948年发表小说处女作《煤》，20世纪五六十年代她创作的小说多收录在《煤》《明净的水》这两部集子里。1963年她的小说集《明净的水》由百花文艺出版社出版。李纳的作品真实地描写了云南少数民族地区的社会生活。她的《撒尼大爹》描绘了中华人民共和国成立前撒尼人居住区的阶级关系和民族关系，具有浓厚的民族文化气息和地域特色。

在这十七年文学时期为数不多的少数民族女作家当中，满族女作家柯岩的创作引人瞩目，她的儿童诗《"小迷糊"阿姨》发表在《人民文学》1960年第4期上。这首为少儿写的朗诵诗，读起来情趣盎然，朗朗上口，让人回味无穷。《"小迷糊"阿姨》叙述了一个做事迷迷糊糊、丢三落四的男孩去儿童剧院观看戏剧，剧中正巧上演一个也是"小迷糊"的儿童故事。他被剧中的小演员吸引，去后台找到这位演员，原来剧中的"小迷糊"是由一位阿姨扮演的，与她接触后小男孩受到了启迪和教育。柯岩的这首儿童诗运用通俗直白的语言和儿童天真无邪的情感编织出一幅难忘的画卷，显示出不朽的艺术魅力。

2. 第二个时期：20 世纪 70 年代末至 80 年代

20 世纪 70 年代末至 80 年代，少数民族文学迎来了又一个春天。在第四次全国文代会上，成立了中国作家协会民族文学委员会。1980 年 7 月，第一次全国少数民族文学创作会议在北京召开，时任作协副主席的冯牧在会上作了《大力发展和繁荣我国各少数民族的社会主义文学》的报告，由此，少数民族文学创作进入了一个新阶段。

这一时期少数民族女作家大量涌现，民族成分也变得丰富起来。这一时期的女作家们大多有着丰富曲折的人生经历，知识结构也较前一时期的女作家普遍要新，具有比较开阔的视野和开放的眼光。她们对本民族文化和个体生命有着深沉的感受，她们进行着各种体裁的创作，在思想上和艺术表现上大胆开拓，表现出民族性与时代感的紧密结合。与这一时期的当代女性文学主潮相暗合的是，少数民族女作家的创作也充满着浪漫的理想主义气息，同时又有着面对现实的深沉忧虑。

20 世纪 70 年代末 80 年代初，对于人的尊严的呼唤在社会价值体系中具有强大的凝聚力，时代的使命和民族的命运在沸腾的情感中升腾，形成激扬的文字。这一时期女作家的创作很自然地紧随时代的节拍，体现出社会层面女性意识的重新苏醒，表现出宏大的历史叙事。在荡气回肠的历史风云中跳动着情感的忧郁伤感，在时代的集体记忆中抒发个人的感悟，透过她们的作品可以读到女作家们丰富的内心世界。

20 世纪 80 年代，文学逐渐打破与政治的紧密联系，在经历了思想启蒙的突破阶段和寻找失落的人性之后，文学在人文的道路上回归，风格迥异的艺术探索风起云涌。塑造英雄的时代被翻过去了，关注精神与价值，继承忧国忧民的情怀占据了时代的主导地位。随着启蒙精神的全面复苏，女性的自觉相应地在人的价值的探寻中复苏。在对平等自由的呼唤和对失落自我的找寻中，女性的价值体现出为"人"的生命意义的高歌和对女性主体意识的彰显。女作家们用不同的叙述方式表达着对爱情的憧憬与赞美，表现出对人的主体性的思考、对人性尊严的追求以及在精神与人格上对理想的两性关系的探求等，在她们的创作中体现着更为深刻、更为丰富的"人"的主题。

这一时期的女性文学，在继承"五四"女性文学的传统和借鉴西方女性主义文学的创作中，呈现重建个人自主性的努力，着意抒写曾经被遗忘的女性内在感觉，从而带来"女性自觉"与"人的自觉"自然地交融。中国当代女性文学不断在女性由"社会自我"向"生命自我"的道路上回归，女性意识有了新的追问和发展。新时期女性文学在与世界文学接轨以后，长期失落了的女性意识得以重现，尤其是在 80 年代中期以后，随着西方女性主义理论在中国的蓬勃发展，女性写作逐渐由社会思想解放而转向自我解放，女性的经验日益浮出历史地表。文学的觉醒、女性意识的觉醒和个人生命内涵的大胆流露，使女性写作获得了前所未有的内在的自由。尤其是部分女作家受西方女性主义的影响，妇女问题以一种更为激进的姿态在她们的文学中呈现，致使这一时期的中国女性文学增添了女性的热忱与批判精神；同样，少数民族女作家的创作在一定层面上也呈现出与西方的第一、二代女性主义思想的自然契合。

这一时期具有代表性的少数民族女作家作品有：1978 年，满族诗人柯岩的诗集《周总理，您在哪里？》由四川人民出版社出版；1979 年，彝族作家李纳与葳子合作的电影文学剧本《江南一叶》由广东人民出版社出版。

1979 年在《清明》杂志上连载了李纳的长篇小说《刺绣者的花》，1981 年由人民文学出版社出版。小说展示了作为母亲的叶五巧博大而崇高的母爱，这一女性曾被誉为是"中国母亲的灵魂"[①]。小说在时间跨度上涉及了北伐战争、抗日战争、解放战争，小说刻画了一系列的女性形象，饱含深情地描绘了彝族同胞的民族风情，体现了女作家细腻、饱满的情感。

20 世纪 80 年代初期，白族女作家景宜陆续发表了短篇小说《白菱花手镯》《骑鱼的女人》《雨后》《雪》《岸上的秋天》和中篇小说《谁有美丽的红指甲》《古代传说和十四岁的男孩子》等。中篇小说《谁有美丽的红指甲》曾获全国第二届少数民族文学优秀中篇小说一等奖，同名小说集获第四届少数民族文学创作一等奖。她的作品塑造了众多个性鲜明、性格迥异的女性，表

---

① 陈涌先生在他的文章《人性、人道主义和我们》一文中指出："作者显然有意要在她这部作品里，给我们展示出一个中国母亲的灵魂，一个默默承受着人生的重担，平凡而又高贵的中国母亲的灵魂。"此文刊载于《文艺报》1984 年第 7 期。

现出独特的女性意识。

此外，满族女作家柯岩《癌症≠死亡》获全国报告文学奖。益西卓玛是藏族当代文学中的第一个女作家，她的中篇小说《清晨》和短篇小说《美与丑》在 20 世纪 80 年代受到文学界的关注。《美与丑》曾获 1980 年全国优秀短篇小说奖。少数民族女作家以敏感和敏锐的笔触，书写着对人性与个性的追求，个人化的女性话语在这一时期依稀有了萌芽。

在这一时期的少数民族女性文学当中，"性别差异"也为少数民族女作家从性别立场和性别概念上考察、探究妇女获得深层次的个性解放和女性写作的内涵提供了新的研究视角。不少女作家在反躬自身中思考社会转型时期女性面对物质冲击所产生的心灵冲击，反映这些富于独立意识和自强精神的知识女性在重新确立生活理想、价值观念时的内心矛盾与困惑，以及对独立的社会姿态及文化品格的追求。

在 20 世纪 80 年代中后期具有代表性的少数民族女作家霍达的作品中，体现出以强烈的责任感和浓烈的情感关注着民族问题和社会问题。1988 年回族作家霍达的《红尘》获中国作家协会第四届（1985—1986）全国优秀中篇小说奖。同年，霍达的《穆斯林的葬礼》由北京十月文艺出版社出版，小说通过对一个玉器行兴衰变迁的描写，展示了一个穆斯林家族 60 年间三代人——从梁亦清到韩子奇再到韩新月的命运沉浮。三代人的追求既充满着悲剧色彩，又有坚忍执着的精神向度，对回族同胞追求理想的精神作了富有艺术的思考。《穆斯林的葬礼》具有历史叙事的广度和深度，获得茅盾文学奖。"历史，民族，人生。我的思索"①是霍达小说创作的宗旨，体现出深切的人文关怀和深沉的历史理性。

3. 第三个时期：20 世纪 90 年代以来

20 世纪 90 年代以来，女性意识在文化方面觉醒的广度和深度，极大地解放了女作家叙述的禁锢和创作的思维。随着西方女性主义思想资源的大量地注入，在借鉴西方女性主义理论的同时，中国的女性主义文学在本土化的过程当中也呈现出更为丰富的精神追求。从对女性外部世界的观察和剖析到女性自身心理的审视、对女性成长经历的反思和对女性身体的书写，都在更高层次上展示女性作为人的价值的全面实现。个人意识的觉醒和女性话语的

---

① 霍达. 红尘. 自序. 广州：花城出版社，1988：2.

突破性建构使 20 世纪 90 年代女性文学呈现出多元、丰富的发展势态。

20 世纪 90 年代，在当代少数民族女性文学发展过程中，引人注目的是在佤族文学历史上出现的第一位书面文学作家董秀英，她的处女作《木鼓声声》被誉为"是佤族文艺写作上敲响的第一声木鼓"①。她的中篇小说《马桑部落的三代女人》描写了马桑部落中三代女人不同的命运，展现了中华人民共和国成立前后佤族社会的历史变迁和佤族女性的生存境遇。长篇小说《摄魂之地》通过对佤族三个部落社会历史变迁的描写，在一系列的民族文化传统习俗中，彰显了佤族的文化精神和民族魂魄。1991 年，她的小说集《马桑部落的三代女人》由云南人民出版社出版。

充分的性别意识与性别自觉被认为是 20 世纪 90 年代女性写作最为引人瞩目的特征之一。20 世纪 90 年代的少数民族女性文学，对生命和自我的认知更为强烈，对于民族文化的思考多元化，从意识形态的整合实践，明显转向个人化经验的书写。这一时期少数民族女作家作品的构思与作者的人生经历、精神气象丝丝相连，家族史与民族史的交织，是少数民族女作家谋篇布局的两条主脉。这一时期既有不断自我超越的老作家，又有充满灵动和清晰气息的新作家。满族女作家叶广芩的中篇小说《梦也何曾到谢桥》、满族女作家赵玫的散文《从这里到永恒》、满族女作家娜夜的诗集《娜夜诗选》分别获得鲁迅文学奖。广阔的文化视野及浓厚的民族意识自觉地在她们的创作中一再强化，性别立场与文化立场带动她们的创作向着更为广阔的领域扩展和延伸，多元的文化视角使她们的创作展示出丰富流变、奇幻莫测的美学风格，体现出女性意识的深度觉醒，呈现出女性复杂的情感世界与精神图景，个人化的女性话语逐渐形成气候。

20 世纪 90 年代以来少数民族女作家的写作，更多关注的是历史潮流的边际，那些处于历史变迁中的芸芸众生，本民族传统唯美的爱情故事是自由理想的载体，民间生活和尘世人生更显历史的原发性。在叙事策略上有了很大的转变，创造性意识和创造性思维尤显活跃，在写作的思维和技巧方面有了创新。受女性主义思潮的影响，在这一时期大多数女作家的作品中，历史的重要事件只是背景，女性人物的人生经历才是主潮。

梅卓在 20 世纪 90 年代创作的长篇小说《太阳部落》《月亮营地》和短

---

① 李鸿然. 中国当代少数民族文学史论. 下. 昆明：云南教育出版社，2004：815.

篇小说《麝香之爱》对藏族女性生活的描述，于不厌其烦的细节中，形成本民族生活质地的特殊质感，更显生活的实体化，与小说的人物有或深或浅的心理互动。作品的力量与深刻，对人生终极问题的情怀，在本质上把握本民族的心理方式和精神实质，凸显了藏族女性的生存状态。

1992 年满族作家赵玫的长篇小说《我们家族的女人》由春风文艺出版社出版，1993 年她的《天国恋人》由作家出版社出版，1994 年她的长篇小说《朗园》由春风文艺出版社出版。赵玫在创作中保持着自己的声音与光彩，"每个民族之民族性之秘密不在于那个民族的服装和烹调，而在于它理解事物的方式"。[①]

1994 年回族作家霍达的长篇小说《未穿的红嫁衣》由江苏文艺出版社出版。1997 年霍达的长篇小说《补天裂》由北京出版社出版。1998 年《民族文学》与人民出版社、辽宁作协在京召开了满族女作家赵燕的长篇小说《空谷》的研讨会。

回族女作家马瑞芳被称作是学者型作家，她毕业于山东大学，又是山东大学的教授，20 世纪 90 年代出版的长篇系列小说《蓝眼睛·黑眼睛》《天眼》《感受四季》，被称为"大学三部曲"。"《蓝眼睛·黑眼睛》主要从中外文化交流视角写 20 世纪 90 年代初期大学生活，1988 年由北京出版社、北京十月文艺出版社出版的长篇小说《天眼》主要从教师视角写 20 世纪 90 年代初期大学生活，《感受四季》则试图横跨二十年，潜入教育界严峻现实和知识分子心灵深处。我希望用三本书描绘 20 世纪最后二十年的大学风云和知识分子心灵深处"。[②]

回族女作家于秀兰的创作主要描写的是塞外回族女性，她有着强烈的女性意识，正如她在小说集《流逝》的后记中所写：我是有意地要用我的笔去表现女性，去描写女性、体恤女性、同情女性、歌颂女性。在她的作品中，她善于从不同年龄、不同身份的女性身上找到可爱之处，用内心深处的柔情与她们对话、交流。她的短篇小说《芹姐》描写的是回族农村妇女芹姐的婚姻生活，小说描写了一个失去自我，缺乏独立人格的女性的反叛与抗争，展示女性独立意识在回族农村女性身上的觉醒。

---

① [俄]别林斯基. 别林斯基论文学. 梁真译. 上海：上海新文艺出版社，1958：86.
② 马瑞芳. 感受四季. 后记. 北京：北京文艺出版社，1999：655.

20 世纪 90 年代以来，少数民族女作家的创作异彩纷呈，霍达思辨性的写作，叶广芩经验性的写作，赵玫想象性的写作，等等，不同民族的女作家通过感性的、具体的写作方式，展示家族盛衰史和民族风情史，于日常生活中见历史。民族意识从高度的使命感和责任感逐渐辐射到与血统、家族、文化认同相关联。透过作品展示出作者对本民族文化的深厚情怀，体现出对精神维度和精神高度的追求。受本民族文化的影响，优秀的少数民族女作家的艺术风格各具特色，各有千秋。尽管她们受到了系统的、良好的汉文化的教育和影响，但也阻止不了她们在创作中一次次全方位地向着本民族传统文化回溯，用双重的文化视角进行创作。

20 世纪 90 年代以来，少数民族女作家由个别形成了群体，例如，满族的赵玫、叶广芩、庞天舒、白玉芳、王晓霞等，藏族的格央、央珍、梅卓等，回族的霍达、马瑞芳、于秀兰、陈玉霞等，蒙古族的席慕蓉、齐·敖特根其木格、萨仁图娅和韩静慧等，维吾尔族的热孜万古丽·玉素甫、祖勒菲娅·阔勒铁肯、阿勒同古丽·热介甫、祖合拉古丽·阿不都瓦依提、巴哈尔古丽·沙吾提等，朝鲜族的李惠善、金仁顺、李善姬等，纳西族的和晓梅、蔡晓龄等，彝族的李纳、阿蕾、黄玲等，苗族的贺晓彤、戴宇立、杨彦华等，土家族的叶梅、陈娅妮、冉冉、覃国平等，布依族的杨打铁、陈世忠、罗莲等，壮族的岑献青、黄琼柳、罗小莹、许雪萍等，瑶族的黄爱平、纪尘、蓝薇薇、林虹等，她们在小说、诗歌和散文创作方面都具有较大影响。

三

"一个民族的共同心理，在不同时间、不同场合，可以有深浅强弱的不同。为了要加强团结，一个民族总是要设法巩固其共同心理。它总是要强调一些有别于其他民族的风俗习惯、生活方式的特点，赋予强烈的感情，把它升华为代表这一民族的标志，还常常把从长期共同生活中创造出来的喜闻乐见的风格，加以渲染宣扬，提高成为民族形式，并且进行艺术加工，使人一望而知这是某某民族的东西，也就是所谓民族风格。这些其实都是民族共同心理的表现，并且起着维持和巩固其成为一体的作用"。①

---

① 费孝通. 关于我国民族的识别问题. 费孝通民族研究文集. 北京：民族出版社，1988：174.

由于文化影响的多元化，新世纪以来的少数民族女性文学更是绚烂多姿。在女作家的自身文化构成中，民族文化的外在表象与民族文化的精神内核交相存在。在这些女作家当中，有一些女作家使用自己的母语写作，有一些女作家既精通母语，又能用汉语写作，大多数女作家用汉语写作。随着民族身份自觉或不自觉地投射到文本中，形成的叙述声音、叙述立场，重塑了文本的思想价值。在传统文化、民族文化与现代文明的碰撞中，少数民族女性文学日渐呈现出鲜明的、独立的文化自觉意识和文化自信，从而极大地丰富了新世纪以来的多民族文学。

（原题《当代少数民族女性文学发展概论》，刊于《广西民族师范学院学报》2013 年第 4 期）

民族身份与作家身份的建构与交融

——以作家鬼子为例

Status（身份），在 20 世纪已经成为一个重要的词。这个英文词直接来源于拉丁文 Status，意指状况。在雷蒙·威廉斯的《关键词》中，身份（Status）一词似乎取消了"阶级"的概念，但它所反映的是这样一种社会模式：人与人之间竞争激烈，每个人的阶层登记取决于消费能力以及这种能力的炫耀。在独重 Status 的社会，个人的流动性大大增强，相对固定的群体的观念并不重要了，原本复杂的社会问题可以由便于操作的技术手段来解决。①

一、公民身份的民族差异

在概念上，公民身份与国家息息相关，国家的政府一般会用行政手段介入公民身份的界定。马歇尔（T.H.Marshall）把公民身份定义为"一个共同体的正式成员资格"，其中包括公民、政治和社会的权利与责任。公民社会有民族和族裔的分化，不同集团在国家拥有的权利不同，决定了社会中占主导地位的民族精神的性质。

"民族"有着相对稳定的历史范畴。尽管对于"民族"有着多样化、多层次的定义，但是，其基本内涵具有两个层面的意义：一是民族国家意义上的民族；二是民族国家内部的不同族群意义上的民族。1949 年以前，中国对于民族所包含的两种意义是没有进行明确区分的。1949 年以后，中国政府所实施的特殊民族政策，大大提高了"少数民族"的地位。但是随着各个不同

---

① [英]雷蒙·威廉斯. 关键词：文化与社会的词汇. 刘建基译. 北京：生活·读书·新知三联书店，2005：460.

族群的整合、不同族群内部的自我认同，个人和集体的同化，改变了包括汉族在内的各个不同族群的文化传统结构。因此，在民族自治行政区域的建构和一系列"少数民族"特殊政策的推行中，更加强化了国家层面民族与族群层面民族含义的混合，强化了民族等同于民族国家的定义，从而形成了民族机理的历史性与时代性的一个面向。在现代汉语中，混而不分地使用民族一词，以及对于汉族/少数民族的二元分割观也逐渐成为全社会的习惯，从而导致了中国的少数民族在这些共同体的公民身份中常常具有的多重性质：一方面他们跟汉民族一样享有某些共同的成员资格，但另一方面，政府又有一些专门针对少数民族的规则、制度和政策。

从 19 世纪末开始，中国文化在寻求向现代化转型的过程中，一直都贯穿着如何对待民族文化与西方文化的根本态度和方向选择。在对待民族文化问题上，汉民族文化与少数民族文化问题是潜流。少数民族文学与汉族文学一样，不可避免地承受了一些强制性意识形态的制约。在面对政治主流意识形态话语对本民族文化的冲击之外，少数民族文学还面对着不同族群文化发展的内部不均衡状况。因此，差异追求、族性话语，是当代世界文化的主导倾向之一。

少数民族民族意识的觉醒与追求，也关涉到少数民族文学工作者对本民族文化身份的重建。少数民族文学必须通过对本民族意识的回溯与追寻，来重建自我的文化身份。但是文化身份的重建，决非简单地重新确认一种民族身份，或是重新书写被遗忘了的传统习俗与传统文化。少数民族文学的民族意识在从无意识的状态复苏过程中，存在着一系列复杂的问题：民族性、民族意识究竟是本原的存在，还是可以建构的？在民族记忆淡却与民族文化事实存在的冲突中，应该怎样处理少数民族作家"民族意识"的追求与中国文化的统一性与整合性的关系？文学如何在保持民族个性的同时，也要超越狭隘的民族主义局限，与世界潮流沟通对话？一个民族的文学如果无意于和世界思潮同步发展，它本身的存在将岌岌可危。

二、身份与写作

马克斯·韦伯说："人是悬挂在自己编织的意义之网上的动物。"人是文化的，每个人都不可能逃出特有的文化之网。一个有着独立的民族和国家归属的人，也就有着相应的文化身份，自然也就对本民族和国家的文化产生认同。

　　写作是个人作为主体的创造性精神劳动。作为从南方少数民族地区走出来的作家，鬼子在进入文坛以来，一直没有亮出自己仫佬族的身份，他的小说也没有表现为文学和文化上自在的民族特性、民族身份的追求。在他持续不断的小说创作中，没有刻意强调历史经验的差异性，强调所属民族的特色。鬼子对于少数民族身份认同的淡化有无更深的文化内涵，是一个值得探究的现象。这一现象是少数民族作家在全球化语境、本土认同、民族身份多种因素作用下的认同差异，对于探讨少数民族作家开放性的身份转换和身份建构颇有代表性。在文化身份和文学创作取向的追问上，鬼子的文化身份到底是如何建构的，他的文化与文学创作之根建立在什么样的基础上，对这些问题的追究，自然而然会面对文化认同问题。

　　每个文化主体都有其特定的文化身份，它大致包括三个方面：一是个体种族文化身份，这是每一个人出生之后就被烙上的性别、人种、籍贯等生理、自然文化属性。这一属性是与生俱来的，基本上是固定不变的。二是社群文化身份，主要指个体在一定的社会集体生活环境中形成的世界观、人生观、审美观、宗教信仰、价值取向等群体文化属性。三是民族国家文化身份，主要指人的民族归属感、国家认同感、政治倾向性等由文化主体认同的民族集体共同分享的政治文化属性。后两方面的建构是与家庭、种族文化环境的熏陶、学校教育的塑造、社会群体的影响、民族国家政治思想的灌输密切相关。这是一个流动、变化的过程，要经由主体的主观选择和外在因素的客观影响共同完成，具有后天再生性。在一个人获得了生理自然身份之后，便开始了自己的人生之网和文化身份之网的编织，家庭文化背景、种族文化积淀、自然地理、宗教信仰、学校教育、社会政治环境等因素成为编织的客观材料，它们是宏观上的大线条，起到了支撑文化之躯的基础作用，而个人的好恶、主观选择、努力程度、才智开发、机遇把握等内在因素则是一些灵敏的细线条，它们是不可缺少的黏合剂，在构织文化身份之网时起到强有力的聚合作用。①

　　同样，民族存在具有相对客观性和动态性，民族有与生俱来、凝聚在文

---

　　① 杨中举. 多元文化对话场中的移民作家的文化身份建构——以奈保尔为个案. 山东文学, 2005（3）: 60.

化传统中的本质的一面，也有建构的一面，它通过移民、归化或其他活动重新构建自己的界域。从鬼子到目前为止的创作来看，民族和地域与鬼子的小说没有明显的联系，但不可否认本民族本土与独特的文化氛围在鬼子潜意识中的流动性。不管评论界对于鬼子的作品进行如何不同的理论阐释，在鬼子的心灵深处，始终坚守苦难的立场，永不放弃。出现在鬼子视野中的人物，一开始就矗立在苦难中。这些人物无一不被强大的生活所左右着，不幸只不过是一个开端，越往后发展，更大的灾难在等待着。鬼子的小说一旦给了人物一种情境以后，就想方设法地把他推向一种极致。在鬼子持续不断行进的小说主题中，其早期作品《谁开的门》似乎成了一种预兆，小说以胡子的妻子被强暴为起点，以胡子的癫狂杀人而告终。灾难的门已经打开，它并不因为人们有向往美好的愿望而减退半步，雪上加霜的故事在生活中每天都在上演。《被雨淋湿的河》中，晓雷先是因为反抗被迫杀人，后又被人杀。《农村的弟弟》中，被遗弃的私生子一撮毛，找到城里父亲的家门以自戕威胁，导致母亲惊吓而死，父亲也因此潦倒愁苦死去。最后，在农村挣扎的一撮毛，也是死于非命。人物的灾难在无以复加的情况下，基本上以死亡告终。《上午打瞌睡的女孩》中，13 岁的女孩父母双双下岗，父亲不负责任地离家出走，母女俩四处寻找，女孩在发廊打工，被人强奸以致怀孕，母亲自杀身亡，可怜的女孩继续走上了漫漫寻父之路。承受了昨天的痛苦的女孩，不知还要承受多少明天的苦难。在女孩充满悲剧性的转折中，凸显出生活深处的残酷和劫难。这位不谙世事的女孩，如同前面的人物一样，依然只是作家审视当下生活的一个生命符号。

民族作家的多元文化背景，对其创作的影响也是多元的。尽管鬼子一再说明如果换在别的地方或是换了北方人写作，《上午打瞌睡的女孩》也会这样写下去。一方面说明了他所关注的问题有超越地域和民族而指向人类共通的东西，而在另一方面，它仍有与中国南方的民族文化有关的因素在里面。

对于苦难的偏执书写，不仅仅是对于生活的一种反映，而是苦难的情节一直潜伏在鬼子的心灵深处，是属于他心灵当中固有的内容，对于苦难的描写在很多作家笔下都有出现，鬼子对于苦难的执着和深入，潜意识当中与他童年的记忆有很深的关联。从童年的记忆开始，鬼子有相当长的一段经历与苦难为伴。在对苦难的认知上，鬼子以其独特的生活方式和创作进行着完善自身文化身份建构的复杂工程，他对仫佬族文化、文学和汉民族文化、文学均采取了既外在又内在，既依附又背离的双栖性策略。在与多种文化展开的对话与交流中，作出取舍，为己所用，这是文化身份重构与定位的重要手段，也是鬼子艺术创作的特殊方式。同时也说明作为作家的鬼子在处理族群与主流文化及其背后的民族身份的关系时，态度是开放的，非族群本位的。在不断的自我超越中走向对自身文化身份的动态建构与开放性认同，以期在全球化与本土化的互动中为民族文化的发展做出自己独特的贡献。

民族不是影响公民身份的唯一因素，因此，在民族文化身份的建构过程中，不能再以本质性的文化身份，去重构民族文化身份。

文化和传统是不同质的，它们是偶尔也会发生冲突的资源库。民族文化身份的认同不是简单的族群认同，其背后显然有民族认同与国家认同的深层诉求。

三、写作的自觉与目的

艺术生产是个人作为主体的自由的精神劳动，它可以反映作家的身份而不应该受到身份的约束。鬼子的小说之所以引起当代文坛的关注，是因为他一直执着地在作品中体现主体自由自觉的生命意志，以关心人类的灾难为职责，不懈地向着苦难追问。这份追问有来自生存地域环境的影响，更有自觉地从广义的权力关系上，用大众的语言与社会现实分享艰难，追求超越民族的形而上。在鬼子的小说观念中，文学除了是个人的之外同时还应该给社会一点什么，而文学对于苦难的表现、对社会的震撼是比较大的。诉诸或许能称为自己的经验的那些东西，在最适宜个性的土壤中成长，就是在这个入口处鬼子找到了自己的位置。《被雨淋湿的河》既凝结着鬼子个人所体验到的苦难，同时也表达了鬼子渴望把我们民族所体验到的苦难的深重性写出来，表达他对人的生存的一种理解。

写作是在个体生命体验基础之上的写作，是作家精神立场的写作。在一次作家批评家论坛中，鬼子作了这样一个比喻："我觉得我们中国人的生活就像放牛一样，整天都有人管着，今天只能吃这个坡，明天只能吃那个坡，而且只能大家一起吃，这本身就是被固定化了的生活模式。你要使写作逃脱这种模式，似乎是不现实的，最后无非也是发现或发明另一种乡土，我估计走着走着，还是另一种符号。"①久居城市的鬼子依然诚实地保存着自己真实体验过的乡村经验，并且是极不愿意被牵着去吃草的牛。对于"坡"的选择，鬼子有着自己的执着，向阳的、茂盛的、足迹多的草坡，鬼子似乎很少关注，他的目光常常落在阳光很少照耀的地方。鬼子笔下的世界，像是华丽生活外衣的里子。

鬼子始终按照自己的精神和思想轨迹进行创作，持续地在不同的山坡上开垦苦难。一切苦难的书写是从心而发，这是他与同时代书写苦难的作家的最大区别。对于苦难的认知，鬼子是主动的、先验的。鬼子的小说无论换到哪个山坡上，都有一个从同一源头出发的精神基础。在鬼子最近的小说中，苦难从表层的社会现象转向了深层的社会文化心理冲突，表现出对强权下人性悲凉处境的关怀，淋漓尽致地展现了下层民众人格中最为脆弱、卑微的一面。

因为不愿意被设计，所以鬼子说："站在一个地方等于站在牢里。"正因为有这样的想法，鬼子对于仫佬族身份的回避，是不愿意读者把他和他的小说只是和仫佬族联系在一起，因为他知道世界很大，不应该站在一个地方。他努力用写作对社会发言，对世界发言，为文学寻求大同境界，在与当下文化的联结点上自然走向形而上。

但是，在几年前，鬼子的仫佬族身份被重新确定而进入媒体宣传。少数民族作家身份的赋予并不是要求作家的艺术劳动由生命活动转换为生存手段，从而丧失作家的自主性和选择性。少数民族身份的强调和鬼子自由自觉的创作活动之间，因为民族精神内涵的缺乏而显示出嫁接的勉强。作家的民族身份意识化为作家血肉的自然介入，会促进个人化写作，使其作品富有更深刻的文化精神；反之，如果刻意地将某种先入为主的观念渗入个人化写作，其创作必然会低俗、浅薄。

同样具有少数民族作家身份的阿来曾坦言："我很反感'越是民族的就越是世界的'这种说法，我并不认为我写的《尘埃落定》只体现了我们藏民族的爱与恨、生与死的观念，爱与恨、生与死的观念，是全世界各民族所共有的，并不是哪个民族的专利，每个民族在观念上有所区别，但绝非冰炭不

① 李敬泽. 文学在当下的艺术可能性——第三届中国青年作家批评家论坛纪要. 南方文坛, 2005（1）: 7.

容，而是有相当的共同性，这便是我们地球上生活的主体——人类。"①

　　少数民族作家在时代大潮和族群互动中进行自我抉择和自我超越，摒弃了单一的族群视角，身份认同的形态也从"事实性认同"转向"建构性认同"。即不再以一种原教旨主义或本质主义的方式认同于既有的事实性的自然、历史、道德、文化和族群模式，而是以一种积极的、参与的、建构的方式，在动态的过程中逐步构建共同体的文化认同。②因此，对少数民族作家创作繁荣的历史机遇及其必然性予以正面阐释，并探寻其对当代族群融合与身份建构具有相当积极的意义。

　　文学是人类的、民族的，也是个人的。中国文学在种族、国家、乡土及家族的命题之外，也有作家对生命、人性的感悟，它重在呈现人类生活的复杂可能性，重在以生命的宽广和仁慈来书写人性世界的丰富，从而在更高层次上认识生命、种族、国家以及人类自身。

（刊于《民族文学研究》2006 年第 3 期）

---

　　① 冉云飞，阿来. 通往可能之路——与藏族作家阿来谈话录. 西南民族学院学报，1999（5）：8.
　　② 许纪霖. 文化认同的困境. 寻求意义：现代化变迁与文化批判. 上海：上海三联书店，1997：229.

民间秩序与文学传承

——制度视野下的中国少数民族口传文学

民间社会是民间文化赖以生存的环境，民间社会自有其自然秩序和生存的规律。在少数民族社会里，口传文学的形成、发展与传承依赖于各种特定秩序和模式形成的制度和制度性因素的作用与影响。

在古汉语中，制度一词意指在一定历史条件下形成的法律、礼俗、规定及立法等。如在《易·节》中就有"天地节，而四时成，节以制度，不伤财，不害民"。王安石《取才》："所谓诸生者，不独取训习句读而已，必也习典礼，明制度。"《现代汉语词典》把制度区分为两重含义：一是指大家共同遵守的办事规程和行动准则；二是指一定历史条件下形成的政治、经济、文化等方面的体系。[1]

西方制度学认为：任何社会都有制度，包括无文字社会。制度不仅包括正式规则、程序和规范，而且还包括为人的行动提供"意义框架"的象征系统、认知模式和道德模块。德国学者柯武刚和史漫飞把制度区分为内在制度和外在制度。这种区分是从制度的产生、制度的影响、制度的内容及性质等方面来定义的。外在制度是指因设计而产生的制度，它们被清晰地制定在法规和条例之中，并要有一个诸如政府那样的、高踞于社会之上的权威机构来正式执行。内在制度是靠人类的长期经验而形成的，通过一种渐进式反馈和调整的演化过程而发展起来的，并且，多数特有的内容都将渐进地遵循着一条稳定的路径演变。[2]诺斯（Douglass C.North）指出，制度是由正式制度与非正式制度的规则构成，制度是一系列正式规则与非正式规则的互动网络。

---

① 薛晓源，陈家刚. 全球化与新制度主义. 北京：社会科学文献出版社，2004：1.
② ［德］柯武刚，史漫飞. 制度经济学——社会秩序与公共政策. 韩朝华译. 北京：商务印书馆，2000：
37.

非正式规则是随时间演进的，是人们在社会活动和交往中自然演化形成的，包括风俗习惯、伦理道德、价值观念、意识形态等属于文化的规则与约束。非正式的制度始终是人们社会行为有约束力的各种规则，具有规则所无法替代的作用。正式制度只是决定行为选择的总体约束中的一小部分，人们行为选择的大部分行为空间是由非正式制度来约束的。非正式制度是指人们在长期的社会生活中逐渐形成的习惯习俗、伦理道德、文化传统、价值观念及意识形态等对人的行为产生非正式约束的规则。①

同样，汉语的"制"与"度"两字也隐含着不同层面的含义："制"是指外在的规约、束缚和局限，"度"是指内守中庸之节，因此，汉语的制度也包含了从"内"与"外"两方面对行为的规约。②

制度研究对于所有的学科来说，都是一个非常基本的问题。制度研究与人类社会的进程以及社会变革的复杂性相关联。喀麦隆学者丹尼尔·埃通加·曼格尔曾精辟地指出："文化是制度之母。"③研究制度的变迁能使我们具体地理解和把握文化变迁的具体形态，也只有制约文化变迁的制度，才提供了观察和理解人类行为与活动的钥匙或模式。本文主要从非正式制度的层面，探析中国少数民族口传文学得以生成发展的内在机理，既从宏观层面上把握中国少数民族口传文学制度的整体规律，也通过人类学调查所获得的个案分析呈现中国少数民族口传文学制度的丰富性。

一、少数民族口传文学制度

关于制度的定义，各个学科都从不同的角度进行过解释。在社会学研究领域，制度是一个基本的研究对象。社会学家在给制度下定义时指出："制度是稳定地组合在一起的一套价值标准、规范、地位、角色和群体，它是围绕着一种基本的社会需要而形成的，它提供了一种满足社会生活需要的方法。"④

---

① 阎世平. 制度视野中的企业文化. 北京：中国时代经济出版社，2003：100-101.

② 汪丁丁. 制度分析基础——一个面向宽带网时代的讲义. 北京：社会科学文献出版社，2002：197-198.

③ [美]塞缪尔·亨廷顿，劳伦斯·哈里森. 文化的重要作用——价值观如何影响人类进步. 程克雄译. 北京：新华出版社，2002：119.

④ [美]伊恩·罗伯逊. 社会学. 黄育馥译. 北京：商务印书馆，1991：109.

　　法学和政治学对于一般制度的定义似乎都比较简洁明了。他们认为制度这一概念通常被用来表示种种内在联系着的社会规则给人们的相互作用以一定的方向性并使之定型化。①

　　人类学和文化学的研究经常涉及制度。马林诺斯基认为：制度的关键概念就是组织。为了达成任何目的，获取任何成果，人类都必须有组织。组织意味着很稳定的配置或结构，其主要元素普遍存在，适用于所有组织化的群体，而组织化群体的典型形式又普遍存在于整个人类。"我建议将这样的人类组织单位成为制度"。从人类学的视野对制度进行的分类和分层非常独特，对于少数民族口传文学制度的研究具有重要的理论意义。

　　国外关于制度对文学艺术影响的论述主要有丹托的"艺术界"，迪基的艺术惯例理论，布尔迪厄的场域、习性论，比格尔的艺术制度论，布达佩斯学派对艺术制度论的批判，以及阿尔都塞、伊格尔顿等人的审美意识形态理论。理论家们围绕具体社会语境中各种制度性机构和因素对文学艺术的影响进行探讨。西方制度学对制度的重新界定和分类，使制度研究从对单纯的成文规则的研究转向了对更为广阔的观念、符号、资本等隐性制度的研究。这是"文学制度"概念合法性和有效性的学理基础。国内关于文学制度的主要观点是：将文学制度视为文学生产、流通和消费过程中形成的社会机制和文学空间，是文学在其不断发展过程中形成的一套制度形式，是政治、经济等外在因素对文学的渗透及文学自身的发展以适应外在因素而发展的结果，对文学产生制约和引导作用。②由此，文学制度是由制约、规范、促使文学生产、传播、流通、接受的一系列组织、规则、条例构成的一个综合系统，是文学生产、传播、流通、接受的多维性空间和模式。文学制度也是对文学生成的制约性因素及其作用的综合性表达。

　　我国历史悠久、民族众多，各民族的民间口头文化遗产丰富多彩、底蕴深厚，如史诗、藏戏、歌谣等，都具有独特的口头艺术魅力，在多样化的传承方式中形成了以口头传承为主的演变方式。民间社会有着大量的即兴创作、口头传承的"活动文本"，它们是中华民族文化整体内容的重要组成部分。口传文学是一种与生活情景同在的动态的文学，在不同民族多样化的传承方式

---

① [日]鹏濑孝雄. 纠纷的解决与审判制度. 王亚新译. 北京：中国政法大学出版社，1994：4.
② 向丽. 审美制度问题研究——关于"美"的审美人类学阐释. 武汉大学博士学位论文，2007：4.

中，不同民族有着相同或相似的传承体系，在这些行之有效的传承方式中，潜藏着具有规律性的制度因素。口传文学的形成、发展与传承依赖各种特定秩序和模式形成的制度与制度性因素的作用和影响，其中蕴含的口传文学制度是我们认识中国少数民族口传文学生成发展的重要维度。坚持从族群记忆的传承研究角度，考察少数民族口传文学制度，能使口传文学制度的功能性和有效性得以全面立体地呈现，同时还具有发生学和追根溯源的意义。

少数民族口传文学制度是少数民族文化体系中制约口传文学生成、发展、传承的社会文化组织和机制，包括不同文化语境中意识形态对于口传文学的选择与规范，分为显性制度和隐性制度两大类型，并以不成文的隐性制度为主，即非正式制度。

"隐在"和"显在"是制度存在的两种方式，也是文学制度存在的两种方式。官方系统的文学制度与民间系统的文学制度既有明显区别也有千丝万缕的联系，两者既独立作用也互相影响。官方系统的文学制度一般以外在制度、显性制度、正式制度为主，外在呈现方式为成文的、自上而下执行的规则、条例，设立合法的、权威性的文学机构。民间系统的文学制度一般以内在制度、隐性制度、非正式制度为主，缺少外在呈现方式，但其制约力并不亚于成文的、显性的官方系统的文学制度。

中国少数民族口传文学制度主要以"隐在"的方式存在着。口传文学作品的生产者、传播者往往是同一的，生产者和消费者常常是可以互换的。例如在侗族大歌的传承过程中，存在着一个自在的、有组织、有规模的传承体系。侗族无文字，以言说与歌唱代际相传。歌师是侗族大歌的继承者和创造者，千百年来的传统歌词和曲调靠他们口头传承和创新。歌师们培养了一批又一批的歌队和歌手，在歌的传授过程中，歌师成为文化传统与生活经验的诠释者和制定者，在民间代表着某种权威的力量。中国少数民族口传文学制度属于民间系统的文学制度，民间系统是中国少数民族口传文学制度的根本属性。在中国少数民族社会中，宗教、仪式、习俗、惯例、节庆构成了口传文学生成、传承、发展、传播、接受、评价的制度系统。这一系统的各要素并非各自独立运作，而是交互作用，其特质是隐秘性、综合性。其中宗教为基质性、深层性制度因素，仪式、习俗、惯例、节庆为组织性、表层性制度因素和制度形式。少数民族民间文学制度以宗教为导引，以拜师学艺、大众公认制、声望制为主要培育模式和激励机制，民间节庆、仪式是民间口传文学生产的主要空间和传播途径，是民间文学制度最重要的一环，这一制度系统体现了民间社会文化机制的高度智慧。

正统主流文学制度一般以主流意识形态为导引，以学校教育、专家评奖制、名利制为主要培育模式和激励机制生产文学。在现代文学制度中，生产、传播、消费有明确的分工，学校教育、文学机构等逐渐代替了歌师、歌班，报刊等现代传媒取代了节日庆典成为文学的主要传播途径和空间。

口传文学中隐在的制度性因素是研究制约文学生成的隐性制度、非正式制度的理想领域。中国少数民族口传文学制度是少数民族社会在长期的经验中，通过一种渐进式反馈和调整的自然演化过程而发展形成的。中国少数民族口传文学制度是一个自为、自足并富于内在张力的系统。研究口传文学制度在口传文学传承中的重要价值和文化功能，触及文本与语境、口传文学的保护与发展等日益引起人类学、文艺学、文化研究、文学批评注意的重要问题，有助于发掘中国少数民族口传文学制度中富于生命力的因素，以及比较中国现代文学制度与中国少数民族口传文学制度、正统主流的文学制度与边缘民间的文学制度的异同，从总体上把握中国少数民族口传文学制度在渐进式反馈和调整的自然演化中隐在的路径演变和互动网络。

二、少数民族口传文学制度的功能

口传文学制度的起源、确立和变迁与口传文学的精神、思想、观念、知识之间有着密切的关联。制度作为口传文学的因，主要是建构一种秩序、规则、规范上的精神观念的生存空间；制度作为口传文学的果，主要是指制度作为一种秩序或规则将依赖于口传文学的持续支持。制度系统不仅是口传文学创作与发展的巨大动力，也是把口传文学推向社会的最佳途径。它赋予口传文学的发生发展以丰富的内涵，而不仅仅是简单的文学创作和欣赏行为。在生产与社会生活之间，口传文学在满足人类精神生产和消费的生活行为中所形成的作用，远比文人案头的文学创作复杂得多。因此，在中国少数民族口传文学与其制度的互动与冲突中，考量不同民族口传文学制度如何影响本民族口传文学的兴衰、传承与发展具有特殊的意义。

中国少数民族口传文学制度是一个富于张力的系统，其中蕴藏着丰富的民间智慧。研究中国少数民族口传文学制度，就是要从活态的口传文学传承机制中，发掘少数民族口传文学制度中富于生命力的因素，在各少数民族口传文学的差异性中揭示共同的制度性因素及其运作机制，以此作为参照系来反观现代文学制度，思考文学制度的当代转型问题，思考传统的传承方式如何与现代文艺教育制度的有机结合。在神魅化的中国少数民族民间社会中，口传文学的形成、发展与传承依赖于各种特定秩序和模式形成的制度和制度性因素的作用与影响。宗教、仪式、习俗、惯例、节庆这一制度系统其功能是促使口传文学以生命的内在冲动和惯性形式生成。关注影响文学的非正式制度，如宗教、习俗、惯例、文化传统等形成的一套制度形式，通过发掘少数民族口传文学制度中富于生命力的因素，有利于汲取边缘文化的活力。

三、宗教

中国文学拥有丰富的宗教思想资源。宗教是文学制度中属于权力意志方面的因素，构成了口传文学发展的社会大语境。在我国传统的民间社会中，规范与约束相对于政治而言，更多是来源于宗教信仰与伦理道德的代代传承。"宗教通过把社会制度置于一个神圣而又和谐的参照系之内，把制度秩序视为直接反映或表现了宇宙的神圣结构，通过参与制度秩序，人实际上参与了神圣的宇宙。"①绝大多数少数民族的口传文学制度以宗教为导引，用以表达并传递一定的社会集团的思想。

在宗教实际的传播过程中，形象化、文学化的手段对宗教的宣扬和传播起到了重要的作用。宗教通过形象化、文学化的途径，将宗教教义、宗教人物、宗教故事融为一体。宗教的印记或浓或淡地投射在各民族的口传文学中，尤其是在神话、史诗这样一些口传文学中，它们是宗教观形成的最早载体。虔诚的情感是宗教的内在规约，在宗教虔诚信仰的引导下，本民族的道德标准被提高到一种前所未有的高度。例如，阿昌族的创世史诗《遮帕麻和遮米麻》是由原始宗教巫师念唱祷词，除了在重大的宗教活动可以演唱以外，平时是不能随便讲唱的，更不许对外族人传唱。这些规约信条犹如一股巨大的模塑力渗透在口传文学中，形成了一套完整的口传文学传播体系。在藏族，藏族先民信仰泛神的本土宗教"苯波"，11 世纪以后普遍信仰融印度佛教、

---

① 麻国庆. 走进他者的世界. 北京：学苑出版社，2001：229.

苯波和汉佛教为一体的藏传佛教。藏族的宗教节日众多，特定的宗教祭祀成为神圣性原则，一种被规定了的意识形态和心理诉求，具有体现和强化信仰与各种社会关系的功用。依附于宗教观念的强化记忆，口传文学得以延续其既有的艺术合理性与权威性。由说唱艺人传承的英雄史诗《格萨尔王传》是世界上已知最长的史诗，其间保留和传承着藏族的神话传说、宗教信仰和伦理道德，反映出宗教信仰在古代藏族生活中所具有的广泛的美学意义与价值。此外，说唱艺人在说唱《格萨尔王传》时无一例外地要头戴帽子，这是一种象征格萨尔大王的高帽。按照说唱艺人的说法，该帽子有许多象征意义。关于这种种的象征意义多数与西藏的宗教观念有密切的关系。

宗教对文学的需求是多方面的，同时也在某种程度上赋予了文学以开放性的品格。文学在宗教方面不断获得自身的规定性和历史承继性，获得发展和演变的动源，同时，宗教也规范着审美对象的选择和文学内容的发展方向。

四、仪式

仪式是一个民族传统文化的重要载体，是某种基本社会价值得以维持和再生产的内在机制。少数民族社会的仪式几乎都是民歌生产的自然空间，是民间口传文学集中和"合法"展示的场合。仪式通过一种普遍而特殊的社会叙事成为秩序的建构与维护者。"仪式的普遍性、恒定性及其展开的逻辑赋予它的一种优于足以强迫人们遵守的法定习俗的权威的必然性。"[①]民间集体仪式原初大多在露天举行，具有开放性特征。仪式上的歌唱大多有一定的传统套路可循，土家族的《哭嫁歌》是仪式歌的代表。姑娘从出嫁前三个月就开始哭唱，每半个月一次，内容从"哭父母"开始，到"哭各亲友"，再"哭骂媒人"，然后从"哭梳头"直到"哭上轿"，形成一个完整的程序。《哭嫁歌》感情真挚，语言朴实，句式灵活，内容丰富。[②]藏族的仪式歌以婚礼歌最有代表性，一般包括哭嫁歌、迎宾歌、悦宾歌、酒歌、赞歌、送宾歌等，分别配合婚礼仪式的不同程序展开，是一种大型组歌的形式，全面凸显了藏族的生活习惯、婚姻制度、社会关系、道德观念、审美追求以及美好的愿望等。

---

① [法]马塞尔·毛斯. 社会学与人类学. 余碧平译. 上海：上海译文出版社，2003：104.
② 耿占坤. 爱与歌唱之谜：西部少数民族传统情歌探秘. 桂林：广西师范大学出版社，2003：213.

　　仪式歌的唱词保留了古代诗歌体文学的特征，作为一种约定俗成的歌唱文本，民间相承的文化礼仪具有一种自身调节的动态机制。在一定仪式上演唱的歌，仪程所规定的时间不能不影响到篇幅的长短。诗人叙事尽量精炼，诗歌的容量则大大增加了。高明的史诗艺人总是善于调用各种程式手段，用最简单的格式、最简洁的表达、最快捷的语速、最大限度地唤起听众的共同知识与诗意想象："表演中的韵文文本，多数时候也会按照格律的要求，形成相对严整的韵律节拍。那些诗行，至少'听上去'相当规整。可是文字化了的文本，看上去就很不整齐了。在表演的场景中，歌手往往靠拉长元音的音调，从而在韵律上找齐。或者换句话说，那些个'看上去'很不整齐的诗句，在'听上去'却未必不整齐。字词数量和节拍之间，有一定的缓冲弹性。大型口头诗歌的'创编'，通常都是在表演现场即兴完成的。每次表演的文本，都是一个与以往表演的相同叙事有直接关系的新文本。因而，它既是传统限定中叙事的一次传演（a song）又是充满了新因素的这一首歌（the song）每一次表演的文本，都和其他表演过的文本或潜在的文本形成'互文'（intertexts）。"①表演，在理查德·鲍曼（Richard Bauman）的著述中表述为"一种说话的模式""一种交流的方式"。少数民族口传文学有着特定语境中的动态形成过程，依托于由一定的文化秩序所构建出来的仪式程序，以及由缜密的制度性因素聚合而成的仪式氛围，仪式歌在艺术惯例系统的自觉维护中便于跨越时空的流传和记忆。

五、习俗、惯例

　　习俗与惯例相当于个人规则，是人们基本上处于自利动机而自动地服从的内化规则，既是偏好又是约束力，是口传文学制度在一个群体内以正规方式发挥作用并被自觉执行的规则。口传文学寄身于这一内在结构与景观，一切活动都是在此权力系统的督导下完成。在某种意义上，这一规则关系到口传文学的生存根基。

　　在壮族民间歌唱传统中，在婚丧嫁娶、新居落成、诞辰寿辰等日常风俗性对歌活动和歌唱性节日"歌圩"中的对歌活动中，对歌是男女两性共同参

---

① 朝戈金. 关于口头传唱诗歌的研究——口头诗学问题. 文艺研究，2002（4）：101.

与的活动，这就意味着在对歌活动中壮族女性有着与男性平等的社交权利。壮族社会有不少针对女性的民间禁忌，但是，在民歌和歌圩中女性的地位又被赋予了另一种象征意义。歌圩场所中的男女平等互动，是壮族社会民歌风行、长盛不衰的主要原因。民间的习俗形成巨大的穿透力促使壮族的对歌得以代代传承，它是壮族民间歌唱传统的保障性机制，是壮族民间口传文学丰富繁盛的主体性因素。相比之下，同样有过"歌圩时代"的汉族社会，其"歌圩"之所以会在秦汉之际消失，是因为从秦汉时代起汉族女性丧失了与男性同等的社交权利。汉族旧时对妇女的户外活动限制尤严：妇女忌闲游，忌串门儿；女性不被允许出现在大庭广众之下，更不允许与男子自由交往。缺少了两性互动，民歌就只能是独唱自吟，而不是男女两性间富于激情和诗意的交流，民歌传统就会随之萎缩，形式也会单调。两性互动是壮族民歌生成的重要机制，认识壮族女性的地位和其卓越的艺术创造力是认识壮族民歌的重要维度。

六、节庆

"节日庆典"是民间传统文化的重要载体和传承方式，是民间口传文学生产的主要空间和途径，也是口传文学制度最重要的一环，这体现了民间社会文化机制的高度智慧，因为节日总是以非凡的魅力巧妙地凝聚着社会成员的共同记忆和集体冲动，体现出整个社会最广泛的认同和诉求。集体狂欢的本质在于通过对集体意志的反复表达强化集体内部成员之间的文化认同。

形成节日的民间传说天然地融合着民族性格、民族心理和民族精神。苗族有语言而无文字，节日众多，各地主要节日有苗年、四月八、姐妹节、芦笙节、龙船节、踩花山、赶坡等。苗族的口传文学极为丰富，诗体长篇古歌《开天辟地》是口传文学的代表。那些与节日密切相关的口传文学，融入人们具体的生活世界，成为一种生活逻辑和生活规范，作为生活追求的本真支撑着苗族的基本生存状态。歌圩是壮族民间男女聚会对歌、以歌传情的风俗性节日，展演自由、随意欢快、尽情享受。它的存在，表明了一种公认的社会准则，即男女社交活动是以歌唱为媒介、歌会为契机的，它引导着全社会的每个成员都以能歌善唱为最高的人格范本，体现了民间文化的集体价值取向的传承，口传文学仰仗这种传承机制获得完整的表演形式。

传统节庆中的不少口传文学大多属于本能的表演，是情绪、情感以及本性的宣泄。随着外来文化的不断渗入，民间的节庆框架呈现出多元的格局。"显然，当人的意识因受外界的影响而日益走向开放，多元化的生活方式和思想观念削弱了群体意识，增强了个体意识时，那种集体性参与的传统文化的生命力将会因其所依附的传统社会活动（民间文化活动）的逐渐减少乃至消失而逐渐减弱甚至终结"。①

七、变迁中的少数民族口传文学制度

制度系统既有一定的稳定性，也有相当的变异性。中国少数民族口传文学制度的变迁直接影响着中国少数民族口传文学的发展和盛衰，而现当代中国少数民族口传文学的盛衰则鲜明地反映了中国少数民族口传文学制度的变异。

"所有文化进化或传播过程都先以制度变迁的形式发生"。②口传文学作为一种精神、观念、情感、价值上的共识和认同，依赖于制度得以传播、传承和发展；制度不仅是口传文学生存之壤，而且是关乎其传承与再造的动力机制。一方面，制度主要通过建构一种秩序、规则，规范精神与观念的生存空间，从而达到对审美情感的规范与型塑；另一方面，制度作为一种秩序或规则将依赖于口传文学的持续支持，使其以更为缜密的方式延续下去。

口传文学与制度的冲突是普遍的、持续的。制度既是口传文学传承的动力，也制约着口传文学的发展。某些制度的僵化与落后，使得部分口传文学逐渐被遗忘或是陆续失传；某些口传文学何以能够稳定地传承至今，在某种意义上，正是口传文学与制度的冲突，促使文学与制度的变革和发展，形成一种较强的自我调节机制，从而使文学与制度的关系达到一个新的平衡，一个新的协调和互动。尽管"经受'文化革命'的冲击和所谓现代文明的洗礼之后，原先盛行于民间的带有潜在颠覆性和破坏性的集体民俗活动本身，被权力话语系统无情地颠覆和破坏。与此同时，民间娱神的狂欢名正言顺地转换为国家政治狂欢。诸如皇帝、炎帝、伏羲等祭拜仪式由政府主持，现场笼

---

① 孙航. 西部开发与少数民族传统音乐的保护及传承. 交响——西安音乐学院学报，2002（4）：12.
② ［英］B. 马林诺斯基. 科学的文化理论. 黄建波，等译. 北京：中央民族大学出版社，1999：56.

罩着庄严、肃穆的气氛，仪式成为营造权威的手段。庙会原本由民间自发组织，如今，城市里的庙会一概纳入到政府管理体制之中。城市各社区的庙会仪式变成了千篇一律的展演，'狂欢节的灵魂已变成一个不完整的实体，其存在完全依赖于国家主义的秩序前提'。庙会之类的民间仪式向展演的转化服务于政府体制的视觉主义规则，这些规则又因电视转播而获得市民的接受和强化。仪式一旦被改造成符合政府规范的展演，仪式的狂欢精神便被消解了……然而，在任何一个时代，总会有一些可供民间口头文学演说的空间。这种空间总会在自然的生活进程中营造出来"。①

口传文学的创作者既是表演者也是接受者，又是传承者。在经济高速发展的时代，口传文学具备比作家文学更灵活的转换生成机制，这些有效的机制，与口传文学独特的传播与传承方式密切相关，构成一个多向互动的关系网和权力机制，口传文学也因之获得了持久的生命力。"口头诗人的创作、传播、接受过程，是同一的，这就为口头诗歌，带来了另外一些新的特质。譬如，口头诗歌的创作过程，有听众的直接介入，有现场听众的反应所带来的影响。听众的情绪和对表演的反应等，都会作用于歌手的表演，从而影响到叙事的长度、细节修饰的繁简程度、语词的夸张程度等，甚至会影响到故事的结构。听众的构成成分，也会影响到故事主人公的身份定位。比如，在为不同族群的听众讲述故事时，塞尔维亚—克罗地亚叙事诗的表演者会调整故事的主人公和故事的结构，以迎合不同的族群"。②

探讨中国少数民族社会口传文学潜藏在生产、传播、评价等一系列影响口传文学存在和盛衰的文学制度，探求口传文学盛衰的规律，发掘中国少数民族口传文学制度中富于生命力的因素，有利于跨越对中国少数民族口传文学的形而下梳理和理解；在各少数民族口传文学制度的演进与变迁中，反思现代文学制度，有利于从边缘反观中心，思考传统的传承方式如何与现代文艺制度的有机结合。

① 万建中. 筵席与民间口头文学. 民族文学研究，2007（3）：165、167.
② 朝戈金. 关于口头传唱诗歌的研究——口头诗学问题. 文艺研究，2002（4）：101.

八、结语

美国哈佛大学教授米尔曼·帕里及其学生阿尔伯特·洛德在 20 世纪 30 年代开创的"口头程式理论"（Oral Formulaic Theory），是基于荷马史诗问题的深拓，其深刻而富于活力的理论见解和卓有成效的工作模式广泛地影响了世界当代人文学术研究，对我们思考当代中国各民族口头传统的发展有着重要的启示意义。口头传统在无形文化遗产的保护中占有极其重要的地位。2003 年 9 月 16 日，中国社会科学院民族文学研究所成立了国内第一家基于各民族口承文化和口头艺术研究的学术机构——口头传统研究中心（IEL-OTRC）。此外，朝戈金研究员、尹虎彬研究员等国内著名学者在积极引进和介绍国外口头传统理论和方法的同时，也取得了关于口传史诗诗学研究的丰硕成果。

将制度学理论引入口传文学的研究，有助于进一步发掘影响口传文学演进的复杂性、隐匿性和长期性因素，发掘出潜藏在不同的少数民族口传文学传承体系中相同或相近的规律性东西；有助于在充分尊重不同民族与文化群体口传文学差异性的前提下，探究影响少数民族口传文学的制度性因素及其运作机制的共同特征和发展规律，凸现文艺研究走向田野、走向民间、关注边缘的学术新观念；有助于在更高层面上思考并总结出中国少数民族口传文学制度的表现形式、运作方式、文化功能、变迁轨迹，对制约中国少数民族口传文学生成发展的内外部因素和力量有一个宏观、整体的把握和评价，从而丰富文学制度理论。此外，在具体的民间社会语境和动态的形成过程中，发掘少数民族口传文学制度中富于生命力的因素，汲取边缘文化的活力，并以中国少数民族口传文学制度为参照系反观现代主流文艺制度，有利于为弥补和纠正现行文艺制度体系中的缺失和板结提供有益的思考。

（刊于《民族艺术》2008 年第 2 期）

生存的渴望与艺术审美的知觉

——花山岩画的艺术人类学探析

每个时代都有不朽的艺术想象和艺术创造，对人类艺术原初意象的探寻，也是在为生命意识的起源寻找历史之根。以历史的眼光观照艺术发生的历史图景，用审美的感知思考艺术起源的内在规律，可以从不同的角度揭示人类艺术发生的某些条件和根据。

从 20 世纪 50 年代中期以来，在广西宁明县明江和凭祥、龙州、大新、天等、扶绥、崇左等地的左江流域 200 多公里长的沿岸峭壁上，先后发现了古代骆越人留下的一幅幅赤红的人物、动物、器械等岩画近 200 处。宁明花山岩画是这些画点中画面最大、图像最复杂、内容最丰富、经历年代最久远的一个画面。花山位于宁明县城西北 5 公里风景秀丽的明江畔，"整幅岩画画面长达 172 米，高约 50 米，面积 8000 多平方米。现存各种图像 111 组约 900 多个"。①花山岩画被认为是目前国内已知的同类岩画中保存最完好的、规模最大的岩画。

这组规模宏大的图画，造型上采用平面的造型方法。岩画在塑造平面图形时，很善于抓住物像的基本形态，主要追求物体的正面显示。人物形象都是以外轮廓线造型的，无论正面或侧面多呈蛙形：两手向两侧弯肘平举，双脚屈膝向下半蹲。头部为方形或圆形，身躯多为倒三角形，四肢用粗壮线条勾勒出简约的轮廓。岩画中的人物不表现五官，而在四肢动作的变化造型中表现体态和感情。画面热烈奔放，人物的动作灵活轻巧，充满动感，传达出一种奔涌的激情。岩画以人物为主，在人物周围还画了一些动物、铜鼓、天体、箭镞等，还有个别的相互之间似乎没有太大关联的图像，组成了一幅幅

---

① 广西壮族自治区宁明县人民政府. 花山，2.

情境各异的画面。岩画中的动物重点在刻画出最能体现动物特征的角、尾、耳等部位，简洁而生动。凝聚在花山岩画上的这些平面形象，密集而重复，虽然线条粗犷却又栩栩如生，姿态各异又热烈呼应。

　　近 50 年来，国内专家学者主要围绕岩画的年代、族属、主题等问题进行大量研究。据专家考证，花山岩画是壮族先民集体智慧的结晶，创作始于春秋时期，延至后汉，距今已有 2500 多年的历史。然而，研究界至今对于花山岩画的内容和象征意义的阐释依然是仁者见仁、智者见智。一些专家认为是从绘画向象形文字发展的过渡时期的一种语言符号，具有地图的性质；有的认为是祝捷庆功，有的认为是欢庆丰收，有的认为是壮族先民祭祀蛙神图腾的仪式；还有说是操练或出猎，等等。专家说法不一，至今没有定论。① 同时，让后人惊叹和猜测的是在那片像是被斧劈刀削过的险峻的崖壁上，古代的人们在没有先进攀岩工具的情况下，是怎样突破自身条件的限制在绝壁上作画？那些貌似普通赤红色的线条为何经历了如此久远的年代的风吹日晒，颜色仍然鲜艳如故？在今天依然带来强烈的视觉冲击力。奔流不息，风光秀丽的明江水，日夜倒映着这一幅幅神秘的图画，吸引着学者们和游客们络绎不绝地前去观赏、研究。

一、生命意识与审美意识

　　人类对生命价值的思考，经历了从幼稚到成熟，从单一到丰富的发展变化过程。对生命的理解，构成了丰富多彩的生命意识，表现了人类理性与心理的成熟过程。

　　生命的偶然性、脆弱性与唯一性，让人不能不慨叹生命的可贵，并对自然造化肃然起敬。然而，人类在大自然的威力面前从来不是无能为力地消极等待。花山岩画作为壮族先人精神的外化物，是特定时期的历史产物。壮族先民的泛生命意识首先表现在对自我生命的关注上。这种朦胧的认知意识在花山岩画中得到充分的体现，使之成为一个鲜活的范例。壮族先民通过多角度、多方位使用形体语言，在这些跳动、奔腾的图像中，将自身的原始宗教

---

　　① 蒋廷瑜. 左江崖壁画的考古学研究. 广西文物，1986（2）：30-38；林晓. 四十年来国内学者对左江流域崖壁画的研究概述. 广西师范学院学报（哲学社会科学版），2000（3）：105-108.

信仰、生产生活场景描绘在岩石上。在这些具有审美价值的原初意象中，包含着超越单纯的社会艺术现象的因素，包含着在原始宗教和巫术思维共同支配下形成的一种祈求生存的愿望。

花山绝大部分的岩画都绘制在临江高耸的峭壁上，分布在河流转弯的危岩峭壁并迎着水流的方向，或分布在深潭岸旁的悬壁上，这一规律使岩画的产生可能与河水有着某种重要的联系。

从民族地理学上考察，当时的骆越人生活在水灾相当严重的左江流域，左江位于十万大山北麓，河面在海拔200米以下，周围为群山，海拔为 1000 米左右，由于雨量丰富，河床较窄，落差又小，一旦大雨袭来，洪水便经常爆发。《思乐县志》称："左江汹涌异常，奔波可怕，睹浩淼以心愁，顾婴孩而泪下。欲离苦海，有翼难飞，思上青天，无棹可驾。三朝暴雨，祸即遍于州圩，两夜狂澜，势欲乎于台榭。"由此可见左江水灾之大、之多、之恶。水灾是左江流域自古以来的最大灾害。①

河水在具有深厚农耕情结的古时中国有着不可撼动的象征意蕴，联系着生命，联系着生与死。在一次次的灾难面前，在与大自然的力量比较中，人类在累积的关于生与死的经验中，感受到生命的脆弱，人类的无力与渺小。在灾难面前，原始初民或许想到的最好的解决途径是祈求于神灵的帮助。"神"的提出，最早是人类基于对大自然威力的敬畏和服从，是人类在力度与强度上设想的一种具有主宰权力的生命存在。古代人以为山川日月都有其神，甚至是土块石块、花草树木都是具有生命的物体。古代壮民确信祖先关于水神发怒作祟之类的观念，承续着祖先对水神的迷信和崇拜。对这种神奇力量的存在和活动的设想，使他们极为相信通过祭祀江河这一方式可以平息神的怒气，取悦江中的神灵。由对大自然存在的信服性崇拜，古代壮民同时又发展出对人自身创造意识的自由驰骋。他们将祭祀水神的场面以再现的形式描绘在临河峭壁上，希望通过仪式化表演的再现表达对水神的虔诚崇拜，以此达到消除灾难与恐惧。在那些丰富多彩的形象与图案当中，在人工创造制作却又达到了超乎一般人工力量水准的创作境界的艺术形象当中，被赋予深切含

---

① 李萍. 从左江花山壁画看壮族的审美追求与习俗文化. 江西科技师范学院学报，2005（5）：56.

义的花山岩画成了神奇的具有灵魂和灵性力量的图像，由此也产生了"神"的力量。

对神灵的崇拜，表征生命和精神依附于巫术活动，目的是借以影响自然，保护人类自身的生存繁衍。尽管这一时代的人类还未完全将自身与动物区分开来，没有意识到人类自身的高贵和优越，但这种自知的心灵，是早期人类守护生命的一个重要体现。在壮族先民的泛生命意识中，价值追求的重心是活下去。作为自身的想象和创造性的寄寓，花山岩画体现了先民内在生命精神的冲动与表达。这一行为在有意与无意间将人的精神状态带入到艺术境界，促使人的生命功能和主体力量超常发挥，导致不同寻常的人类自身创造的赞叹性崇拜。花山岩画由此成为人的意识活动以及外化为精神产品和物质产品的一个惊叹号，成为人的生命潜能、生命意义，乃至生命创造的一种绚丽创举，并由此导出一种可以在形而上层面进行思考的生命哲学载体。

花山岩画在色彩的运用上，也呈现出壮族先民生命意识的模糊幻化。在原始时期的艺术品中，红色几乎是人类所有民族最喜欢最常使用的颜色。格罗塞发现了红色与血、与生命的关系："在原始民族中有一个情境比其他的都有意义些，这就是红的血的颜色。""大概，原始人最初所用的红色，就是他亲手杀死的兽类或敌人的血，并不是别的什么。而到了后代则大概的装饰都用红矿石。"①格罗塞又进一步将红色与生命相连："澳洲既用红色涂身来表示进入生命，他们也用这颜色来表示退出生命。"②澳大利亚古老的崖壁画中，几乎都是用红颜色绘成。在原始初民的观念中，红色是血液是与生命相关的颜色。原始人对于红色的大量使用，联系着生命与死亡，象征着对于死亡的恐惧和对于生的眷恋。在现实中，人类最真实的悲哀莫过于人总是要死的。通过艺术的感觉悟性来完成人生的超越是人类寻找到的一个很重要的途径。壮族先民用这最原始的自我认知来认识外物，并在精心运用颜色的强化形式感中形成了一种泛化了的生命意识。

花山岩画留下了具有永久魅力的艺术形象与人类童年时代的印记。尽管岩画可以从审美和艺术创造活动的不同层面、不同意义上来解说与探悉，但是，它的实质与生命意识在审美过程中的作用息息相关。人类的审美，本质

---

① [德]格罗塞. 艺术的起源. 蔡慕晖译. 北京：商务印书馆，1998：48.
② [德]格罗塞. 艺术的起源. 蔡慕晖译. 北京：商务印书馆，1998：44.

上是人的自由生命的感性化。在花山岩画中，先民们的思想感情、审美观念和审美理想必然给岩画带来一种主观内容上的思想倾向和感情色彩。这种隐性表现使岩画除了具有生活化的特征又形成某种形式张力，在生之绵延与死之恐惧中蕴含着生命感的充盈与欢乐，具有独特的美学内涵。作为审美过程中的一种动力，也作为一种富有审美意味的生命存在、精神风貌的构成，这种意蕴在审美活动中犹如盐入水而流转发散。

"在早期人类那里，人对自然的审美关系很难走向纯粹完备和独立存在，必然要与实践功利关系、认知关系、巫术魔法及图腾崇拜等关系结伴而行，并以上述关系为载体，或成为上述关系的附属成分，方具备形成、发展的合理性与必然性。"①壮族先民所描绘的花山岩画也许是出于一种与审美无关的动机，并不是为了给人欣赏而制作的；也许壮族先民对自我生命存在的意识，对自我精神力量所能发挥作用的意识，并不一定导致审美，发展成为审美判断。但是，后人在先人外在呈现的这些活跃的生命形态中，在内在主体力量的牵引下，能够进入到对崖画中人物的风貌气韵之美的体味与鉴赏、对人的生命追寻和感悟由抽象到具体地欣赏与感受，这就是一种审美心态的萌发，也是一种在本体论和价值论上将人的生命向着哲学意义、向着美的意味转化。

花山岩画是壮族先民在漫长的与自然界的痛苦磨炼与死亡体验中，积淀沉淤的生存本能和生命意识的宗教化艺术显现，是壮族先民巧借艺术的独特形式作为艺术符号和思想符号，在信念追寻的前提下，传达出世世代代意识深层的关于自然、人生、历史和生命意义的思考。凝结在岩画上的思考娓娓道出先民们在艰难前行中所形成的独有的生命情结、审美意识和文化心态。它是一种宗教内涵和文化特征的精神建构，是一种对生命的诠释。

从生命意识形成之初始，人类就无时不在为生命的存在而奋斗，人类艺术诞生的源泉和情感动力与人类原始的生命崇拜意识有着密切的联系。生命意识不仅使艺术具有能撼动人心的强大内涵张力，也是所有艺术的灵魂住所。在这些红色的图像中，艺术的冲击力、生命力都在于其生命意识的强烈。反映出人类童年时代某种幼稚的想象和美好的愿望。花山岩画中的图形尽管粗制，尽管在绘制人物的细节刻画方面不足，但由于对生活敏锐的观察，人物画用线条来构成形象的特质，却能描绘出生活的真实，显示出活跃的生命力，

---

① 袁鼎生．天人统一 大美生焉——自然美成因．一条流美的河．桂林：漓江出版社，1996：339．

显示出的一种灵动飞扬，一种内在的深度和力量感。因此，花山岩画体现的并非单纯的岩画艺术，它有着鲜明的民族特色和精神指向。人物内在的生命活力和灵性，给人以栩栩如生的感觉。正是这份生生不息的生命力，使得花山岩画至今仍保存着丰盈的艺术感染力。

二、天人合一的和谐理想

花山岩画是壮族先民精神祭礼式的信仰观念，反映了冥冥中自然力的神奇，它是壮族先民与不可抗拒的宇宙自然进行的亲近和交融，是壮族先民在长期和大自然、土地、山川打交道中感情与感悟的积淀，由此产生出的"天人合一"的审美性质。

在原始社会，各部落会用一种动物作为家族标志、部落图腾进行崇拜，越是原始的时代，装饰艺术中运用动物图案纹样就越多。图腾的中心理论就是由"人兽同形论"发展成"人兽同宗论"。原始时期人们所创造的绘画形象大都是基于动物崇拜和祖先崇拜的图腾形象。

壮民族是一个曾崇拜许多图腾的民族，如铜鼓图腾、蛙图腾、鳄图腾、竹图腾、蛇图腾、牛图腾等。其中，蛙图腾是流行较广、影响较大的图腾之一。在壮族的传说中，关于青蛙的传说很多。壮族人民对于青蛙有一种特殊的崇拜的感情。[1]

花山岩画主要反映的是以蛙图腾崇拜为中心，同时还有犬、铜鼓、冠斑犀鸟等各图腾联合的宗教仪式活动。在花山岩画中："每个人的形象都是叉开双脚，两手拱起，手指和脚趾叉开，形同青蛙，而来宾师公的舞蹈也是这个形状，分明是青蛙的造型。红水河中游的蚂拐舞，是用竹子扎成青蛙形状，如同人们舞狮子一样拿来舞弄，步法全按青蛙跳跃形态，这是青蛙表演。"[2]壮族对于青蛙的崇拜，可以看出壮族的舞蹈和巫师作法舞蹈等起源于对自然灵物的动作模仿，包含着鲜明的地域特征和民族特征的审美心理。原始时期的艺术和宗教是一种心灵最深处的观念的体现。通过形式上的模仿，蒙昧时代的先人希冀达到与被神灵化了的蛙神在精神层面上的沟通，体现出原始图

---

① 梁庭望. 花山崖壁画——祭祀蛙神的圣地. 中南民族学院学报，1986（4）：18-23；李滢. 论壮族蛙神崇拜. 广西民族研究，2002（1）：63.

② 蓝鸿恩. 壮族青蛙神话剖析. 广西民间文学丛刊，1985（12）：27.

腾崇拜的主题和内涵。现存的许多民族资料都表明，图腾崇拜的民族往往会扮装成图腾的样子，以娱神。广西各地壮族至今仍然留存着师公打醮、祭祀、丧葬等仪式时所做的师公舞，其舞姿造型就类似于花山岩画的舞姿。①

青蛙、铜鼓、冠斑犀鸟、花等与人类密切相关的动植物在画中的出现，构成亲密无间的关系，体现了先民在认识自然物和自然力时，以己齐物的思维，和万物皆有灵的同生意识。"在原初性的图腾观念中，人与图腾之间的那种深深的等同关系，不能简单地理解为一种主客体之间的反映与被反映的关系，而应该理解为发生期的自然—自我关系的一个富于革命性的历史丰碑。"②从人类具有艺术知觉的时候，就已经开始创作，虽有了形式美的萌芽，却还难以将自身与动物彻底分开。花山岩画反映出，在壮族先民的精神上没有跳出自然和他自己的个体存在的框架，以及原始的直接和自然联系在一起的生活以及对迫切需要的事物的欲念。花山岩画的功能和文化内涵，天真、质朴的审美情趣，美好愿望的稚拙图画，出自古人的原始感觉和内心自然流露的质朴而天真的神韵。

爱德华·泰勒在《原始文化》中，最早提出艺术起源于"巫术"的理论主张。在古人看来山川草木、鸟兽虫鱼都可以与人交感。弗雷泽认为原始部落的一切风俗、仪式和信仰，都起源于交感巫术，人类最早是想用巫术去控制神秘的自然界。据资料记载，许多旧石器时代晚期的洞穴壁画和雕刻，往往是处在洞穴最黑暗和难以接近的地方，动物身上画有或刻有被长矛或棍棒刺中和打击过的痕迹，按照巫术说的观点，这是因为原始部落有一种交感巫术的存在，原始人认为任何事物的形象与实际的该事物都有一种实在的联系，如果对事物的形象施加影响，实际上也就是对这个事物施加影响，在动物身上画上伤痕也就意味着他们在实际的涉猎当中可以顺利地打到猎物。这是史前人类企图以巫术为手段来保证涉猎成功的主要手段。③其创作的心理动机，也许如鲁迅所说：原始人"画一只牛，是有缘故的，为的是关于野牛，或者是猎取野牛，禁咒野牛的事"。④他们描绘动物，是用某种巫术"禁咒"野兽，

---

① 李漆. 论壮族蛙神崇拜. 广西民族研究，2002（1）：66.

② 郑元者. 艺术之根——艺术起源学引论. 长沙：湖南教育出版社，1998：112.

③ [英]爱德华·泰勒. 原始文化. 上海：上海文艺出版社，1992：116-166；[英]弗雷泽. 金枝. 徐育新译. 北京：中国民间文艺出版社，1987：19-70.

④ 鲁迅. 且介亭杂文·门外文谈. 鲁迅全集. 第6卷. 北京：人民文学出版社，2005：90.

以求狩猎成功的实践活动。

然而，相比这些身上有被刺中或击伤痕迹的动物形象，花山岩画中所出现的人与动物和谐的场面，内容特性与形式特性的和谐统一，显示了壮族先民天人合一的和谐理想。在这里，人与自然界的关系不是主体—客体的关系，而是互返相生，各自其中自有意境。天人合一，昭显了先民们对大自然的"敬畏之心"，是先民对整个世界—宇宙的深邃遐想。面对纯自然的世界，古人以一种敬畏的姿态去迎合它，也许为的并不是卑躬屈膝，而是与大自然相融相洽。

敬畏是人类生命感受和冲动的起点之一，是一种鲜活的生命感受。岩画也是因为有了对生命的感觉和对自然的敬畏成了艺术。原本的大自然就是人与鸟兽花木共荣、共存的和谐景象。自然和谐是诗情画意、是天人合一，体现出一种蕴藏在平常生态中的特殊魅力。壮族先民在花山岩画中把人类的特性赋予自然万物，在颂神、悦神、求神的审美活动中，推动天与人走向和谐的境界。

作为艺术，花山岩画把人的生命中那些抽象的尚无鉴定的情感意念用人类特有的符号表现了出来，由空间广布、时间流动整合而成的壮族人的民族整体和历史整体的标记。"以幻想的方式由图腾观念规范下来的社会行为和社会意志，恰恰是史前人维护自身现实权利的驱策力。"[①]花山岩画昭示着人类对理想世界的一种渴望和期盼，是一种超越生命本身的升华。单纯、古朴的画像凝固在永恒静止的空间，表现对稳定和谐的向往。在艺术的表现中，花山岩画讲究对称美，在内容和形式上达到了高度的统一，艺术所承载的思想动态、精神文化等都表现出一种和谐美。岩画如诗，在形象把握上的生动和自信，不是出于壮族先民的审美自觉，而是出于感受的纯净和想象的天真，更是一种保持生命的纯粹和童贞天性的纪录。岩画不仅是一种思想的创造与表现，在今天也是一种唤醒思想意识中的体验的解释，充盈着心灵。在审美者的心灵深处，唤起一种生命本源的回归意识。

明江的水，花山的画，化为中心的舞台，给人宽广的视野和超然的感受。山峰的隐现、水镜的倒影，山清水秀的自然环境，天造地设的山川形胜，与花山岩画协调和谐，浑然一体。岩画不着痕迹地溶入山水，还原于自然，成

---

① 郑元者．艺术之根——艺术起源学引论．长沙：湖南教育出版社，1998：101．

功诠释了人与自然的和谐关系，创造出天人合一的境界，它的和谐、井然有序的形式和作为多样性的整体，这一切使它富于美感，使自然环境更富有文化底蕴，使人文景观更具有自然色彩，同时也使花山岩画更显气势磅礴。花山岩画让后人在惊赞中感悟永恒。面对自然的工具价值与内在价值，花山岩画本身也是一种动力，一种永不停息的追寻和叩问。

三、被塑造的女性身影

一个时代对女性形象的塑造，往往折射出这个时代的社会需求和男性对女性的要求。

在花山岩画中，与男性勇武高大的形象相比，舞蹈在群体蛙形人中的女性身影似乎只是一种点缀。岩画所描绘的女性身影中，孕妇占有相当重要的位置。女性形象无论是正面还是侧面，在胸部和腹部的线条勾勒上都带有明显的孕妇特征。与怀孕有关的女性身体特征被特别地强调和夸张，显示了壮族先民对女性创造力的一种特殊崇拜。

人类以基本的自然需求为最高的生活目的：生存与繁衍，因而原始初民的图腾崇拜、巫术崇拜和生殖崇拜往往是浑然一体的。在生产力水平极其低下和人类生存条件极其恶劣的情况下，人类对生存与繁殖的渴求超过一切，女性由于在生殖和繁衍后代方面的特殊贡献，而受到尊重和崇拜。这是人类早期生殖崇拜的直接体现，它显示了远古先民对女性创造力的一种特殊崇拜。因此，鼓励女性的生育功能，也是对于大自然的畏惧。生殖崇拜是强盛生命力被自我生命意识到，在一种神圣神秘感受的驱使下，形成的对自我生命力的膜拜和对自然生命力的膜拜。生殖崇拜，也是推进早期艺术发生、发展的原动力之一。

生殖崇拜是人类生存本能的观念表现。人和动物一样，为了生命的延续，都在不断地生殖，繁衍后代。人与动物的区别在于，对于人类来说，生殖不只是一种纯自然的、动物性的行为，而是性的社会属性进一步发展的表现。在人类向自然求生存求繁衍的过程中，除了自然的生殖以外，还会主动地用自己特有的想象和创造力去征服自然，以获得生命生存的勇气和力量。由此，人的生存欲望可能成为某些艺术门类产生的直接动因之一。史前维纳斯图像便是以夸张的孕育形体、生殖器官为身体特征的，在一些地方、一些著作中称之为"母神""原始之神""大母神"。女性典型的生殖孕育特征，和被夸张了的女性形体特征，显示出对生儿育女、繁衍后代的母性的推崇和对以女性为中心的"母神"崇拜；同时也显示了生殖崇拜的意义，显示出艺术与人的生存现实之间发生的关联。这是人类关注自身的内在现实方面需要的重要表现，也是各种女性裸像产生的社会基础与观念成因。

壮族先民在花山岩画中界定的女性美，也是从认识女性的身体开始，与女性无法摒弃与生俱来的"母亲"身份息息相关。对母性的推崇，是一个绵亘人类文明史的主题。女性的身体连通于自然与生命，作为孕妇的女性的身体是神圣的。身体对于尼采而言意味着所有文化的根基。在尼采看来，哲学一直纯属于"对身体的一种解释或者是对身体的一种误解"。①毫无疑问，花山岩画的创造者是男性。花山岩画中的女性身体不仅仅只是缘自男性的性别视觉经验。这些从深层的与性别有关的内心资源中引发出来女性的身体图像，是生的赞歌，生命、生殖、生与死都在那里留下印记。

因此，在描绘花山岩画中具有审美意义的女性图像时，壮族先民的观念也是带有实用性、功利性目的的。他们一方面在创造工具，以求维持人类生命的存在；另一方面试图在寻求一种促使人类生命产生的途径。壮族先民崇拜女性多生多育的岩画，是一种由经验理性滋生出来的精神化了的生命意识：祈求人口繁衍、多生多育，生命蓬勃发展。当人类通过特定的观念把对自然的真实感受转化为形象时，这些形象就已经渗透着人类原初的审美意识。从审美的角度来看岩画中的女性形象，具有功利性审美的混沌性和过渡性特点，它是实用和审美的交织体，隐含着人类出于本能的实用行为开始向自为的审美行为过渡，反映了人类审美观念正逐渐与其他观念离析，开始向独立的方向演化的萌芽。

尽管此时的审美观念是不明确的，不纯粹的，但在某种朦胧的审美意识驱使下，出于人类艺术创造的本能和敏感，线条、色彩、构图等元素构成的形式感已经开始从实用性的樊篱中解放出来，找到了表达目的的合适手段，把自己的理想通过对客观事物形象的把握和结合而传达了出来，并逐渐以独立的姿态熔铸于实用性的创造物中。岩画中女性的身体和动作自然地响应人体的线条和对称的形式，并构成一种与他人及宇宙的和谐状态。可见的自然、

---

① 葛红兵. 艺术和身体的关系. 黄毓璜. 评论. 第 2 辑. 南京：江苏文艺出版社，2000：232.

健康具有旺盛生命力的美，集中体现了壮族古代女性审美的初步诉求，而这种诉求残存着人类蛮荒时期对生育女性的美好崇拜。

出于祈求种族昌盛的思维模式，壮族先民描绘的女性形象往往被看成是人类活动的真实对象。他们力图能真实地去再现这些大腹便便的女性外形，以期达到显示真实和控制真实的功利目的。此外，岩画上还描绘了不少男女性器官，男女赤身裸体交媾，成群结队的小孩。这些场景画面显示生命崇拜从女性生殖崇拜向男性生殖崇拜的萌发。①在原始先民的生命崇拜意识中，首先发生的是女性生殖崇拜，其后才是男性生殖崇拜。

由此，花山岩画中女性身影的特殊性也在昭示着，在父权为中心的社会形态渐渐取代了母权时代之后，女性进入了一个被叙述的时代。在壮族先民确立的父权制的氏族部落联合体中，男性已经占有着绝对的控制权。由于壮族先民是较早进入农耕时代的稻作民族，壮族的妇女主要担负着耕织和家政的重任。男性主导了社会文化的创造权，控制了岩画中的叙述权，男性用他们的叙述创造出无数的勇武的男性或准备生育的女性人物来承载他们的情感寄托，表达对男性或女性的不同要求，评判男性或女性的价值，这是男性将其审美理想投射于女性身上的结果。从性别文化的视角上来看，花山岩画反映出了当时人们对女性的一些观念和看法是如何渐渐出现并定型的。

女性被塑的地位，是女性的社会地位一步步呈向下滑的趋势。女性在人类文明史上，作为人的物化形式，其价值只剩下了性功能，显然是男性对自身的内在现实和外在需求作出的有效的认知。传统文化中对于女性的定位，体现了男权社会对女性的塑造与规约，女性只是作为性的工具符号而存在于历史当中，女性被看作物的形态的对象化。女性的价值仅仅表现在繁衍上，而她的其他的社会功能被忽略。这就是夫妻之间的关系，父母和子女之间的关系，也就是家庭。

在花山岩画中探析壮族先民的性别意识，也许能够印证：女性等同于自然，男性等同于文化，男性的勇猛或许总潜藏着征服自然的渴望，女性的使命总也逃离不了哺育生命。女性自然地创造了新生命，男性则自由地创造文化。在社会体系完善之前，壮族先民的伦理观和审美观是朦胧和支离破碎的，更多的束缚不是来自人本身，而是来自现实世界。于是，被塑造、被物化的

---

① 廖明君. 壮族生殖崇拜文化. 南宁：广西人民出版社，1994：4-31.

女性存在，在精神文化原型乳汁中隐隐约约传达出这样一种历史信息：文化产物高于自然界，每个文化都以控制或超越自然为目的。

四、结语

花山岩画是人类生命活动的艺术呈现，是一幅不断在延续、不断被补充的艺术。无论是祈求温饱还是祈求多子，祈求生存还是祈求和谐，所有的图像都内在地包含了壮族先民质朴纯真的艺术情思，它是生命天性的本色流露，是生命意识的自由表现，是生命创造的自由呼唤，是人生的艺术化和心灵的诗意化。原初的精神生产造就了人类的想象和智慧。壮族先民通过想象实现着对身外的一切热情而勇敢地探索和突围，从而在智慧的层次上达到对于主体生命精神的自我肯定和超越。在想象和智慧的展翅中，花山岩画蕴藏在艺术精神中的生命能量、在跨越时空的岁月中扩张与激荡。

花山岩画是壮族先民心智力量的辉煌表现，是最生动的生命图景，反映了壮族先民的童年天真和自由天性形成的原始审美意识。历史是绵延承续的河流，在人类生命诗性生存的层面上，人类的心灵相互感应，情感相互激发，生命之花相应开放。

（刊于《杭州师范学院学报（社会科学版）》2007 年第 3 期）

论口传文学的精神生态与审美语境

　　浩如烟海的口传文学在岁月的长河中，有的如清风掠过，在流转中遗落、消失；有的只留下花开的声音和飘散的花瓣，在空气中散发着它们的气味；更多的是犹如一条条奔流不息的河流，汇聚成浩瀚的大海。在这宽广无边的海洋中，不同的生命气象，竞相开放。尤其是那些诞生在草原上、高山中、田野里、小河边的口传文学，如藏族的《格萨尔王传》、蒙古族的《江格尔》和柯尔克孜族的《玛纳斯》等，质朴纯真，经过岁月的锤炼，在一代代人的讲述中破茧成蝶，在生生不息的传承中，滋养着一个又一个时代的心灵。记忆，就这样在口耳相传中走出了时间。

　　目前，学术界关于口传文学的概念有着较为宽泛的理解。一般而言，口传文学指的是广大民众集体创作、口头承传的文学作品。"口头文学是指民间文学中纯粹口头讲述、吟诵的口传文学或口头创作。口头文学与口头语言密切相关，是口语语言的艺术。从形式上看这类口头文学就有散说（叙事）体和韵说（抒情、叙事或抒情叙事相间）体。从体裁上看，散说体有神话、传说、故事、笑话等；韵说体有古歌、山歌、情歌、生活歌、长诗、儿歌等；散韵相间体则有谜语、谚语等"。①

　　口传文学是集体智慧和个人生命体验的结晶，以口耳相传的方式代际传承，是一种活的传统，一种与生活情景同在、与生命相依的动态的文学。口传文学是充满生命气息和自然气息的文学，口传文学的文本、传承人和民间机制是构成口传文学生态语境的重要部分。在文学审美意义上对于口传文学的研究，要突破在神话记忆和原始思维层面的论析，一个重要的任务就是要发掘口传文学在进入书面文学过程中所遗失和剥离的丰富成分，建构与之相关的现代研究体系，从而促使这一文学传统能够自然地承续。

---

① 白云驹. 人类口头和非物质遗产. 银川：宁夏人民教育出版社，2004：247.

一、口传文学的本源性与精神自律

口传文学无形又无处不在，在每个人或深或浅的记忆中，都会留存着长辈代代口传的"古经"或"故事"，这些故事或多或少地会在成长的过程中自我内化为精神的自律。口传文学是一种传统精神、人生教育的方式，是富有道德感的生活内容和感情历史，也是族群记忆的代代相传。正如入选第二批国家级非物质文化遗产名录的佤族史诗《司岗里》中所说的："如果你不知道司岗的葫芦，你就不是真正的阿佤。"同样，在苗族古歌中具有重要价值的苗族理辞"不仅仅具有'法'的性质功能，它还是苗族宝贵文化遗产的重要组成部分，是一部了解和认识苗族的社会性质、社会结构、社会关系、文化特征、历史渊源、迁徙历史、伦理道德、行为规范、哲学思想、原始宗教、世界观、价值观的珍贵文献，堪称一部苗族社会历史文化的百科全书，是文化人类学研究极其重要的第一手资料。"①

口传文学是具有灵性价值的文学，凝结着民间的情感、精神和生命，具有深邃旷远的哲理。在一定意义上，口传文学的形成过程，就是人的情感意识和道德思想不断完善的过程。口传文学用语言营构的文化空间，在精神层面形成的辐射力和穿透力，是文学的本源性所在。在民间社会，留存在口传文学中的行为规范，是每个民族社会为每一个成员制定的一套行为模式。在某种层面上，那些具有代表性的口传文学在世代相传的过程中形成了本民族的精神寄托和具有内在约束力的族群文化现象。

很长一段时间，口传文学作为文学创作不断远离文人书家的视野，渐行渐远。而如今，随着非物质文化遗产保护与研究热潮的兴起，口传文学在当代意义中又一次回归。因着对"民间意义"的亲和与疏离，口传文学也面临着理性学术方式的分层与价值纷争。尽管被置身于复杂的社会文化力量之外，口传文学的本源性价值依然被不少作家视为当下文学发展可依赖的根基和一种创作思想的延伸。

经典的口传文学是本民族精神的参照体。藏族作家阿来看到了口传文学在本民族创造和引领中的独特魅力，他对口传文学保有敏感、尊重和深刻的

---

① 吴德坤，吴德杰. 苗族理辞. 贵阳：贵州民族出版社，2002：6.

领悟："当作品一出来，再去回望思想源头时，总会有意无意地用书面文学去梳理，而把民间文学和口传文学剔除开去；而实际上，民间和口传的文学对这些作家的创作往往起着暗示作用。"①无疑，藏族的口传文学对于阿来的心灵和自我认识产生了震撼也带来了创作的灵感，成为其深入骨髓的精神气质和信仰资源，是一种对高洁、纯真的向往，一种精神源泉。可以说，口传文学是阿来文学情感的颐养和精神的自律，他一再用创作表达了对本民族文化的深深敬意。

口传文学的本源性和不可替代性就是一种精神魅力，尤其是伴随着一个民族历史演进与发展的神话、史诗，更是民族文化精神的集中体现。口传文学的浩瀚涵养着作家，浸润着作家的心灵。当代文学创作在焦虑与焦躁的辗转中，不少作家在口传文学的自在与自觉中寻找突围。借鉴口传文学的生机与活力，更重要的是在生生不息的民间传统中探求符合当下的文化精神资源和精神超越性。

民间社会有着相对独立的运转系统，民间的生态机制衍生了口传文学关于自然的原初经验，口传文学的文本向所有的生命敞开，丰富的精神内容渗透在生产、生活的每一个环节。口传文学的本源性是身心发展的自然形态，是精神的起源和道德的认知。"路途遥遥，山重水复。苗族的先人们就是这样唱着歌，从远远的西陲走来的。在湘西，在黔东，在川、桂、滇等地，到处都留下了他们的子孙，他们的谷种，他们的爱情，他们关于生和死的歌唱。每当月朗星疏之时，苗山里就会飘出清洌、尖利、高亢的歌声，牵动着满山木叶颤抖，牵动着山洞溪月碎碎的波动。这个时候，你仰望星空，也许会突然感觉到，我们的地球在这个空间漆黑的宇宙间孤独长旅，他必定要发出这种声音的"②。在这段话当中，韩少功体悟了口传文学在精神气质与审美层面追求所带来的文学的内在超越与神采风骨，他的创作在主体精神与审美意识方面自然走向自觉，以广博的民间文化地基为依托，形成当代文学一个重要的来源与维度，推动着文学追求新的境界与新的高度。

口传文学的本源意义徜徉在生活化的民间表述方式与道德人本主义的审美自觉、写意之境。"如果说作为民间之子的莫言在对民间乡土社会的感情

---

① 江胜信. 阿来：口传文学滋养我. 文摘报，2005-12-11.
② 韩少功. 民族的长旅. 柯灵. 当代中国作家随笔精选. 上. 上海：东方出版中心，1996：115.

依托中发现了民间乡土社会中所蕴含的现代生命精神,那么民间文化想象则使这种生命形象在民间文化的长河中,具有了鲜明的本土色彩和民族特点。在这一民间文化想象的艺术世界里,既有种族记忆中集体无意识的心理原型,也容纳了人类学的丰富内容。"①莫言的写作为当下的文学创作提供了一种新的经验方式,对当下文人创作的影响和重塑有着很大的影响作用,将口传文学广博的文化思想资源注入当代文学创作,以真诚作为道德范畴的概念,追寻思无邪的清净性。

口传文学本源性的意义不纯粹只是寻根,更在于发掘平民哲学、伦理生态的多重意味,对其研究要与它产生于其中的社会联系起来。口传文学的审美品质是丰富的,较之于书面文学,口传文学呈现的是一种自然的流变,追求思想、形式与语言的自在自由,激活与生活密切相关的想象,与生活产生亲切的互动。

口传文学的文学性来源于一个又一个鲜活生命的生活经历,对人生历史思考的积淀,生命与文本再度经历一代又一代的生活。尽管没有文字作为载体,作为心灵和精神修养的口传文学,其人文精神基于诚实持久的心灵表现。长久以来,人们只看到口传文学的民间性,带来对口传文学自然感觉的不敏感,似乎忽视了口传文学超越语言界限之外的"意味"。民间社会内生的生活方式形成了关于文学原初经验的思考,口传文学中的精神性,是人类精神生命丰富体验的结晶、自由的思想源泉,体现出人与文学之间的持续性与相互依赖性,这是书面文学中,作者与作品之间的不同关系。口传文学包含着个体对群体体验的感知过程,与自然、社会、历史发生着互动和变异,独特的个人体验与文本之间的交互关系。最大限度融合了人类主体文化精神和文化追求,构建语言世界的存在情怀,语言具有了超越现实身份和文化惯性的力量,流传在历史的民间大众空间。口传文学的精神生活基础,透露出宽泛的审美思想中的生态信息,口传文学蕴涵了比自身形态规约、体式传承等更丰富的"意味"。口传文学的精神追求——率性、真诚、自由和个性化风格,是一种精神生态的平衡。

口传文学的集体传承以生活本然的魅力为牵引,表达价值标准、思想倾向和自我生活立场。正如陈思和先生所指出的,在精神上抵御意识形态的控

---

① 王光东. 民间文化形态与八十年代小说. 文学评论,2002(4):164.

制，立足民间，才是知识分子的最后归宿。同时，知识分子的民间价值立场并不是与"民间自在文化"的完全契合，而是在民间状态获得独立、自由，不受外在规范制约的个性精神。民间道德的内涵是复杂多样的，内在的规约与口传文学精神的本源性相互依存，相互制约。在对口传文学的现代认知中，无疑要清除口传文学在浩瀚的累积中某些淤积的偏狭，口传文学与书面文学共同构成精神的文化互动，这才是保存口传文学的本质属性，向着文学本质的回归。

民间性的土壤是公众文化群体，口传文学既不是田园牧歌也不是田园挽歌，口传文学不仅是文学，也是一种精神现象，口传文本生命的流动与生命精神的流动形成口传文学的本源性。然而，口传文学的精神源头，也存在着现代意义的忧虑，口传文学要走出危机，必须找到重建与民间秩序亲密关系的有效途径，人文精神的倡导有利于滋养一个艺术化的群体。

二、口传文学传承与民间秩序

口传文学是记忆的传承，它的产生和传承受着诸多因素的影响，在穿越时空的口耳相传过程中，具有强烈的开放性，由此形成文本的变化和不稳定是口传文学与书面文学一个明显的区别。口传文学既是群体性的精神创造，也是包含传承人强烈的个人生命体验的创作，传承人的讲述是从容的调动并发挥意趣和灵感，是细腻的感受与真诚的表现，促使气韵流转的过程。口传文学不是一个封闭的统一体，是集体性传统与个人创造力的不断互动，是群体的审美风格与自觉的个人风格的交融过程。既要重视口传文学以集体性为基础的潜在结构，又要重视传承人在传承过程中形成思想产品的生命体验和实践活动。

在过去封闭的社会形态下，口传文学被不断地抹上一层又一层神秘的色彩，口传文学的传承与习得在普通人的心目中，带有人力无法企及的神遇。在早期社会里，口传文学的传承人不仅仅是文学家，更是传统智慧和族群记忆的保存者与传播者。一些具有代表性的口传文学的传承人通常被置于神秘和精神的领域，他们被看成是具有某种魔力和超自然的天赋，被视为神与人之间的中介。口传文学的传承包含着传承人对口传文学的融通，传承人的文化修养、文化人格、性情趣味、口才、记忆力之间的和谐内蕴着无限的丰富信息，才能确保口传文学广泛流传。

　　口传文学的传承人是具有再生能力的文化象征资本，作为一种经验的艺术，口传文学传承人的消失，意味着一种口传文学的消失，一种精神信仰的消失，一种独特话语风格的消失。不同的传承人对于同一口传文学会发展出丰盈众多的视角，视角源自于不同独立存在的个体背景，传承人借助于自己的想象来扩展和补充一个故事，由此，口传文学传承人需要有广博的知识积累、丰富的人生阅历。傣族民间的"赞哈"（歌手）传唱自古流传下来的民间口传文学，在傣族人的心目中被誉为"赞哈，就像吃饭的盐巴"。

　　口传文学的传承主要有讲述、歌唱和诵唱三种形式。尽管口传文学的传承人有着非凡的记忆力，但是每一次的展演，又是一次新的阐释和创作。即便是同一个人，在其不同时期、不同地点的讲述中，文本的具体细节都会有所变化。"口传文学作品几乎找不到它的原始版本，一直处于不断'修改'的过程中，从来没有定型作品；口传文学的创作是指讲唱者在即兴讲唱时既高度依赖于传统的表达方法（套式），又有一定创新自由度，介于创造与编排之间的一种状态；讲唱者的创作主要体现在对传统套式恰如其分的运用"。[①]

　　口传文学的文本与本族群社会情境的关系十分密切，口传文学从来就没有一个完整的恒常不变的定本所在，同一个神话或者史诗在不同人的传承过程中，也会因为传承人的知识背景、身份地位以及传诵情境的变化而发生改变。传承人在传承过程中加入自己的认知与想法，是自然的且不可避免的，生命的感悟与此地的人生境遇丝丝相扣，更增加了原始文本的丰富性与现实性，由此形成口传文学生命力的活跃、弥漫。口传文学的开放性和包容性是它古老而又富于生气的奥秘所在。

　　尽管口传文学在每一次的展演过程中都会出现不同程度的变化和创新，但是这些变动并非是随心所欲的。口传文学并非只是遵循自我情感释放与满足自我的讲述欲望的原则，在民间社会里，以宗教、仪式、习俗、惯例、节庆、听众等为载体构成了口传文学生成、传承、发展、传播、接受、评价的隐性制度系统。口传文学制度是一个自为、自足并赋予内在张力的系统，对口传文学产生制约和引导作用。例如，在表演者与听众的互动过程中，听众不仅仅是参与者，还是制约口传文学随意变动的重要因素，规范着口传文学

---

① 郑土有. 口传文学的编创律则——以"调山歌"为例. 杭州师范学院学报，2004（6）：60.

精神与观念的生存空间，具有弹性的监督和约束作用。"口传的艺术与其说是记忆的复现，不如说是艺人在同参与的听众一起进行表演的一个过程"。因此，尽管口传文学的版本纷纭，但同一故事的基本情节和脉络是相对稳定的。在当代社会里，口传文学承载着人对于传统文化的想象，这种文化想象也是一种精神资源，传承人的讲述是具有主体性的，渗透着讲述人的人身感悟和价值观念，这种变化又必须保持在一定的限度内。

口传文学的存在形式是出离了静止的程式化和规格化的牵制，口传文学的传承过程也是一个扬弃和筛选的过程，具有代表性的口传文学经历了一代又一代的传唱和不断的锤炼而完成了经典化的过程，是生生不息的富有生命和表现力的美。一个优秀成熟的传承人，在人生长途的传授与讲述中反复循环的锤炼，优秀传承人艰难的成长，是一种责任、一份承担。口传文学的集体无意识和类型化审美，更多体现出文学的心灵之事，口传文学所蕴含的美是源于集体无意识的审美积淀，口传文学的展演过程又是主体审美与人格本体的展示，是讲述人的精神、阅历、气质、襟抱、个性之美的外化，显示来自感性生命自由的审美生成。

作为集体智慧和集体想象的结晶，口传文学的传承与发展需要一个生态的环境，口传文学是一种开放的、多样的并依赖于自身生态环境而存在的艺术。个人性展演与群体性传承缺一不可，传承人内在的修养与外在的文化氛围相互影响，只有将口传文学自然地融入周围的环境才能获得自身鲜活的生命力。"在这个空间里，场域的效果得以发挥，并且，由于这种效果的存在，对任何与这个空间有所关联的对象，都不能仅凭所研究对象的内在性质予以解释"。①

目前我国在非物质文化遗产保护方面已经初步建立了国家、省、市、县四级名录保护体系。代表性传承人制度的确立，在很大层面上对于口传文学和传承人的保护起了极其重要的作用。然而，代表性传承人保护制度是一个有竞争和冲突的文化复合体，在传承人转化为代表性传承人的过程中，也明显出现了一些制度性的缺陷。传承人是口传文学生态空间中的一个部分，一个整体中的一部分。除了有身份的传承人之外，在民间也大量存在着默默地

---

① [法]布迪厄，华康德. 实践与反思——反思社会学导引. 李猛，李康译. 北京：中央编译出版社，2004：138.

传递口传文学薪火的民众。口传文学的存在，在于与其他群体的共享性与参与性，对群体的忽视，就是对口传文学完整经验的忽视，对口传文学传承本义的追求的空置。口传文学的传承需要对周围的感知、反应和不断交流，以群体为基础的公民生态环境有利于口传文学的传承。在某种意义上，生态是多种多样的物质和形式品性相互依赖的网络的存在。单一的强调传承人的作用，会导致某一或某些传承人与周围群体关系的隔离与紧张。这就是杜威曾经哀叹的"经验中的整体性元素"的悲剧性丧失，也包括将艺术孤立化并且不能充分认识到它是一种"人类协同中的力量"。①

口传文学兼具民俗学与文学的特性，民俗活动和民间群众基础是口传文学得以广泛传播和代代相传的保证。例如，姑娘出嫁时唱的"哭嫁歌"、喜庆宴席上唱的"酒曲"、丧事时唱的"孝歌"；乞子、为儿孙祈祷、禳灾免病有各种"词令""禁语""咒语""吉利词"等，都是在民事民俗活动中传播。民间社会的宗教、仪式、节庆、习俗和听众的效力体现在口传文学传播的具体情境中，有时又超出了具体的情境。民间社会中存在的活生生的肌体是民间秩序的核心，这种民间隐性的社会活动就是一种非正式制度，它们具有约束力和规范性。口传文学当代意义的激活与民间社会的整体觉悟息息相关。

如今被确认为口传文学的传承人有了体制依附，在体制和机制上建立完整的评价机制，传承人制度的确立弥补了私相传授的不足，扩大传承人的选拔进入渠道，使得更多的传承人在不同层面体现出其价值。为了更好地推动口传文学的发展，一种新的愿景也由此而生，口传文学的保护需要形成体系化、制度化、常规化的运作形式，建立一种稳定的保护制度、一个群体的制度化生存规则。口传文学是集体智慧的结晶，受一种团体制约力量的影响，有一定的组织纲领和组织形式，对口传文学的传承者和创作者提出文学规范和族群规范两种性质的要求，在一定程度上规约着口传文学的创作与传承，自觉或自发形成的团体力量，在一定程度上也对口传文学的传承与创作形成某些负面影响，造成口传文学单一化，等等。此外，在不同民族多样化的传承方式中，不同民族有着相同或相似的传承体系，在这些行之有效的传承方式中，潜藏着具有规律性的制度因素，潜入本民族个体的生活方式、思维方

---

① Alexander, Thomas (1987). John Dewey's Theory of Art. Experience & Nature: The Horizons of Feeling. Albany: State University of New York Press, p337, p348.

式，穿越历史的长河依旧发挥着惯性的作用。口传文学的形成、发展与传承依赖于各种特定秩序和模式形成的制度和制度性因素的作用与影响，其中蕴含的口传文学制度认识是口传文学生成发展的重要维度。

面对民间文学艺术的商业开发，口传文学一样遭遇着不同文化的融会和稀释，或是形成本民族的自行自足，或者只是一部分人的认同。国家法令制度对传承人的保护是口传文学得以保护的空前机遇，但是，职业化也带来消解口传文学本质的危险。过去口传文学的传承人具备多方面的文化艺术修养，保有着对口传文学的终身传讲，体现出全面文化修养和具体艺术技艺之间的关系。然而，在现代社会的评价机制中，口传文学的传承人开始从群体中分化、独立出来。传承人仅仅成为一种职业，对口传文学精神注重的忽视，传承人自身责任感的日渐衰微，功利心的日益明显，导致在本民族社会文化和精神生活中发生全面影响的传承人越来越少。一个潜在的问题开始显现：如何在当下市场经济社会和公民社会情境下，保持口传文学的自然风貌和生命特质，如何将传统走出商业化的阴影，凝化为新的源流，重新将口传文学回归于涵养人文性情的一种重要方式。无疑，对传承人文学修养和人格修养的强调，通过口传文学展示出人格心性和情韵境界，体现出一种人文合一的高妙境界，传承人要继续担负起颐养浸润本民族心灵的责任，口传文学传承的不光是技艺，还有德行。在传美、向善的基础上才能守正创新，才能从声音的传递中感受这一份生命的生动，赋予口传文学鲜活的生命力。

（刊于《文学评论》2011 年第 2 期）

女性与少数民族口传文学的传承机制

口传文学是以传承人为纽带联结而成的民间文学。"民间叙事的传承形态，自古以来就是'人'的传承，是人际关系的直接传承，是通过口耳传递深层文化信息的传承"。①口传文学因人而存在，依靠的是一个个具体生命的承载。在中国，这些传承人被称为"非物质文化遗产传承人"，在日本、韩国，他们被称为"人间国宝"。传承人性别的差异，性别比例的变化，反映着口传文学制度中生态机制的变迁。从叙事学的角度来看，作为传承人的男性和女性，尽管讲述的是同样的故事，但是在对民间叙事文本的接受、处理和传播方面有着很大的差别。"'族群'认同与区分，常以性别、阶级与地域群体之阶序差别为隐喻，以映照'我族'与'异族'间的优劣区分。在强化'我族'与'异族'的区分中，同时也强化并遮掩群体内部性别、阶级与地域人群间的不平等"。②

女性既是族群关系的一个重要透视角，亦在少数民族口传文学的传承过程中起着决定性的因素。在无文墨，以语言为约的岁月里，女性也是口传文学出色的继承者和创造者，她们以独特的方式延续和充盈着口传文学的生命，在过去与现代的时空里，造就了口传文学充满生机的生态机制。

一、女性社会、文化身份的变迁与口传文学

在中国数千年的男权社会中，妇女一直生活在社会的最底层。由于父权制对于女性的统治压迫，女性被放逐在社会历史之外。尽管在不同民族中，女性受压抑的事实和样态有所不同，但是，糅合在传统文化中对女性的压迫

---

① 江帆. 民间口承叙事论. 哈尔滨：黑龙江人民出版社，2003：93.
② 王明珂. 羌在汉藏之间——川西羌族的历史人类学研究. 北京：中华书局，2008：81.

鲜明地体现在传统文化对性别角色的规定中。

例如过去在凉山彝族家庭生活中，男尊女卑的思想像枷锁一样封锁着女性的灵魂。丈夫支配一切，起主导地位，妻子从属于丈夫，无权干预一切事务。彝族的传统文化具备了对女性进行一系列符合身份与地位属性的教育。彝族的谚语"奴上主，鸡上冠，妻上夫""人兴由妇女，人败由妇女""重煮的汤不鲜，改嫁的女不庄重""真话莫对妻子讲，我在是我妻，我死便是别人妻""贤子听父话，劣子听妻话""顺从妻就败，顺从奴就亡""鸡啄的不是粮，妇说的不成话""妻坏成家难，纠纷女作主就败""妇女不当谋士，火塘不搭桥梁""机智的女子家败，愚蠢的女子家兴""喜鹊不抓鸡，妇女不背枪"，等等，正是这种观念与约束的写照。①

又如过去纳西族岷江上游村寨中的家庭与家族是以男性为核心的"族群"。在以男性为家族主体的社会中，女性被看作是不洁与恶魔的象征，在祭林或祭山的仪式中，女性是不能上山参加活动的，因为怕玷污了神明。禁忌，代表着一种约定俗成的制度形式。"妇女在纳西族家庭中和社会上的地位极其低下，一般无财产继承权。妇女被视为'命垮'，即'女贱'。民间认为养儿是根根，养女是枝枝。轻视妇女的习惯忌讳很多，比如妇女碰见男人走过面前要起立，她们的衣物不能晾在见人之处；妇女不得在正堂住宿，不能与公公同席吃饭和随便说话，在烧火做饭时不能正面对着灶房；初一和十五，妇女不得第一个到别人家去；大年初一不许妇女第一个起床；女子十四岁后不准参加祭天活动，即使遇到公婆无理打骂和丈夫虐待，也只能忍气吞声等等。因此，勤劳的纳西族女性尽管在家务和农村生产中是主要的劳动者，却过着被压迫被歧视的屈辱生活"。②

尽管在漫长的封建社会，少数民族女性的弱者身份在现实社会中不断被确认，但是，女性还是以其独特的方式深刻影响着口传文学的产生和发展。流传在纳西族的苦歌是受压迫女性的控诉，广大女性常常以如泣如诉的"古气调"来抒发她们内心的悲苦和血泪："雪山高又高，含恨望穿山。金江长又长，苦泪流满江。磨刀不用水，怎么不进火？不愿要嫁人，怎能不想绝！"纳西族的即兴民歌是指触景生情、适应不同环境而出口成长的短歌，可以一个

---

① 祝拉体. 浅论"男尊女卑"社会性别意识下当今凉山彝族女性地位. 彝学网（网聚彝学）. http://222.210.17.136/mzwz/news/8/z_8_9738.html

② 纳西族简史编写组. 纳西族简史. 昆明：云南人民出版社，1984：115.

人高歌或低吟，借此抒发自己的欢愉和悲哀，也可以两人对唱。在苦歌中所展现的女性生活图景，是曾经受压迫的纳西族女性社会现实生活空间的缩影，是最为直观、立体的文化影像。

族群内女性集体的象征，也是女性个人文化身份的一种确认。过去凉山彝族女性在社会生活中受到歧视，凉山彝族变相的买卖婚姻从一开始就决定了女性在男方家族中的从属地位。女性集体的从属地位还可以从宗教职业中体现出来，凉山彝族的宗教职业者有两种：巫师和祭师。凉山彝族称巫师为"尼"，男女两性都可以担任，女的称"莫尼"，男的称"苏尼"，男性巫师的人数明显多于女性。祭师称为"毕摩"，"毕摩"的经济收入和地位远远高于"尼"。"毕摩"全部由男性担任，女性是被禁止当"毕摩"的。在这种情形下，创伤性的记忆或深或浅地呈现在少数民族地区的口传文学的女性形象中，因此，少数民族口传文学题材中的被侮辱与被损害的女性成为承担多重意义的表象，是女性生活史和社会身份的记忆言传。

1949 年以后，中国妇女的解放问题被高度重视，"男女平等"写进了宪法，妇女的地位得到极大提高，国家在一系列法律的制定中不断完善着对妇女合法权益的保障。在国家法律制度层面，中国妇女与男子一样获得了历史性的解放，妇女们骄傲地撑起了半边天，并以主人的形象出现在政治舞台上。这一历史进程也鲜明地反映在少数民族口传文学中的女性人物身上，在旧社会受尽奴役，而在新社会获得新生的五朵金花和阿诗玛等，成为云南各少数民族妇女形象的代表，壮族传说故事中的歌仙刘三姐也成了广西各少数民族女性形象的代表，她们成为一种民族新生的象征物，直接象征了少数民族女性整体的命运。

但是，法律、制度层面上的平等和现实社会的事实之间还有很大的差距。在现实生活中，由于种种原因，少数民族地区的女性受的教育水平远远低于男性，性别矛盾转化为根本利益一致的条件下男女两性发展不平衡的矛盾。在一些少数民族地区，现实生活中的性别歧视还是存在的。

二、女性在口传文学传承过程中的作用

少数民族女性不平等的社会地位以及由此产生的悲剧，并没有阻碍女性在情感方面的诉求。处于弱势地位的女性，虽然受到重男轻女的思想影响，

绝大多数从小就失去了上学受教育的权利和机会，但这并不妨碍她们用自己的眼睛观察生活，用自己的情感体味生活，用自己出色的记忆讲述生活。从少数民族女性自身角度看，在相对封闭的环境里，她们更多的是从口耳相传的故事歌谣中汲取精神的养分。在对祖先流传下来的口传文学的习得与传承过程中，她们又凭借自身的生活体验，在口传文学的传播过程中注入了新的内容。

农村悠闲的岁月中，女性既是口传文学接受的客体，又成为传播的主体。深厚的传统给她们传承以最理想的"发育"机会，从而造就了很多杰出的少数民族口传文学的女性传承人。

一般而言，口传文学在传承过程中，具有两个层面：一个是具有恒定性的主要故事内容；另一个是不断变动着的故事细节。尽管在漫长的口头传播过程中，核心的故事情节基本相似。但就不断变动的故事细节而言，讲述也是再创造，由此带来常讲常新、历久弥新的效果。也正因如此，口传文学叙事文本在一代又一代人的讲述中变得纷繁、复杂、丰富。

女性对于细节的描述独具天赋。"在对自然界图景的色彩感应上，满族女性叙事者尤比男性敏感和独具慧眼，如女故事家李成明讲述的《笊篱姑姑》中，绣花女接连换了六身衣服，六种颜色的裙子上佩戴着六种同样颜色的野花，色彩的丰富令人眼花缭乱，使人不能不感叹满族女性对大自然色彩的发现多么丰富，对色彩的感觉捕捉得又是多么准确"。①在对口传文学的讲述过程中，女性更善于"添砖加瓦"或是"添油加醋"，她们在讲述时更容易沉浸在自己的精神世界中，往往习惯将自己的主观感受渗透在讲述的作品里，久而久之便与口传文学之间形成一种密不可分的共生关系。而女性特有的思维方式，使她们倾向专注于存在物的神秘性，因此，在女性传承者那里对民间神灵神秘属性的展现往往保存得更加完整。纳西族的女歌手和顺良被誉为"金喉咙"，她有着惊人的记忆力和出色的即兴创作才能，15 岁就开始参加对歌活动，通过生产劳动、走亲戚和节日活动，和有名的歌手对歌，日积月累，成为远近闻名的女歌手，她是记述传统古典大调最多最完整的歌手之一。作为女性，她尝尽了人生的艰苦和包办婚姻的痛苦，也因此所唱的《游悲》和妇女悲歌最为著名，和顺良善于将自身对生命的感悟融合于纳西族民众的生

---

① 江帆. 满族生态与民俗文化. 北京：中国社会科学出版社，2006：178-179.

命本体态结构之中，表现了女性自觉的建构自我的诉求，深受群众的喜爱。

　　壮族人爱唱山歌，生产劳作、交友择偶、红白喜事和建屋出行，都会以歌代言，用歌抒情。壮族女性的社会地位和好歌善歌的基础是壮族民歌得以兴盛和传承的重要条件。如今，在广西的宜州，民间仍流传着"女人不会唱歌难出嫁，男人不会唱歌难娶妻"的说法。壮族女性文化与民歌传承有着深厚的历史渊源。壮族人认为山歌是由花婆神造出来、由仙女传教给人们的。壮族女性既是本民族口传文学的创造者，又是优秀的传承者和发展者，壮族三大悲歌中，其中有两部的作者是壮族的女性。"女歌祖、女歌仙、女歌王"构成了一系列光彩的壮族女性形象。歌仙刘三姐被壮族人民视为本民族最聪慧善歌的代表性形象，她是善唱山歌、追求美好生活的壮族女性代表，是壮族人民"以歌为乐"的民族文化心理的理想化身。直到今天，在刘三姐的故乡广西宜州关于她的传说依然广为流传，在很多民众的心目中刘三姐确有其人，他们为历史上出现过刘三姐这样一位杰出的壮族女性而深感自豪。山歌中这样唱道"三姐生在龙江滨，家住下枧流河村；门前河里鱼欢跳，屋后青山鸟常鸣。""鱼峰山下姐成仙，留下山歌万万千。如今广西成歌海，都是三姐亲口传。"胡适曾在《南游杂忆》中写道："漓水的一日半旅程，还有一件事足记。船上有桂林女子能唱柳州山歌，我用铅笔记下来，有听不明白的字句，请同行的桂林县署曹文泉科长给我解释。我记了三十多首，其中有些是绝妙的民歌。"① 歌圩是壮族的重要节日，也是壮族民间歌唱传统的集中体现和传承体系中的枢纽性环节，"男女对唱"是壮族民间歌唱的主要形式和民歌的生存根基，女性是歌圩上不可或缺的重要角色。两性互动的歌唱以艺术表演的方式，在你唱我和的展演中，女性的主体身份得以彰显，它挑战、弥补了那些不平等的性别规约，两性关系得到了某种程度的和解，也使壮族民间歌唱传统具有强大的生命力。在壮族民歌传承体系中，女歌师制、歌班制、娘教女模式是原生态民歌赖以存活及得以传承的重要机制，依附于这些秩序与规范，壮族民歌延续获得了艺术合理性与权威性。

　　女性在婚姻中的地位和状态对于少数民族口传文学的发展有着极大的影响，女性的婚姻创造了有利于口传文学传承的关系网络，出嫁的女性唱的出嫁歌则使得日常风俗性对歌活动绵延至今。苗族的婚姻习俗是苗族文化的

---

① 胡适. 胡适文集. 2. 北京：人民文学出版社，1998：340.

一大特色，苗族的婚姻歌不仅反映了这方面的习俗，而且很多记载了苗族婚姻由氏族内婚到氏族外婚，由母系制到父系制的演变过程。如《换嫁歌》三百多行，叙述了苗族由母系社会转向父系社会的变化。歌中叙述苗族古代是"蝌蚪围着古桩转，蚂蚁同巢自开亲，男人围着女人转，古老古代有章程"。后来代表男性的九贡出嫁后，帮助代表女性的格贡打退了入侵者，搬开了石头，开垦田地，种上庄稼。因此，理老们改变原来的椰规，提出"男人气力壮，防敌又开荒，改把女人嫁，旧约换新章"。从此以后，"扁担轮着扛，鱼崽换池塘，九贡和格贡，换嫁把家当"。此外，在苗族娶亲过程中的对歌和哭嫁歌中，女性也发挥了不可或缺的作用。

　　另一个女性婚姻影响口传文字的例子是壮族婚后"不落夫家"的习俗。壮族历史上曾比较普遍地存在女性婚后不落夫家的风俗。"多早婚……七八岁即有结婚者……婚日……亲友伴送女至男家，住二三日，夜间女伴同新娘共枕，新婚鲜能问津者，三日后新娘携婿归家，母家亲宾，预置冷水于门，伺婿至门则尽量倾泼……青年男女自由唱歌，唱酬即洽，难免淫奔，或有妊，而遂归夫家同居。或夫妻如仇，数十年不愿见面，因野合而成夫妻者，随处皆有"。① "不落夫家"的习俗是壮族女性自由选择的基础，也是壮族民歌制度上的重要一环。

　　值得一提的是，作为口头语言艺术的口传文学，因为不是"固化"的文字文本，因此，更加主观化和情感化，与男性相比，女性更善于以个人经验的角度观察和讲述生活，更加重视自己的情感体验和主观感受。"首先，是我的外祖母。她不动声色地给我讲述令人毛骨悚然的故事，仿佛是她亲眼看到似的。我发现，她讲得沉着冷静，绘声绘色，使故事听起来真实可信。我正是采用了我外祖母的这种方法创作《百年孤独》的"。② 女性善于从微观处感应世界，口传文学中的故事和人物、情感和思想经过女性细腻的洗滤，变得更加动人心弦。情感型的心理特质是女性传承人文化心态的一种体现，与男性传承人相比，她们对故事文本所做的加工，更多的是为了增强故事的情感色彩，其自身的情绪，也往往随着叙事的情感线起伏变化。男性传承者的多数人都有走南闯北的生活经历，在接受故事上得以广采博闻，掌握的故事类

---

① 邵志忠. 壮族婚姻文化探幽. 河池师专学报，1994（4）：58.
② 黄永林. 中国民间文化与新时期小说. 北京：人民出版社，2007：101.

型比较庞杂丰富，此外，这一叙事特点还和男性传承者在文化选择上的社会倾向较强，对身外的世界表现出更多的关注有关。与之相反，中国的女性故事家的故事多为童话和生活故事，一些乡村的女性故事家尤其擅讲一些鬼狐精怪等精灵故事，以传说类叙事为主的女性故事家极少，这与我国女性故事家在生活环境、故事活动范围、故事家传承路线等诸多方面的局限性有关，也和女性的文化心理及在文化选择上的倾向性不无关系。

在日常生活中，男性故事家和女性故事家在叙事语言运用上也存在着差异，形成不同的叙事语言模式。在叙事过程中，女性故事家的语言更接近于她们所属文化的本色语言。与男性故事家相比，女性故事家叙事语汇中的语气词、象声词比较多[①]。女性凭借自身的特点和优势在对口传文学的传播与发展中做出了独特的贡献。她们习惯从个人的经历和经验的角度观察和表现生活，遵循记忆和意绪的流动，通过素朴的、内心化的叙述，将个人的态度反映在所描绘的形象中，展示出琐细的个体生存、情感与命运的艺术意义。尽管女性在口传文学的传承中没有自己的理论，然而，在她们自觉不自觉的建构自我的主动性诉求中，为循环往复的传承带来了生生不息的创造力。

三、现代日常生活的文化空间与口传文学的传承

历史上，传统的两性制度把少数民族女性的活动范围严格限制在家庭里，少数民族女性角色的定位是母亲、女儿、妻子、媳妇和家庭主妇。由于历史、地理、自然、民族传统等因素的影响，少数民族女性受教育水平整体低于同地区的少数民族男性受教育水平，缺少接受正规教育的机会，使得女性认识社会更多的是通过父母和长辈们的言传身教。在少数民族民间社会里，围绕着女性存在着一张巨大的社会网络——姐妹关系、妯娌关系、母女关系，这些编织的网络形成了口传文学传的媒介和催化剂，婚姻成为不同种类口传文学交流的纽带。

在城市化社会进程中，少数民族农村年青女性跟以往相比，获得了进入较为宽泛职业领域的机会，女性适应社会、独立谋生的能力得以大大提高。相比之下，深受传统生产方式和传统观念影响的农村中老年妇女，则较难融

① 江帆. 民间口承叙事论. 哈尔滨：黑龙江人民出版社，2003：92.

入城市人的生活。目前，在少数民族地区，赋闲在家的多数是中老年妇女，"七个老太八颗牙"是她们生活状况的生动写照。她们往往三五成群，在家长里短的闲聊与娱乐中，传播和承继着口传文学，并从中获得强大的认同感与满足感。生活空间相对狭窄的中老年妇女，因其在城市化进程中的特殊地位，成了当下少数民族社会中承载少数民族口传文学传承使命的特殊而重要的群体。

在当下的商业社会里，和其他的民间艺术相比，口传文学显然缺乏市场前景，缺少经济效益，学习的人日渐稀少。自愿地学习与传承的女性，靠的是源自内心的热爱，这份原始和真实的热爱，实际上是身在其间的血脉相连，也是一种文化的自觉。"今天，人们仍然可以看到，那些背负着民间社会各种知识与智慧包囊的'母亲''外祖母'们，仍以其迷人的口头叙事，活跃在乡间的文化舞台。她们往往不经意地倾斜着盛满了美妙故事的'背囊'，任优美的叙事在树荫下，火盆边娓娓流淌，在山村的沟沟岔岔里盘旋跳荡，吸引、征服着新一代的听众"。[①]对她们而言，每一次的讲述，就是一次情感的宣泄、情感的交流。

通过这些口传文学的讲述代代相传，特别是经由母亲们的讲述，少数民族民族认同感和文化记忆得以维系，集体记忆所具有的确保文化延续的功能得以保留。民间社会中大量的女性，用她们勤劳朴实的努力，以见证者的身份在口传文学的传承中发挥着重要作用。

各民族的民间秩序下的体制运作有着它的独立性，因此，少数民族口传文学制度的变迁有着自身历史延续的过程、传承的理念和根基。当代社会语境中，少数民族口传文学制度面临着从族群走向民族国家的过程，面临着从原生状态到被选择、被重塑的境遇。

2005 年 12 月，国务院下发了《关于加强文化遗产保护的通知》，确定从2006 年起，每年 6 月第二个星期六为中国的"文化遗产日"。随着文化遗产保护意识的进一步提升，形成了四级文化遗产保护机构，我国的非物质文化遗产已经进入了名录化的时代。少数民族的口传文学自然也被纳入到现代国家保护体系中。少数民族口传文学从原有的民间自然自发秩序，发展到处在学理化的保护标准下。值得注意的是国家制度对于口传文学的保护是一种静

---

① 江帆. 民间口承叙事论. 哈尔滨：黑龙江人民出版社，2003：61.

态保护，在非物质文化遗产申报过程中由政府来设定操作原则，其意义在于将"部分人群"的文化遗产提升为更大范围的"国家级"文化遗产。这样以国家正式组织系统为代表的制度权威与民间社会组织系统为代表的民间权威，形成了良性互动关系。

在上述背景下，当代少数民族女性因其在社会中的地位和角色身份，在少数民族口传文学制度系统中具有独特的作用。这种独特性也建立在当代新一代少数民族女性鲜明的主体性、个性和开放性基础之上的。新一代少数民族女性既是社会生产生活的创造者和传承者，也是本民族口传文学的创造者和传承者，她们通过多种形式，在古歌、史诗、创世神话等口传文学的民间传承和传播中，融入了自身的情感、文化及经验，使这些口传文学深深扎根于当地的文化空间中。当代少数民族女性身份的重新确认，在很大程度上增强了女性传承口传文学的使命感，这也是一种女性自我生命的内在向望和自我实现的途径。

重视女性在少数民族口传文学传承机制中的作用，有利于探索一种政府相关职能部门行政保护与权利主体民间保护相结合的新思路，有利于促进特定的文化事象与特定的人群共同体之间和谐共存的对应关系的形成，形成一种活态保护。一方面重视少数民族口传文学因为变迁而流失的重要制度性功能，就是重视口传文学生产与传承中自由约定、潜在自为的功用；另一方面重视女性作为民间主体的权利，也即凸显国家组织系统外的主体性建构，有利于恢复少数民族口传文学特有的文化生态环境。

（刊于《南开学报（哲学社会科学版）》2013 年第 4 期）

第三辑　诗歌散文研究与文化审视

黑暗里的光明与光明里的黑暗（上）

——诗人朱湘与顾城的比较

　　1933 年，当上海开往南京的"吉和号"轮船抵达李白捞月的采石矶时，一个瘦高的青年，朗诵着海涅的诗篇，纵身跳入了奔流的江水中，他就是现代著名的诗人朱湘。"我与光明一同到人间！光明去了我也闭眼"（《光明的一生》）。朱湘一生追求光明，但终未能在黑暗中找到黎明的曙光。在那个苍凉的时代里，他用自己的生命向黑暗作了最后的抗争。"投入泛滥的春江，与落花一同飘去，无人知道地方"（《葬我》）。他把自己的死视为脱离苦海抵达光明的极乐康桥。"星宿死了，它们的灵魂，在太空之上，仍然灿烂着光明"（《散文诗之一》）。

　　事隔 60 年以后，1993 年 10 月，一个消息从大洋彼岸传来：当代著名"朦胧诗人"顾城在激流岛上杀妻后自缢。这个曾经写下"黑夜给了我黑色的眼睛，我却用它寻找光明"（《一代人》）等名句并在朦胧诗崛起的时代，曾给无数人以诗美的享受和光明的憧憬的诗人顾城，谁能想到在十多年以后却令世人震惊地以年轻的生命为代价，而且以同样年轻的谢烨的生命共为代价，坠入了黑暗。随之逼人而来的是一个无法令世人接受的凶残虚伪，杀人犯的形象。几年前顾城好像预见到这一点："人时已尽，人世很长，我在中间应当休息，走过的人说树枝低了，走过的人说树枝在长"（《墓床》）。

　　诗人自杀，在古今中外的文学史上并不罕见。屈原死于对真理的追问，王国维是将自己祭献于一个逝去的时代。朱湘自杀的意义既令人困惑也启人深思，为世上留下了一个诗人存在之谜，而顾城堕落犯罪的杀人自戕，更为人震惊、发人深省。他们把那个古老而常新的问题更进一步地推向后人：诗人将何为？在这一个又一个走远的背影中,难道真的显现了弗洛伊德所说的,诗人是精神病患者的代名词？诗人是离奇、癫狂和造次的人？如果从一种文学现象来观照作为诗人的朱湘和顾城的殊途同归，又会得出怎样一种象征？在这两位卓有才华的诗人身上，存在着哪些相异又相似的因素，促使他们不约而同地选择自杀来为自己青春的人生画句号？

一、纯粹诗人和童话诗人

"我所认识的朱湘是一个性情孤高的诗人，一个纯粹的诗人，他'生无媚骨'，不能容于斯世"。①这是朱湘的好友赵景深对他的评价。与顾城交往颇深的舒婷，曾写过《童话诗人》一诗赠给顾城，其中有这样两句："你相信了你编写的童话，自己就成了童话中幽兰的花。"②由此，"童话诗人"成了顾城的专指。作为纯粹诗人和童话诗人对艺术的追求和执着，朱湘与顾城确有相似之处，而他们之间的差别又是相当明显：朱湘把生命的意义沉醉在诗歌创作中，至于顾城，却将生活等同于诗歌。

在新诗史上，朱湘是一位比较特别的诗人，其特别尤其表现在他写诗的努力上。朱湘在自杀前不久写给柳无忌的信里这样说："以前我是每天二十四点钟之内都在想着作诗，生活里的各种复杂的变化，我简直是一点也没有去理会"（《寄柳无忌·五》）。朱湘死时，还不足三十岁，却已积有非同泛泛的二百多首诗作，其中内含着一份特别的执着，对新诗发展的一份特别的感情以至于痴情。他对自己的诗才颇为自负，认为"博士什么人多考得，像我这诗却很少人能作出来"（《海外寄霓君·三三》），他把写诗当成一种终身的事业，甚至宣称"朋友、性、文章，这是我一生中的三件大事"（《寄彭基相》）。柳无忌称他是"诗人的诗人"，是"新诗形式运动的一员健将"，③就连曾被他攻击过的徐志摩也称颂他是一位最不苟且、最用心深刻的一位新起作者。虽然诗人曾表白他的诗不是活在象牙塔里，但他对艺术的热忱和自觉养成的"一种纯粹的文学眼光"（《朱湘致友人书》）又将他与政治和现实生活隔绝了。他在美国留学期间，正值大革命失败，"五四"新文化运动退潮的严重时刻，他却这样地做着好梦，设想回国后开办一个"作者书店"，从此"安定了一班

---

① 赵景深. 文坛回忆. 重庆：重庆出版社，1985：145.
② 舒婷. 童话诗人. 舒婷的诗. 北京：人民文学出版社，1994：221.
③ 柳无忌. 朱湘：诗人的诗人. 罗皑岚，柳无忌，罗念生. 二罗一柳忆朱湘. 北京：生活·读书·新知三联书店，1985：56.

文人的生活，使他们更丰富，更快乐的创作"，并且设想"要是我能成功，那生活就不愁了，生活不愁之时……社会自己就会来向你摇尾了"（《寄赵景深·十二》）。文学的热情使朱湘变得格外"天真"，他以诗人的眼光观照着生活的一切，又以诗人的才情如闲云野鹤般卓尔不群。他将人生的要义，艺术的精神都寄托在诗上，一心追求纯粹而精致的诗的艺术。"朱湘，我知道什么都不顾，只有好诗你是垂涎的，放抢"（《巴俚曲》）。

而残酷的现实生活却一再打破他相信诗人应当靠诗吃饭的幻想。旧社会的腐败，教育界的门阀派系，以至于生活的捉襟见肘，偃蹇困顿，极大地扰乱了诗人长期以来用理想培养起来的心灵的安宁。孤高的理想使他在诗国中行云流水般自由徜徉，但生活的艰难，环境的冷漠却常使他脚步滞重。他对人生抱有理想，但生活却残酷地粉碎了他的梦幻。人生的苦难像一条鸿沟横卧在他的面前，面对无情的现实，他丝毫不改自己的孤高任性，依旧把一腔热情倾注在对诗神的呼唤中："我的诗神！我弃了世界，世界也弃了我；在这紧急的关头，你却没有冷，反而更亲热些"（《十四行英体之七》）。尽管在现实物质世界中他几乎一贫如洗，但在精神境界里，却富藏着他自傲于世人的才气。当理想与环境发生悲剧性脱节感时，他最后的挣扎是给自己的灵魂寻找一个安身立命的永恒依据：在诗神的呼唤中离去，用个人高洁的人格，来与黑暗龌龊的环境抗衡，以示自己与肮脏的现实社会绝不同流合污。朱湘直到赴死之际，依然保持着他与生俱来的感情处事的浪漫特质，依然保持着作为一个纯粹诗人的生命观不变。

作为童话诗人的顾城，童话意识是他审美意识的基本特征。他宣称"诗就是理想之树上闪耀的雨滴"（《学诗笔记·一》），因而他的眼睛"省略过病树、颓墙"和"锈崩的铁栅"，[①]常常凝视在雨云下忙于搬家的蚂蚁，在护城河里游动的蝌蚪和鱼苗，在屋檐下筑窝的燕子和觅食的麻雀……他却不太凝视人——"人似乎是种最令人生畏的动物"。[②]他以诗憧憬美，以一个孩子的梦，用"纯银"的声音和色彩，去构筑一个诗的花园，一个童话的世界，一个比我们赖以生存的世界更纯、更美的世界。他甚至宣布"闭上眼睛，世界就与我无关"（《生命幻想曲》），与他有关的是自然里诗一般的童话，而社会、

① 舒婷. 童话诗人. 舒婷的诗. 北京：人民文学出版社，1994：221.
② 顾工. 顾城和诗. 顾城. 墓床·顾城 谢烨海外代表作品集. [英]虹影，赵毅衡. 北京：作家出版社，1993：361.

文化则是一种压抑性的力量。"我对自然说，对鸟说，对沉寂的秋天的天地说，可我并不会对人说……"顾城的这种童话般的超然世外的人生理想，致使他日渐剔除世俗影响，一步步脱离现实，最后完全沉沦于"自我"的体验中，以至模糊了童话与现实的界线。他不仅在诗歌中，而且还要在生活中营建一个童话世界，一个梦寐以求的天国花园。他像堂·吉诃德，在不断的流浪生涯中试图寻找与诗中所描绘的一切相似的空间。他企图将世界读解为诗，以诗来进行自我求证："我要完成我的工作，在生命飘逝时，留下果实。我要完成生命里注定的工作——用生命建造那个世界，用那个世界来完成我的生命"（《诗话散文·之一》）。

他以童话王子的眼光，以个人内心的理想为最高标准，挑剔着纷乱的尘世和真实的人生，向往在世外的桃园和童话的世界里，过率由性情的生活。因而，他既在逃避，又在寻找，从中国到德国，从德国到新西兰，从新西兰的奥克兰又到了遥远的激流岛。他在追寻一块理想的净土，追寻一个漂移的精神故乡。激流岛这个似乎"没有被污染的远方"，好像已被顾城找到了。他以极大的热情和毅力，亲自动手修房，寻找食物、养鸡、开荒，他要修一个城，把世界关在外边。眼看着那建筑在半空中的天国花园的理想就要实现，随着英儿的陡然离去，他那苦苦经营的"太虚幻境"竟不堪一击地粉碎了。而最终，他寻找到的这个天堂却在一个瞬间变成了地狱。

"我是一个悲哀的孩子，始终没有长大"（《简历》）。对诗，对自己，对世界，顾城可以说十多年一以贯之。他有一颗任性超越于现实的心灵。他习惯于把幻想的童话的纯洁代替真实的生活，而生活就是活生生的现实。最终他无可逃避地选择了拒绝生活："我本不该在世界上生活，我第一次打开小方盒，鸟就飞了，飞向阴暗的火焰"（《失误》）。

有人简单地把诗人划为两大类：一类是把诗当作欣赏和消遣之物，诗与生命本体并无大相涉的"技艺型"诗人；一类是把诗视为生命的全部，生存的方式，以诗学为主的思辨哲学，也就是生存的哲学的"存在型"诗人。如果这种分类能够成立，那么，朱湘和顾城很显然归属于后一类，归属于那种对艺术的热情多过于对生活的思考，诗和生命二位一体的纯精神诗人。诗歌是朱湘生命的重要意义，而对于顾城，完全把诗当作了唯一生命方式，唯一逻辑，唯一人际关系处理原则。

二、梦想的港湾和幻型的大厦

鲁迅曾指出"人生不可知，社会不可恃，则对万物之不伪，遂寄无限之温情，一切人心，孰不如此"，①朱湘正是如此。

生活中的朱湘，是一只背负着命运苍凉的孤雁。他曾写过一首追怀屈原的十四行诗，其中有这样两句："在你诞生的地方，呱呱我坠地。我是一片红叶，一条少舵的船。"朱湘有过切肤之痛的人生不幸境遇，他孤清不群，怀才不遇，与家庭、社会、学校格格不入，只有诗歌是他摆脱尘世俗累，忘却生之烦恼，获得温情，获得灵魂自由的圣殿。朱湘认为"诗歌本是情感的产品，好像宗教那样，它本是人类的幻梦的寄托所，人类的不曾实现的欲望的升华"（《文学谈话·文以载道》）。由此可见，朱湘作诗，并不着眼于抒写现实的社会人生，而是侧重于创造理想的世界。人世的辛酸，并没有惊动他，反而促使他更沉醉于梦境。诗歌，正好是他所有梦想停泊的港湾。

"凭了这一支笔，我要呼唤玄妙的憧憬"（《栾兜儿·十四》）。在现实的灾难中，朱湘比同时代人多领受了一份，然而那份灾难，又为"勤学"所掩盖了。朱湘的生活焦躁，而诗则平静，生活使诗人性情乖僻，却绝不在他的作品上显示纷乱。朱湘的诗是一个充满了和谐美的世界——和谐的音节、和谐的色彩，和谐的情感……他以一颗纯真之心亲近自然，抒写人性，其中表现的或是些许欢愉，或是一份宁静，或是几丝忧思，无不透露出一派安详和柔美。他希冀用柔软的调子，清秀的笔法，为人们勾勒出他心目中的一个古老而悠远的梦想，那儿没有苦难，没有冲突，只有爱，只有和谐的美的大千世界。《小河》《采莲曲》是这一方面的代表作。大自然的美与纯净，是朱湘孜孜以求的，它既吻合一心追求纯粹而精致的诗的艺术的青年朱湘的心理，同时又与其孤高不随俗的个性相呼应。他是以自然诗人的身份，编织着自己的诗的画卷。在他描写自然的短诗中，如《春》《春雪的早晨》《北地早春雨霁》《等待了许多的春天》中，诗人以同样欢快的情绪，描绘了一幅幅充满浓郁春气息、清丽和谐的风景画。即使是描绘寂寥衰败的自然景物，也寄托着内心的憧憬："有风时白杨萧萧着，无风时白杨萧萧着；野花悄悄的发了，野花悄

---

① 鲁迅. 摩罗诗力说. 鲁迅全集. 第 1 卷. 北京：人民文学出版社，2005：88.

悄的谢了；悄悄外园里更没什么"（《废园》）。诗人描绘了一幅清疏幽淡的风
景画：遗世独立的白杨，与世无争的野花，听凭自然之指令，迎合岁月而交
替枯荣。有一份悠然，也有一份凄寂，然而，没有人世间的争斗，远离"文
明"的尘嚣。这样的世界，也正是朱湘心向往之的。沈从文曾这样概括朱湘
的诗风："能以清明无邪的眼，观察一切，无渣滓的心领会一切——大千世界
的光色，皆以悦目的调子，为诗人所接受，各样的音籁，皆以悦耳的调子，
为诗人所接受，作者的诗，代表了中国十年来诗歌的一个方向，是自然诗人
用农民感情从容歌咏而成的从容方向。"①

　　朱湘并不完全与"人生"生疏。他有着强烈的爱国主义精神。他留美不
足三年，却转了两次学，都是为了维护中国人的尊严，他不媚于俗，不屈于
外，不能容忍任何对中国人的歧视。在他的诗歌中不乏爱国的篇章，如《热
情》《答梦》《少年歌》《哭孙中山》等表现了朱湘积极的追求，对国事、对社
会的关注，它们证明了诗人并不是想造一座象牙塔，但由于他对革命、国事
的认识不深，这些作品从构思到思想都立足于不切实际的天真梦想，都明显
地带有刻意经营的痕迹。尤其是《哭孙中山》这首诗，更是显得苍白无力，
缺乏深刻感受。诗人的爱国主义情感是浓烈的，而他的爱国又总与幻想紧紧
相连，致使他无法对社会对现实作出清醒的思考，他了解"如今的中国正在
饿着肚子"，但没有深思酿成这种局面的原因。他控诉了社会对诗人的冷漠，
却没能开辟改造社会的新路，更多时候把诗作为逃亡内心痛苦的处所，他徘
徊在诗歌的小圈子里，流连在古典的境界里，陶醉在典雅的梦境中。如《晓
朝曲》《摇篮曲》《催妆曲》，在这些诗中，诗人创造了一个个非常优美的艺术
境界，一个个没有矛盾和人世间苦恼的天地。而这样的歌声，在那样的时代，
只能存在于朱湘的梦中。这样的感情和思想，明显游离了当时的现实。追求
诗歌的纯粹性，追寻艺术的精致性，牵引着他不知不觉地在思想境界和情趣
性质上与同时代的进步精神拉开了一段距离，越来越深地沉溺在自己制造的
幻影里，以致迷失在自己的内心世界里。涌现在诗歌里的一个又一个的梦幻，
不仅是朱湘抵御世俗的武器，还是他支撑未来岁月的食粮。

　　"我在幻想着，幻想在破灭着；幻想总把破灭宽恕，破灭却从不把幻想
放过"（《剪接的自传》）。这是 1969 年顾城随家下放，在临离北京之前，发出

---

① 沈从文. 论朱湘的诗. 文艺月刊. 第 2 卷第 1 期，1931-1-30：47.

的一种感慨。虽然较为悲戚，但也表明少年顾城开始以自己稚嫩的生命意志，解决他的幻想与时代灾难之间所造成的痛苦。他的幻想尽管在客观现实中遭到破灭，但大自然蒸腾的无限生机，又诱发着他的幻想无拘无束地发挥。"当我在走我想象的路时，天地之间只有我和一种淡紫的小草"（《学诗笔记》）。在长期与大自然身心交融的过程中，顾城发展了他的审美直觉捕捉能力。透过大自然光和影的奇妙变化，顾城窥见了生命的另一重自由境界，大自然因而同化到顾城的心理结构中。他在自我与自然之间寻找出了一种新的和谐和完美的联系。从此以后，顾城不仅凭借着他禀赋的直觉力，捕捉到了他的"幻想"可能实现的实质内容，而且也找到了实现这种可能的审美方式——"大自然给了我诗的语言"（《剪接的自传》）。1971年7月，顾城用激动的手指在沙滩上写下了《生命的幻想曲》，以未经社会污染的纯清的童稚目光，投射到光和影变幻的运动方式所复合的诗美的对象世界中，努力想让人们拾起童年的记忆，抖落上面蒙上的"岁月的尘沙"，回到与大自然处在密切关系的童年时代中去。他用清脆的风铃般的声音，给人的心灵以抚慰，满足人们对美、对和谐、对纯净的境界的向往和渴望。《生命的幻想曲》第一次成功地显示了顾城全新的审美实践，初步建立了顾城独立的诗歌话语状态，也可以说是奠定了他以后创作的大致方向。

"世界也许很小很小，心的领域很大很大"。①如果说充满童心爱心的泛灵论是顾城创作的温床，那么，随着岁月的增长，顾城不断地在这个温床里构建的是一个幻型的大厦，一个与世俗世界对立的天国花园。星星、紫云英、蝈蝈、风筝、钓鱼竿、露珠、雨滴这些引发儿童奇想、晶莹透明的东西，是这个大厦里经常出现的物象。童贞的纯稚、梦幻的迷离、浪漫的奇诡是构成这个大厦的三大因素，其中的童话意识是这座大厦的基石。在创造童话意境中，顾城又特别张扬着梦幻和异想的翅膀，在传达显意识内容的前提下更多地涉足于人的潜意识领域，从而打破了物理世界的具体束缚，展现出一幅幅神奇莫测、变幻多姿的视觉画面；物理时空经过主观意识的重新调配组合，显现为心理时空的形式。顾城早期的梦，尽管经过精心的主观变形、组合，梦的生成还带着比较明显的线性思维逻辑，有着比较明确的主题。它的传达手段常常是我梦、我梦到、我梦想的模式及其相应变奏，直接而明白，通过

---

① 舒婷. 童话诗人. 舒婷的诗. 北京：人民文学出版社，1994：221.

透明而姣美的意象中介，把读者迅速导向童话境界。后期的梦则更多介入超现实主义成分：意识流的泛滥，梦幻神秘的氛围，并且把其他奇诡的意识、悟性、臆想推向极端。它们是那样零碎、飘忽、游移、断片、跳脱，没有承接，没有过渡，像是把各式各样的思想零乱地装在一个盒子里，拿出什么就写什么，无一定系统。如《布林》"玻璃杯里装着葡萄的血，铜钟里装着空气，在死亡爱好者的嘴里，安放着催泪弹和千言万语"；又如《桌子》"门开过，里边没有人，里边什么也没有，用刀去摸……湿头发黑头发头发头发活了"。诡异得令人目瞪口呆，感觉是一团纠缠不清的乱麻，这一切荒谬得如同在另一个星球进行，它已经接近顾城幻型大厦的顶峰了。那个把艺术家视为半个疯子的弗洛伊德曾经预言过："如果幻想变得过于丰富，过分强烈，神经官能症和神经病发作的条件就成熟了。"①

顾城在"稚弱的"童话中一直未能健康地成长，因为他从对时代与个人的反思中，获得的不只是一种沉重及由此而来的对改变现实的愿望，而且有无法避免的对现实未来的失望。他的童话般的幻梦实际上是他逃避现实，对抗现实的一种方式。但是他内心的冲突与苦恼，并未能在逃离现实中消除。由于对现实世界观察的片面，对现实世界过多否定，顾城自己给自己创造的这个既远离现实，又充满幻象幻影幻型的、自足的虚幻的世界，时常发生裂痕，不时发出崩裂的响声。"我和这个世界对抗的时候，就像一只小虫子在瓶子里碰撞，就像孙悟空被扣在一个小瓶里，想逃走。他一会儿放大自己，一会儿又缩小自己，用一个小针钻洞……没有一种方法能够解决生命的矛盾……我没有办法对抗现实……我没有办法改变世界……我没有办法在现实中实现自己……就依靠着一根拐杖。当这支撑物崩塌的时候，我就跟着倒下去"（《从自我到自然》）。

作为文化人，顾城却满怀着与文化对抗的情绪，在他拒绝了用社会群体的意志创造天国后，又幻想着用他对"个人主体"的沉迷和对自然的发现达到主/客体的最终同一与和谐，遗憾的是他从根本上缺乏像郭沫若当年那样，以为科学和民主能够使国家在烈火中更生的自信和展望。在《女神》中，虽然诗人与社会的现实存在着尖锐的对立，甚至让人觉得现实的空间在他的诗

---

① [德]弗洛伊德. 创作家与白日梦. 朱光潜译. 伍蠡甫. 现代西方文论选. 上海：上海译文出版社，1983：143.

中是那样丑陋、狭窄，根本不能调和，但即使如此，他也有自我与自我的握手言欢。在他的代表作《凤凰涅槃》中，虽然当他把自我放在宇宙的阔大空间里，像屈原那样讨论宇宙存在与不存在，个体生命是有限还是无限的问题，有自我与世界深刻的对立，不能调和的悲哀，但他终能给我们一个自焚后更生的美丽展望。纵然个人经验和文化背景迥异，流露在顾城诗歌中的戏剧性的矛盾思想，却与拔着自个头发要离开地球无异。他那苦苦经营的，从根本上对抗着一切社会形态的幻型大厦，也一样悲哀地陷入了无法自拔的虚幻境地。

　　从上面的分析，我们不难看出，朱湘和顾城都是十分相信诗歌艺术功能的诗人，甚至把诗歌当作灵魂、思想的藏身之地，他们所营造的那个艺术世界是内缩的、自足的，是人生的自我实现的途径。而他们的艺术世界又存在着一个本质的区别：诗歌之于朱湘，是梦想的港湾，精神的支柱，希望的寄托。在黑暗现实的压迫下，他甚至于把自己视作诗，企图游离在现实之外，做一条在时代洪流中独自存在的宁静的小溪。于是，追求诗歌的纯粹和精致，追求个人的理想，致使他在不知不觉中脱离了现实，徘徊在诗歌的小圈子里，挣扎在政治风暴之外。而顾城，却用他对"个人主体"的沉迷和对自然的发现，力图营造一个脱离现实的幻型大厦。幻想曾使他在诗坛中脱颖而出，而过分扩张和发达的，并且是不切实际的幻想，又将他推向了生命的虚无，顾城对幻想的过分依恋是以对社会的逃离为代价的。"我是一个被幻想妈妈宠坏的孩子"（《我是一个任性的孩子》），像顾城这样一个活在文字与幻想之间，永远无法在现实中清醒的人，却又纠缠在无法解脱的，必须直面的生存与理想的矛盾之间，这一切，使他时刻为某种悬浮感所攫持，越走越恐慌，最终走到了与社会对立，与人生为敌的那一面。

　　　　（刊于《广西民族学院学报（哲学社会科学版）》2001年第1期）

黑暗里的光明与光明里的黑暗（下）

——诗人朱湘与顾城的比较

一、自由的天堂和自我的囚笼

　　20 世纪的诗歌，充塞着痛苦、焦灼、绝望和希望，同时也焕发着激情、理想、灵感和创造。在胡适倡导"诗歌革命"，并提出把一切束缚诗神自由的枷锁、镣铐统统推翻，实现"诗体解放"的主张后，以《新青年》和《新潮》为中心的诗人群，大都陆续停止了新诗创作。从"诗体解放"入手的声势浩大的中国新诗运动，出现了"中衰"，新诗运动趋于低潮。六七年来的新诗创作在新文学运动中的历史功绩自然不可低估，但作为"五四"文学革命起步最早的文学样式，除郭沫若的《女神》之外，其他已取得的创作成就，却不能令人满意。其原因在于：尝试期的新诗在变与不变、继承与革新的关系上没有得到切实的解决。

　　1926 年 6 月，北京《晨报》副刊《诗镌》创刊，沉寂了 3 年的新诗运动恢复了它的蓬勃的活力。《诗镌》由闻一多、徐志康、朱湘、饶孟侃等合编，"他们要'创格'要发见'新格式与新音节'。"①梁实秋说"这是第一次一伙人聚集起来诚心诚意的试验作新诗"②。虽然《诗镌》只办了 77 天，新诗格律化的主张一时间却风靡诗坛。围绕着《诗镌》活跃在新诗坛上的格律诗不仅是对声势浩大的白话诗运动的冷静反思，同时也是在总结初期白话诗创作的经验教训之后在更高层次上作出的新的努力；是诗人们破坏旧诗之后，对

---

① 朱自清. 中国新文学大系·诗集导言. 上海：上海良友图书印刷公司，1936：5.
② 朱自清. 中国新文学大系·诗集导言. 上海：上海良友图书印刷公司，1936：6.

新诗的健康发展切实的构想和建设，是在继承与借鉴基础上的创造性的革新。这是"五四"运动前后新诗发展的脉络，也是诗人朱湘从事新诗活动的文学背景。

同样，顾城诗歌创作的成熟期，也正是中国诗坛面临新的转折时期。20世纪 70 年代末、80 年代初是新诗充满希望的痛苦的蜕变期。它的深刻性和历史必然性，只有"五四"的新诗可以相比。新诗处在了发展的第二个青春期，诗坛出现了多种风格、多种流派同时并存的趋势，出现了"五四"时期那种自由，充满创造精神的繁荣。朦胧诗的出现，成为诗坛上引人注目的现象。一批年轻的诗人如舒婷、北岛、顾城、杨炼、江河等，以其独特的音响旋律，引起整个诗坛极大的震动。他们大胆开拓诗歌的艺术领域，用非传统的、新的审美观点和表现手法来表达，抒发对时代、国家、人生的深邃思考和复杂心绪。他们的一些诗作，打破了时空秩序，选择了奇特的视角，捕捉瞬间的感受，加上跳跃性的结构，象征隐喻的手法，使人们阅读起来不再像过去那样明晰易懂，而需要反复揣摩、感受、探究。这样的诗一度被人们称为"朦胧诗"。

崛起的"朦胧诗"，不再像过去流行的作品那样，成为政治口号的传声筒或对生活表象进行肤浅的描摹，不再是一种外在激情直露的宣泄或对一些众所周知的思想反复表白。他们更加注重诗人的个性、素质，注重诗人通过自我对世界、对人生的独特艺术把握，直接把诗的笔触，伸入人们的心灵，发掘蕴藏在人们心灵深处的奥秘，同时注重吸收外来诗歌的营养并进行大胆的创新和开拓，表现出一种现代意识和开放倾向，表现出一种新的美学概念，表现出一种走向世界的趋势。顾城是新时期诗坛上引人注目的新星。

作为诗人的朱湘和顾城，他们对中国新诗的发展作出了各自独特的贡献。沈从文认为郭沫若、朱湘、徐志摩、闻一多是新诗尝试期之后影响最大的四个诗人，而朱湘则名列第二。他说："朱湘是个天生的抒情诗人，在新诗模式上的努力，在旧辞藻运用上的努力，遗留下一堆成绩，其中不少珠玉。"[①]苏雪林赞扬朱湘的诗在音节方面"有异常的成功"，他艺术水平最高的作品，"与闻一多《死水》里的作品也不差多少"。[②]这些赞许，尽管不一定很合适，

---

① 上官碧（沈从文）. 新诗的旧账——并介绍《诗刊》. 大公报·文艺，第 40 期，1935-11-10.
② 雪林女士（苏雪林）. 论朱湘的诗. 青年界，第 5 卷第 2 期，1934-2：6.

但也充分肯定了朱湘在新文学和中国现代诗歌史上的地位。顾城是以纯银般的回音追求他的审美价值，因而在新诗潮中风格迥异，成为"朦胧诗"派代表人物。早期的几首好诗，奠下了他作为朦胧派"诗星"的尊贵位置。他在1980年获选为中国最突出的青年诗人。1981年获得《星星》诗歌奖。以后，他为自己塑造一个头戴烟囱型高帽的怪异形象，引起了中外诗坛的瞩目和惊奇，1987年应邀出访欧洲，在德国、瑞典、英国、法国等国家讲学，具有一定的反响。

纵观朱湘和顾城的创作轨迹，不难看出，他们诗歌的黄金时期和高峰时期都在前期。朱湘是在"五四"文学革命热潮中走进诗坛的。1925年，《夏天》出版，它标志着"青春已过，人了成人期的意思"。在这二十几首短诗中，无论从思索问题的深度到艺术风格的特点来看，都可以视为诗人少年学步中所留下的点点屐痕，其中已经透露出了诗人艺术想象的才华和驾驭文字的能力。

1925年到1926年，这是朱湘创作的成熟期，《草莽集》的问世，是新诗史上的一个可喜的收获，这个诗集里收集了诗人1924—1926年诗作二十四首，它不仅深为诗人自己所珍爱，也一向被许多评论家认为是诗人创作走向成熟的标志。女作家苏雪林说："《草莽集》虽没有徐志摩那样横溢的天才，也没有闻一多那样深沉的风格，但技巧之熟练，表现之细腻，丰神之秀丽，气韵之娴雅，也曾使它成为一本不平常的诗集。"[①]《草莽集》与《夏天》相比，有了更惊人的进步，它少了一些天真和稚气，多了一些思索和深沉。沈从文在《论朱湘的诗》一文中说："《草莽集》才能代表作者在新诗一方面的成绩，于外形的完整与音调的柔和上，达到了一个为一般诗人所不及的高点"。[②]

与朱湘相似，顾城也是一个富有才情的早熟的诗人，也可说是个神童诗人。顾城在他刚刚学着观察人生的时候，便遇到了一场旷日持久的政治风暴。童年和少年时代的美好憧憬和梦幻被击碎了，破灭了。同猪和海洋、天空一起生活了几年的顾城，找到了诗这种形式来表现这场风暴和风暴平息后的情景，他更多的希望寻回失去的天真、友谊、信任和温暖。1971年，在他对人

---

① 雪林女士（苏雪林）. 论朱湘的诗. 青年界，第5卷第2期，1934-2：1.
② 上官碧（沈从文）. 新诗的旧账——并介绍《诗刊》. 大公报·文艺，第40期，1935-11-10.

生充满梦想与希望的时候，15 岁的顾城便写出了代表作《生命幻想曲》，当这首诗 1979 年在共和国的天空下重新奏鸣，立刻引起了普遍的反响，1979年至 1984 年是他创作的高峰期，这时期的大量的童话诗清纯洁净，清新可喜。另外还有一些由于受到"文革"时期冲击和伤害而写出的语言纯净、意象简明、现实感和时代感强烈的"朦胧诗"，闪烁着令人目眩的光华，如《一代人》。此外，他还满怀同情和理解地为自己的父辈唱出了《北方的孤独者之歌》，诅咒了一个禁锢自由、扭曲人性的浑浊时代。他也以可贵的勇气写下了《永别了，墓地》，为同代人的悲剧命运作了大胆反思。顾城对于强力的社会主体话语的思索异常的尖锐，他从个人主体的话语所作的追问也异常的动人而有力。在那个时期，他成为众多文学爱好者仰慕的明星。他的诗在街头巷尾，在大学生宿舍的台灯下，在编辑的手中纷纷传阅和争论。

这一时期顾城写的诗，除了在摇篮曲般轻柔、宁静、和谐的"童话"式诗情中，还存在"骚动和不安"，其另一面诗的主题是："我开始想到无限和有限，自然和社会，生的意义，开始想到：死亡——那扇神秘的门"（《剪接的自传》）。1983 年，他写了《静静的落马者》，在这首诗里这个曾经赋予了他创作生命的大自然，此时，变得异常灰暗。1984 年他的一首《硬币中的女王》更是直接面对死亡，在这样一位青春诗人的笔下，倾溢着的死亡和恐怖之气令人不寒而栗。

艺术家是被驱赶的人，除了超越，他别无选择。作为朱湘，他从幼稚的"夏天"，踏过葱绿的草莽，又跨进新辟的"石门"。1962 年以后，特别是他回国以后所写的诗大都收集在第三部诗集《石门集》内。大约是贫穷的诗人尝够了人世间的酸辛，所以在他的这部作品中不少诗作显得特别凄苦和幽愤，倾吐了对人生的无穷喟叹："我情愿拿海阔天空扔掉，只要你肯给我间小房——像仁子蹲在果核的中央，让我来躲避外界的强暴"（《十四行意体·二》）。"给我一个浪漫事，不论是'凶狠'，'罪恶'安排起圈套等候'理想'……只要一个浪漫事，给我，好阻挡，这现实，戕害生机的；我好宣畅，这勇气，这感情的块垒，这纠纷……"在这里，《草莽集》那种平静的调子已经很淡漠了，个人内心失望的痛苦和对社会人生的冷嘲讥刺，使得不少诗篇在说理的外衣下，埋藏着穷愁潦倒的悲凉情调和失望的呼喊。正如钱光培先生所说："如果我们在读他'草莽'期的作品时常常感到头上是清朗的蓝天，眼前是明媚的春色；那么我读到他'石门'期的这些诗作时，就会觉着头上有铅似的沉云，四周是令人窒息的阴霾了。"①

　　如果说"第三编"的诗歌是朱湘在新形式上的又一次大胆的试验，那么只能说新诗发展史上一次不太成功的试验，他采用了欧美的两行、四行、三叠令、回环调、马理曲、杂兜儿、十四行英体及十四行意体等格式写作，单单十四行英体就有 71 首，很难想象朱湘为了写作这编中的诗，到底花费了多少时间，而且，每首都是苦心经营、严格推敲、带有明显的纯文学倾向，像在《草莽集》中，朱湘由于过分据守字数相等的外形整齐，想由此而形成一种"几何的美感"，就曾被讥为"豆腐干诗"。这种情形，到了《石门集》的十四行诗中依然存在，而且更发展了遣词断句方面生硬堆砌的毛病。那种模式把一个整句截成两段，分置甲句之尾，乙句之首，显得非常别扭，生硬艰涩，从而脱离了民族诗歌的传统和审美习惯。而固执的朱湘，又特别拘泥于字数的整齐和严守西洋诗体的规则，给人一种削足适履的感觉，从而破坏了诗的音响效果。新诗从旧诗的束缚中解放出来，却又套上了洋的框框。由于单纯地追求形式美，这些诗虽构思精巧，设喻奇妙，内容上却因缺乏坚实的基础，而显得单薄贫乏，即便再好的写作技巧也无力彻底补足。"纯文学"的观念，给朱湘的诗带来了很大的局限，使得他的诗无法与年轻一代从心灵上沟通，缺乏活力和朝气，丧失了与时代并进更新之机时。"我们读了这本诗集，大概会感到诗人不得不死；集子里充满了厌恶、潦倒、悲观情调。诗人对人生有了更深彻的体会，但也因此引起了更大的失望。"②纯粹的文学眼光，像一堵高墙，把他封闭在围墙内，最终只形式上貌似丰富，内容上实则单调。

　　从朱湘的创作轨迹来看，他最初赞美大自然，沉浸于美好的理想世界，追求心灵的和谐与美，到逐渐在现实中惊醒，又到遭受精神的轰毁，理想的破灭，成为抒写人生痛苦悲伤，诅咒社会黑暗的诗人。而当年与他一道崇尚唯美主义，主张为艺术而艺术的闻一多，却走出与他恰恰相反的创作轨迹，闻一多的情绪在《死水》集里已从悲剧的沉沉死气中脱解出来，走向振作与奋起，他以饱满的热情创作了更富有乐观精神的诗作：《渔阳曲》《洗衣歌》《静夜》。他敢于直面人生，急于投向火热的生活。这种在绝望中搜求希冀，从毁灭中铸造新机的念头和高度的乐观情调，正是朱湘所缺乏的。

---

　　① 钱光培. 现代诗人朱湘研究. 北京：燕山出版社，1987：247.
　　② 罗念生. 评朱湘的《石门集》. 罗皑岚，柳无忌，罗念生. 二罗一柳忆朱湘. 北京：生活·读书·新知三联书店，1985：85.

至于顾城，他所踏下的创作轨迹与朱湘有着相似之处，但他在消极的方面走得比朱湘要远得多。1983年是"朦胧诗"诗人纷纷转向的一年，江河、杨炼转向寻根，北岛转向哲理的深沉……而顾城在写了《永别了，墓地》后，他的意识愈来愈脱离现实生活层次，醉心于自我，遁入一个纯粹的精神境界。1987年顾城不无骄傲地画出他离开"朦胧诗"的轨迹："他们中有些人重新归于文化，有人却留于文化之外的自然"（1981年英国汉学会发言提纲），后一个"有人"也许只是单数。1985年以后，新生代诗人崛起，诗坛格局发生重大变化。同属朦胧诗人的江河发表了组诗《太阳和他的反光》，一时之间轰动诗坛。而顾城的创作却未能发生新的嬗变。类似的内容、格局与手法的一再重复，使他逐渐退出了诗坛关注的中心地位。1987年顾城出国了，在迥异于母语的国度里，顾城并不能在另一种陌生的语言里获得拯救。作为一个作家，如果他不能首先站在他自己国家的那块土地上，这个世界就没有他站的位置。异国他乡，顾城得到的更多是一种无法创作的窒息感、焦灼感与孤独的伤害。而西方现代诗无法"教"他和"救"他。当童话境界已不足以满足顾城去调整内心悲苦的时候，作为一种心灵"逃亡"的艺术，在他的诗中已有了谋杀、自杀、斧杀或枪杀各种方式和用麻绳绑于树上套圈自缢……等等幻想。"死"变成了他诗中的一个贯穿的主题："死，死的光荣谁都需要，欢迎死神的仪式，比欢迎上帝，还要热闹""死亡是一个小小的手术，只切除了生命，甚至不留下伤口，手术后的人都异常平静"（《顾城新诗自选集》）。

"死，像一缕美丽的紫光，紧紧追踪着他"，[①]死亡对他来说是那么宁静，那么美，闭上眼世界就不复存在；进入梦，无为就转成无不为，死亡解决了一切生之悖论。顾城一直在他的诗中预习死亡。这种意识一点一点地累积，浓郁起来，渐渐成为他负面的生命背景。不难看出，在他的诗歌中，光明已减退得无影无踪，阴郁灰暗的色彩愈演愈浓，几乎看不到一点光亮，他走进了一个诗学的死胡同——通向死亡的胡同。

对于顾城和朱湘这样的两位执着于自己个性的诗人，起步于不同的取向，却踏下了如此相近的创作足迹。在后期的创作中，他们不同程度地走着下坡路，再难聆听到他们活泼生动的声音了。诗歌创作的枯竭感追赶着他们，艺术创作的自由的天堂，竟变成了他们囚禁自己的樊笼。一般说来，一个诗

---

① 王小妮. 死的光追上了他——忆顾城. 作家，1994（1）：64.

人，如果内心充溢着强烈的生命力，感到有许多话还没有说出来，他是不会轻易自杀的，只有在感到某种程度的"江郎才尽"之后才失掉生活的热望。

从憧憬自由、向往光明，到痛苦幻灭、颓丧自沉，朱湘走着一条艰难坎坷的人生之路，"若是一条路也没有，那时候，便也可以问心无愧了"（《寄柳无忌·五》）。这是朱湘在世前一个月写给柳无忌的一封信里的一句极为伤感的话。其中似乎已经暗示着什么，领悟了什么。

从天真童趣的童话诗人，到灰色恶毒的死亡诗人，顾城用他的诗显示了浪漫的童话天国和黑洞般的神秘地狱之间只有一步之遥，而顾城在有意和无意之间，就滑过了这一界限。

二、悲剧的解脱和解脱的悲剧

为什么，像朱湘和顾城这样的曾经高昂着热情，一度给人们以生活希望和启迪的诗人，都不约而同地相继去拥抱黑暗和死亡呢？

朱湘和顾城都是寻找光明的诗人，他们找到了光明没有呢？好像都没有，朱湘控诉和揭示了社会的黑暗和诗人的悲惨境遇，可是他没有去开辟改造社会的新路。朱湘的诗所追求的，是在旧世界中立脚，他的生活限制了他的世界和胸怀。他没有像同时代的诗人，如郭沫若、殷夫、蒋光慈那样向旧社会、旧制度发起猛烈的攻击，也缺乏闻一多那种否定昨日之我，严于自我解剖的勇气。他始终徘徊在诗歌的小圈子里，在音节的高低与对称的多寡上推敲。他在《梦苇的死》一文中所描述的，恰好是也自身的写照："孤鸿在寥廓的天空内，任了北风摆布，只是对着你身边漂过的白云哀啼数声，或是白荷般的自污浊的人间逃出，躲入诗歌的池沼，一声不响低头自顾幽影。或是仰望高天，对着月亮，悄然落出晶莹的眼泪，春天河边坠下了一颗流星，你的灵魂已经滑入了那乳白色的乐土与李贺济慈同住了。"而到最后，他本来寄予了理想，欲借此获得精神和物质上满足的创作活动，此时也无悲哀地告诉友人："作文章已是作得不感觉兴趣了"（《寄柳无忌·四》）。幻灭和绝望是梦想与希望最毗邻的避难所，作为个性主义者的梦幻家，朱湘既无法真切地把握现实的秩序，也无法做到"陋巷而歌"的达观和潇洒，而他更无法做到改变性格，抛弃理想，对社会屈就苟且。他坠入的是梦醒后无路可走的慌张，他对丑恶现实不满，又无力抗争；对现实生活失去信心，又看不到新的理想曙光。他所供奉的个人主义致使他在当时既不能接受当局的暴政，又无法投入工农大众的武装革命运动，左右着中国现实的两大潮流都不是他的选择。他的眼前是一片沉闷的黑暗。他看不到一点光明。他彻底失掉了一生中所有向上的精神、汹涌的激情和积极乐观地改造世界的决心，最后陷入了无法解脱的极度矛盾、绝望之中，等待他的只能是悲剧性的结局。最终，朱湘选择了以洋化的尚死来完成他对现实的超越，对黑暗的抗争，对光明的归依。寒江冷月葬孤魂，朱湘反抗的力量是那样的微弱，诚如梅庄所认为的那样，"朱湘的诗和朱湘的为人一样，他对生活的领略和接近，还缺少充实、丰富和深刻，缺少一种活泼的挣扎，不倦的生命"。[①]闻一多先后在哀悼信中也说："子沅的末路实在太惨，谁知道他若继续活着不比死去更要痛苦呢。"朱湘的死，是一场社会的悲剧，也是一场性格的悲剧，在他的身上，多少反映了旧中国这样一类耿介正直而孤僻软弱的知识分子的悲剧命运，和他们在西学东渐过程中对于自身位置的寻找和确立曲折历程。

顾城说过，他要用黑的眼睛去寻找光明。而他寻找的光明，很单纯，单纯到有一点抽象。在《我们去寻找一盏灯》中，他说："走了那么远，我们去寻找一盏灯，你说，它在窗帘后面，被纯白的墙壁围绕，从黄昏迁来的野花，将变成另一种颜色。"在其中，并没有明确表现什么样的黑暗阻碍着他。他明知社会环境的严峻，却缺乏抗争的渴望。他不善于探索现实的黑暗，他有一双不习惯正视现实的黑暗的眼睛。他追求的是一种美好的天然存在的境界。他最着迷的事情是他童话式的想象。他的整个人，乃至全部诗情都从幻想中，而不是从现实中获得生命。

顾城有极高的禀赋，然而由于时代加予个人的不幸，他却少有深厚的文化积淀作为超越自己的准备。他在同他自认为"黑夜"的现实世界对抗的时候，从来没有审视过自己内心的"黑夜"。他在试图向自己挑战的过程中，一步步地把文学的重心转移到了与生存毫无关涉的语言自娱上。作品成了一种文本自恋式的语言。文字在无底的空间中滑动着，晦涩的词句在自由的漂浮，完全消弭了文学内在的情感与神圣。他始终没能把目光投向更辽远的、超越本我的地方，只是越来越迷恋于对现实的恐惧，对生的疲惫。

在另一方面，顾城对于本土的自我放逐，又使他失去了土壤，失去了历

---

① 梅庄. 关于朱湘及其他. 太白，第 1 卷第 10 期，1935-2.

史，更可怕的是他失去了激情和思考。而上述种种的一旦失去，就已注定了死亡，至少首先在精神上死亡。"诗简直不是我能做好的一件事情……我勉强地要做一个诗人，我没有能力，我企求的是自己无法达到的价值，所以我活得可怜，也很勉强"，这是顾城在《"新诗潮"讨论会上的发言》中所说的。童话境界已不再能够帮助顾城超脱出现实的悲苦，一旦一个人失去了他赖以生存的梦，失去了他追究寻找的目的地，失去他生存下去的理由，死就指日可待了，剩下的只是死的方法而已。事实上，顾城已死于他死之前。他的幻灭，他的精神已在世纪末的夕阳中先他而死。

"我是一个任性的孩子，我想除去一切不幸，我想在大地上画满窗子，让所有习惯黑暗的眼睛，都习惯光明"（《我是一个任性的孩子》）。顾城也许未曾料到，在他寻找光明的过程中，灵魂却堕入了永远的黑暗。他在自己幻想破灭以后，竟以令人发指的方式结束了另一个热望着活下去的生命。这种残忍的、疯狂式的解脱，在国内甚至国外的文坛上，是十分罕见的。

生命是宝贵的，不可虚掷更不可轻抛。朱湘和顾城，这两位年轻的诗人从人生探求走向了人生毁灭，虽然同样是一种精神上的走投无路，虽然都以"自杀"来作为生命的终结，但存在着一个根本的区别：朱湘与社会的冲突是时代造就的，朱湘的死，除了性格悲剧、文学悲剧之外，还有更为深重的社会悲剧。朱湘的悲剧一方面是社会不认识诗人，同时也是诗人不理解那个社会，把握不住现实的本质。[①]如果社会不是那么黑暗，诗人所承受的负累不是那么深重，一切悲剧似乎可以避免。如果不是在那样的时代里，诗人也许不会选择以死来维护自己人格的独立。而顾城和社会尖锐的冲突，完全来自于他旁若无人，高扬着自己的自我，要求以自我为中心，一切服从于自我。当生活之船不可避免地驶入家庭伦理的河道之后，他的心灵却一直憧憬着浪漫爱情的乌托邦——梦幻般的三角和谐无瑕爱情的共存。他的"自我"是膨胀的，专横的。他占有了谢烨之后，还要占有英儿，他尽情地挥洒着自我的"尊严"，却不容许谢烨维护她的自我。他完全把自己的幻想当作现实来要求，来追求——拒绝长大，拒绝伦理，拒绝庸常，而这一切在现实生活中是无法拒绝，更无法实现的。作为最具体存在的个体的人，其本质原是社会关系的总和，如果他只强调"自我"，以"自我"为中心，那么他就寻找不到自己在

---

① 顾凤城. 忆朱湘（1933-12-26 写于东京）. 青年界，第 5 卷第 2 期，1934-2：97.

人群中的合适位置。因此，他必然要和社会、他人发生尖锐的冲突。顾城在生活中的种种行为，都显示着一个极端个人主义者的发展逻辑。台湾著名诗人墨人认为，顾城"这种文学上的悲剧，主要原因是作者对人生和文学都缺乏正确的认识，仿佛无舵之舟，在时代的激流中，必然触礁。而且给年轻人造成无谓的骚动，不良影响"。①

如果单从文化语境来探索朱湘和顾城，这两位纯诗人自杀的文学悲剧意义，或许可以得到某种类似的命运和形而上的意味：诗是不能用来抵挡现实的风雨，纯文学和纯诗人是没有生命力的。只有在现实风雨中锤炼出来的诗才是好诗，诗人亦如此。诗歌绝非只是个人内心的吟哦，真正的诗歌就应当解释生活的真谛，真正的诗歌应当是人类文明的支柱。高尔基曾说："不要把自己集中在自己身上，而要把全世界集中在自己身上。诗人是全世界的回声，而不仅仅是灵魂的保姆。"歌德曾说："要是只能表达自己那一点点主观的感情，他是不配成为诗人的，当他能够驾驭世界和表现世界的时候，他才是诗人。"诗歌强调的是个性，而不是个人性。所谓"纯粹"的语言实验实际上只是一种逃避，在逃避的过程中，诗人的本质也就丢失了。因此，当朱湘和顾城在社会生活中挖掘不出光明，在自然界也感受不到光明的时候，文学创作的枯竭感和个人生活的失败感像阴影一样笼罩着他们，压迫和扭曲着他们的内心，这两个把诗和生命看作二位一体的纯粹精神诗人处在紧张焦躁的生存状态中，脆弱而又激烈的诗人情怀本来就不很胜任尘世的喧嚣复杂，所以一旦现实中发生意外，出现大刺激，必然导致他们做出违反常规之事。

朱湘和顾城的悲剧再一次提醒我们：现实生活始终是文艺创作的唯一源泉，诗人应该扎根于现实，耕耘在这块虽不纯净，而且充满矛盾，但却有真实生命和活力的土地上面。诗人应当把目光投向除自我之外更远的地方，把弘扬人类崇高精神和美好追求作为己任，只有这样的作品才具有常青的生命力。

三、结语

20 世纪并不是诗歌死亡的世纪。诺贝尔文学奖频频授予诗人即是明证。

---

① 墨人. 两岸诗人与诗. 新华文摘，1995（2）：171.

然而，如今中国的诗坛，却是一片凄凄惨惨切切，一个诗歌大国已经寂寞到无以复加的地步。"诗人之死"，在今日已不是第一次被议论的话题，它成了20世纪，尤其是八九十年代中国文坛的一种重要的人文景观。从1987年以后，就至少有5名青年诗人自杀身亡，这是一种文化失衡现象。因此，对于"诗人自杀"仅仅停留在感情层面上去叹惋或怒斥，是远远不够的。我们应当对这一现象作全面的考察与理性的审视。

朱湘和顾城之死，在中国新诗史上震动较大，曾经是评论界关注的两个热点。一切都已结束，但是，一切又都未能结束，朱湘和顾城那似曾相识的幻灭的心态，又与当前流行的一些诗人们的心态颇有暗合之处：生命的挤压和生存的严酷成为诗人的中心话语。于是，诗人们满足于面向狭窄的内心世界，回避当代生存现实；诗人们在放大心底微不足道的"井底波涛"时，缩小了诗应有的大器和感人之处。诗人们似乎患了一种奇异的冷漠症。表面看来，他们的笔返向了田园、土地，他们在采撷麦子、阳光之时保持了纯洁，或在梦游、意象切换、词汇拼凑中批量贩卖"智力产品"。某些新生代的诗人甚至宣称："诗除诗之外没有目的""除自己之外对谁也不负责"。诗的社会功能，价值取向被彻底否定了。他们根子是害怕什么，逃避什么？他们对生存真实的残忍漠视，使他们无法写出像李白、杜甫、普希金、雪莱、惠特曼、波德莱尔笔下的不朽篇章。一个不敢睁眼看世界的诗人也就丧失了诗的生命力。今天，重温朱湘和顾城的文学悲剧意义，应该会给我们一些更深的启迪。

"诗人"是一个崇高的名词。在古希腊时代，诗人被看作是"打火把的人"，而从事各行各业物质生产的人则被看作是"提面包的人"。祭神仪式上，"打火把的人"要走在最前面，引导所有"提面包的人"。诗人，作为荷马或屈原式的传统意义的诗人，历来被誉为神谕的释解者、社会的代言人，或者用雪莱的话语是"无须鸣谢的大法官"。中国古代诗人们自觉地肩上"致君尧舜上，再使风俗淳"的道义和责任，成为社会文化方向的指导者。

如今的诗人将何为？诗歌将何为？诺贝尔文学奖得主福克纳在获奖后的发言中说："诗人和作家的特殊光荣就是去振奋人心，使人记住他昔日的荣耀——他曾有过的勇气、荣誉、希望、自尊、同情、怜悯与牺牲精神——以使人能够执着地苦熬，诗人的声音不应只是人类的记录，而应是帮助人们苦熬并最终大获全胜的支柱和栋梁。"①

　　在新旧体制交替的今天，诗人必须正视时代的焦虑和痛苦，看到新世纪的战栗和星光，以无限的勇气去记录当代人追求丰饶、尊严的梦想。在不同文化碰撞和浪潮汹涌之中，诗歌理应成为一座不沉的岛屿，诗歌只有深深地沉浸在每个人生存的甘苦中才有可能使它获得尊敬，并因真实地记录了时代的生存状况、吟唱了时代的心声，而留传后世。

　　（刊于《广西民族学院学报（哲学社会科学版）》2001 年第 2 期）

---

① 博凡. 漂泊的爱——当代社会文学趣味透视. 北京：中国人民大学出版社，1993：158.

诗学之心

——论钟敬文的新诗研究

　　钟敬文先生（1903—2002）既是著名的民间文艺学和民俗学学者，也是建树丰富的诗人和诗歌理论家。他早年在家乡广东海丰公平镇做小学教员的时候，就与北大歌谣会和周作人等新文化、新文学健将书函往来，互通消息，在《歌谣周刊》发表整理地方民俗文献、研究粤东民间文艺和民俗的学术论文，同时进行白话诗的创作，成为他进入新学术和新文学的起步。1923 年，他与同道好友林海秋、马醒合作出版了新诗集《三朵花》，这三个具有革命倾向的青年，在风气闭塞的南方边地筑起了一个虽小然而充满活力的"新诗坛"①。其后，致力于中国民俗学的建设和诗学理论的建构，一直作为他生命的两翼而伴随了他的一生。对于诗的由衷喜爱，使他立下心愿要在自己的墓碑上只刻下"诗人钟敬文"几个字，②作为他一生的定评。他甚至认为，他的学问，"做得最好的并不是民俗学、民间文艺学的学术研究，而是诗"。③这种对于诗人身份的自我期许，既表示了他对于诗的钟爱，也显示着他对于自己在写诗、论诗方面取得的成就的肯定。

　　在诗歌创作方面，钟敬文的古诗和新诗都取得了较高的成就；他的诗歌理论，也包含着新旧诗学两个方面，而且，这两个方面是互相影响着的。本文则侧重考察他新诗理论的若干特色和价值：（1）他的新诗理论和批评，主张构成诗歌的各种因素要适切、均衡，并在尊重文学史、正确整理古典文学经验的基础上推动新诗的创作，这和新文学运动之后的新诗建设是紧密连接的；（2）他进行了一种学科交叉式的诗学实践，以民俗学知识论诗，把口头

---

① 聂绀弩. 钟敬文《三朵花》《倾盖》及其他. 新文学史料，1982（3）：41.
② 郭预衡. 犹余微尚恋诗篇——钟敬文先生诗苑卮言. 群言，2002（3）：21.
③ 萧放. 忆中国"民俗学之父"钟敬文：他说自己是一粒麦子. 新京报，2009-10-21.

文学传统和新诗研究结合起来，丰富了中国新诗研究的成果；（3）他采取接近古典诗学的诗话和格言警句文体论诗，①形成他独特的论诗文体，使他成为新诗学界具有自我风格的诗论家。

一、《诗心》：均衡的诗观

"在艺术上所谓'卓越的技巧'，应该是'表现上最适切'的同义语或换一种说法。"②这是 1942 年钟敬文在中山大学迁居坪石的时候为学生开设《诗歌概论》课程，为解答青年学生请教诗艺而创作的《诗心》论集中的一句话。他用中性的批评用语"适切"，代替艺术表现的极端表述"卓越"，指的是：要达到艺术的最高境界，需要恰当的方式，"适切"即"卓越"。这典型地代表了钟敬文的一个诗观——均衡。

《诗心》1942 年由桂林诗创作社出版，如前所述，这是由学者兼诗人的钟敬文讲授《诗歌概论》并因应学生请教诗法而作的，因此其本身也可视为他个人的"诗歌概论"。其中对于诗的论说，综合了对诗的情理、语言和文学史等多方面思考，具有明显的现实针对性。在这些关于诗的思索之中，他是尽量考虑到构成诗的多方面因素，提出不是偏颇偏至而是执中守正的观点。如他认为，诗歌自然是主情的、感性的，但也须有理趣和思想，情理相谐才是好诗。他分析南朝作家鲍照的辞赋作品，认为"鲍明远才情激越，卓卓独创，可惜他没有深造的理趣，所以到底不能到达第一流作者的境地"。③他引用宋代理学家周敦颐的话"窗前的小草和自家的生意一般"，指出："这是理学，也是诗，最高意义的理学是能够和诗谐和一致的。"④而从抽象的理趣、思想中提炼出诗意，在于发现其中包含的美。通过对比同样尊崇理性的中西哲学家对于美和善的态度，钟敬文发现："康德等只看到美和善分歧的地方。我们古代的理学家恰好相反，他们大都只看到美和善混合的地方。"⑤也正因为如此，中国的一些理学家运用诗赋，创作了许多优秀的文学作品，这是"只

---

① 钟敬文. 兰窗诗论集. 自序. 钟敬文文集·诗学及文艺论卷. 合肥：安徽教育出版社，2002：10-11.
② 钟敬文. 诗心. 钟敬文文集·诗学及文艺论卷. 合肥：安徽教育出版社，2002：43.
③ 钟敬文. 诗心. 钟敬文文集·诗学及文艺论卷. 合肥：安徽教育出版社，2002：54.
④ 钟敬文. 诗心. 钟敬文文集·诗学及文艺论卷. 合肥：安徽教育出版社，2002：28.
⑤ 钟敬文. 诗心. 钟敬文文集·诗学及文艺论卷. 合肥：安徽教育出版社，2002：39.

怀有空漠或颓靡的情调"，而"不赞成表现一定的事物和思想"的诗人所无法做到的。①而如何实现情理相谐，需要运用高明的诗法手段，用诗的语言，把抽象的理致通过摇人心魄的情感表现出来。他对比庄子的"生者死之徒，死者生之始"和吴野人的"何须怨摇落？多事是东风"，指出同样是表达生死现象，但前者是哲言，后者是诗语；②后者通过具体意象和缘情路线，把对生死的认识化为深情的喟叹，因而成为流传久远、感动世人的名篇。从这一角度，钟敬文对中国古代文学的"道艺论"作出思考，认为："说'艺即是道'的陆象山，比以为'工文则害道'的程伊川，是更懂得道和艺的真正关系的。"③他赞同理学家陆象山的"道艺同一"论，认为他比另一个理学家程颐对道艺关系的认识要高明，当然不是为了对传统文学的是非作判断，而是为当时诗坛给出"骨秀"的观点——"骨子里的秀，是最真实的秀"。④中国新诗发展到 20 世纪三四十年代，浪漫主义、象征主义已经式微，而且，一些诗作走向空疏颓靡，"工文而害道"；不少表现抗战的诗歌又粘着于现实而流于客观主义，缺乏超拔的想象去表达结实的思想，"见道不见艺"。因而主张情理相谐的"骨秀"，正是挽回颓势，推动新诗进一步发展的一个方法。但推崇骨秀，仍然需要文质均衡，道艺统一，不能偏执一端。如果只追求骨就会导致不秀，乃至于完全不是诗："好的诗人必然是伦理家。但是，用伦理去写诗或评诗，往往是和诗没有缘分的。"⑤理想的状态须是通过文学手段，把思想、理趣尽量不留痕迹地溶解在作品里："诗中的'理趣'，应该像盐味在海水中，香气在花瓣中。"⑥其实，诗歌本属"言志"，但也不可能完全拒绝"载道"，狭隘地认同一面，守护一隅，无论如何都是偏颇的。诗人需要做到的是自然地载道："言志派作家不同于载道派作家重要的一点，是他主观地并不觉得在布道罢了。"⑦这是在钟敬文看来，无论怎样注重思想，诗人都必须"表明他对于感性的无限看重"，甚至于为了更有力地表现思想而用语言去遮蔽他的思

---

① 钟敬文. 诗心. 钟敬文文集·诗学及文艺论卷. 合肥：安徽教育出版社，2002：42.
② 钟敬文. 诗心. 钟敬文文集·诗学及文艺论卷. 合肥：安徽教育出版社，2002：28.
③ 钟敬文. 诗心. 钟敬文文集·诗学及文艺论卷. 合肥：安徽教育出版社，2002：35.
④ 钟敬文. 诗心. 钟敬文文集·诗学及文艺论卷. 合肥：安徽教育出版社，2002：26.
⑤ 钟敬文. 诗心. 钟敬文文集·诗学及文艺论卷. 合肥：安徽教育出版社，2002：24.
⑥ 钟敬文. 诗心. 钟敬文文集·诗学及文艺论卷. 合肥：安徽教育出版社，2002：43.
⑦ 钟敬文. 诗心. 钟敬文文集·诗学及文艺论卷. 合肥：安徽教育出版社，2002：20.

想，①写出像歌德那样的"感兴诗"②，从而达到道与艺的均衡。

20世纪三四十年代，中国新诗还面临着语言的问题，从大的方向说，是在停用文言之后，如何使用白话写出优秀的诗歌作品。但对于语言的使用，钟敬文的重点并不放在形式主义的框架内，而是特别注重研究语言与表现内容的适应性。他似乎对语言抱持某种先验的态度，认为语言必然有它的实际对待物，也就是说，不存在一种纯粹的语言，并用它写出纯粹的诗来。如他认为："所谓独立的语言的美丽，是没有意义的，正像说超越现实社会的道德的崇高，是没有意义的一样。"③在他看来，语言不是虚悬于世界的，它必须及物，其内涵充实、真力弥满，才可能写出优秀的作品。因此，只有内容结实、洋溢诗情的语言，才是诗的语言；那些用漂亮的辞藻堆砌出来的空洞无物的作品，即使看上去很美，也往往是一种对"非诗"的掩饰和自以为是诗的故作姿态。对于这种现象，钟敬文曾在给刘大白的论诗信函中表示，这是新诗渐渐形成的一种"病态"，"堆积些好看、好听的字句，便是好诗"的现象，和南北朝诗的"仅知致力于句的工美，而放松了全篇的构造制作"一样，绝对是诗的歧途。④他进而主张："没有美妙的语言，除非它被安放在最适宜的地方。"⑤"适宜"，就是恰当地使用和安排语言，使语言和诗思组织成较为完美的结构。具体到创作，则是既要驱赶陈言滥语，又要克服涩词险句；⑥前者因袭旧句，后者以险怪为创新，都是内容空疏、诗情缺乏的表现，导致"在诗材或诗情稀薄的地方，浮艳的辞藻嚣张了"的形式主义倾向。⑦他认为这是诗人需要竭力扫除的"语言上的残滓"，因为"它的存在，是你的诗章，甚至于全部思想的污点"。⑧他进而指出"词意的过分精致，往往倒闭塞了诗的主要机能"，甚至于因为追求典雅的词句，反而显得恶俗。⑨由此，他主张语言要质朴，认为"不肯把文词写得更平易些的人，往往是没有什么重要东

① 钟敬文. 诗心. 钟敬文文集・诗学及文艺论卷. 合肥：安徽教育出版社，2002：42.
② 钟敬文. 诗心. 钟敬文文集・诗学及文艺论卷. 合肥：安徽教育出版社，2002：39.
③ 钟敬文. 诗心. 钟敬文文集・诗学及文艺论卷. 合肥：安徽教育出版社，2002：24.
④ 钟敬文. 莫干山与诗. 钟敬文文集・诗学及文艺论卷. 合肥：安徽教育出版社，2002：115.
⑤ 钟敬文. 诗心. 钟敬文文集・诗学及文艺论卷. 合肥：安徽教育出版社，2002：36.
⑥ 钟敬文. 诗心. 钟敬文文集・诗学及文艺论卷. 合肥：安徽教育出版社，2002：36.
⑦ 钟敬文. 诗心. 钟敬文文集・诗学及文艺论卷. 合肥：安徽教育出版社，2002：28.
⑧ 钟敬文. 诗心. 钟敬文文集・诗学及文艺论卷. 合肥：安徽教育出版社，2002：28.
⑨ 钟敬文. 诗心. 钟敬文文集・诗学及文艺论卷. 合肥：安徽教育出版社，2002：33.

西可以写的人"。①从这里可以看出，他的理想诗歌是避免"以辞害意"，达到"文质彬彬"。而做到这一点，一是要重视经验，"因为语言是经验（特别是情绪的经验）的象征符号"②；二是要情感深挚，因为"情深的语多韵味"。③也就是说，诗人要"具备沧桑的厚实的积淀"。④这就把打磨语言和诗人的自我生命体验结合起来了。他所说的"好的作家必然是语言的艰苦的斗争者"，⑤显示着他对锻造语言的重视，并把这一行为视为需要付出艰苦劳动的文学工作。这对于新诗创作的意义，也是显而易见的。

《诗心》还涉及如何处理新旧文学关系的问题，其要旨是在扬弃旧文学的基础上，合理地继承发展，开创新的文学局面。众所周知，文学创作及其理论建设离不开对于前代文学的价值判断，正确地认识文学史可以帮助处理好文学的继承和发展问题。前代的文学经验有随时代前进而过时不可用，需要决绝超越的；也有经过长期积淀而成为宝贵的财富，可以"拿来"发扬光大的。这就需要对自古以来的文学经验进行整理和疏通，在"推陈出新"与"守旧如新"之间取得平衡。这是中国历代文学的老现象，也是新诗面临的新问题。

中国新诗发展到 20 世纪三四十年代，最初以推倒重来的革命手段建设诗歌新格局的方法论，逐渐显出偏狭武断而引起反思。对此，胡适、周作人以及新月派、现代派诗人都在理论和创作方面有所纠正和建树。钟敬文也提出了自己的主张，以至于如前文所分析的，他经常通过对古典诗学的论析而为新诗的创作指示路径。他注意到中西文学史上对传统的维护态度其实是比较鲜明的。在分析王国维对于古今文学关系的论述时，他认为王国维"雅俗古今之分，不过时代之差，其间故无界限"的判断是卓识和大胆的，⑥这是因为时代改变了文学的面容或局部，但不同时代文学的本质及其内部结构其实并没有形成不同的界限。这和西方对待其古代经典的方式也是一样的。如他以荷马史诗为例指出："荷马的作品虽然被各时代的人用种种不同的理由鉴

---

① 钟敬文．诗心．钟敬文文集·诗学及文艺论卷．合肥：安徽教育出版社，2002：25．
② 钟敬文．诗心．钟敬文文集·诗学及文艺论卷．合肥：安徽教育出版社，2002：28．
③ 钟敬文．诗心．钟敬文文集·诗学及文艺论卷．合肥：安徽教育出版社，2002：40．
④ 钟敬文．过去生涯的轮廓画．钟敬文文集·散文随笔卷．合肥：安徽教育出版社，2002：476．
⑤ 钟敬文．诗心．钟敬文文集·诗学及文艺论卷．合肥：安徽教育出版社，2002：35．
⑥ 钟敬文．诗话·蜗庐诗谈．钟敬文文集·诗学及文艺论卷．合肥：安徽教育出版社，2002：53．

赏着，但是，她仍然有着一定的客观的艺术价值。"①这种"一定的客观的"
艺术价值树立了相对稳固的文学标准,它们被不同时代的大小作家取法仿效，
形成相对明确的文学范式和整体风格之类的东西，这样，文学史上对于某个
诗人的特殊风格，远不如对于他所置身于其中的传统风格的重视，也就并不
是难以理解的事情。②特别是诗歌起于感性，表以暗示，词句高度浓缩，不
依赖于叙事文学的时空连续性，具有一种"深邃性"，这在钟敬文看来，"诗
学在各种文化理论的传统中间，那神秘意味和保守精神，往往来得特别强
烈"，③也是不足为奇的。当然，尊重传统，重视过往的文学经验，并不是要
像文学思想史上曾经出现过的"把一定风格固着于一定诗体的理论"那样，
以"保守"为尚，导致"拟古主义"的弊端，④"成为前人的影子"，⑤从而
阻碍文学的进步；而是要正确区分古今文学的异同，以便合理地作出取舍。
如他认为："新诗和旧诗的区别，主要不是形式上的，而是思想体系上的。"⑥
这里所谓形式，并非古诗的五言七言的排列形式，而是使诗意之所以产生的
那些语言、意象、韵律等形式要求和结构方法，它们都是古今诗歌遵循的一
些规律性的东西，是它们大体的"同一"，而非它们的主要区别所在。古今诗
歌的主要区别是因时代变化而导致了经验、感觉、思想、意识及其语言载体
的变化，因此诗歌的革故鼎新，就是在前人奠定的形式规律上，主要从新辞
藻、新感觉、新资材和新义理方面下功夫。⑦如在《蜗庐诗谈》中，他认为
曹植的《鞞舞歌序》所说的"异代之文，未必相袭。故依前曲，改作新歌"，⑧
提出了远超时人的看法，就是因为不同时代的优秀诗文未必陈陈相因，它们
是在前人的经验法则基础上，变化新声而创造出来的。由此他提出"推倒古
典主义！同时不要忘记谦逊地学习古典作品"，⑨并奉劝诗人多诵读古代诗歌

---

① 钟敬文. 诗心. 钟敬文文集·诗学及文艺论卷. 合肥：安徽教育出版社，2002：18.
② 钟敬文. 诗心. 钟敬文文集·诗学及文艺论卷. 合肥：安徽教育出版社，2002：31.
③ 钟敬文. 诗心. 钟敬文文集·诗学及文艺论卷. 合肥：安徽教育出版社，2002：21.
④ 钟敬文. 蜗庐诗谈. 钟敬文文集·诗学及文艺论卷. 合肥：安徽教育出版社，2002：55.
⑤ 钟敬文. 诗心. 钟敬文文集·诗学及文艺论卷. 合肥：安徽教育出版社，2002：23.
⑥ 钟敬文. 诗心. 钟敬文文集·诗学及文艺论卷. 合肥：安徽教育出版社，2002：27.
⑦ 钟敬文. 诗心. 钟敬文文集·诗学及文艺论卷. 合肥：安徽教育出版社，2002：23.
⑧ 钟敬文. 蜗庐诗谈. 钟敬文文集·诗学及文艺论卷. 合肥：安徽教育出版社，2002：49.
⑨ 钟敬文. 诗心. 钟敬文文集·诗学及文艺论卷. 合肥：安徽教育出版社，2002：44.

名著，获得滋养和启发，以此作为"诗的修业"。①这就对"五四""不容讨
论"地"推倒古典文学"②的新诗学进行了辩证。1946 年，在《诗心》出版
4 年之后，他专门撰作了《对于古典主义的兴味》，其中说道：

> 　　一切人类历史的进行是相承接的。所谓革命或创新，不是把过去或
> 现在的东西全盘毁灭。它是摧毁或扬弃那些不合理或有害的，而把那有
> 用的和应该发展的吸收起来，造成一种新的"存在"。建筑新房屋的人，
> 就是图案和材料全是新的，可那建造的方法，就未必可以完全割掉过去
> 的关系……何况文艺的创作呢？如果没有过去文学的影响，恐怕任何一
> 个新的文坛都是没有法子建立起来的。③

　　这在钟敬文看来，新文坛是在过去文学的影响下建立起来的，利用前人
合理的"建造的方法"和新材料结合，形成一种"新的'存在'"，才算是实
现了文学的革命或创新。作者自谓，《对于古典主义的兴味》的写作也是面对
当时文坛的状况而作的，④这使它和《诗心》一样，都具有明显的现实针对
性，是对"五四"以来新诗运动作出的深入思考。我们发现，他的这些思考
是把新诗置于若干对立统一的关系中予以观察的，涉及新诗的内涵、形式及
其在文学史上应居于何种位置的结构性问题，这就照顾到构成新诗的多种因
素。他提出新诗的各要素间要取得均衡的观点，显示其执中守正的学术品格，
被评论者认为是"超越偏见，立论公正"，⑤对于探索新诗的发展道路而言，
是有较大的建设性的。

---

　　① 钟敬文. 诗的修业——给初学者的一封信. 钟敬文文集·诗学及文艺论卷. 合肥：安徽教育出版
社，2002：141.
　　② 陈独秀. 文学革命论. 新青年. 第 2 期，1917-2-1.
　　③ 钟敬文. 对于古典文学的兴味. 钟敬文文集·诗学及文艺论卷. 合肥：安徽教育出版社，2002：
344.
　　④ 钟敬文. 对于古典文学的兴味. 钟敬文文集·诗学及文艺论卷. 合肥：安徽教育出版社，2002：
344.
　　⑤ 蔡清富. 论钟敬文文学评论的学术品格——读《芸香楼文艺论集》. 文艺理论与批评，1997（6）：
117.

二、学科交叉：以民俗学知识论诗

钟敬文先生学艺生涯的起步，和 1918 年成立的北大歌谣会有着非常密切的关系。歌谣会以收集、整理、研究民间歌谣为主旨，也把民间歌谣等口头文学传统当作一个活水源头，致力于新诗的实验和创作，产生了如刘半农《扬鞭集》《瓦缶集》等作品。受其影响很深的钟敬文，一方面把它逐渐推动成为一场专业性、学科化的民俗学运动，大大提升了这场运动的价值和最终成果；[1]另一方面则利用其中的学艺知识，如他所说，是利用他"具有的口头文学知识"，在"文学的探究上采用了一种新的方法——民俗学的方法"，[2]也提出了不少有价值的主张。他把这方面的诗学建构，称为以"民俗学知识"论诗的"有益的学科'交叉'"：

> 我涉足诗论领域……与我当时所从事的民俗学（包括对民间文艺的探索在内）活动是分不开的。在后来的谈论诗歌的文章中，尽管大体上已经淡化了这种学艺上的亲密联系，但是作为一种思想因素，民俗学知识还是不知不觉地起着潜在的或显著的作用。如在《诗和歌谣》或《谈〈王贵与李香香〉》里所表现的，就是后者（显著作用）的例子。这种现象，不仅是我的诗论的一种特点，从一般诗学上看，它也许还是一种有益的学科"交叉"吧。[3]

民间歌谣等口头文学创作对于诗歌的影响，在文学史上屡见不鲜。当有些时代的诗歌趋于烂熟，走向衰落之时，民间的口头文学常常以其鲜活的姿态，为创作注入振衰起敝的生命力，汉乐府歌诗和唐诗中的竹枝词都是其中的显例。这种现象早为不少古代诗家所注意，但受制于精英文学的立场，对之作出比较系统研究的还是相当缺乏的。钟敬文采取平民文学立场，又以现代民俗学知识为统系，揭示诗与歌谣等口头文学的关系，取得很多开创性的研究成果。而在新诗与歌谣等口头文学关系的研究中，他也从源头和内涵、

---

① 陈泳超. 钟敬文民间文艺学思想研究. 民俗研究，2004（1）：5-29.
② 钟敬文. 兰窗诗论集. 自序. 钟敬文文集·诗学及文论卷. 合肥：安徽教育出版社，2002：6-7.
③ 钟敬文. 兰窗诗论集. 自序. 钟敬文文集·诗学及文论卷. 合肥：安徽教育出版社，2002：9.

借鉴与发扬等方面入手，提出了不少有创建的见解。

其一，现代新诗以白话文为正宗，其远端是发生于清末的那场"言文一致"的语文运动。当时的新诗派主张"我手写我口"，黄遵宪、梁启超等都指出过古代歌谣"语言与文字合"的现象。如梁启超认为："古者妇女谣咏，编为诗章……后人皆以为极文字之美，而不知皆当时之语言也。"①"五四"时期，胡适著《白话文学史》也对汉代民谣、"民间口唱"等口头文学进行了研究，把它们纳入白话文学的历史框架。②钟敬文的取径与此类似，但有所不同的是：与前人注重即成的"史迹"相比，他从民俗学视野切入，更关切口头谣咏作为文学的"始作"部分；他和前人同样认为新诗要借鉴口头文学，采用口语白话，但在重视口语白话这一语文的形式之外，他还主张要发掘口头文学所保存的诗性的内质部分。这样，口头文学就不仅可以作为白话新诗的语言借鉴，也可以作为它的内涵资源；新诗不仅可以从中粹取形式，也可以丰富其内容，以获得旺盛的生命力。如他认为歌谣之所以成为诗的"母体"，光靠文学的方法不能全部解释清楚，一旦纳入民俗学、民族志和人类学框架，就能发现，那些流传在一般民众口头的歌吟，是一个族群"用着他们共同的语言表现他们共同的情绪和所关心的事物的"，它们是所有诗歌"永远的乳娘"。③这就解释了歌谣等口头文学其实内含着、保存着诗歌的本源性内容，而且与群体的情绪和生命共感息息相关。但这些内容在诗歌的一部分分化成为少数专业诗人、供奉文人的专属物之后就丧失殆尽了。因此，新诗要产生结实的成果，现代的专业诗人也有必要重温口头文学的这部分带有"野生性"的文学传统。而在钟敬文看来，新诗运动开展了二三十年，现代诗人多少有些重蹈了前人的覆辙，与诗歌"乳娘"的精神性联系渐行渐远，因此他呼唤诗人学习民间歌谣，把接近这些"粗野的制作"当作光荣，唱出近于原始的诗篇。④从此也可以看出，钟敬文研究歌谣与诗的关系，与其说和其他人一样着力于语言的形式因素，不如说他更要以歌谣内含的诗性活力，刷新有待振奋时代精神、提高生活感受的当下诗坛。这就为新诗的建设提供了新的视

---

① 梁启超. 沈氏音书序. 饮冰室合集. 文集之二. 北京：中华书局，1989：1.

② 胡适. 白话文学史. 第三章. 汉朝的民歌. 胡适文集. 4. 文学史. 北京：人民文学出版社，1998：160-166.

③ 钟敬文. 歌谣和诗. 钟敬文文集·诗学及文艺论卷. 合肥：安徽教育出版社，2002：123，126.

④ 钟敬文. 歌谣和诗. 钟敬文文集·诗学及文艺论卷. 合肥：安徽教育出版社，2002：124.

野。而这一视野的获得，如果没有民俗学知识的加入，看不到口头文学既属于一种文学样式，也属于一种族群的文化形象、精神仪式和生命情绪的表现形式，内在地含有诗的本质内容和精神，是很难做到的。

其二，对于新诗要从传统资源吸取养分，钟敬文认为，这除了向唐诗宋词致敬，也要向口头文学传统学习，继承和发扬它在现时代还有生命力的部分。因此把民间的口头文学当作产生伟大诗作的源头，"这些正是我们今日的诗学所迫切要求的"。①他认为口头文学与"我们的新诗歌"具有血缘性关系，"因为它们比起唐诗、宋词来更接近我们的新诗歌。它们的内容一般地更加'民俗化'了，语言的成素和运用也是这样。它们是'现代文学'的亲姊妹"。②这里所谓的民俗化内容，就是"一种跟时代生活状态和要求相适应的东西"；③民俗化的语言，则是"丰富的，有活气的，有情韵的""带着生活的体温的""适于创造艺术的语言"。④钟敬文发现，"五四"时期，歌谣运动曾给新诗注入不少活力，刘半农仿作民谣，徐志摩用土语写新诗，都为新诗增添了有益的质素，一定程度地摧毁了旧的文学观念、方法和形式。⑤但新诗发展到20世纪三四十年代，它的方向有所扭转，那些"现代意义的诗作"逐渐远离口头文学这个"现代文学的亲姊妹"，变成"非常个人的。个人的情绪，个人的哲学，个人的修辞学"，导致新诗染上"奢侈的装饰""故意的朦胧""厌人的拖泥带水，或可笑的扭扭怩怩"。⑥因此，诗人有必要重新学习在内容上与时代精神相谐的，在"思想和情绪大都是健壮的、真挚的、现实的"，在形式上具有质朴、明快、简练特征的优美民谣，用来改造诗坛流行的乏弱虚伪的病态。⑦在钟敬文看来，对于当时的诗坛而言，深入学习民间制作的表现法，甚至于摄取它的某些情趣或题材，是"竭力造成一种真正的民族风格的诗篇"的有效途径。他进而指出，这种方法是被中外诗歌史所证明了的，历史上那些富于独创性的诗人，无论是屈原还是莎士比亚、歌德和普希金，

---

① 钟敬文. 诗的修业——给初学者的一封信. 钟敬文文集·诗学及文艺论卷. 合肥：安徽教育出版社，2002：143.
② 钟敬文. 诗的修业——给初学者的一封信. 钟敬文文集·诗学及文艺论卷. 合肥：安徽教育出版社，2002：141.
③ 钟敬文. 方言文学试论. 钟敬文文集·诗学及文艺论卷. 合肥：安徽教育出版社，2002：313.
④ 钟敬文. 方言文学试论. 钟敬文文集·诗学及文艺论卷. 合肥：安徽教育出版社，2002：316.
⑤ 钟敬文. 方言文学试论. 钟敬文文集·诗学及文艺论卷. 合肥：安徽教育出版社，2002：313.
⑥ 钟敬文. 歌谣和诗. 钟敬文文集·诗学及文艺论卷. 合肥：安徽教育出版社，2002：124.
⑦ 钟敬文. 歌谣和诗. 钟敬文文集·诗学及文艺论卷. 合肥：安徽教育出版社，2002：127.

他们的创作和民间制作都有很深的关系，他们通过利用口传的故事诗和民间谣曲，打开了诗歌创作的新局面①。因此，从民间的口头文学吸取新诗所需养分的诗人，就不是向后看的回头客，而是正在向前实行着的先驱者②。

钟敬文以口头文学等民间制作补充新诗创作的主张，是有着相当的实践性的。但是，我们应该看到，他主张新诗向民间制作学习也是有限度的，他是要学习它与生活形式和精神状态相照应的部分，而摒弃它形式上的单调和呆板，其途径是像苏轼那样"街谈巷议，皆可入诗，但要人熔化"地进行文人式的提纯和淬化③。另一方面也要看到，这一主张的提出是有其明确的时代背景的。它产生于中国 20 世纪三四十年代"民主主义泛滥"的历史环境中，且在世界范围内，"对于民众生活和他们文学艺术的关心，成了一种很流行的思潮，搜集歌谣和仿作歌谣，差不多是一种国际性的文学活动"④。时代的要求提醒诗人脱离那种太个人化的现代派作风，而以明朗有力的创作反映社会生活，彰显时代主题，提振民族精神，而这正是歌谣等口头文学所擅长的。因此他主张"咒语，是原始人对自然斗争所产生的诗歌的一种形式"，赞美"朗诵诗，是诗的还原又是她的跃进"⑤，推崇《王贵与李香香》"是我们新文坛上一个惊奇的成就"⑥，都烙上了非常明显的时代印痕，与他在民俗学框架之外讨论诗歌是有所不同的。但以民俗学的视野和方法研究文学，为之后钟敬文提出中国文学具有古典文学、俗文学、民间文学"三大干流"的新学说奠定了基础⑦，使他的诗学建构具备了在由上层精英和下层民众所共同构成的整体文化中进行研究的开阔视野⑧。

---

① 钟敬文. 歌谣和诗. 钟敬文文集·诗学及文艺论卷. 合肥：安徽教育出版社，2002：124-125.

② 钟敬文. 方言文学试论. 钟敬文文集·诗学及文艺论卷. 合肥：安徽教育出版社，2002：127.

③ 钟敬文. 方言文学试论. 钟敬文文集·诗学及文艺论卷. 合肥：安徽教育出版社，2002：323.

④ 钟敬文. 歌谣和诗. 钟敬文文集·诗学及文艺论卷. 合肥：安徽教育出版社，2002：125.

⑤ 钟敬文. 诗心. 钟敬文文集·诗学及文艺论卷. 合肥：安徽教育出版社，2002：27，18.

⑥ 钟敬文. 谈《王贵与李香香》——从民谣角度的考察. 钟敬文文集·诗学及文艺论卷. 合肥：安徽教育出版社，2002：625.

⑦ 杨哲. 钟敬文生平·思想及著作. 石家庄：河北教育出版社，1991：552.

⑧ 王一川. 整体文化视野中的修辞论诗学——钟敬文先生诗学阅读札记. 文教资料，1998（1）：44-60，80.

三、论诗文体：诗话与格言警句

在回忆自己文学生涯的时候，钟敬文数次谈到他少年时代读古书、写古诗的经验，也强调他受新文学运动影响，接触大量外国文学，而逐渐"抛弃了'银灯''铜漏'一类烂票子样的陈腐语词，开始用自由、活泼的国语写作韵文"①。但他抛弃的是陈腐，对于古典诗学的兴趣，其实一直保持着高度的自觉。

即使到了二三十年代新文学奠定主流地位的时候，作为新诗人的他仍"在广州和杭州，陆续阅读了大量诗话及诗品等传统诗学著作。其中，至今难于忘记的，就有《带经堂诗话》，特别是同著者那部体小而隽永的《渔洋诗话》（王士禛）和《原诗》（叶燮）等"②。对于古典诗学及其文体"诗话"的推崇，成为钟敬文论诗乃至于在选用论诗文体方面的一个重要资源。

五四新文学的成就之一，就是"文体的解放"，认为"先要做到文字体裁的大解放，方才可以用来做新思想新精神的运输品"③。这样，旧的文学文体就被宣布为无效了。可在钟敬文看来，传统的以诗话为主的论诗文体依然具有活力和有效性。他曾在论诗时指出：诗和散文最大的区别，是前者在仅少的词句中，蕴藏着更丰富的意义。"④这或许是他选择诗话论诗的内在认识。因为和传统诗话相比，现代文论更属于一种散文文体，讲究逻辑和体系；而既能提出观点又能表现个性，且形式浓缩而信息丰富的诗话，则更接近诗的状态。因而其本身就具有诗性特色的诗话，在一定程度上就更能对诗歌现象作出贴近的描述和阐释。

1992 年出版《兰窗诗论集》时，钟敬文在序中说道：

这个集子，在文章体裁上，有着种种不同的形态。除了一般理论文字惯用的论文、随笔、序、跋之类，还有那传统诗学上惯见的诗话和有点外国味道的警句的形式。后者两种形式，在我诗论上的写作出现并不

---

① 钟敬文. 一阵春雷. 钟敬文文集·散文随笔卷. 合肥：安徽教育出版社，2002：487.
② 钟敬文. 兰窗诗论集. 自序. 钟敬文文集·诗学及文艺论卷. 合肥：安徽教育出版社，2002：5.
③ 胡适. 尝试集. 自序. 胡适文集. 3. 文论. 北京：人民文学出版社，1998：128.
④ 钟敬文. 诗心. 钟敬文文集·诗学及文艺论卷. 合肥：安徽教育出版社，2002：17.

是偶然的。如前所述，我的诗学启蒙课本就是那部《随园诗话》。后来绵长的岁月中，几乎读遍了我国传统的这类著作——从比较易得的《历代诗话》《历代诗话续编》，到那些零散的、或不易见到的诗话著作，只要能够入手或入目，它就成了我的阅读对象。这就是使我在写作诗论时，不免一而再、再而三地采用这种表达体式的原因了。①

这显示他以诗话论诗，来源于他经常阅读的《带经堂诗话》《渔洋诗话》《原诗》《随园诗话》《历代诗话》《历代诗话续编》之类的古代诗话经典。他的诗论集《诗心》，其名称也和被称为诗话之祖的《诗品》②类似，可见他对于这一文体的自觉。诗话"辨句法，备古今，纪盛德，录异事，正讹误"③的内涵和"大半是偶感随笔，信手拈来，片言中肯，简练亲切"④的优点，也是钟敬文诗话所擅长的。如：

> 托翁《艺术论》一书，新文化运动起后，不久即被译成中国文，在学界中影响颇不小。当时俞平伯氏所唱"诗底进化的还原论"，即与托翁之主张极有关系也。至托翁书在日本过去文学批评界之势力，则尤非中土可比矣。⑤

寥寥数语，就道出了新诗史上受外国文学影响的一段重要史实，而且比较了不同国家所受影响的程度。这是钟敬文在日本研究民俗学时，获得比较中外文学的现场感，信息丰富，虽然是"片言中肯"，却可备文学史家作为构史的材料。又如：

> 十几年前日本文坛上曾经流行过一种文学流派，作者在创作上的主要能事是"安排新鲜的感觉"，叫个"新感觉派"。这派的主将横光利一氏，在我国一般新文艺读者脑中并不是一个怎样生疏的名字。本来文学

---

① 钟敬文. 兰窗诗论集. 自序. 钟敬文文集·诗学及文艺论卷. 合肥：安徽教育出版社，2002：10-11.
② 如章学诚《文史通义》卷5《诗话》说："诗话之源，本于钟嵘《诗品》。"北京：中华书局，1994年，第559页.
③ 许顗. 许彦周诗话. 北京：中华书局，1985：1.
④ 朱光潜撰，朱立元导读. 诗论. 上海：上海古籍出版社，2001年，"抗战版序"第2页.
⑤ 钟敬文. 天问室琐语. 钟敬文文集·诗学及文艺论卷. 合肥：安徽教育出版社，2002：188.

是根植于人类生活和精神深处的东西，把它的表现方法只限制在感觉方面，自然是走入岔路里去的。可是，文学到底是依形象去表现事物和义理的在适当的限度下，安排一些新鲜的感觉，至少可以叫作品不堕落到一般的陈套境地。散文这样，诗歌也一样。记得俞平伯氏的《忆》里有这样两行——

窗纸怪响的，

布被便薄了。

这是简单而又很见效果的一种表现——他叫我们亲切地"感觉"到那种寒冷 的情味。①

这则诗话属于"信手拈来"的"偶感随笔"。它从日本新感觉派缘起，谈及文艺的一般方法，最后落实于新诗创作的一个特殊法则和表现效果，在随感的文字中，对文学创作作出了结实的批评。再如：

读何其芳的《夜歌》，在那些写景的句子中，我特别爱念下面几行——

我们的敞篷车在开行，

一路的荞麦花，

一车的歌声。

简单，朴素，却有新味。山谷曾经极口赞赏荆公"扶杖度阳焰，窈窕一川花"的句子，说简短中含有几个意思。也许正因为有这种特色，在另一方面，它就反比不上何君诗句的流利自然了。②

其中以新旧诗歌对举，显示它们各有擅长之处：旧诗语言高度浓缩，"简短中含有几个意思"，具有丰富性和多义性；新诗语言则虽是简单朴素，但流利自然有新味，这种新味超越旧诗并且可以补旧诗的不足。这反映了钟敬文对于新旧诗歌在语言方面的认识，比较集中地显示了诗话"辨句法，备古今"的传统特色。而在传统的批评文体之中纳入新的诗学内容，提出新的诗学主张，就以"旧瓶装新酒"的形式，延续了它的生命力。而这一点，是应当看作中国诗学现代化的一种方式的。

---

① 钟敬文. 诗话·蜗庐诗谈. 钟敬文文集·诗学及文艺论卷. 合肥：安徽教育出版社，2002：56.
② 钟敬文. 诗话·蜗庐诗谈. 钟敬文文集·诗学及文艺论卷. 合肥：安徽教育出版社，2002：52.

在以诗话论诗之外，钟敬文还采取格言警句论诗。这是他综合利用中外格言警句文体的优长的结果。在《〈兰窗诗论集〉自序》中，他就谈及《论语》《老子》和法国拉·罗什科夫的《道德箴言录》、法郎士的《易壁鸠尔的花园》、帕斯卡尔的《思想集》日译本、德国浪漫主义作家许莱格尔的《片段集》等哲学、文学格言警句体著作对他的深刻影响①。而在集中精力写作《诗心》的时期，他还说道：

> 有一个时期，我曾经耽读着拉·罗西福科（La Rochefoucaud，一六一三——一六八〇）的那本著名的书——《格言杂感集》。那种用精约的文词表达着丰富的意义的文体吸引着我。直到现在，我贫寒的书案上还站着帕斯加尔（Pascal，一六二三——一六六二）的随感录和尼采的《欢乐的学识》一类书籍。尽管那些书籍里所蕴藏的思想和我的有多少距离，那种富有回味的文体总叫我抛舍不得。就因为这种缘故吧，我记录这些关于诗的思考的时候，便不自觉地采用那种格言式的文体［或者说，当时沙布勒（Sable）夫人客厅里所盛行的文体］。②

格言警句，就是简练而含义深刻动人的语句③。它是言说者通过实践所得出的结论或建议，具有含义高度浓缩而在形式上直接道破的特色。具体到诗学表达上，钟敬文认为它是"用精约的文词表达丰富的意义的文体"，具有"精神的散步"④和"文艺沙龙"的自由漫谈色彩，通过这种随录发挥和从容晤谈的方式，可以达到亲切隽永而又一语中的的论诗效果。

钟敬文在《诗心》《谈艺录》《文艺琐语》等作品中，大量使用了格言警句。这些格言警句不在乎全篇，却具有经过思想提纯而中心突出的特点。如论诗与素朴："不是为着通俗化才写素朴的诗，而是要使诗成为更高级的所以素朴地写。"诗与逻辑："诗歌违反逻辑的地方，正是它吻合逻辑的地方。它违反的是理论的逻辑，而吻合的却是情感的逻辑。"⑤论诗与科学："真的诗

---

① 钟敬文. 兰窗诗论集. 自序. 钟敬文文集·诗学及文艺论卷. 合肥：安徽教育出版社，2002：11.
② 钟敬文. 诗心. 自序. 钟敬文文集·诗学及文艺论卷. 合肥：安徽教育出版社，2002：15.
③ 现代汉语词典. 北京：商务印书馆，1996：670.
④ 钟敬文. 兰窗诗论集. 自序. 钟敬文文集·诗学及文艺论卷. 合肥：安徽教育出版社，2002：11.
⑤ 钟敬文. 诗心. 钟敬文文集·诗学及文艺论卷. 合肥：安徽教育出版社，2002：26，38.

不应该排斥科学。正相反，它应该把科学包含在自己的骨肉里。"①论诗的存在价值：诗是人类不能长久沉默的证据。"②这些表述，都在简洁的陈述中包含着丰富的辩证性内容，或通过定义性的言说句式，给出有总结性的诗学观点。而对于格言警句的这种效力，钟敬文的态度是非常明确的，他把它视为成熟作家的标志："作品里的警句，是那作家思想的结晶。越是警句丰富的作品，越是作者思想成熟的产物。"③这样，他采用这一文体论诗，其实代表了他所提出的观点是深思熟虑的结果。

钟敬文是一个有着自觉文体意识的诗论家，他曾说过："明确是文体最大的优点。"④由此可以推论，具有明确的文体意识也是一个诗论家的特色所在。因此，当新学术、新文学建立以后，在论学文体以散文化的长篇制作为主流的背景下，他仍使用接近古典的诗话和格言警句论诗，就表现出相当的自信和定力。其实，在他的这些著作发表后，就有人劝告他多写些成篇的理论文字，这促使他写作《略论格言式的文体》给予回应。其立论的一个主要基点，是在文学史发展的延续性上进行思考。他认为格言式文体之所以仍有生机，是因为文体史上虽然经常发生"高岸为谷，深谷为陵"的变迁，但人类知识的发展史同时也显示，一种知识样式一旦产生，就有延续下去的权利，而延续下去的动力在于有所创新。他认为同属格言体式，相隔约百年的《论语》和《道德经》就有所不同，相隔约两千年的《幽梦影》的差别就更为显著，但这并不使它们成为不同的文体分类，风格的不统一并不影响文体的一致⑤。这就可以看出，钟敬文的诗学文体实践对文学传统保持了相当的敬意，并以创新维护着它的生命力和有效性。

（原题《论钟敬文的新诗研究》，刊于《中山大学学报（社会科学版）》2014 年第 6 期）

---

①　钟敬文．谈艺录．钟敬文文集·诗学及文艺论卷．合肥：安徽教育出版社，2002：205.

②　钟敬文．文艺琐语．钟敬文文集·诗学及文艺论卷．合肥：安徽教育出版社，2002：215.

③　钟敬文．诗心．钟敬文文集·诗学及文艺论卷．合肥：安徽教育出版社，2002：32.

④　钟敬文．文艺琐语．钟敬文文集·诗学及文艺论卷．合肥：安徽教育出版社，2002：217.

⑤　钟敬文．略论格言式的文体——《寸铁集》．自序．钟敬文文集·诗学及文艺论卷．合肥：安徽教育出版社，2002：232-235.

校园文化与大学生诗歌

——新时期大学生诗歌创作研讨会综述

　　樱花盛开的三月时节，在武汉大学即将迎来 110 周年校庆之际，全国各地的专家学者和诗人诗评家，于 3 月 30 日汇聚在春意盎然的珞珈山庄，他们围绕着"校园文化与大学生诗歌"这一主题，首次对新时期的大学生诗歌创作进行了集中深入的研讨。参加这次研讨会的著名学者和诗人有：谢冕、陆耀东、洪子诚、黄曼君、吴思敬、古远清、程光炜、王光明、陈仲义、孙克强、王家新、西川、欧阳江河、唐晓渡、臧棣等，著名新诗研究专家、武汉大学中文系主任龙泉明主要筹办和主持了这次研讨会。这次研讨会与同期举行的樱花诗赛一起，将春暖花开的武汉大学装扮得格外绚丽多姿。

　　大学校园是诗歌成长的一片重要土壤，大学生是诗歌艺术中活跃的因子。谢冕指出，对诗歌而言，没有好主义，只有好诗。只有告别了那些定于一尊的诗歌主义，才能产生更多的好诗，校园诗歌创作也是如此。校园诗人应努力突破狭窄的视野，写出好诗、"大诗"来。他殷切地希望世界没有枪声、炮声，多一些武大的樱花和诗歌。陆耀东在发言中回忆了中华人民共和国成立后武汉大学中文系的学生文学社团和刊物的发展变化。作为历届樱花诗赛的评奖会的评委，他认为在诗作水平上，樱花诗赛中间有一段马鞍形的低谷期，但近三届似呈上升趋势，他为樱花诗赛取得的进展和成就而高兴，但也为它尚未出现不朽佳作而焦急。他一再强调创新才是新诗的生命线，新诗必须自己救自己。作为武大诗赛的创办者之一的诗人王家新回顾了武大 77 级大学生写诗的激情与盛况，他说："我的青春，我的一切经历，都在我的诗中。"为此，他从自己的亲身体验中提出真诚的期待：希望能从校园中产生更多的学者型诗人。

　　坚守古老而又年轻的诗歌艺术，是知识精英的天职，也是莘莘学子的责任。随着时光的流逝和时代的巨变，校园诗歌也经历了自身的浮沉消涨。新时期以来，校园诗歌成了中国新诗创作与探索进程中一支不容忽视的主力。龙泉明从当代诗歌发展史的角度对武大 20 世纪八九十年代的大学生诗歌创作进行了检阅。从整体上看，珞珈诗群的创作走着一条属于他们自己的诗歌道路，始终对诗敏感和虔诚，面对现代化转型的中国，进行着价值的追问、价值的解构和价值的重建。他们用自己的语言体验在沉默中写诗，注意自觉地挖掘诗歌自身潜力和可能性，捕捉诗歌内部的变化。他们用属于自己的独特的诗学方式，在当代新诗潮中占有了一块突出的阵地。吴思敬在谈到新时期大学生诗歌创作的历史地位与特征时说：新时期以来，特别是 20 世纪 80 年代之后，大学生诗歌创作群体逐渐成为诗歌创作的主体，作为中国新诗建设的参与者，他们的贡献是最大的。校园中的众多诗派诗群，不仅是当下诗歌创作最重要的主体，也必然成为未来诗坛的主力。大学生诗歌既具有先锋性与实验性，同时也具有多元性与丰富性、起伏性和不稳定性的特征。李润霞结合校园诗歌实践，提出了当前大学生诗歌创作中"多""少""内""外"四个问题。即作品风格浪漫抒情者多，情感与思想方面的力度和深度少。作品中体现出校园"内"书写的特征，多写纯净情感与封闭生活，而对于校园以"外"的"真实"——时代、历史、社会、世界的"真实"——还应有更深厚的了解与关怀，做到"身在校园，心知天下"。

（刊于《武汉大学学报（人文科学版）》2003 年第 4 期）

平静与坚守 努力与坚韧

——新世纪广西散文创作的风貌

追逐着世纪之初广西散文创作者们涌动的心潮，看到短短几年里的散文发展迁流漫衍，丰富绚烂，散文创作从各个方面表现着、批评着、理解着人生，题材多样，风格各异，花繁果硕。

在文学面临着尴尬和困境的今天，仍有那么多人在为文学雄心勃勃地沉醉投入，努力追索。在平淡、平静和坚实、坚守中，通过对艺术的不倦探索，达到自我情感的陶冶、转化，自我精神的升华，这是一派动人的景观。

一、新世纪广西散文创作的整体态势

新世纪广西散文多姿多彩，成果累累，显示出旺盛的活力。据不完全统计，近几年广西作家出版的散文集就有 20 多部。2001 年出版的散文集及散文理论专著有童健飞《探索集》、覃富鑫《南国红豆》《广西当代作家丛书·潘琦卷》《广西当代作家丛书·凌渡卷》、徐治平《中国当代散文史》。2002 年出版的散文集有徐治平《徐治平散文》、冯艺《逝水流痕》、张燕玲《静默世界》、张步康《江南听雨》、张冰辉《月满西楼》《广西当代作家丛书·庞俭克卷》《广西当代作家丛书·冯艺卷》《广西当代作家丛书·张燕玲卷》。2003 年出版的有潘大林《最后一片枫叶》、陈祯伟《浪溪江寄情》、罗伏龙《天高地阔》、覃展龙《家住防城港》《潘琦文集·爱在大山里》《潘琦文集·远逝的岁月》《潘琦文集·绿色的山冈》。2004 年出版的有冯艺《桂海苍茫》、张燕玲《此岸，彼岸》等等。由于时代处于新旧交替之际，因此收录在这些集子的作品有的是在 2000 年之前创作发表的，而大多数的作品都是在新世纪创作和发表的。散文的繁荣，给读者的审美阅读带来了强有力的冲击。散文创作

生活涵盖面之广泛，文本实验形式之丰富，显示了新世纪广西散文作家思想观念、文化水准、审美境界和文学艺术品位等都达到了一个新高度。

在广西强大的散文作家群中，聚集着老、中、青几代精英，他们各领风骚又相得益彰，显示出广西散文创作队伍的整齐与兴旺。根据年龄大体上可分为两大部分：老一代散文家以凌渡、徐治平、潘琦等为代表，他们勤耕不辍，在长期的艺术实践中形成了各自独特的风格，耀人眼目；中青年作家是当前散文创作的骨干力量，如冯艺、张燕玲、廖德全等，他们的散文创作广泛涉猎各种题材，知性感性并重，富有艺术张力。

广西作家在新世纪发表的较有影响的散文有：老一代散文家，徐治平《大石围独语》，原载《光明日报》2001年8月29日，后选入《全国首届冰心散文奖获奖作家作品集》；徐治平《白宫门前的小窝棚》，《光明日报》2003年3月26日。中青年散文家，张燕玲《耶鲁独秀》，原载《羊城晚报》2002年9月25日，《散文·海外版》2002年第6期转载，《散文选刊》2003年第2期转载，并入选《2002年度最具阅读价值散文随笔》，百花文艺出版社、人民文学出版社年度优秀散文选；《此岸，彼岸》，原载《人民文学》2003年第11期，《散文·海外版》2003年第6期，《2003年最具阅读价值散文随笔》，《中华文学选刊》以及人民文学出版社、花城出版社、山东画报出版社的年度优秀散文选本转载，并列入"2003年度中国当代文学排行榜"散文第二名。廖德全发在《随笔》《散文》的《远逝的珍珠城》《永远的东坡亭》等，顾文《"白鹿原"上的智者——作家陈忠实印象》发表于《作品》2004年第1期。彭匈《三个耐人寻味的人物》被《散文选刊》2004年第3期选载。

从这些资料当中，我们不难看出，老作家宝刀不老，一如既往地保持着创作的旺盛势头，在平静中坚守。年轻作家更是引人注目，他们活跃、新锐的写作，像鲜花一样开遍了山冈，召唤出一片春的气息。他们在努力和坚韧中建构着各自独立的、独特的精神世界，用富有社会和人性内涵的书写，直接、充分地体现出自我的艺术探索追求，并与时代撞击、渗透，作为一种精神资源丰富着这个时代的变革。

二、新世纪广西散文在创作上的突破

随着散文从书斋中拓展开来，在生活中、社会实践中扩大了外延，散文创作构成了一种更具激情和审美价值的思想活动，近几年来广西散文作家的创作在精心的打磨过程中，消退了浮躁与急就成章的写作状态，散文创作的个性意识和文化品位有了新的增长，从而更为确切地表达了当代社会生活深层的诸多文化现象。21 世纪广西散文创作显示出了新的景观，在以下三方面有了明显的突破：

（一）描绘文化历史，注塑散文的凝重性

随着大散文的魅力风行，以人文的观点审视传统文化、历史发展、社会变迁的文化散文成了散文创作的一大景观。大散文的创作，更说明了文学是人类精神生活史的一种特殊负载方式，它蕴涵着丰富而生动的历史内涵和价值取向。

冯艺近年来写了一批历史文化散文，他笔下的历史文化散文一方面积淀着中国传统的崇尚自然、眷恋山水的基因，另一方面又超越了消泯主体地位的传统山水诗理。在对历史的一次次回溯中，冯艺从个人的生命中走过历史的通道，在寻找、重建历史的故事中强化了文化审美价值和主体意识。《我在你好汉的故事里成长》有着二胡的音色，醇厚而忧伤，富于穿透力。作者在烟雾苍茫的十万大山中深挖父辈的历史和形成这种历史的背后原因，他把情旨融合在对父亲的革命历程的描写中，以主体的一种经过时间和空间的距离所造成的回忆来书写往事，以感性直观的方式再现历史现场的生动人事。作者一直都在用自己的思绪拍打着历史的回声，寻找着关于历史的种种细节，由此，历史被赋予了个性的思想和不群的识见。穿越历史的烟云，在沉重巍峨的十万大山中，作者终于感受到了父辈们一直挺立的脊梁。文章由个人而家国而历史，用透彻而圆融的情思告诉未来：每一个人都是一部历史，好汉们的故事是影响了中国历史进程的好故事。历史故事本身的深厚博大与作者渴望穿越迷雾和纷繁世相抵达澄明境界的主体精神，在融会中显示出了智慧的深度。

冯艺的散文创作始终立足于现实，走出了一条关注本土、尊重传统、弘扬现代意识的艺术道路，显示了散文文化意识的深层创构。在《板桂街，青石板闪出青铜的光泽》和《寻找右江河谷的"土官妇"瓦氏夫人》中，冯艺一如既往地在重新构建着历史文化的良知。作者的想象在叙事之中往来穿梭，景物、文化、历史和个人情怀相互交织，用心灵为我们在逝水的岁月中拍下了珍贵的历史照片。作者在板桂街的深处勾画出了刘永福鲜为人知的历史，在热风吹雨的桂西河谷中雕刻出了励精图治的壮族女土官——瓦氏夫人。作者是用文化的眼光在探寻着板桂街的神韵，还原刘永福的历史定位，历史由此承载了一种盎然的生命文化的情趣。这种追求是冯艺有意而为之："任何美丽的东西，如果不挖掘出其文化的、历史的、哲理的内涵，只能是一具空壳。它犹如一个号称'瓷'的美丽的瓷器，只是在土坯或是其他东西涂上了一层仿瓷的东西，耐不住推敲的。"（《板桂街，青石板闪出青铜的光泽》）作者站在文化的高度上，以自身特有的方式参与了历史的发生、发展历程，写出了一个有血有肉的刘永福和有情有义的瓦氏夫人，因而，凸显了历史文化散文的价值。丰富的人生阅历，使冯艺形成了执着的人生理想和对世事人情深刻的洞察力。足够的知识含量，深刻的思考，使冯艺的散文突破了散文中常见的轻飘与单薄，具有浓郁的书卷气和厚重感，他的散文为文化揳入世俗社会、平凡人生提供了一个典范。

廖德全的散文偏重于文化意义上的考察与阐述，然而，相对于那些由当地的文化人介绍，或者是由书本介绍而来的文化，廖德全散文中的丰厚的文化感悟力是经由他自己的直接感觉产生出来的，对历史个人化的体验与传达，构建出一个现代人对历史的深邃洞察和复杂情感。他的一曲《千古一渠》，可谓视通万里，思接千载。文章从灵渠起笔，在千年往事中追问古灵渠的历史定位和文化定位，在滚滚的历史风尘中说古论今，写出了气象万千的灵渠。凝聚着无穷智慧的灵渠创造，在廖德全的笔下成了留给后人丰满深远的历史负载和历史思索。廖德全善于从自我的知识层面解读历史，深入浅出，逸兴遄飞，每一次的一转一折都是功力的表现。廖德全的散文习惯在一种想象的高温中冶炼而成，天风海雨似的想象幅度让廖德全的历史散文情趣与理趣并举，代表了一种更高层次、更深程度对历史的体悟与缅怀。《远逝的珍珠城》《永远的东坡亭》和《站在南珠碑林前》，以自我的体悟参与了历史叙事的情节建构与发展，实现主体的历史文化审美，赋予了风景自然描写以独立性品格。在廖德全自然的、历史的审美意识中，融合了古今的文化资源。因此，在廖德全的历史文化散文中，更多地被赋予了价值批判与道德批判的双重功能："既然纸墨是精神漂泊者的天地，就要甘于寂寞，淡泊名利，为天地而书，为浩然之气而书，为自己的精神不再漂泊而书。"（《站在南珠碑林前》）历史的审美性因为延续出了现实的批判性，更富厚重感，其意义不限于追怀历史的维度，更是对当下的直面。强烈的历史意识，时代感和社会认同，使廖德全的散文在相对统一的话语空间中实现了较为完整的自我体认和人生感悟，创造出了具有现代品格的散文艺术境界。

张燕玲在《耶鲁独秀》中问史探幽，却没有流于一般的梳理历史的写作套路。她以心灵叙事，从女性的角度审视历史，巧妙地糅以社会学、哲学、历史学、文化学等相关知识，直逼现代知识女性的精神内部，形成了对历史的个人性解读与体悟，她所领会的人生就是历史："当我站在这样一朵红玫瑰前，望着墙体上映照的自己以及行走的生者，在感受着林樱虽死犹生，生死无界的创造理念的同时，我深切理解到受难者的死亡记录对于人类的意义，假如忽略人类历史悲剧中的受难者，我们就是在轻贱人类和生命本身，假如忘记了战争的罪恶，就难以抵达真正的现代文明，这是人类诗意的信仰。"（《耶鲁独秀》）这种对文化历史认识的独特灵性使得古老时光的遗址，具有了指向现实的再生力量，作者在追寻现代知识女性情怀的同时也在寻求自己的存在经验与价值。强化心灵叙事，促使张燕玲在描绘自然美景时，注重感受这些景物的精神、气质，在览胜时，常通过联想把自己的感情移注于物，于是一次次的感悟与震撼被叙述得异常诗意：既有形象生动的叙事和精雕细刻的描写，又有深刻透彻的议论和条分缕析的剖示，景、物、情、意于文中浑然融为一体。这样有情有景有思想的文章，不仅具有较高的文学价值，而且具有较高的学术价值。

此外还有潘大林的《兰花时节访狮城》，作者从新加坡那些尽管简短却耐人寻味的历史的蜡像馆中，看到了融合了东西文化而生成的短暂历史浓浓的回顾和如歌如诉般的沧桑之慨。童健飞的《环望澳门》感怀民族悠久的历史，笑看古老神州的振兴，感人至深。陈祯伟在访问、考察中国台湾地区和欧洲六国之后，写下了一组采风的文章，如《向往绿岛》《回归中世纪》，展示了作者广博的学识、美好的情愫，文中穿插了许多耐人寻味的历史典故，还历史以鲜活的生存场景，读来如历其境，如临其境，使读者于美的享受中，得到感情的陶冶，有趣的知识和思想的启迪。

（二）思索世纪风云，执着于生命的追问

生命的历史在不同的生命形式中展现，每一个生命都有悲欢离合。"殷忧启圣，多难兴邦"。在思考者的眼里，每一次的相逢与相遇都会产生对于精深的人生的妙悟。一直以来，散文创作者们努力在寻求自我表达的途径和方式，力求通过艺术阐释参与世纪的发展，关注人类生生不息的命运。

　　站在社会的边缘对世纪风云进行思考与探寻，是当代散文走向深邃哲思的重要途径。徐治平的《白宫门前的小窝棚》很随意地把日常见闻联系到人性、民族、国家等来思考，在智者的眼里，细节总能把时空顺延，忧患式地感受人类的命运。在徐治平的散文中，作者总能够通过一地一景的感受，抒发出对历史文化乃至生命的多方位思考，并且准确、迅速、敏感地给方寸变化追加诠释，这诠释饱含着思想的含量，令读者在品读文章的同时得到知识的素养和人格性灵的陶冶。在艺术手法上，这篇散文集中地体现出了徐治平的一以贯之的"竹简精神"叙述简练，白描传神，以一种客观冷静的简洁展示出在于"神"的散文的审美风范。

　　冯艺在《五月的凤凰花》中思索着世纪变幻不定的风云，从风月中看风云，在岁月的绵延，战争的背后，他呼唤着人类永久的和平。"和平可以创作无数极致的美。这一和平应该是永久的，它将治愈人们心灵的创伤"。（《五月的凤凰花》）冯艺的散文冲淡平和，以真知抒真情，他的文字多出于天然的本性而绝少人为的匠气，自由的文体展示出自由的精神，本色天然，秀色内涵，探幽析微中，闪耀出智慧的火花。

　　张燕玲的《此岸，彼岸》是 21 世纪散文中不可多得的具有艺术原创力的优秀之作，它形成了新世纪广西散文创作最为亮丽的一道风景。文章立意新颖别致，作者从彼岸的台湾海峡启程，穿过中元节倾家倾城、非凡热闹的祭祀场景，在台湾大陆老兵们苦海无涯的生活状况中，激发出对于此生来世的苦苦追问，对千百年来在文化历史长廊上沉睡的先哲智思的深深体味。文章在感性话语的重构中，坚持智性的深化："来自另外一个世界的意义对此世之人的作用更加严酷。我想，我们过去的世界是在缺失对此世来世的描述和追问，此岸彼岸我们知道得太少，这才会导致我们此行产生的一再恐惧。"在这次心灵疼痛的旅程中，作者的认知在微观与宏观的交融中，将情思升华，带着鲜活本真的生命意识穿梭于历史的风云变幻之间，达到了对生命终极的企盼，显现出作者在艺术精神上特立独行的追求动向，给人以清风扑面，行于山阴道上之感，这种来自自我的生存感悟和思考，在字里行间中处处闪耀着灵动而又睿智的光彩，为作品留下了颇为开阔的想象与思考的空间。流溢在文中的情思饱满充盈，开放的探索式构架，打破了传统散文固定的结构方式，阅读后给人一种思想的震撼。从现实世界转换到意义世界的追问，表现了张燕玲在散文美学追求方面意识上的独立性与成熟性。《此岸，彼岸》中不同凡响的构思，别具匠心的叙事态度以及个性化的语言风格，勇敢地超越当代散文凝固不变的审美模式，体现出了一种全新的艺术精神，为新世纪散文创作勾画出了新的高度，成为当代散文创作的一大突破。

张燕玲有一颗虚静空明之心，有一份在沉静中生长出来的宗教情怀，随着阅历的增长，世情的窥透，张燕玲散文创作中的思想趣味和审美取向有了些许的改变，纯粹精神性的心灵空间日渐丰盈，使她的散文具有了从事实空间向着神意空间的飞跃。《走进太阳》和《以圣香为婚戒》都清晰地映射出了她游走在精神的本真状态中的心灵追求，以个体性体认与审美感性求证心灵世界与个体生存、红尘世间的终极意义，她一直在追求午夜梦回之中能够心手相牵的人。在戈尔巴乔夫与赖沙的爱情故事中她看到了、感受到了那种，由着自己光明而快乐的心性，扑向凡人的爱情与欢乐，并为之产生了刻骨铭心的感动，在西藏、在昌珠寺，她找到心手相牵的人，找到了圣洁、幸福的香巴拉。这一份对心灵幸福的追求，对尽善尽美的精神境界的向往，超越了她先前在心灵上独往独来的自白。张燕玲是带着一种对于完美的本性的向往所发出的关于生命本体的追问，从而升华为潜在灵魂深处的领悟：人不是单为此生的生存而存在的，对彼岸的追寻，祈求自我完善，祈求自己能像菩萨那样人格完善以接近纯净的天国，这种圣洁性情的追求和自塑，投影在张燕玲绝大多数的散文中。

当张燕玲在从生活里剪下的边边角角，注入关于生命的思与诗，注重飞扬，圣洁精神的追寻的同时，也在时时刻刻地关注着日常生存乐趣，以自然之心对待现世生活。《家中有女初长成》便是张燕玲发自内心深处对女儿们最本质的关爱，这样的散文有着生活本身的光鲜流畅，丰润而富于情味。与素心慧瞳相溶契，眷怀此在的平凡生活，体现出作为智性女性的张燕玲怀抱着一腔广博深厚的慈爱，在享受平常从容的生活之乐中，始终拥有一种温情脉脉的生命体温。《城市、人文、印象》《何谓尴尬生活》把文化灵魂带进了喧嚣的城市，以批判与建设、良知与人文的独特视角重新审视广西的桂林、梧州、柳州与南宁文化历史的经纬，在传统文化与现代文明对峙时的尴尬中找寻文化的自信心和文化的生命力。对于恒久、深厚、纯真之美的追求，一方面体现在张燕玲对于一种高尚的生命和理想境界的张扬；另一方面体现在她的散文一直在追求一种诗意诗境，以诗化的节奏追求一种交织在文字上的思维者的美化的境界，一种安静的大气，诗意的节奏，使张燕玲的散文鲜有闲笔，行文如星珠串天，处处闪眼；诗化的意境丰富张燕玲散文的叙事魅力，扩大了文本的情感空间，以超越世俗爱憎哀乐的方式，直达人的灵魂深处。

近年来，顾文接连写出了一批众所周知的文化名人，一篇一个视角。《"白鹿原"上的智者》将自己的思想聚焦于作家的精神追求，个性禀赋之中，他将作家放置于历史、文化与生命本能的诸种坐标中进行解读，形成生命内在的同构关系，准确把握人物的精神主脉，使顾文对人物的评述常常能深入到人物的生命内部，写出人物独特的生命情怀。这些评述既有自身的生命特质，更有对人物精神的高度把握。彭匈《三个耐人寻味的人物》还人物以真实的生命情状，具有独特的品性，体现了作者的个性情怀和对生活的体察方式。

在写作上，广西的散文家坚持一种专业精神，他们除了在散文中显现他们来自于灵魂的冲动以外，更在于对清醒的理性思考的强调，对独特的眼光评析的突出，在价值指向上具有独立思考与批判意识。充沛的感性是飞翔的翅膀，睿智的理性是飞翔的力量，两者相得益彰，创造出富有含义的事物和景观，创作在丰富坚实的感觉世界中越飞越高，生命在超越时空中获得一种永恒之美，如此努力的还有包晓泉、何述强等。

经过辛勤的耕耘，中青年作家的创作呈现出了旺盛的生机，他们给散文发展注入了一股新鲜的血液，无论是创作实绩还是创新意识，中青年作家身上所表现出来的注重散文文体的自觉探索，注重审美经验的独到发现，将散文带入了一个新的境界。

（三）天人合一的宇宙观，丰厚朴实的人道主义情怀

人类始终是大自然之子，面对工业技术文明所造成的人与自然的疏离和对抗，主张天人合一的宇宙观，追求丰厚朴实的人道主义情怀，成了广西散文家不谋而合的一个写作趋向。"锦帆应是到天涯"，中国的小品散文从魏晋南北朝或者更早之前形成至今，繁衍生息，绵延不断，培养了中国读者对于游记、抒情小品的阅读模式。游记是当今散文的一大品种，旅人的足迹遍及天涯，游山玩水之间，流连在风花雪月的自然美景中，更多出了一份对山水的关爱之情，品读自然、关注生态，以天地自然之心来体悟自然之物的心怀，从中传递出独特的审美情趣和思考，为游记散文增添了新的思想维度，显示出一种智慧与人性化的力量。

潘琦的《绿色的山冈》是游记散文集，自然山水之行充溢着愉悦和遐思，在经历了一次又一次的大自然的种种洗礼和美的熏陶后，观望与感喟凝结于

笔端，组成一篇又一篇情景相交的美文，体现出一个游历家在以生活情趣品赏风景时所形成的自然游历和精神润泽的交融。其中《翡翠姑婆山》《解读黄姚古镇》《漓江情思》就像一幅幅色彩斑斓的完整的画卷，令人目不暇接："扑面而来的是满目翠绿，绿树如屏，绿光摇曳，绿浪翻腾，所有山道都被绿帐翠帱重重叠叠遮蔽着，游览车穿行在林间山道上就像鱼儿游进翡翠般的河流。一路上那高大挺拔的古树、那葱茏茂密的梓木、那浮苍滴翠的松柏、那连绵不断的茶园，在盛夏的阳光下苍碧翠绿，空气也好像是绿色的。那绿并非虚幻，仿佛随手便可掬一捧深深地吸上一口，就像漓江的碧波在胸中荡漾，像九万大山的清泉在心灵深处潺潺流淌……"（《翡翠姑婆山》），作者以优美的文笔描绘了大自然的神奇与美妙，以真挚的情感返回到与自然最初的和谐中，动情处出神入化，细腻中透露着昂扬之气，体现出对生活的无限热爱和本真秉直的生命情怀。

郁达夫曾说："一粒沙里见世界，半瓣花上说人情，就是现代散文的特征。"徐治平的《大石围独语》感恩于灵山秀水的抚育，表示出对原始自然山水的认同，主张跟被分解的自然恢复统一。作家以独特的眼光诠释着广西乐业县大围石的发现与存在留给人类的深邃思考，既是对神奇自然的礼赞，更是对人类生存状态的关怀。文中巧妙地运用了拟人的手法，直面现代工业社会带来的生态困境，含蓄委婉地批评了污染环境、破坏环境的人类，流露在文中的忧患意识，不仅展示了过去的历史见证，更是警示今日环保的一面镜子。构成徐治平游记散文独具魅力的一个重要方面就是：一本真诚。关注生态，关爱自然，带来的是灵魂的洗礼与新生，它体现了作者别具匠心的思考，也隐含着创作主体特殊的精神旨归和审美理想，从而把山水游记创作推向了一个新的思想深度。

在对自然生态的关照上，中青年作者对事物的看法以及对问题的思考同样深刻，更显鲜活，体现出一种普泛的全球性景观。冯艺的《永远的长白山》《还有一个海陵岛》，"登山则情满于山，观海则意溢于海"。在作者的笔下，长白山的美有光有色有声有味，海陵岛的雅是诗是画是和谐，构成了一种特殊的美学景观。然而，流淌在作者笔端的不只是喜悦和惊叹，更在于由自然的书写中让人感到了对生态环境的保护和关爱，"长白山是美的，因为它是自然的，至今仍像个混沌初开的世界，尚未遭受人为的破坏"（《永远的长白山》）。文章把趣味性和人文关怀熔为一炉，情思宏阔而富饶。罗伏龙的《浏览东巴凤》，既写出了东巴凤的沧桑历史、美丽风光、淳朴风情，更是寄托了对东巴凤发展前景、美好未来的期望，跃动着一份鲜活的现代意识，使人性发现使人格净化。龙歌的《亲近防城江》流露着对防城江的深情厚谊，他深爱着这条美丽的江，因为在树高竹茂的自然景象中，他意识到了"只有懂得保护环境的人，才是真正懂得如何生存的人"。

游记是中国散文重要的形式之一，因时代的变化而更易它的内容，具有高度机动性。张潮在《幽梦影》中论道："有地上之山水，有画中之山水，有梦中之山水，有胸中之山水。地上者妙在丘壑深邃；画上者妙在笔墨淋漓；梦中者妙在景象变幻；胸中者妙在位置自如。"从创作主体的审美动向来看，当代游记的内涵远远超出了模山范水，吟风弄月，访奇探胜，浪迹天涯的模式，从摹写自然、领略自然到领悟自然、关爱自然，无论在思想观念上还是创作手法上都增添了新的元素，画中、梦中、胸中之山水已经融为一体。文变染乎世情，这是新时代带来的一种新的悸动、新的要求，带着一份对自然精神空间的尊重，带着一种人文思考的向度，游记超越了某个具体的审美对象，成为与自然融为一体的精神审美象征物。醉翁之意在乎山水之间，也在于树下水滨明心见性，以无边、深厚的人文关怀回应着青山绿水。

三、结语

随着文化空间的活跃与不断的发展和变异，散文创作者们视域愈加开阔，学养的日趋深厚，散文由极其个人性质的、独特的感受出发，通过足够的思想的沉淀，形成了审美与审智的相互交融。散文创作外延的扩展，思想精神的深化，由个性凝定而成共性内涵，促使散文成为一种独立的文体和特殊的文化、精神载体。新世纪广西散文创作由平面到立体的多层次、多视角的整体发展预示着，只要在平淡中坚守，在努力中坚韧地行进，就会有未可限量的未来。

（刊于《南方文坛》2004 年第 5 期）

都市文化与传统文化撞出的心理旋涡

——施蛰存的《梅雨之夕》赏析

从江南带有书香气味和恬静风光的城镇人家走出来的施蛰存，在晚年回首时说："我的一生开了四扇窗子，第一扇是文学创作，第二扇是外国文学翻译，另外则是中国古典文学与碑版文物研究两扇窗子。"正是因为这种古今兼修的学养和中外兼及的趣味，在他的心中涌动着两股泉源：东方温柔的诗教和西方的人性探索。东方传统文化是他浸入骨髓的丰厚底蕴，即便日后的他不断地沐浴欧风美雨，又曾一度热衷于用弗洛伊德精神分析学的眼光来透视人物深层心理，东方文化的神韵依然闪烁。也正因为这种双重文化心态，使得他的文化视野相当开阔，从而能站在二三十年代现代化的大都市的边缘来窥探都市人的思想观念与行为模式。

受殖民化的洋场风气浸渍，19 世纪以来的上海滥泛于灯红酒绿之间，东方古老的文化传统与西方机械文明在这里交织而产生了一种畸形的斑驳陆离的色彩。20 世纪 20 年代末至 30 年代前期，活动其间的作家们一度把描写热闹的、喧嚣的"都市风情"当成了一种文学风尚。十里洋场喧腾活跃的烟酒味，霓虹灯下弥漫的脂粉气，在当时的海派作家笔下被热烈而疯狂地展示。施蛰存却抛开了对这些寻求物欲享乐、性感刺激以及三角恋爱风波的描写，专意在繁华与喧闹背后，寻觅都市人身居闹市，却又孤寂忧郁和无法描摹的迷惘心态。他的视线掠过洋气拂拂的舞厅、赌场和妓院中的老板、大亨，凝聚在都市异乡人异常纤敏的心理上，传达出这些从乡镇文化生活走进都市文明社会，既滋生了都市陌生感、忧郁感，又始终难以摆脱"怀旧情绪"的都市人心里，从而放射出传统意识和都市意识交织而产生的奇独色彩。

《梅雨之夕》反映的正是传统文化与都市文化相撞击所产生的一串心理旋涡。小说几乎没有什么情节，描写的只是一次没有结果的萍水相逢：在一个凄迷、灰暗的梅雨天里，"我"从公司下班徒步回家，在店铺檐下避雨时，邂逅一位没有带雨伞的美丽少女，"我"为她的姿色所动，几番思量，最后鼓起勇气与之结伴同行。在这段行程中，"我"滋生了种种想象：最初发觉她貌似自己在苏州时初恋的女子，正在犹豫是否要重续前缘时，忽而从路边一个女子忧郁的眼光，联想到等待自己回家的妻子忧郁的眼神；忽而又从这个少女的姓名联想到以前的恋人，继而又联想到日本画家"夜雨宫诣美人图"和古人"担篸亲送绮罗人"的诗句，心里充满着初恋的情愫，正当情感就要步入微醉状态之时，突然发现眼前的少女嘴唇太厚，不像自己心中的恋人，顿失心逸神驰的梦境，压抑的心境豁然开朗。别了少女，回到家中，听到妻子的声音，仿佛又是那少女的声音，是醒还梦，思绪又飞回到那个就要忘记了的梦里。作者通过层层叠叠、曲折细微、往复回环的心理描写，生动地展现了繁华都市内一个小职员在雨中，在寂寞的都市街头寻找暂时解脱的精神歇憩地时，因两种心理文化邂逅而激起的层层心理微波。

通过这场只有空蒙而无痛苦，只有迷惘而无哀伤的爱的"白日梦"，可以看出，在"我"的精神世界里，始终激荡着传统文化与都市生活的两种情感冲突。温情脉脉的乡镇文化，是他始终心仪的怀念，即使身居都市，但心底仍有一些抹不掉的对乡镇文化的记忆，致使他在理智与情感方面，都难以完全与都市社会认同。他"讨厌雨中奔驰的摩托车"和雨天里狭窄的电车厢，而喜欢"沿着人行路用一些暂时安逸的心境去看看都市的雨景，虽然拖泥带水，也不失为一种自己的娱乐"。希求寻找出一份与都市快节奏相反的朦胧的诗意。正因为心存一份对传统文化情趣的追求，都市中一个随意相遇的女子，便深深地勾起了他重温旧时生活的冲动和对过往爱情按捺不住的回忆。追忆早恋的情怀，既是对时下单调生活的反抗，对人与人之间淡漠和疏远关系的挑战，更是对重返昔日时光的渴望。他希冀这雨中的相逢，能带他到那个未被都市烟尘污染的梦境里，找一点妄想的闲空，让紧张疲惫的身心暂时解脱。由于长期生活在都市的重压与烦闷中，现代都市人忧郁和孤寂的情绪，促使追求情欲的心理变得急切，感应神经也异常纤敏，在薄暮雨丝和都市气息的诱发下，蠢蠢跃动的心试图将这次邂逅转化为摆脱东方伦理束缚的性爱追求。然而，尽管人物的潜意识倾于对美丽少女的追慕，但传统文化中的伦理意识时刻不停地在追赶着他，当他不由自主地陷入两性吸引中，渴望与少女相识共行时；在另一方面，心里又同时在盼望着人力车夫快些来将少女拉走，也拉走自己的胡思乱想。传统文化意识告诉他"应当走",而潜意识又紧紧拴住他的脚步。好不容易越过重重心理障碍,迈出了勇敢的一步,共行的路途上,却又不时地感觉到与妻子的眼光在交织,妻子的身影忽明忽暗,即便是不相干的行路人,也让他惴惴不安,似乎在时时提醒着他现实的身份。每当他对姑娘的了解深入一步,猜测怀疑的心思就催促他后退两步。传统文化始终未曾放松对他的窥视,"发乎情而止于礼"的思想也始终在制约着他感情的出轨之处,让他在心猿意马时蓦然清醒。传统文化与都市文化的相互冲撞,使他在与姑娘结伴同行的短暂行程中,一刻也没有停止内心矛盾的纠缠,时而表现出一种对美丽的向往,时而又对这种向往进行无由自主的抑制。少女的形象只不过是开启主人公心扉的一把钥匙,妻子是时时想关掉这扇偶尔打开的大门的一双手。少女与妻子形象交替变化,蒙太奇叠映,由此而产生的种种美好遐想、道德自责和矛盾纠缠,正是两种文化撞击的结果。小说的结尾尤其令人惆怅不已,主人公欲用现实平息心底的波澜,却显出了呈静欲动,越压越动的效果,就像绵绵春雨,淅淅沥沥,乍晴还雨,似乎在轻叹着:浪漫时代的男女所憧憬的爱已绝不可能在现时的都会里上演了。

纵然是一段露水般的情缘,但施蛰存带有诗意的写作,将这段心理演绎得如同历尽艰难曲折而终难成眷属的爱情故事一样感人至深。小说在风格上既吸取了西方小说心理分析的描写,又不失东方文学的神韵,人物细腻而复杂的情绪转换变化和心理活动的描绘处理得和谐优美,怪而不乱、玄而不晦地发掘出了都市异乡人的潜意识世界,新颖的小说技巧与传统的描写方法自然交融,呈现出东西文化整合与同构过程中形成的一种新的质。

（刊于《名作欣赏》2000 年第 5 期）

转轨的回巡与文化的审视

——评《文化的转轨——

"鲁郭茅巴老曹"在中国 1949—1976》

　　时间的冲洗，会使历史与历史对象的本来面貌被有意或无意地更改，尤其在历史与文化的转折关头，更是众声喧哗。关于 20 世纪中国文学史，我们经历了一次次的检视，学术界也经历了一轮又一轮的文化热浪与思想淘洗，但在当下的文学史所涵盖的精神事实中，诸多的描述和解释还存在着不少模糊的、残缺的空白和误区。正是基于对文化转轨的重新思考，程光炜教授以独立的学术立场，回首审视鲁、郭、茅、巴、老、曹这一群文学大师在 1949 年到 1976 年，这段具有转型意义的历史时期中的角色和使命，他的力作《文化的转轨——"鲁郭茅巴老曹"在中国 1949—1976》（光明日报出版社，2004 年 1 月出版，以下简称《文》），就是在用心灵和智慧打捞历史、追问历史，通过对中国现代、当代学术史的钩沉，在喧嚣的生存背景中再现出"鲁郭茅巴老曹"这一群中国现代文化思想精英们面对复杂的历史、面对民族命运的沉浮所历经的艰难的精神历程。

　　从 1949 年到 1976 年间的中国文学，是一段极其特殊的发展过程，由于历史的原因和政治权力的作用，这一时期文学的历史进程充满了是非曲直和痛苦悲怆。"鲁郭茅巴老曹"曾经是一种流行的口号，虽然一度产生了积极效用，但因为命名本身的政治策略和目的，在文学的历史发展中日渐暴露出了内在的缺失。程光炜教授选择了这一个特定的历史视角和特殊的社会背景，以对历史的真实回应再现出 20 世纪中国文化界精英们的生命历程。在经历了"两个历史"的艰苦纠缠之后，他终于找到了一个有效的诠释这段复杂的文学史的理论范式：以文化批评的写作对重建当代人文精神的介入，从历史作用与文化建构两个不同的价值范畴中，对文学史中遗落的文学现象进行客观梳理与价值定位，进而对这段时期文学的历史进程进行深究其中又超乎其外的清理与审视，展示出文学变革的复杂性、多元性与深刻性。

"历史却是一个巨大的翻斗，它转过了这一面，却残酷地抛弃了另一面。"于是历史的命名与文学的阐释在相互选择与回应中生成。《文》中的第一章和第二章，对于历史命名的含义、生成背景与文学环境、矛盾与抉择的实质作了力透纸背的剖析。程光炜教授力求在历史的情境中审查，在历史演变中在独具的线索和动力中追索。随着资料的甄别和钩沉的深入，他为所勘定的历史轮廓的坐标点去除了沉沉遮蔽，同时也拨开了讲述历史的过程中的层层迷雾，进而将中华人民共和国成立前后文学大师命名工程的来龙去脉、文学秩序的进展和建立的过程，以及在文学史上的作用和命运，全方位、多视角、多层面地呈现给读者。其中对于 1948 年、1949 年的抉择辨析，极为精到，通过对"鲁郭茅巴老曹"这批站在现代中国文学巅峰上的代表作家，在中国文化环境和文人文化传统中的独特作用和特殊价值的深入考察，让历史的言说走出了权威的历史叙述赖以运行的基本框架，显示出开放性、动态感和思辨色彩。

人在历史过程中所扮演的角色的客观性和偶然性是无法主宰和无可避免的，中国的文学艺术家的生死荣辱和沉浮曲折无不关联着政治强势的现实态度与功利策略。沿着这一思考，程光炜教授对"鲁郭茅巴老曹"进行了个案梳理，以现代思维重视知识分子的心路历程，进一步透视作家的内心世界和复杂的人性，理性主义史学与充满激情地对生命独特个性体验的诗学在论著中得到了有机的融合。作为当代学者，程光炜教授用丰富的心灵深深地体味了历史加予这代学人的伤害，进而揭示出学者与时代充满悲剧色彩的紧张关系。

在对鲁迅的精神历程的深刻揭示中，作者力求穿透各种史料，还原历史生活场景，沉入到鲁迅的灵魂深处，直逼他的精神内部。鲁迅的焦虑、悖反，内心的对抗性，在论著中以矛盾聚焦的方式凸显出来了；鲁迅在政治运作中的被塑造和棋子作用，在论著中得到了充分、完整的阐释，由此超越了以往的历史经验话语，获得了新的智性体验。作者以扎实的资料梳理和概括，深入系统的分析和比较，使自己对这段历史的研究到达了一种新的高度。同样，在对郭沫若的文化性格进行具体的、历时性的反思中，作者既作了透彻的分析，也指出了其精神缺陷，他从大量的书信资料中，将郭沫若的真实感受与对历史经验的了解结合起来，通过重新认识郭沫若文化英雄个人情结产生的社会环境和文化环境，进而探究他在这方面的重大挫折以及深刻成因，呈现给读者一个相对完整的郭沫若的精神世界。在叙述这些学者的同时，程光炜教授也在直视自己的灵魂。带着民族的苦难记忆，用一颗与先驱交流的心，去激活一个又一个尘封的话题，他对于历史的叙述，没有时代的距离感，远去的历史在他的笔端当下化了。

　　不正常的历史环境，人格气质和艺术观的某种差异，都会成为个人命运沉浮的契机。进入 20 世纪 50 年代后，一体化的文学体制和格局，使矛盾和冲突的方式、性质发生了重要变化。然而，"文学之道就是作家艺术家的生存环境，直接决定着他们创作的状况和心态。一个作家的人生选择和归宿，早就潜藏于其地域文化的熏陶和性格气质当中"。作者正是通过创作这个敏感的窗口，剖析了茅盾和老舍的思想和艺术个性，从中引领出这两位理智型的作家的心里活动，把作家的创作演变与时代氛围的关系，勾画得极为贴切。特殊环境中的茅盾之所以连篇累牍地写文艺评论，提携、奖掖创作新人，在某种程度上可以看作是这种心理的一种委婉的外射。中华人民共和国成立后的老舍之所以放弃了小说而选择了戏剧，在这个理智选择的结果中，隐含着"士为知己者死"的集体无意识和本能冲动，由此"老舍的'理智'，是那种穷人式的、平民社会的知恩图报的理智，茅盾的'理智'是那种大家庭式的、贵族社会的迎合与怀疑相并存相矛盾的理智；老舍的理智是刚性的北方文化的体现，茅盾的理智乃是柔性的南方文化的传承"。27 年来的云雨浇灌，结出了这样的果实。面对果实，作者不是注重描述果实，而是向着果实的枝干一直到根部进行追问，从被遗忘的真实的历史出发，在历史深处的荒芜中开掘。

　　从对外宇宙的社会生活关照到对内宇宙的人生探究，论著展示出了一个个鲜活的、具有丰厚精神内蕴和个性气质的艺术形象。详尽的材料使程光炜教授的论述拥有极为客观的依据，善解的眼光又让他在精神层面上和笔下的人物相遇，他没有充当历史资料的拼缀者，而是真正深入到人物的精神内层，深入到他们的心灵深处，与人物进行同等高度的精神交流，与其形成了生命内在的同构关系，从而准确地把握住了人物的精神主脉，写活了他们充满喧嚣的独特的生命情态。他抓住了巴金与曹禺这两位激情型的作家，在精神理想上的某些共识性价值，为他们走向彼此的理想交合提供了必要的叙事基础；

另一方面又非常注意彼此的个性特质,用各种叙事手段激活他们的内心情感,在心灵上找回到过往的历史感觉,使他们带着鲜活本真的生命质感穿梭于历史的风云际遇中,在历史的长途中,展示出一种亲切与纯净的回响,展现出这两位作家在自我精神上的独立姿态,从而为读者的解读提供了很多精到深邃的答案。

《文》是真实的,也是凝重的。它的凝重不仅在于对现代知识分子所遭遇的思想变迁进行了真实的展示,还在于它从分析知识分子的心态扩展到对整个社会潮流的揭示,进而将现代知识分子的精神使命和理想形态作为一个重大命题重新提出来。对知识分子个体心态的研究是与对当时社会环境的追问紧密相连的,这是在一种完整连绵的历史纵深度的背景之下,以知识梳理、文化反思的方式表达道德的态度,显示出历史无法割裂的延续性,字里行间流露出了中国知识分子对民族对未来的一种强烈责任感和历史沧桑感,表达出了当代知识分子的立场:彰显知识分子的人格独立性和创造性,呼唤自由、科学、理性的现代精神。

真实地反思历史,对当下发言,任何社会都需要有识者提供一些启示性的思考。《文》提供了深入审查历史和现实,同时也审视知识分子自身,以调整个人与社会、与艺术关系的时机,在这个意义层面上,它给予了当代知识分子认识自我,深层反省历史和文学的契机。此外,论著独特的叙述途径和叙述框架,在整体性、阶段性当中凸显个案的研究,为这一领域的研究拓展了更大的空间;平实健全的学术心态,富于思想新质的学术论题,使这部论著包含了诸多的启迪后来者的理论生长点,从而提供了有待进一步论述的理论命题。

（刊于《学术论坛》2005 年第 2 期）

文化发展观视野下的
广西多民族文化精神构建

　　广西是以壮族为主、多民族聚居的地区。广西有 12 个世居民族，其中 11 个为少数民族，是我国少数民族人口最多的边疆民族省区。中国 55 个少数民族中，以广西为主要居住地的有壮族、瑶族、仫佬族、毛南族、京族共 5 个民族。它们宗教信仰和文化根源不一，具有多维发生、多元发展的特色，构成中华文化的重要有机组成部分。在这里，文化的生态结构森罗百态，各民族文化既有自己的主体性、民族传统和特色，又通过交流、交往实现碰撞与融合。它们相互促动、重构和新生，激发着艺术创造的活力，表现出鲜明的多民族文化融合共生的魅力，在广西大地形成了独具特色的多民族文化精神。因此，深入发掘和研究广西多民族文化共同发展的传统底蕴、价值传承和时代意义，确立全面系统的多民族文化发展观，对于激活广西多民族文化精神建构和民族关系的潜能，催化多元因素活力的释放，促进广西多民族文化繁荣发展，推进广西文化软实力建设，为经济社会的发展服务，具有重要的理论价值和现实意义。

一、传统文化底蕴的发掘

　　传统是前进的厚重基石。文化传统包含着源远流长、根深叶茂的民族精神，是民族生存与发展的根系所在。广西各民族文化精神是历史凝结下来的优秀传统，具有丰富的文化底蕴。广西多民族文化精神的形成及样态，体现着世世代代生长于斯的人民在漫长的岁月中共同创建的生活方式和精神世界。善、爱、美是她的核心境界和独特本性，也是人类文明所共有的属性和推崇的价值。

广西多民族文化的丰富底蕴，既与生活在八桂大地上不同民族的日常生活和文化历史密切相关，也包含在各民族的文学艺术、哲学和宗教等文化形态之中。广西民族文化资源富集，具有多元性的景观、原生性的形态和包容性的气度。多民族文化丰富多彩，各具特色。民族民间音乐舞蹈有扁担舞、铜鼓舞、绣球舞、芦笙舞等；民族传统文化节日有壮族三月三歌节、瑶族盘王节、苗族芦笙节、侗族花炮节、彝族跳弓节、京族唱哈节等；文化发展观视野下的广西多民族文化精神构建古迹有铜鼓、花山岩画、灵渠、真武阁、风雨桥、鼓楼等；悠久独特、底蕴深厚的少数民族戏剧和地方戏种有壮剧、桂剧、彩调剧、邕剧、苗剧、毛南剧等；还有众多人文自然景观和边寨风情文化，体现了广西独特的民族地域文化优势。

民族文化精神的生机蕴藏在传统的文化形式之中，是民族的命脉所系，是民族绵延、发展的重要枢纽。广西各民族文化艺术和各种类型的审美形式是民族共同体文化认同的核心所在。如广西被誉为"民歌的海洋""天下民歌眷恋的地方"，漫山遍野的民歌是各个民族文化基因与历史记忆的积淀，是集体记忆和集体意识形成的生活基础和精神纽带。民歌是壮族生活极其重要的组成部分，是维系和强化集体精神和文化认同的重要载体，成为联结民族群体各代人化不开的情结。"人们相从而歌，是达到施展才智、交流感情、愉悦身心和交际团结的手段……诗歌和故事的传承，成为传播民族文学艺术作品的一种方式，联结民族群体各代人的精神纽带"。[①]各民族歌唱民族团结的民歌也广为流传，充分体现广西各民族相亲认同、友爱包容的情怀与心理意识。如苗族的民歌中所唱的"苗山的树林嫩青青，北京的太阳暖人心"，代表着一种普遍的心理认同和价值取向；侗族是一个喜欢交往的民族，他们常常集体做客，集体对歌，集体"走寨"，侗族的各种民俗活动都以集体为主，体现着团结友善的民族精神。

广西多民族文化精神共同性形成的一个重要基础是深受汉文化的传播与影响。中原文化向岭南的传播始于秦始皇修通灵渠之后。随后，汉文化向广西地区的传播与渗透不断加强，中原文明通过陈钦、陈元父子，颜延之，柳宗元，黄庭坚，王守仁等杰出的文化人从北而南，依次传播到广西腹地。明清时期，基本形成了汉、壮、瑶、苗、侗等族群文化多元融合的局面，构

---

① 潘其旭. 壮族歌圩研究. 南宁：广西人民出版社，1991：245.

成了广西社会发展、文化创造的一大特色。各民族文化交流碰撞，传承融汇，促进了广西各民族在语言、文字、习俗、共同的价值观等方面的一体化，也形成了广西各族人民平等交流、和睦相处的和谐关系。尤其是在语言方面，与汉文化的交流影响深远："广西绝大多数少数民族都拥有自己的民族语言。但语言的差异并未成为广西各民族交往的障碍，究其原因汉文化在广西民族地区的传播以及与当地民族文化的相互影响下，最终形成了'共同'的民族语言，从而促进了当地各民族跨越语言障碍，形成和睦相处、和谐发展的局面。"①更进一步，随着汉文化在广西民族地区的传播，中原思想逐渐被各少数民族所接受，或深或浅地形成了主导性意识形态，最终构成共同的伦理价值观念："在各地的乡规、民约以及修订的族谱、家训中，我们可以发现大量儒家思想伦理价值观念的内容，如爱国保家、敬老爱幼、重诺守信、平等礼让、团结互助等。在汉文化的传播影响下，广西民族'一体化'发展的结果，是使广西各民族的文化认同渐趋统一。这也是广西各民族能够实现和睦相处，和谐发展的重要因素。"②

追求和谐共存，是广西多民族人民一贯的共同价值追求，广西的多民族文化是中华多民族国家的文化构成之一。因此，发掘广西多民族文化底蕴，需要致力于：第一，梳理广西多民族文化精神共同性的形成与发展过程，探寻它所形成的共同的地方性文化和审美经验，为构建和谐社会提供范例。第二，既要保护文化的多样性，也要夯实、建立民族认同的文化基础与机制，维护多民族文化共有的向心力和凝聚力，体现时代精神的核心内涵。第三，系统整理和深入研究"桂学"，对发生、发展于广西，形成广西特色而且影响波及于国内外的学术文化传统进行历史描述和理论概括，彰显广西多民族文化富有地方特色的人文传统与理性精神。③

二、传统文化价值传承的彰显

优秀的民族文化及其审美形式，不仅体现了民族过往的生活方式和理想追求，也担负着面向现在和走向未来的重要使命，有必要着力彰显它们的价

---

① 刘祥学. 文化传播推进广西各民族文化认同. 中国社会科学报，第 245 期，2011-12-8.
② 刘祥学. 文化传播推进广西各民族文化认同. 中国社会科学报，第 245 期，2011-12-8.
③ 胡大雷. 桂学传统与广西精神. 广西师范大学学报（哲学社会科学版），2011（5）：1.

值传承，通过文学艺术的研究和再创造，适应时代新要求，转化成为当代广西各族人民追求美好生活的优秀载体。

广西具有丰富的民间文学资源。如《妈勒访天边》《刘三姐》等民间文学经典和壮族布洛陀系列神话传说，反映着壮族人民的生活和理想，以及与其他民族的交流、影响和共同发展。布洛陀象征的自强不息、勇于探索的精神，所蕴含的民族文化和文化性格，既是壮族人民在生生不息的传承中形成的优秀特质，同时也为八桂大地上其他民族所认同，具有超出时间、地域限制的人文精神共性，成为广西各民族世代延续的价值追求。这些孕育于民间的优秀文化，构成广西多民族的精神基础，它们在不断传承中滋养心灵，涵养人格，凝聚民心，形成了中华民族品性的一个重要来源。

花山岩画作为壮族先民精神的外化物，是壮族先民运用独特的艺术形式所表达的生命图腾。这些具有高度审美价值的原始意象，超越了单一样式的艺术形态，再现了先民生活、原始宗教和巫术思维、神话思维共同支配而形成的一种求优生存、求美理想的强烈愿望。壮族先民通过多角度、多方位使用形体语言、符号线条，在跳动奔腾的图像中，将自身的原始宗教信仰、生产生活场景和想象的生命世界描绘在岩石上。山川土地、日月星辰，甚至是土堆石块、植物动物都被主观地赋予生命信息，创造性地传达出对于自然、人生、族群历史和生命意义的思考，体现了一个民族在创世之初所具有的强大的生命力、创造力和表现力，在内容和形式上达到了高度的统一。花山岩画蕴含的勤劳、勇敢、奋斗的民族精神，作为活水源头，也可以传承、转化成为一种当下的时代精神。因为"在原初性的图腾观念中，人与图腾之间的那种深深的等同关系，不能简单地理解为一种主客体之间的反映与被反映的关系，而应该理解为发生期的自然—自我关系的一个富于革命性的历史丰碑"。[①]这种早期的自然与自我的关系，发展到今天，就是自我与所处时代的关系，它"以幻想的方式由图腾观念规范下来的社会行为和社会意志，恰恰是史前人维护自身现实权利的驱策力"[②]，可以置换为今人以坚强的意志创造美好生活的驱动力。

重视历史传承，就要吸取传统文化的优点，把它转化成为今天的驱动力。

---

① 郑元者. 艺术之根——艺术起源学引论. 长沙：湖南教育出版社，1998：112.
② 郑元者. 艺术之根——艺术起源学引论. 长沙：湖南教育出版社，1998：103.

壮剧是壮民族的代表剧种，具有悠久的历史和丰厚的文化积淀，富有自身的传统与艺术风格。作为壮族社会生活不可或缺的部分，壮剧既是群众的集体娱乐活动，又是群众的自我教育活动，具有寓教于乐的功能：人们通过它来记忆历史、反映生活、表达理想、传承做人的道理、丰富自身的精神境界，同时又具有强化民族凝聚力的作用。

面对文明的发展与外来文化的冲击，置于保护与发展状态中的壮剧和其他民间艺术需要被保存、整理和再创造。第一，本民族优秀剧目的保存。壮剧的剧目丰富，其内容主要包括两个方面：一是来源于本民族社会生活中紧贴于乡土的故事，如《宝葫芦》《百鸟衣》《三穿洞的故事》《金花银花》《羽人梦》《瓦氏夫人》等，都是不同时代的代表性剧目和艺术珍品，具有鲜明的地方特色和本民族气息。第二，对其他民族，主要是汉族传统故事的移植和改编，如《梁山伯与祝英台》《生死牌》等，题材多是有关忠孝节义和纯真情感。壮族是善于吸收与融会各种优秀文化的民族，这些剧目的创作与演出，体现了正统伦理观念对民间传统的渗透。壮剧以其浓郁的民族风格、艺术特色和时代精神，为广西文化发展增添了生机与活力。

不同时代的智慧铸造了广西多民族文化精神。正如壮剧的发展历程一样，广西多民族文化精神的生命力在时代的潮流中必须有源源不断的创新成果被广泛接受。正因为多元共生与交流，广西多民族文化生态中少有封闭式的迷醉。这种以礼敬自豪的态度对待民族文化，以开放包容的心态对待外来文化的优秀品质，维护了源远流长的历史传统，形成了独特的精神气质和审美品质。

三、民族文化时代精神的建构

广西多民族文化既有坚固的稳定性，又有与时俱进的活力品质。作为优秀传统的广西多民族文化精神，表现出超越时间、空间的精神力量，潜移默化地影响着当代每一个广西人。因此，着力建构民族文化的时代精神，就要在探寻优秀文化传统的基础上，进一步催发广西多民族文化精神的时代追求，促进多民族文化资源的现代再生，挖掘民族文化精神的精粹与精华，壮大民族精神的内力和元气，为塑造现代民族精神提供重要文化资源和有利于广西多民族团结的文化措施，为广西的经济社会发展提供情感支援和智力支撑。

广西多民族文化及其主导生产的文学艺术蕴含着丰富的时代精神。

（一）与时俱进，反映时代精神

广西六十年的文学艺术继承民族文化优秀传统，努力探索民族文学发展新道路，与时俱进，取得了丰硕成果。正如有论者指出的，这些文学成就"是在培养民族文学作家，继承民族文化传统，努力探索民族文学发展之路的结果""文学发展事实证明，广西作为少数民族地区，文学发展离不开民族文化传统的滋养，离不开民族作家的成长和贡献"。①

六十年的广西民族文艺书写，有力地见证了广西各民族从封闭落后走向开放富足的现代化进程，体现了各民族作家致力于反映各族人民对美好生活向往的文学理想。在 20 世纪五六十年代的中国文坛上，活跃着陆地、李英敏、苗延秀、韦其麟、周民震、包玉堂、黄勇刹、蓝鸿恩、古笛等一批广西作家诗人。1958 年自治区成立以后，先后诞生了长篇小说《美丽的南方》、歌舞剧《刘三姐》等一批具有浓郁民族风情和地域特色的优秀作品，体现了广西民族文学事业的欣欣向荣。1979 年壮族作家王云高与李栋合作的小说《彩云归》获得全国优秀短篇小说奖，随后涌现了蓝怀昌、韦一凡、莎红、凌渡、陈雨帆、黄钲、潘荣才、何培嵩、孙步康等一批中青年民族作家，在全国文坛产生广泛的影响。20 世纪 80 年代的"寻根"文学表现出鲜明的广西少数民族整体文化意识。壮族作家农冠品的诗集《泉韵集》，凌渡的散文集《南方的风》《故乡的坡歌》，韦一凡的长篇小说《劫波》、中短篇小说集《被出卖的活观音》，瑶族作家蓝怀昌的长篇小说《波努河》等，描绘了壮、瑶、侗、苗等少数民族的多彩生活、独特风情和现代转化。1985 年，汉族作家杨克、梅帅元提出"百越境界"创作理论，民族传统文化的内涵与外延得到拓展，带来广西民族文学创作的显著转变和创新追求。1989 年，召开"89 民族文学讨论会"，在总结广西少数民族作家创作成果的基础上，推动了广西少数民族文学的现代转型。

20 世纪 90 年代至今，广西少数民族文学出现强烈的反思色彩，体现出关注民族深层精神、自觉建构民族现代文化的追求，在不同层面释放现代观念的热能，迎来了多民族文学的繁荣新局面。仫佬族作家鬼子的《一根水做的绳子》，壮族作家黄佩华的《远风俗》《生生长流》《公务员》，凡一平的《顺

---

① 李建平，等. 广西文学 50 年. 桂林：漓江出版社，2005：23.

口溜》《寻枪记》《理发师》，光盘的《王瘸子的欲望》等一批长篇小说相继面世，回族作家海力洪以其鲜明的艺术个性被认为是实力雄厚的新生代小说家之一，侗族作家张泽忠出版了小说集《山乡笔记》和《蜂巢界》等。他们的审美眼光超越单一的少数民族领域，朝向人类共同体的多元人文关怀，表现出现代意识和世界视野。在散文创作方面，壮族作家冯艺的散文集《桂海苍茫》聚焦于多元文化交流与碰撞中广西少数民族文化的多元构成，严风华的《民间记忆》对广西 12 个世居民族文化历史、风俗习性进行了艺术化的记录，仫佬族作家潘琦的《琴心集》获得了第五届全国少数民族文学创作奖，包晓泉的散文集《青色风铃》获得了第六届全国少数民族文学创作奖。更年轻的一代壮族作家如李约热、潘红日、韦俊海、潘莹宇、黄土路等，瑶族作家纪尘、盘文波等，他们的作品引人注目，以更加开放的创作姿态融入到当代文学的整体格局中。

广西六十年的文艺创作表明，民族的精神表达不仅要有历史的传承，还要有不断的创新。创新就是时代性。民族文化精神是与民族的时代特征相互塑造的。因此，继承是根基，创新是艺术发展的必由之路。不同历史时期的民族文化精神有着不同的时代内涵和表现形式，多民族文化精神通过文化艺术的丰富实践及理性思考，逐渐生成具有覆盖性的潮流，凝聚成高峰性的构建，从而形成明显的社会文化影响力。

（二）弘扬主旋律，彰显爱国主义

近现代以来，广西各族人民在抵抗外辱和建立中华人民共和国的历史洪流中，贡献巨伟。1841 年，广西少数民族士兵参加了广东的抗英斗争。1885年，壮、瑶、彝各族士兵取得了中法战争镇南关大捷。抗日战争期间，广西的汉族将领李宗仁和回族将领白崇禧共同指挥了享誉中外的台儿庄战役，有力地证明了广西世居民族强烈的中华民族意识和爱国主义情怀。这决定了广西文学彰显爱国主义主旋律的特点。如抗战期间，桂林出现了抗战文学热潮。活跃在桂林文化城的桂籍作家，如阳太阳、陈中宣、严杰人、梁宗岱、柳嘉、朱荫龙、李文钊、秦似、凤子、曾敏之、陈闲、胡明树、陈迹冬、周钢鸣，包括著名学者马君武、梁漱溟等，创作了大量的优秀爱国作品，有力地支持了中华民族抵御外辱、争取独立的爱国主义事业。桂林抗战文学和全国抗战文学一样，始终高举伟大的爱国主义旗帜，弘扬伟大的中华民族精神，承担"天下兴亡，匹夫有责"的历史使命，坚守与民族共命运、与人民同呼吸的优异品格，激励着一代又一代读者和各族人民为追求民族解放、民族独立和民族复兴而努力奋斗。

　　需要指出的是，桂林抗战文学的兴盛，也是民族文化融合的产物。它带来了由壮族作家、桂籍作家和外来作家共同创造的、以复兴中华民族新生、创造新的优秀爱国文艺为目的的一次文化大繁荣。桂林抗战文学在展示与爱国主义意识休戚相关的同时，也体现着地域意识、文化同感和文化归属感。凝聚着广西多民族文化精神质感和力度的桂林抗战文学，与全国抗战文学共同构成了声势浩大的抗战洪流，延续了中国新文学对民族精神传统进行自我批判的反思性、自我创造的建设性，也坚守了本民族的民族主体性。他们的创作表达的强烈的时代精神和为国家、爱民族的爱国主义思想，既承载了中华民族伟大的民族文化精神，也弘扬着广西优秀的多民族文化精神。

　　（三）面对碰撞，实现融合创新

　　现代社会快速发展，各民族的文化艺术在同一空间互相并存、密切交流、深层律动和内涵融合的形式多种多样。以广西民歌为例，随着市场化和城市化加剧，传统习俗消解较快，民歌赖以生存的传统环境逐渐消失，从而导致民歌的日常文化生活属性明显减弱。但是，这些带有地方特色的民歌和大众流行歌曲以及其他民族的民歌形成一个互动关系，彼此解构，也相互建构："这些带有地方特色的民歌和大众流行歌曲以及其他民族的民歌形成一个他者关系，又彼此解构。这在某种意义上有利于族群意识的加强，族群文化的认同象征性得以实现。"①因此，面对碰撞，合理地引导和利用不同文化，进行融合创新，有利于族群意识的加强，族群文化的认同和民族融合也可以在新的层面上得以深度实现。多民族文化交流一方面凸显着个体民族差异性、主体性等文化特质，另一方面也重建了、强化了个体民族共同的、普遍的文化属性。在文化工业化与商业化的形势下，探索多民族文化交流与碰撞的有效途径，在宏观上有助于摆脱民族文化的表象化，抛弃静止地固守民族文化的狭隘立场，促进广西多民族文化的现代转型，向着开放性和多元化发展，参与新形势下民族文化建设和精神重塑。在具体实践上有望探索到适合民族特点和基层需求的文化服务方式，开发和利用丰富的民族文化资源，激活当下现实生活经验的审美表达，丰富民族文化生活，提升民族美感形式，提高

---

① 尹庆红. 民歌与文化认同——以南宁国际民歌艺术节为例. 民族艺术，2013（5）：123.

民族审美境界，从而重塑、丰富新时代的多民族文化精神内涵，加强民族文化认同，弘扬广西多民族文化精神。

四、结语

1997年，费孝通先生提出著名的"文化自觉"理念。他提出的文化自觉是指："生活在一定文化中的人对其文化有'自知之明'，明白它的来历，形成过程，所具的特色和它发展的趋向，不带任何'文化回归'的意思。不是要'复旧'，同时也不主张'全盘西化'或'全盘他化'。自知之明是为了加强对文化转型的自主能力，取得决定适应新环境、新时代文化选择的自主地位。"①至今，这个理论已经成为"对文化地位作用的深刻认识、对文化发展规律的正确把握、对发展文化历史责任的主动担当、对中华文化的发展前途充满信心、对中国特色社会主义文化发展道路充满信心、对社会主义文化强国充满信心"②的一个十分有力的文化论述。广西多民族文化精神既源于传统特质，又构成当代精神的重要内涵，既开放，又发展。这是我们树立文化自觉与文化自信的坚实基础。在长期发展的过程中，广西各族民族文化既与中华其他文化多元共生，也与东南亚文化、印度佛教文化、西方基督教文化相互交流，呈现出兼容并蓄、海纳百川的多元化和开放性特点。多民族、多国族的文化交流带给广西丰富多彩的文化形态，形成多元的文化环境。在多元的环境中，广西多民族文化精神由自发性的实践到自觉性的创造，各民族独特的艺术表现方式和特征并存并行，相互影响，催生了兴旺蓬勃的文化生机。它所形成的文化境界，就是文化自觉与自信中的"各美其美，美人之美，美美与共，天下大同"。③这些美美与共的文化元素既是广西多民族文化精神主旋律的具体表现，又从不同层面极大地丰富、发展和塑造着广西多民族文化精神。

广西多民族文化精神是广西各族人民共同的思想基础和共有的精神家园，是八桂大地各族人民最深沉的精神追求和生生不息、发展壮大的丰富滋

---

① 费孝通. 对文化的历史性和社会性的思考. 思想战线，2004（2）：6.
② 教育部普通高中思想政治课课程标准实验教材编写组. 思想政治必修. 三. 北京：人民教育出版社，2013：98.
③ 费孝通. "美美与共"和人类文明. 费孝通论文化与文化自觉. 北京：群言出版社，2005：532.

养。广西多民族文化精神要勇于与时俱进，既重视历史传承，也不断开拓创新。继承是根基，创新是发展，使民族文化精神与时代要求深度融合。广西多民族文化精神经过广大人民和历代知识分子的整理、提炼、加工和创造，顺应时代步伐，加快发展步伐，把朴素意识和原始样式提高到具有突出时代感的优美感性形式和多元化、系统性的理论形态。因此，在多民族文化发展观的视野下，力求全面、多角度把握各民族文化的缘起、发展、传播、接受等各个环节，关注各民族初始的本真生存文化状态，关注不同民族之间文化交流的平等关系，关注在保存、扬弃、整合过程中创造出的适应时代要求的新文化体系，势必对广西文化软实力建设作出贡献，为广西经济社会的加速发展作出贡献。

（刊于《学术论坛》2016 年第 7 期）

主要参考文献

一、著作

[1]邵华强．徐志摩研究资料．西安：陕西人民出版社，1988．

[2]陈静，等．人生四关——生老病死．长沙：湖南出版社，1995．

[3]陈钟英，陈宇．林徽因．北京：人民文学出版社，1992．

[4]文洁若．梦之谷奇遇．北京：中国友谊出版公司，1992．

[5]赵园．论小说十家．杭州：浙江文艺出版社，1987．

[6]袁良骏．丁玲研究资料．天津：天津人民出版社，1982．

[7]王观泉．怀念萧红．哈尔滨：黑龙人民出版社，1984．

[8]杨义．中国现代小说史．第2卷．北京：人民文学出版社，1993．

[9]杨绛．关于小说．北京：生活·读书·新知三联书店，1986．

[10]张颐武．风物长宜放眼量．长春：时代文艺出版社，1993．

[11]朵拉．当代东南亚华文文学多面观．厦门：厦门大学出版社，1995．

[12]林幸谦．狂欢与破碎——原乡神话·我及其他．台北：三民书局，
1995．

[13]马克思，恩格斯．马克思恩格斯选集．第1卷．北京：人民出版社，
1956，1977．

[14]陈美兰．文学思潮与当代小说．武汉：武汉大学出版社，1994．

[15]孟悦，戴锦华．浮出历史地表——现代妇女文学研究．郑州：河南
人民出版社，1989．

[16]郭小东．逐出伊甸园的夏娃．广州：暨南大学出版社，1993．

[17]王本朝．20世纪中国文学与基督教文化．合肥：安徽教育出版社，
2000．

[18]张京媛．当代女性主义文学批评．北京：北京大学出版社，1992．

[19]骆晓戈．沉默的含义．长沙：湖南师范大学出版社，2000．

[20]乔以钢．中国当代女性文学的文化探析．北京：北京大学出版社，2006．

[21]阎纯德．20世纪中国著名女作家传．北京：中国文联出版公司，1995．

[22]陆里，胡仲实．广西少数民族文学概况．南宁：广西壮族自治区民间文学研究会编印，1980．

[23]王红旗．21世纪中国女性文化本土化建构研究报告集成（2001—2012）．北京：中国出版集团现代出版社，2013．

[24]孟晖．潘金莲的发型．南京：江苏人民出版社，2005．

[25]丘振声．壮族图腾考．南宁：广西教育出版社，1996．

[26]刘大先．现代中国与少数民族文学．北京：中国社会科学出版社，2013．

[27]沈从文．花花朵朵 坛坛罐罐：沈从文谈艺术与文物．重庆：重庆大学出版社，2014．

[28]赵联赏．服饰智道．北京：中国社会出版社，2012．

[29]顾净缘，吴信如．地藏经法研究．北京：中医古籍出版社，1998．

[30]余秋雨．伟大作品的隐秘结构．北京：中国出版集团现代出版社，2012．

[31]李鸿然．中国当代少数民族文学史论．（上）（下）．昆明：云南教育出版社，2004．

[32]乔以钢．多彩的旋律——中国女性文学主题研究．天津：南开大学出版社，2003．

[33]马丽华．雪域文化与西藏文学．长沙：湖南教育出版社，1998．

[34]费孝通．费孝通民族研究文集．北京：民族出版社，1988．

[35]费孝通．费孝通论文化与文化自觉．北京：群言出版社，2005．

[36]白云驹．人类口头和非物质遗产．银川：宁夏人民教育出版社，2004．

[37]吴德坤，吴德杰．苗族理辞．贵阳：贵州民族出版社，2002．

[38]江帆．民间口承叙事论．哈尔滨：黑龙江人民出版社，2003．

[39]江帆．满族生态与民俗文化．北京：中国社会科学出版社，2006．

[40]王明珂．羌在汉藏之间——川西羌族的历史人类学研究．北京：中华书局，2008．

[41]《纳西族简史》编写组．纳西族简史．昆明：云南人民出版社，1984．

[42]黄永林．中国民间文化与新时期小说．北京：人民出版社，2007．

[43]薛晓源，陈家刚．全球化与新制度主义．北京：社会科学文献出版社，2004．

[44]阎世平．制度视野中的企业文化．北京：中国时代经济出版社，2003．

[45]汪丁丁．制度分析基础——一个面向宽带网时代的讲义．北京：社会科学文献出版社，2002．

[46]麻国庆．走进他者的世界．北京：学苑出版社，2001．

[47]耿占坤．爱与歌唱之谜．桂林：广西师范大学出版社，2003．

[48]袁鼎生．生态视域中的比较美学．北京：人民出版社，2005．

[49]郑元者．艺术之根——艺术起源学引论．长沙：湖南教育出版社，1998．

[50]廖明君．壮族生殖崇拜文化．南宁：广西人民出版社，1994．

[51]赵景深．文坛回忆．重庆：重庆出版社，1985．

[52]罗皑岚，柳无忌，罗念生．二罗一柳忆朱湘．北京：生活·读书·新知三联书店，1985．

[53]钱光培．现代诗人朱湘研究．北京：燕山出版社，1987．

[54]博凡．漂泊的爱——当代社会文学趣味透视．北京：中国人民大学出版社，1993．

[55]钟敬文．钟敬文文集·诗学及文艺论卷．合肥：安徽教育出版社，2002．

[56]梁启超．饮冰室合集．文集之二，北京：中华书局，1989．

[57]胡适．胡适文集（3）文论．北京：人民文学出版社，1998．

[58]胡适．胡适文集（4）文学史．北京：人民文学出版社，1998．

[59]杨哲．钟敬文生平．思想及著作．石家庄：河北教育出版社,1991．

[60]许顗．许彦周诗话．北京：中华书局，1985．

[61]朱光潜．朱立元导读．诗论．上海：上海古籍出版社，2001．

[62]潘其旭．壮族歌圩研究．南宁：广西人民出版社，1991．

[63]毛星．中国少数民族文学．长沙：湖南人民出版社，1983．

[64]李建平，等．广西文学 50 年．桂林：漓江出版社，2005．

[65]许纪霖．寻求意义：现代化变迁与文化批判．上海：上海三联书店，

1997.

[66]教育部普通高中思想政治课课程标准实验教材编写组．思想政治必修．三．北京：人民教育出版社，2013.

[67]章亚昕，耿建华．中国现代朦胧诗赏析．广州：花城出版社，1988.

[68]齐峰，任悟，阶耳．朦胧诗名篇鉴赏辞典．西安：陕西师范大学出版社，1990.

[69]龙泉明，张小东．中国现代文学历史比较分析．成都：四川教育出版社，1993.

[70]中国比较文学编辑部．中国比较文学（创刊号）．杭州：浙江文艺出版社，1984.

[71]杜荣根．寻求与超越——中国新诗形式批评．上海：复旦大学出版社，1993.

[72]骆寒超．新诗创作论．上海：上海文艺出版社，1990.

[73]洪子诚．当代中国文学的艺术问题．北京：北京大学出版社，1986.

[74]王光明．艰难的指向——"新诗潮"与二十世纪中国现代诗．长春：时代文艺出版社，1993.

[75]袁鼎生．天人统一 大美生焉——自然美成因．一条流美的河．桂林：漓江出版社，1996.

[76]张晶．论审美文化．北京：北京广播学院出版社，2003.

二、译著、外文文献

[1]［法］泰纳．巴尔扎克论．文艺理论译丛编委会．文艺理论译丛．第2期，北京：人民文学出版社，1957.

[2]［匈］裴多菲．裴多菲诗选．北京：人民文学出版社，1959：52.

[3]［法］西蒙·波娃．第二性——女人．桑竹影，等译．长沙：湖南文艺出版社，1986.

[4]［法］西蒙娜·德·波伏娃．第二性．陶铁柱译．北京：中国书籍出版社，1998.

[5]［德］E.M.温德尔．女性主义神学景观：那片流淌着奶和蜜的土地．刁承俊译．北京：生活·读书·新知三联书店，1995.

[6]［英］特里·伊格尔顿．美学意识形态．导言．王杰，等译．桂林：广

西师范大学出版社，1997.

[7]［瑞士］C.荣格.现代灵魂的自我拯救.黄奇铭译.北京：工人出版社，1987.

[8]［美］卡尔•贝克尔.人人都是他自己的历史学家：论历史与政治.马万利译.北京：北京大学出版社，2013.

[9]［美］杰伊•麦克丹尼尔.生态学和文化——一种过程的研究方法.曲跃厚译.求是学刊，2004（4）.

[10]［美］宇文所安.追忆：中国古典文学中的往事再现.郑学勤译.北京：生活•读书•新知三联书店，2004.

[11]［匈］卢卡契.审美特性.第1卷.徐恒醉译.北京：中国社会科学出版社，1986.

[12]［英］雷蒙•威廉斯.关键词：文化与社会的词汇.刘建基译.北京：生活•读书•新知三联书店，2005.

[13]［俄］别林斯基.别林斯基论文学.梁真译.上海：上海新文艺出版社，1958.

[14]［法］布迪厄，华康德.实践与反思.李猛，李康译.北京：中央编译出版社，2004.

[15]［美］塞缪尔•亨廷顿，劳伦斯•哈里森.文化的重要作用——价值观如何影响人类进步.程克雄译.北京：新华出版社，2002.

[16]［美］伊恩•罗伯逊.社会学.黄育馥译.北京：商务印书馆，1991.

[17]［日］鹏濑孝雄.纠纷的解决与审判制度.王亚新译.北京：中国政法大学出版社，1994.

[18]［法］马塞尔•毛斯.社会学与人类学.余碧平译.上海：上海译文出版社，2003.

[19]［英］B.马林诺斯基.科学的文化理论.黄建波，等译.北京：中央民族大学出版社，1999.

[20]［德］柯武刚，史漫飞.制度经济学——社会秩序与公共政策.韩朝华译.北京：商务印书馆，2000.

[21]［德］格罗塞.艺术的起源.蔡慕晖译.北京：商务印书馆，1998.

[22]［英］爱德华•泰勒.原始文化.上海：上海文艺出版社，1992.

[23]［英］弗雷泽.金枝.徐育新译.北京：中国民间文艺出版社，1987.

[24][德]尼采．快乐的科学．黄明嘉译．桂林：漓江出版社，2003．

[25][德]弗洛伊德．创作家与白日梦．朱光潜译．上海：上海译文出版社，1983．

[26][英]玛丽•伊格尔顿．女权主义文学理论．胡敏译．长沙：湖南文艺出版社，1989．

[27]Kourany, J. A. etal. (ed). Feminist Philosophies. Prentice Hall, NewJersey, 1992.

[28]Alexander. Thomas (1987). John Dewey's Theory of Art, Experience & Nature: The Horizons of Feeling. Albany: State University of New York Press.

三、论文

[1]林洙．碑树国土．上．美留人心中——我所认识的林徽因．人物杂志，1990（5）．

[2]茅盾．女作家丁玲．文艺月报，第 1 卷第 2 号，1933-7．

[3]迅雨（傅雷）．论张爱玲的小说．万象，第 3 年第 11 期，1944-5．

[4]张琴凤．边缘处的历史记忆与本土认同——马华新生代作家创作初探．当代文坛，2005（4）．

[5]张伟．论马华女作家朵拉的爱情小说．湛江师范学院学报（哲学社会科学版），1995（3）．

[6]钱理群．试论"五四"时期"人的觉醒"．文学评论，1989（3）．

[7]张慧敏．寻求自我的艰难跋涉．东方，1995（4）．

[8]周作人．圣书与中国文学．小说月报，12 卷 1 号，1921-1．

[9]曾冉波，吕立忠．清代广西的闺秀诗人群体及其诗作．桂林师范高等专科学校学报，2005（1）．

[10]吴立德．壮族女作家曾平澜和她的诗歌创作．广西民族学院学报，1986（2）．

[11]朱慧珍．她在努力超越自己——壮族青年女作家陈多的十年创作述评．广西民族学院学报，1987（4）．

[12]秦林芳．论萧红的创作道路——从题材谈起．北京师范大学学报，1990（4）．

[13]吉庆莲．法国当代女性小说创作扫描．当代外国文学，1999（1）．

[14]夏振影．论金仁顺的古典题材小说创作．东北师范大学硕士论文，2009．

[15]牛锐．回族作家叶多多："我的心在高原"．中国民族报，2013-12-20．

[16]朱虹．云霞洒满纸 神笔发浩歌——读萨仁图娅的长篇传记《尹湛纳希》．满族研究，2010（2）．

[17]晓勇．荆棘中收获华彩人生——访第九届少数民族文学创作"骏马奖"得主次仁央吉．西藏日报，2009-3-1．

[18]王德威．熏香的艺术．孟晖．盂兰变．序．南京：南京大学出版社，2014．

[19]芳菲．万缕横陈银色界——孟晖《盂兰变》及其他．书城，2008（9）．

[20]张懿红．生死爱欲：梅卓小说的民族想象．南方文坛，2007（3）．

[21]于平．文化记忆与文化想象．光明日报，2012-4-21．

[22]杨中举．多元文化对话场中的移民作家的文化身份建构——以奈保尔为个案．山东文学，2005（3）．

[23]李敬泽．文学在当下的艺术可能性——第三届中国青年作家批评家论坛纪要．南方文坛，2005（1）．

[24]冉云飞，阿来．通往可能之路——与藏族作家阿来谈话录．西南民族学院学报，1999（5）．

[25]叶广芩．我对文学文化的理解．文艺报，1994-4-3．

[26]江胜信．阿来：口传文学滋养我．文摘报，2005-12-11．

[27]王光东．民间文化形态与八十年代小说．文学评论，2002（4）．

[28]郑土有．口传文学的编创律则——以"调山歌"为例．杭州师范学院学报，2004（6）．

[29]朝戈金．关于口头传唱诗歌的研究——口头诗学问题．文艺研究，2002（4）．

[30]孙航．西部开发与少数民族传统音乐的保护及传承．交响——西安音乐学院学报，2002（4）．

[31]万建中．筵席与民间口头文学．民族文学研究，2007（3）．

[32]朝戈金．关于口头传唱诗歌的研究——口头诗学问题．文艺研究，2002（4）．

[33]邵志忠．壮族婚姻文化探幽．河池师专学报，1994（4）．

[34]向丽．审美制度问题研究——关于"美"的审美人类学阐释．武汉大学博士学位论文，2007．

[35]蒋廷瑜．左江崖壁画的考古学研究．广西文物，1986（2）．

[36]林晓．四十年来国内学者对左江流域崖壁画的研究概述．广西师范学院学报（哲学社会科学版），2000（3）．

[37]李萍．从左江花山壁画看壮族的审美追求与习俗文化．江西科技师范学院学报，2005（5）．

[38]梁庭望．花山崖壁画——祭祀蛙神的圣地．中南民族学院学报，1986（4）．

[39]胡大雷．桂学传统与广西精神．广西师范大学学报（哲学社会科学版），2011（5）．

[40]李溱．论壮族蛙神崇拜．广西民族研究，2002（1）．

[41]蓝鸿恩．壮族青蛙神话剖析．广西民间文学丛刊，1985（12）．

[42]李溱．论壮族蛙神崇拜．广西民族研究，2002（1）．

[43]雪林女士（苏雪林）．论朱湘的诗．青年界，第5卷第2期，1934-2．

[44]沈从文．论朱湘的诗．文艺月刊，第2卷第1期，1931-1-30．

[45]王小妮．死的光追上了他——忆顾城．作家，1994（1）．

[46]梅庄．关于朱湘及其他．太白，1卷10期，1935-2．

[47]顾凤城．忆朱湘（1933-12-26写于东京）．青年界，第5卷第2期，1934-2．

[48]墨人．两岸诗人与诗．新华文摘，1995（2）．

[49]聂绀弩．钟敬文·《三朵花》·《倾盖》及其他．新文学史料，1982（3）．

[50]郭预衡．犹余微尚恋诗篇——钟敬文先生诗苑卮言．群言，2002（3）．

[51]萧放．忆中国"民俗学之父"钟敬文：他说自己是一粒麦子．新京报，2009-10-21．

[52]陈独秀．文学革命论．新青年，第2期，1917-2-1．

[53]蔡清富．论钟敬文文学评论的学术品格——读《芸香楼文艺论集》．文艺理论与批评，1997（6）．

[54]陈泳超．钟敬文民间文艺学思想研究．民俗研究，2004（1）．

[55]王一川．整体文化视野中的修辞论诗学——钟敬文先生诗学阅读札

记．文教资料，1998（1）．

[56]柯灵．《人生和艺术》总序．新民晚报，1993-4-8．

[57]刘祥学．文化传播推进广西各民族文化认同．中国社会科学报，第245期，2011-12-8．

[58]尹庆红．民歌与文化认同——以南宁国际民歌艺术节为例．民族艺术，2013（5）．

[59]费孝通．对文化的历史性和社会性的思考．思想战线，2004（2）．

[60]梅卓．文学是慈悲的事业．文艺报，2001-6-15．

[61]刘晓．建立女性的神话．外国文学评论，1987（3）．

[62]毛正天，陈祥波．叶梅《五月飞蛾》浅析．当代文坛，2004（2）．

[63]董喜阳．金仁顺和小说《春香》里的隐迷世界．http://blog.sina.com.cn/s/blog_506c6d580102e8db.html　2015-06-05．

[64]张永权．德昂山寨的一束山樱花——评德昂族艾傈木诺诗集《以我命名》．中国作家网：http://www.chinawriter.com.cn/bk/2008-04-17/31659.html 2008-04-17．

[65]祝拉体．浅论"男尊女卑"社会性别意识下当今凉山彝族女性地位．彝学网（网聚彝学）．http://222.210.17.136/mzwz/news/8/z_8_9738.html．

四、作品

[1]萧红．萧红小说全集．长春：时代文艺出版社，1996．

[2]张爱玲．张爱玲美文精粹．北京：作家出版社，1992．

[3]张爱玲．张爱玲文集．第4卷．合肥：安徽文艺出版社，1992．

[4]胡适．胡适文集2．传记　游记　散文．北京：人民文学出版社，1998．

[5]鲁迅．鲁迅全集．第1卷．北京：人民文学出版社，2005．

[6]鲁迅．鲁迅全集．第6卷．北京：人民文学出版社，2005．

[7]复旦大学中文系，上海师范大学中文系选编．鲁迅小说选．上海：上海市中小学教材编写组出版，1972．

[8]卢今，李华龙，钟越．冰心散文．（上）．北京：中国广播电视出版社，1996．

[9]袁世硕，严蓉仙．冯沅君创作译文集．济南：山东人民出版社，1983．

[10]朱自清．中国新文学大系·诗集．上海：上海良友图书印刷公司，

1936.

　　[11]钟敬文．钟敬文文集．散文随笔卷．合肥：安徽教育出版社，2002．

　　[12]郁达夫．中国新文学大系．散文二集．上海：上海文艺出版社，2003．

　　[13]池莉．小姐你早．收获，1998（4）．

　　[14]戴小华．深情看世界．石家庄：河北教育出版社，1996．

　　[15]聂绀弩．在西安．新华日报，1946-1-28．

　　[16]聂绀弩．高山仰止．北京：人民文学出版社，1984．

　　[17]孟晖．孟兰变．南京：南京大学出版社，2014．

　　[18]霍达．红尘．广州：花城出版社，1988．

　　[19]马瑞芳．感受四季．北京：北京文艺出版社，1999．

　　[20]柯灵．当代中国作家随笔精选．（上）．上海：东方出版中心，1996．

　　[21]舒婷．舒婷的诗．北京：人民文学出版社，1994．

　　[22]顾城.墓床·顾城　谢烨海外代表作品集.[英]虹影,赵毅衡合编.北京：作家出版社，1993．

　　[23]陈染．陈染文集．2．沉默的左乳．南京：江苏文艺出版社，1996．

　　[24]孙玉石．中国现代作家选集·朱湘．北京：人民文学出版社，1985．

　　[25]王伟，周红．名人情结丛书·朱湘　霓君．北京：中国青年出版社，1995．

　　[26]蒲花塘，晓非．朱湘散文．北京：中国广播电社出版社，1994．

　　[27]谢冕，唐晓渡．在黎明的铜镜中．朦胧诗卷．北京：北京师范大学出版社，1993．

　　[28]勾承益．温柔地死在本城．北京：中国文学出版社，1993．

　　[29]李双．回答．北京：中国文学出版社，1993．

后　记

　　本书分为"女性文学与性别叙事""民族区域文学与民间传统""诗歌散文研究与文化审视"三辑。第一辑以 20 世纪女性作家和女性文学现象为研究对象；第二辑以民族文学及其在地文化、民间文化为研究对象；第三辑以诗歌散文为研究对象，旁及与文学文化相关、相涉的几个问题。第二辑也编入了几篇研究少数民族女性文学的文章。由于考虑到它们富于民族性、区域性，因此不避胶柱，辑录在此，以期从民族、区域的角度，获得检视女性文学的丰富视野。这样分类，也是依文体分类学"大体则有""定体则无"的古训作出的选择。

　　在本书付梓之际，我也终于在这个不太寒冷的冬季有了驻足回望的空隙。细细算来，拣择在这本集子中的文章，时间跨度有 20 多年。光阴似箭，20 年似乎就是在回眸的那一瞬间飞走的。这些文章散落各时、各刊，记录着不同阶段我在文学研究过程中的心灵触动与思考感悟。经过时光的浸染，再回首，在此空间形象中的自我与另一空间形象中的自我目光交流，发想会心——对于文学的热爱，始终是我精神方向的内在牵引！敝帚自珍，结集自省，在直接感受到时间流逝的同时，也清晰地显现了生命痕迹的内在意义。

　　感谢乔以钢教授的赐序和鼓励，感谢南开大学出版社热忱帮助本书的出版。我在南开大学挂职一年，不意有这样的一个收获，使我对于南开大学优秀的文化传统和办学精神有了更深一层的体会和理解。

黄晓娟

2018 年 1 月　南开西南村